번역과 중국의 근대성
翻译与中国现代性

翻译与中国现代性

©罗选民

Authorized Korean translation from the Chinese language edition, titled 翻译与中国现代性,9787302415886 by 罗选民, published by Tsinghua University Press Limited, copyright©2017. All rights reserved.
This book is published with financial support from the Chinese Fund for the Humanities and Social Sciences "国家社会科学基金 中华学术外译项目"

≪中华社会科学基金≫资助
国家社会科学基金(中华学术外译)
이 도서는 중화학술번역사업(18WYY004)에 선정돼
중국사회과학기금(Chinese Fund for the Humanities and Social Sciences)의
지원을 받아 번역 출판되었습니다.

번역과 중국의 근대성

翻译与中国现代性

뤄쉬안민羅選民 지음

왕옌리王豔麗 최정섭崔正燮 남해선南海仙 옮김

역락

근대성은 사회 전반과 이데올로기,

문화적 개조에 관한 전체적인 개념으로서 과학과 이성을 전제로 하며

비이성의 가면에 대한 폭로를 통해 필요한 사회변혁의 길을 가리켜 준다.

그러므로 근대성이란 역사의 각성을 의미하고

역사의 점진적인 자각을 의미하며 과거에 대한 끊임없는 개조를 의미한다.

- 앨런 스윈지우드(Alan Swingewood)

'번역과 중국의 근대성'에 대한 사색

번역은 언어적 행위와 예술적 행위일 뿐만 아니라 윤리적 행위, 사회적 행위이기도 하다. 그러므로 번역은 그 목적에 의해 좌우되며 번역 과정에서 이데올로기가 지극히 중요한 역할을 한다. 이러한 역할은 역사학자나 문화 연구자들도 부득불 승인(부득이한 경우로 한정되기는 하지만)할 수밖에 없는 것이기도 하다.[01] 번역의 역할은 한 민족의 문화적 전환기에 특히 중요한 기능을 하는데 국가의 근대성, 민족의 진흥과 밀접히 연관되어 기타 학문들이 대체할 수 없다.

서양의 학자 앨런 스윈지우드(Alan Swingewood)는 "근대성은 사회 전반과 이데올로기, 문화적 개조에 관한 전체적인 개념으로서 과학과 이성을 전제로 하며 비이성의 가면에 대한 폭로를 통해 필요한 사회변혁의 길을 가리켜 준다. 그러므로 근대성이란 역사의 각성을 의미하고 역사의 점진적인 자각을 의미하고 과거에 대한 끊임없는 개조를 의미한다."[02]고 했다. 이는 중국 근대의 번역 실천과도 부합하는 부분이다. 19

---

01 陳德鴻·張南峰 合編, 『西方飜譯理論精選』, 香港: 香港城市大學出版社, 2000, 117쪽.

02 Alan Swingewood, *Cultural Theory and the Problem of Modernity*, London: Palgrave Macmillan, 1998, p. 140.

세기 말, 20세기 초에 엄복(嚴復), 임서(林紓), 양계초(梁啓超), 노신(魯迅) 등 우수한 지식인들이 악폐의 정치를 개혁하고 낡은 것을 버려서 새로운 것을 세우기 위해 번역을 무기로 삼아 당시 중국의 사회와 문화에 대한 전면적인 개조를 시도한 바 있다. 아영(阿英)의 통계에 따르면, 청말 민초에 출간된 모든 출판물들 중에는 번역 글이 창작 글보다 많았고 번역가의 지위가 작가보다 높았으며 번역 활동은 바로 이후의 신문화운동에 직접적인 영향을 미쳤다.[03]

세기 전환의 시기에 활약했던 사상가와 번역가들은 모두 선명한 시대적 특징을 지니고 있었다. "19세기, 20세기 교체시기에 낙후하면 침략을 당하게 된다는 사실에 대한 각성과 더 강해지기 위해 분발하려는 분위기 속에서 번역의 태도는 새로운 모습을 띠게 되었으며 심지어는 번역에 대한 근본적인 전복을 통해 중국 문화 발전의 길을 도모하고자 했다. 새로운 번역 태도에는 우환의식(憂患意識)과 계몽의식으로 가득 차 있었"[04]는데 대표적인 예로 노신을 들 수 있다. 노신은 환자를 구하는 의사의 꿈을 안고 일본 유학의 길을 선택했지만 중국인들의 '병'이 몸이 아닌 정신에 있음을 인지하고는 의학 대신 문학으로 전향했다. 그의 문학의 길에서 번역은 창작과 병행되었으며 심지어는 창작을 이끌기도 했다. 노신의 번역은 문화적 개조의 행위로, 번역을 통해 서양의 문화를 수입하고 중국문학을 변혁하며 나아가서는 중국 사회와 낙후한 국민성을 개조하는 데 그 목적이 있었다. 중국문학에 대한 변혁은 반드시 언어에 대한 변혁으로부터 시작되어야 하고 언어에 대한 변혁

---

03   阿英, 『晚淸小說史』, 北京: 人民文學出版社, 1980, 180쪽.

04   楊義, 『文化衝突與審美意識』, 北京: 人民文學出版社, 1988, 69쪽.

은 번역을 그 돌파구로 삼아야 했다. 그렇게 "경역(硬譯: 딱딱한 번역)"은 언어를 변혁하는 폭력적 수단으로 간주되어 그 시기 주류적 위치에 있던 문언문(文言文)에 도전장을 내밀었다. 지금도 노신의 딱딱한 번역을 문제 삼는 글들이 꽤 있지만 당시의 역사적 경위를 놓고 본다면 노신시대에는 사실 '의역(意譯)'파가 우위를 차지하고 있었음을 알 수 있다. 의역을 주장하는 사람들은 대체로 낡은 관습을 고수하였는데 중국 문화가 서양에 비해 훨씬 우월하다고 여겨 중국의 언어와 중국의 사례(事例)로써 서양의 작품을 번역하고자 했다. 그러나 그들의 의역에는 오독(誤讀)과 오해(誤解)가 가득했기에 중국의 진보와 민족의 진흥에는 전혀 무익했다. 노신은 바로 이러한 환경 속에서 직역 내지는 "경역"을 주장했던 것이다. 그는 열린 마음을 가져야만 서양의 문화를 제대로 중국에 수입할 수 있으며, 경역 과정에 불가피하게 정수(精髓)와 찌꺼기를 모두 생산하게 되지만 정수는 기나긴 시간의 흐름 속에서 자연스레 중국 문화의 바탕에 깊이 침전되고 찌꺼기는 버려질 것이라 믿었다.[05] 근 한 세기 동안 노신의 번역 사상은 강대한 생명력을 과시했으며 서방의 포스트모더니즘과 포스트콜로니얼리즘 학자들은 지금도 그가 주창했던 "경역"을 추앙[06]하고 있으니 노신의 번역 사상이 보편적 가치를 지닌 것이라 볼 수 있다.

중국 대학교들의 초기 번역 활동도 중국의 근대성과 밀접히 연관

---

05   魯迅, 「我怎麼做起小說來」, 吳福輝 編, 『二十世紀中國小說理論資料』, 제3권, 北京: 北京大學出版社, 1997, 211쪽.

06   로렌스 베누티(Lawrence Venuti)는 그 저서 『번역의 윤리: 차이의 미학을 위하여(The Scandals of Translation: Towards an Ethics of Difference)』(London: Routledge, 1998)에서 한 장절을 통해 노신의 번역을 담론하기도 했다.

되어 있었다.[07] 청화대학교의 경우, 그 시기의 4대 국학 스승들 가운데서 양계초는 정치소설을 통해 '신민(新民)', '신학(新學)', '신정(新政)'을 추진하려는 목적으로 정치소설 번역을 주장했고, 왕국유(王國維)가 서양의 철학서를 번역한 목적은 형이상학을 통해 중국의 학술을 풍부히 하고 인식론적 높이에서 중국 문화를 고양하고자 함이었다. 왕국유가 철학적 시각으로 고홍명(辜鴻銘)의 『중용(中庸)』 영역본을 평론한 것이 바로 그 예이다. 진인각(陳寅恪)은 번역을 통해 중국과 외국의 문화 교류 상황을 고증하고 그것으로 역사를 증명하고자 함으로써 학술의 새로운 방식을 개척했다. 그리고 조원임(趙元任)이 『아려사만유기경기(阿麗思漫遊奇境記)』[08]를 번역한 목적은 중국인들에게 서양의 작품을 소개하는 것에 그친 것이 아니라 이를 통해 산뜻하고 생동하는 한어(漢語) 구어체를 새로 만드는 데 있었으며 특히 결핍으로 남아 있던 중국 아동문학을 개척하는 데 있었다. 그 이후에도 청화대학교의 홍심(洪深), 문일다(聞一多), 이건오(李健吾), 조우(曹禺) 등이 번역과 개작, 창작에 종사하면서 무대 예술을 통해 사회를 개조하고 중국의 근대성 구축에 기여했다.

청화대학교에서 펴낸 『청화주간(清華週刊)』의 경우를 보자.[09] 통계한 바에 따르면, 1916년에서 1936년에 이르는 20년간, 『청화주간』에 발표된 439편의 번역문 중에서 사회과학 관련이 187편, 자연과학 관련이

---

07   Luo Xuanmin, Translation as Education: A Case Study of Tsinghua University in the Early 20th Century China. *Interpreting and Translation Studies*. 2009.13(1). 245~256쪽.

08   즉, *Alice's Advent ures in Wonderland*. 한국에서는 "이상한 나라의 앨리스"로 통하지만 이 책에서는 조원임(趙元任) 역본의 제목을 그대로 사용한다. 이하 주를 따로 달지 않는다.- 역자 주

09   『청화주간』은 1914년에 창간된 신문으로 인문, 사회 과학과 자연과학 등 분야의 논설과 번역문, 서평 등을 두루 망라했다. 1937년에 정간되었다.

67편, 인문예술과학 관련이 185편이었는데 이 중에는 「들꽃의 노래(野花之歌)」,(1922/245), 「자본주의의 발전과 경제학 유파(資本主義的發展與經濟學派別)」(1929/469), 「근세 스칸디나비아문학 개황(晩近斯堪地納亞文學槪況)」(1933/556~557), 「다뉴브강 유역 문제에 대한 고찰(多瑙河流域問題之面面觀)」(1934/590), 「문화유산의 문제(文化遺産的問題)」(1936/629), 「소련 과학의 이론과 조직(蘇聯科學之理論與組織)」(1936/630) 등이 있다. 상기의 번역문들은 중국의 사상 건설, 대학교에서의 학과 체계 구축과 보완, 학술 사상의 전파, 연구방법의 수입 등에서 간과할 수 없는 역할을 했다.

세계적인 경제 통합의 시대에 일방주의는 이미 그 지대를 잃었으며 현재 서양과 동양 모두 문화적 전환과 문화적 조정의 시기에 들어섰다. 그리고 문화 구축과 문화적 정체성이 필연적으로 번역과 연관을 맺게 되면서 번역은 새로운 발전의 기회를 맞이하게 되었다. 예컨대 철학서 번역의 경우, 전문용어의 오역은 이데올로기의 오도(誤導)로 이어지고 심지어는 문화적 정체성의 왜곡을 초래하기도 한다. 자크 데리다, 폴 드만, 힐리스 밀러, 가야트리 스피박, 호미 바바, 수잔 배스넷, 로렌스 베누티 등 적지 않은 서양의 학자들이 학제간(學際間)의 시각으로 문화 재구축과 번역의 문제를 담론화한 이유도 여기에 있다. 서양 학자를 포함한 대다수 학자들이 서양 중심주의에 질의를 보내고 있기는 하지만 세계 문화와 세계 문학의 재구축 구도에서 중국 학자들의 목소리는 매우 미약한 편이다. 중국 학자들은 자체의 학술적 전통에 발을 붙이고 서양의 문화와 학술 사상에 대한 파악을 통해 의식적으로 중국 문화 정전의 번역과 번역 이론의 구축을 다그칠 필요가 있다. 이는 한 나라의 소프트 실력을 높이는 중요한 조치이자 우리가 당면하고 있는 전략적 임무가 아닐 수 없다.

차례

제4장　탐구와 정진(究理探新): 번역과 학제간(學際間)연구이론의 구축

제1장

변화와 혁신(革故鼎新):
번역과 언어의 혁신 및 사회변혁

서론

서방의 선발적(先發的) 근대성과 달리 중국의 근대성은 후발적이며 원래 있었던 것이 아니다. 아편전쟁 후, 서양의 발달한 화약 무기의 위력은 중국인들을 오랜 꿈에서 깨어나게 했다. 연거푸 패전을 거치면서 그동안 중국인들이 가지고 있던 "천조상국(天朝上國)", "천하의 중앙"이라는 환각은 여지없이 부서졌다. 이 과정에서 일부 중국 지식인들은 서양의 정치, 경제와 과학기술을 전면적으로 배우기 시작했고, 일본의 메이지유신과 마찬가지로 개혁을 통해 중국을 개조한다는 목적에 도달하기를 희망했다. 당시의 중국은 폐쇄적인 사회였고 빈곤했으며, 민중은 현실 감각에 어두웠다. 일부 지식인들과 개혁 성향의 인물들은 중국의 근대화 프로세스를 가속화하기 위해 서양의 각종 경전(經典)[01]을 번역함으로써 현대중국 건설의 서막을 열었다. 19세기말 20세기초, 번역은 중국의 언어혁신, 문자개조 그리고 사회변혁에 대체 불가능한 역할을 했다. 조금의 과장도 없이 중국의 근대성은 번역과 분리불가능하다고 말할 수 있다.

이 장에서는 엄복, 양계초 그리고 노신의 번역 이론과 실천을 중심으로 번역이 중국 근대성에서 차지하는 중요성에 대해 검토하겠다. 번역의 기준으로서 엄복의 "신(信), 달(達), 아(雅)"는 강한 생명력을 나타냈

01 　종교적 경전만이 아닌, 모든 분야에서의 고전적 저작들.-역자 주

지만, "신, 달, 아"에 대한 사람들의 오해는 드물지 않게 자주 보인다. 엄복이 제기한 번역기준에 대한 우리의 이해는 남이 말하는 대로 따라 말하는 것이어서는 안 되고, 당시의 사회와 역사적 배경에서 외래의 문화와 이론을 기준으로 삼아 중국 본토의 번역 사상을 왜곡하고 오해하는 일을 피해야 하며, 번역이론으로 하여금 사후(事後)의 삶[02]을 얻게 해야 한다는 것이다. 번역에 관한 엄복의 미학적 기준의 배후에는 당시 중국의 앞날에 대한 우려도 숨어 있다. 그가 『천연론(天演論)』을 번역할 때 윤리를 제거하고 진화를 부각시킨 것은, 진화사상을 널리 알리고 중국인들에게 각성과 투쟁 정신을 불러일으키는 것이 가장 중요한 임무라고 생각했기 때문이었다. 그는 문화전파와 과학계몽의 횃불을 높이 들고 당시 봉건적이고 꿈속에서 깨어나지 못하고 있던 중국과 무지몽매한 백성을 밝게 비추려 했다.

양계초는 유신변법(維新變法)의 실패를 경험한 후 번역이야말로 문화의 날카로운 검(劍)이라는 것을 인식하고, 문학으로 전향하여 서양 소설의 번역을 통해 서양의 계몽사상을 받아들여 사회를 개조하기로 결심했다. 그는 처음부터 정치학(政學)을 예술학(藝學)보다 우선시하고 번역을 통해 정치를 개혁하려는 목적에 도달하고자 했다. 그는 소설 번역의 중요성을 강조하고 정치소설의 번역을 제창했으며, 일본어로부터의 중역을 통해 서방 자산계급계몽사상을 빌려 '이문치국(以文治國: 글로써 나라를 다스린다)'에까지 이르렀다. 그리고 마침내 '민지(民智)의 계발'이라는 목적을 이루었다.

---

02 "後起的生命(사후의 삶)"은 발터 벤야민(Walter benjamin)이 「번역가의 과제(Die Aufgabe des Übersetzers)」에서 사용한 독일어 "Fortleben"을 엽유렴(葉維廉)이 중국어로 옮긴 것이다.-역자 주

양계초의 번역실천에는 네 가지 특색이 있다. 즉, 정치소설을 취하여 역본을 만드는 것, 일본어로부터 서학을 중역하는 것, 번역의 통제(統制)와 고쳐쓰기를 진행하는 것, 그리고 뉴스간행물을 통해 역문(譯文)을 발표하는 것 등이다. 그의 번역이론은 심오한 불교학을 기초로 함으로써 오늘날의 번역학연구에서 여전히 지도적 위치를 점하고 있으며 거울로 삼을만한 가치가 있다. 그의 번역활동은 이데올로기적 특징을 지녔는데, 20세기 전후 시기에 중국지식인이 서양을 배우고 민주적 행보를 추구하던 마음의 역정(歷程)을 반영했다.

노신은 번역을 통해 서양문화를 도입하고 중국문학을 변혁했으며 나아가 중국사회의 개조, 낙후한 국민성의 개조라는 목적에 도달했다. 중국문학의 변혁은 반드시 언어변혁으로부터 시작해야 했다. 언어변혁도 번역으로부터 시작해야 하여, "경역(硬譯: 딱딱한 번역)"이 언어변혁의 폭력적 수단이 되었고, "경역"으로부터 "이해(易解: 이해하기 쉬움)"에 이르게 되는 것은 이런 폭력적 기풍의 계승과 발전이었다. 노신은 오직 이런 개방적 자세를 지녀야만 서양 문화가 진정으로 중국에 도입될 수 있다고 보았다. 근 한 세기 정도가 지나서야 노신의 번역이론은 아주 강한 생명력을 드러내었고, 그가 제창한 "경역"과 "이해"는 서로 하나가 되어, 그가 추구하고자 했던 번역의 더욱 고차원적인 사회적 가치를 드러낼 수 있었다. 즉, 번역이 중국 근대성을 구축하는 과정에서 중요한 역할을 발휘한 점이 명확하게 드러난 것이다.

초기 중국의 계몽주의자는 거의 대다수가 번역가였다. 그들은 중국과 서양 문화의 경계 지점에서 중국의 사상적 지혜도 지니고 있었고 서양의 계몽적 이성도 지니고 있었으며 서양 근대문명을 거울로 삼아 백성을 일깨우는 '불씨'를 민간에 뿌렸다. 이 시기의 번역활동은 중국의 언어혁신과 사회변혁을 촉진하여, 낡은 것을 제거하고 새로운 것을 세우는(革故鼎新) 역할을 해냈다. 중국의 근대성 프로세스 또한 이로 인해 크게 촉진되었다.

제 1 절

"신(信)·달(達)·아(雅)"를 해체함: 번역이론의 사후의 삶
- 엽유렴의 「"신·달·아"를 타파함: 번역의 사후의 삶」을 평함

1. 이끄는 말

『중외문학(中外文學)』 1994년 제4기에는 엽유렴(葉維廉)의 「"신·달·아"를 타파함: 번역의 사후의 삶(破"信·達·雅": 翻譯後起的生命)」이 실렸는데, 저자의 의도는 엄복의 "신(信)·달(達)·아(雅)"에 대한 [사람들의] 맹목적인 믿음을 없애고 번역에 사후의 삶을 부여하려는 것이다. 저자는 "신·달·아"가 사람들의 생각을 구속하고 번역을 기계적 언어활동으로 변하게 했으며 창조성(생명)이라 할만한 것은 아무 것도 없게 만들었기에, 그것에 대해 비판해야 한다고 주장했다.[01] 엽유렴의 비평은 "신·달·아"를 신봉하는 기계론자에 대해서는 일리가 없지 않았으나 엄복과 그의 "신·달·아"라는 기준에 대해서는 오히려 매우 독단적이었음이 분명하게 드러난다. 이 글에서 필자는 엽유렴의 글을 논평하고 "신·달·아"를 해석하고 해체하여 이 이론에 사후의 삶을 부여하고자 한다.

---

01   葉維廉, 「破"信·達·雅": 翻譯後起的生命」, 『中外文學』 1994年 第4期, 74~86쪽 참고.

엽유렴은 분명 문예번역학파의 입장에 서서 이 문제를 바라보았으며, 방법상으로는 서양 문학이론가의 영향을 깊이 받았다. 그는 "신·달·아"에 대한 미혹된 생각을 반드시 버려야 한다고 생각한다. 왜냐하면 "신·달·아"에는 '살계취란(殺雞取卵: 닭을 잡아 달걀을 얻는 것)'과 같은 것이 있어서 문학에 있어 의미 "창조"(造"意")와 의미전달(傳"意")의 중첩되고 뒤얽히는 복잡한 의미를 전혀 이해하지 못하고, 미감(美感)의 경험은 "내용"을 가지고 개괄할 수 없다는 것을 전혀 이해하지 못하며, "유치하게 예술의 전달을 일종의 '떡-손-떡'의 과정으로 간주하기"[02] 때문이다. 따라서 저자는 "'신·달·아'의 설은 실로 조잡하고 지혜도 결핍되어 있다"는 결론을 얻는다.[03]

2. "신"에 관한 비평

엽유렴의 비판은 주로 "신·달"에 집중되어 있으며, "아"는 이미 많은 사람들에 의해 비난받았기에, 재론할 필요가 없다고 생각한다. "신"에 대한 재검토에서 그는 세 가지를 따져 물었다. 즉, 1) "공동의 인성"과 "공동의 심리구조"는 어떤 종류의 문화적 기반에 따라 결정되는가? 2) 저자의 생각과 의도는 확정할 수 있는가? 3) 저자와 독자의 서로 다른 역사성을 어떻게 넘어설 것인가? 라는 것이다. 그는 이 세 가지로부터 하나의 결론을 얻는다. "'저자의 본래 의도의 재건(再建)', '객관적 해석', '의미의 복제 가능성' 그리고 '이른바 이상적 독자'(신: 信)는 미혹된

---

02   위의 글, 74~75쪽.

03   위의 글, 75쪽.

생각이다"[04]라는 것이다.

여기에서 우리는 "신"에 대한 엽유렴의 비판이 일종의 가설 위에 세워져 있음을 알 수 있다. 즉, "신"에 대한 문제에 있어서 엄복은 플라톤, 아리스토텔레스, 칸트와 똑같다는 것이다. 엽유렴은 "신"이 곧 작가의 의도를 재건하는 것으로서, 서양인으로는 슐라이어마허, 딜타이, 허쉬 등 '기준', '객관'을 믿는 해석학자가 있는데, 그들의 마음 속에는 저자의 심리와 생각(思境)을 재건할 수 있다는 가정이 있다고 말한다. 그들의 이론은 위로 플라톤식의 "이념 세계(logos)"와 아리스토텔레스의 이른바 "논리적 구조" "보편적 구조"를 이어받고, 아래로 칸트가 자연과학의 충격 하에서 제기한 인식론과 이어진다. "그러나, 인문적 사유 활동은 과학 일반의 엄밀성을 가질 수 있는가?[05]"라고 엽유렴은 묻는다. 하지만 이는 오히려 우리가 반문해야 하는 것이다. 우리는 다음과 같이 질문해야 한다. 엄복이 언제 이렇게 단언했는지? 설마 이 문제가 엄복이 제기한 "신"에 대한 엽유렴의 해석인지? 엽유렴은 엄복의 "신"의 기준을 논할 때 "신"의 정의를 거론하는 것은 한 마디도 없고 엄복이 "신·달·아"를 제기한 배경과 사상적 근원도 회피하며, 오히려 플라톤, 아리스토텔레스, 칸트를 마구 이야기하며 "신"을 규정하였는데, 이런 방식은 받아들일 수 없으며 방법론상으로도 문제가 있다. 엄복은 일찍이 한(漢)·진(晋)·육조(六朝)의 불경번역방법을 연구한 바 있으며, 쿠마라지바의 영향을 깊이 받았다. 쿠마라지바는 불경번역 중에 번역문의 우아함을 힘써 추구하면서도 원문이 가진 본래의 뜻을 훼손시키지 않

---

04   위의 글, 78쪽.
05   위의 글, 77쪽.

앗다. 그는 불전(佛典) 번역을 논할 때 이렇게 말했다. "천축국의 습속(習俗)은 작문(文制)을 매우 중시하였는데, 그 음률이 운(韻)과 어우러져 음악과 합쳐지는 것이 좋다고 여겼다. 국왕을 알현할 때마다 반드시 그 덕(德)을 찬양했다. 부처를 만나는 의례는 노래를 음미하는 것(歌嘆)을 귀하게 여겼는데, 불경 속에 있는 게송(偈頌)은 모두 그런 형식이다. 그러나 천축의 말을 중국의 말로 옮기면 그 문사(文辭)의 아름다움을 잃기에, 대강의 뜻은 얻는다고 해도 문체(文體)가 달라서, 마치 밥을 씹어서 남에게 주는 것과 같으니, 맛이 사라질 뿐 아니라 구토를 유발한다.(天竺國俗, 甚重文制, 其宮商體韻, 以入選絃爲善. 凡覲國王, 必有讚德; 見佛之儀, 以歌嘆爲貴, 經中偈頌, 皆其式也. 但改梵爲秦, 失其藻蔚, 雖得大意, 殊隔文體, 有似嚼飯與人, 非徒失味, 乃令嘔穢.)"[06]

엄복은 「번역범례」에서 쿠마라지바의 "나를 모방하면 병폐가 생긴다(學我者病)"[07]라는 말을 인용하였는데, 불경의 번역이 엄복에게 미친 영향이 상당히 크다는 것을 알 수 있다. 이에 대해 양계초, 노신 등은 모두 언급한 적이 있지만 엽유렴은 오히려 한 마디도 언급하지 않았는데, 이는 매우 유감이라 하지 않을 수 없다.

엄복은 인문적 사유 활동 속에서 과학 일반의 엄밀성을 얻으려고 시도한 적이 없었다. 그가 어떻게 "신·달·아"를 논했는지 보자. 그는 『천연론』의 「번역범례」에서 이렇게 피력했다. "번역에는 세 가지 어려움이 있는데, 원문에 충실해야 하고[信], 의미를 전달할 수 있어야 하고

---

06   釋僧祐, 「鳩摩羅什傳第一」. (梁)釋僧祐撰, 蘇晉仁·蕭鍊子 點校, 『出三藏記集』, 北京: 中華書局, 1995, 534쪽 수록.

07   엄복(嚴復) 지음, 양일모·이종민·강종기 역주, 『천연론』, 서울: 소명출판, 2008, 38쪽.- 역자 주

[達], 문장이 규범에 맞아야 한다[雅]는 것이다.(譯事三難: 信·達·雅.)" "『주역』에서는 '말을 할 때는 참된 마음을 가져야 한다'라고 했다. 공자는 '말은 의미의 전달이 중요하다'라고 하였으며, 또 '말에 문체가 없으면 멀리 전해지지 않는다'라고 했다.(『易』曰: '修辭立誠.' 子曰: '辭達而已.' 又曰: '言之無文, 行之不遠.') 이 세 가지는 문장을 쓸 때의 규범이며, 또한 번역의 모범이기도 하다. 그래서 원문에 충실하고 의미를 전달하는 것 이외에 규범에 맞는 문장이 요구된다. 이는 멀리 전하기 위해서만이 아니다.(三者乃文章正軌, 亦卽爲譯事楷模, 故信達而外, 求其爾雅, 此不僅期以行遠已耳.)"**08**

　이를 통해 보면 엄복은 작문의 법칙을 번역에 활용했음을 알 수 있다. 작문의 기본은 자신의 견해를 펼쳐낼 때 신을 추구하고, 달을 추구하고, 동시에 아를 추구하는 것을 귀중하게 여긴다. 작문과 번역 사이에는 서로 통하는 곳이 있다. 엄복은 제일 먼저 "신"의 뜻을 드러내어 그 의미가 [번역대상인] 원문과 어긋나지 않을 것을 요구한다. 이는 번역의 특수한 성격에 의해 결정된다. 번역은 일종의 재창작이지만, 창작과는 여전히 구별된다. 그러므로 우리는 번역할 때 "신"을 강조해야 한다. "신"과 "달"은 상호보완적인 관계에 있다.

　엄복은 또 이렇게 말했다. "원문에 충실하게 번역하는 것은 매우 어려운 일이다. 그렇지만 원문에 충실하더라도 의미가 진달되지 않으면 번역하지 않은 것과 같기 때문에, 의미의 전달 역시 중시되어야 한다.(求其信已大難矣, 顧信矣部達, 雖譯猶不譯也; 則達尙焉.)"**09** 이를 통해 보면 엄복이 결코 모종의 일반 과학적인 엄밀성을 요구하거나 또는 어떤 절

08　嚴復, 『天演論』譯例言. 王栻 編, 『嚴復集』(第五冊), 北京: 中華書局, 1986, 1322쪽 참고.
09　위의 글, 1321쪽.

대적인 진리를 추구하지 않았음을 알 수 있다. 통상적인 상황에서 그는 "신·달·아"의 번역기준을 견지했고, 특수한 상황에서 그는 또 "의역(達旨)"으로써 그것을 보완했다. 그는 「번역범례」에서 이렇게 보충했다. "쿠마라지바는 '나를 모방하면 병폐가 생긴다'라고 말한 적이 있다. 앞으로 번역에 종사하는 자가 많아지겠지만, 이 책을 구실로 삼아 나를 따르는 일이 없기를 바란다.(什法師有云: '學我者病.' 來者方多, 幸勿以是書爲口實也.)"[10] 그러므로, 엽유렴의 주장처럼 엄복이 예술의 전달과정을 일종의 "떡-손-떡"의 활동이라고 간주했다고 말한 것은 사실적 근거가 부족하다고 말해야겠다.

3. "달"에 관한 비평

"달"에 대한 엽유렴의 도전 역시 꽤나 억지스럽다. 그는 말한다. "한 걸음 물러나서 말하자면, 역자가 원작의 전면적인 사유상태(思惟狀態)와 정경(情景)을 완전히 장악할 수 있더라도 〔작가 본인의 셀프번역이라고 비유할 수 있다. - 〔그러나〕 사실은 저자가 자기 작품에 대해 다 알지 못하는 상황을 드러내는 예가 적지 않다. '신래지필(神來之筆)'이라는 말이 암시하는 바와 같은 것이 그러하다.〕 완벽하게 전달한다는 것은 보증할 수 없다. 가장 두드러진 것은 이런 것이다. 즉, 두 문화의 심리, 언어 도구의 차이가 갖가지 제한이 되어, 그(그녀)로 하여금 여러 가지를 조정(調整)하고 삭제하게 한다. 여기에는 보고 느끼는 홈그라운드의 차이, 책략 구상의 불일치, 언어적 묵계(默契)와 연상(聯想) 네트워크

---

10   위의 글, 1321쪽.

의 상이(相異)함을 포함한 많은 곳에서, 역자에게 여러 가지를 만들어내도록 하거나 아니면 따로 지름길을 열어가도록 압박한다."[11]

이에 대해 필자는 같은 의견을 가지고 있으나, 엄복의 "달"이 결코 엽유렴이 말한 것과 어긋나지 않는다고 생각한다. 어떤 의미에서는 엽유렴이 말한 것이 바로 엄복이 번역 과정에서 고심하며 힘써 추구한 것이다. 예를 들면, 중국과 서양의 언어에는 차이가 있어서 구조, 이미지 등의 방면에서 모두 일일이 대응하기가 어렵기에, 번역 속에서 어떻게 "달"할 것인가에 대해 엄복은 『천연론』 「번역범례」에서 이렇게 말했다. "서양어의 문장에서는 명사가 나오면 그때마다 명사에 대한 설명이 붙어 있는 경우가 많다. 이는 마치 중국어에서 문장 안에 주석을 다는 것과 같아서, 뒤의 문장을 앞의 문장에 연결시켜야 의미가 통하는 완전한 문장이 된다. 그래서 서양어에서는 한 문장이 적게는 두세 단어로 되어 있고, 많게는 수많은 단어로 이루어져 있는 것이다. 만약 서양어의 문장을 그대로 번역하면 의미가 통하지 않을 염려가 있고, 또 일부를 빼버리고 요점만을 취하면 원문의 의미를 빠트릴 염려가 있다. 이 때문에 번역자는 원문 전체의 논리를 꿰뚫고 있어야 저절로 완벽하고 좋은 번역을 할 수 있다. 원문의 문장이 심오하여 이해하기 어렵다면 앞뒤의 구절을 연계시켜 그 뜻을 살 느러내야 할 것이다. 이러한 작업은 모두 의미 전달을 위한 일이며 의미를 잘 전달하려면 바로 원문에 충실해야 한다.(西文句中名物字, 多隨擧隨釋, 如中文之旁支, 後乃遙接前文, 足意成句. 故西文句法, 少者二三字, 多者數十百言. 假令仿此爲譯, 則恐必不可通; 而刪削取經, 又恐意義有漏. 此在譯者將全文神理, 融會於心, 則下筆抒詞, 自善互備. 至原文詞理本深, 難於共喩,

---

11   위의 글, 78~79쪽.

則當前後引襯, 以顯其意. 凡此經營, 皆以爲達, 爲達則所以爲信也.)"[12]

이처럼 엄복이 말한 "달"은 결코 한 글자 한 글자 대응해야 하는 것이 아니라 "단어와 구문의 순서를 바꾸기도 하고 원문에 없는 것을 추가하기도 하며, 원문 문장의 순서에 얽매이지 않음"이라는 것을 알 수 있는데[13], 그는 이것을 "달지(達旨)"(즉 '의역'- 역자 주)라고 불렀다. 우리는 그가 번역한 『천연론』을 이용하여 [이를] 논증할 수 있다.

먼저 엄복이 그 책의 이름을 어떻게 번역했는가를 보자. 본래의 책 이름은 *Evolution and Ethics*인데, 윤리에 대한 고려가 당시에 급한 일이 아니라는 것을 감안하면, 진화사상을 선전하고 나라 사람들의 각성과 투쟁 정신을 불러일으키는 것이 가장 중요했다. 그래서 엄복이 따른 것은 전혀 지금의 편협한 "신·달·아"기준 관점(편협하고 기계적인 "신·달·아" 야말로 엽유렴이 진정으로 비판해야 하는 것이다.)이 아니었다. 그는 윤리를 제거하고 진화를 부각시켰는데, 역자인 엄복의 창의성과 주체성은 여기서 충분히 입증되었다. 오여륜(吳汝倫)은 「『천연론』서문」에서 이렇게 말했다. "엄복이 이 책을 번역한 목적은 자신의 문장을 후세에 전하기 위해서만이 아니었다. 대체로 인간이 자연을 관리하여 인간의 행위가 날로 새로워지면 종족을 보존할 수 있다는 헉슬리의 주장은, 함의가 풍부하고 문장의 수준이 높아 독자들에게 변화의 필요성을 깨닫게 함이다.(抑嚴子之譯是書, 不惟自傳其文而已, 蓋謂赫胥黎氏以人持天, 以人治之日新, 衛其種族

---

12   嚴復, 『天演論』譯例言. 王栻 編, 『嚴復集』(第五冊), 北京: 中華書局, 1986, 1321쪽 참고. 양일모·이종민·강종기 역주, 『천연론』, 서울: 소명출판, 2008, 38~39쪽.-역자 주

13   엄복(嚴復) 지음, 양일모·이종민·강종기 역주, 『천연론』, 서울: 소명출판, 2008, 38쪽.- 역자 주

之說, 其義富, 其辭危, 使讀焉者怵焉知變.)"[14]

　　이제 다시 엄복의 "원문에 없는 설명을 덧붙이는 번역법(取便譯法)"
이 원문 첫 단락의 두 문장에서 어떻게 표현되었는지 보도록 하자. 엄
복은 사회역사, 문화전통 방면에 차이가 있는 것 외에 중국과 외국의
언어의 차이 역시 종종 번역가로 하여금 곤란을 느끼게 한다는 것, 그
리고 번역할 때는 필연적으로 "중국어를 따르면 서양어의 뜻을 잃게
되고(循華文而失西義)", "서양어를 따르면 중국인이 읽기에 생경함(循西文
而梗華讀)"[15] 사이에서 고민하게 마련이며, 그 결과는 곧 "신"이 아니거나
"달"이 아니게 된다는 것을 잘 알고 있었다. 우수한 번역가는 중국과
외국의 언어 차이에 정통하고 원작이 가지고 있는 "오묘한 뜻(神理)"에
대한 철저한 이해를 바탕으로 거리낌 없이 자신이 가장 적합하다고 생
각하는 방식을 선택해서 번역함으로써 최선의 효과를 달성한다. 그러
므로, 그는 원문의 형식에 조금도 구애되지 않고 여러 가지 임기응변의
번역 방법을 동원하여 의역(達旨)을 했다. 이를 통하여 마치 역사서와도
같은 원저가 지닌 웅장함과 우아한 풍모를 번역문에서 생생하게 나타
냈다.

원문:

It may be safely assumed that, two thousand years ago, before Caesar
set foot in southern Britain, the whole countryside visible from the

---

14　엄복(嚴復) 지음, 양일모·이종민·강종기 역주, 『천연론』, 서울: 소명출판, 2008, 29쪽.-
　　역자 주

15　梁啓超, 「論譯書」, 『飮氷室文集』第一冊, 臺北: 臺灣中華書局, 1960, 75쪽. 여기에는
　　'循' 대신 '徇'으로 표기되어 있다.-역자 주

windows of the room in which I write, was in what is called "the state of nature." Except, it may be, by raising a few sepulchral mounds, such as those which still, here and there, break the flowing contours of the downs, man's hands had made no mark upon it; and the thin veil of vegetation which overspread the broad-backed heights and the shelving sides of the combs was unaffected by his industry.[16]

번역문:

赫胥黎獨處一室之中, 在英倫之南, 背山而面野, 檻外諸境, 歷歷如在 其下. 乃懸想二千年前, 當羅馬大將愷徹未到時, 此間有何景物. 計唯 有天造草昧, 人功未施, 其藉徵人境者, 不過幾處荒墳, 散見坡陀起伏 間, 而灌木叢林, 蒙茸山麓, 未經刪治如今日者, 則無疑也.[17]

엄복의 번역문은 시작부터 우리를 놀라게 한다. 원문의 일인칭은

---

16   T.H.Huxley, Prolegomena I, *Evolution & Ethics and Other Essays*, London: Macmillan, 1901 참고.

17   嚴復, 『天演論』導言一: 察變, 王栻 編, 『嚴復集』(第五冊), 北京: 中華書局, 1986, 1321 쪽. "헉슬리가 홀로 방안에 앉아 있다. 그 집은 영국의 남쪽에 위치하고 있으며, 뒤로 는 산을 등지고 앞으로는 들이 펼쳐져 있다. 난간 밖에는 온갖 경치가 마치 책상 아래 에 놓여 있는 듯 또렷하게 보인다. 이천 년 전 로마의 장군 시저가 도착하기 전에 이 곳이 어떤 경관이었을지 한 번 상상해보자. 아마도 천지가 처음 열리던 거칠고 어두 운 세상으로, 인간의 손이 아직 미치지 않은 상태였을 것이다. 지나가는 사람이 볼 수 있는 것은 기복이 심한 언덕 사이에 흩어져 있는 몇 개의 황폐한 무덤과 키 작은 관목 수풀이 산기슭에 어지러이 솟아나 있는 풍경으로, 분명 지금처럼 잘 다듬어진 모습은 아니었을 것이다." 엄복(嚴復) 지음, 양일모·이종민·강종기 역주, 『천연론』, 서울: 소명 출판, 2008, 47쪽.-역자 주

번역문에서 삼인칭으로 바뀌어, 원작의 역사시(歷史詩)적인 풍격을 부각시킨다. 담론이 위아래로 잘 이어지게 하기 위하여 번역자가 "背山而面野(뒤로는 산을 등지고 앞으로는 들이 펼쳐져 있다)", "野羅馬大將(로마의 장군 카이사르)", "如今日者(지금처럼)", "歷歷如在机下(마치 책상 아래에 놓여 있는 듯 또렷하게 보인다)" 등과 같은 상세한 해석을 덧붙였다. 뿐만 아니라 번역문이 취한 문장구조의 변화를 독자는 도무지 짐작할 수 없다. 엄복은 원문의 문장 구조와 형식에 구애받지 않으려고 했다. 그는 자신만의 이해와 느낌을 바탕으로 조금도 거리낌 없이 새롭게 문장을 구성했다. 즉, 원문에서는 두 개의 긴 문장을, 번역문에서는 5개의 짧은 중국어 문장으로 구성해서 중국어가 가지는 격식에 부합하도록 했다. 그리고 번역문의 문장 속에는 적지 않은 사자구(四字句)가 있는데, 음조가 낭랑하고 우아하여 읽을 만하다. 번역문을 읽은 사람들은 번역자의 솜씨가 마치 신들린 것과 같은 글 재주라고 모두 찬사를 보낸다.

한편 엽유렴은 자신의 글 가운데 또 엘리어트[18]의 말을 인용해 "달"을 비평하는 근거로 삼았다. 즉, "비평이론이 자주 범하는 잘못 중 하나는 한쪽에 단지 '한 사람의' 저자가 있고, 다른 한쪽에는 단지 '한 사람의' 독자가 있다고 가정하는 것이다."[19] 하지만 이 말은 합당하지 않은 듯하다. 왜냐하면 엄복의 번역은 결코 한 사람의 독자를 향한 것이 아니고, 천 명 만 명의 독자를 향한 것이기 때문이다. 그는 하나의 목소리로 하여금 말하게 할 뿐 아니라 저자의 목소리를 빌려 자기 자신이, 귀머거리도 들을 만큼 크게 소리치기도 한다. 그는 문화전파와 과학적 계

---

18   T.S.Eliot(1888~1965). 영국의 시인이자 극작가.-역자 주

19   葉維廉, 「破"信·達·雅": 翻譯後起的生命」, 『中外文學』 1994年 第4期, 78쪽 참고.

몽의 횃불을 높이 들고 당시의 봉건적이고 꿈속에서 깨어나지 못하고 있던 중국과 무지에 갇힌 백성을 깨우치려고 했다. 바로 이런 점에 대해 논하자면 중국의 번역사에서 그와 나란히 거론할 만한 사람은 많지 않다.

4. "신·달·아"의 해체

"신·달"에 대한 비평을 끝낸 후, 엽유렴은 번역을 '딴꽃정받이(異花受精)'와 '이종번식(異種繁殖)'으로 묘사했다. 그는 "'신·달·아'와 같은 개념에만 집착하기보다는 번역을 둘러싼 예술적 논의와 번역의 실천을 두 가지 문화의 대화가 필연적으로 낳는 불안으로 간주하고(이는 외래문화의 침입이 일으킨 본원문화의 주변화를 포함한다), 거기서부터 시야를 넓혀 보다 많은 것을 받아들이며 표현의 잠재능력을 확장하고, 우리에게 우리 자신의 문화 속의 특별히 우수한 점과 약점을 성찰하지 않을 수 없게 하는 활동을 하도록 하는 것이 낫다"라고 생각한다.[20]

실제로 엄복은 이 점에서 누구보다도 노련했다. 그는 "열 너덧살 때부터 이미 선정학당(船政學堂)에서 과학기술을 배웠다. 스물 다섯 살 이후로는 영국으로 유학을 가서 서양 자산계급의 문물제도에 심취했는데, 아담 스미스, 벤덤, 몽테스키외, 다윈, 헉슬리 등 영국, 프랑스 자산계급 사상가의 저작을 열심히 읽었다. 귀국 후 그는 비록 해군계(海軍界)에서 복무하였지만 여전히 학교생활을 했다. 그는 중국의 옛 서적을 깊이 연구하는 것 외에도 여전히 게으름을 피우지 않고 부지런히 서

---

20   葉維廉,「破"信·達·雅": 翻譯後起的生命」,『中外文學』1994年 第4期, 82쪽.

양 자본주의의 사상과 학설을 계속 연구하면서 서양 국가들이 왜 부강하며 세계무대를 종횡무진하는지 그 근본 원인을 찾고자 했다. 우리는 다음과 같이 대담하게 말할 수 있다. 1895년〔광서(光緒)21년〕, 이 43세의 북양수사학당(北洋水師學堂) 교장은, 서양학문에 대해 조예가 깊고 서양 사회에 대한 이해가 깊다. 이홍장(李鴻章), 곽숭도(郭嵩燾), 장지동(張之洞) 등 양무파(洋務派) 인물이 비길 바가 전혀 아닐 뿐 아니라, 청일전쟁 전에 이미 외국에 갔었던 왕도(王韜), 정관응(鄭觀應), 하계(何啓)의 부류와 같은 유신운동의 인물들이나, 강유위(康有爲), 양계초같은 청일전쟁 후 유신운동의 인물 전체도 모두 그를 따라가지 못한다."[21] 바로 이와 같은 대단한 소질을 갖추었기 때문에 엄복은 번역하면서 마치 꽃을 이식하고 나무를 접붙이듯 시공(時空)을 넘나들 수 있었다. 그 가운데 몇 가지 작법(作法)은 오늘날의 해체주의자와 포스트모더니스트조차 눈이 휘둥그레지도록 만든다.[22] 그는 기존의 전통적인 규칙을 벗어나 서양 문화의 도입을 목적으로 하여 두 종류의 문화가 대화하는 사이에 낳은 불안에 대하여 심층적으로 사유했다. 전통적 관점은 원작과 번역작품의 관계를 주인과 하인의 관계로 간주했다. 이 때문에 번역은 아주 신중하게 진행되어 조금이라도 그 규칙을 넘어설 수 없었다. 엄복은 번역하면서 번역문이 더 큰 사회적 효용과 미학적 효과를 낳을 수 있도록 때때로 '주체적' 신분으로 나타나 원작을 개조한다. 예를 들면, "all sorts of underground and overground animal ravagers"(지상과 지하의 갖가지 파괴자 동

---

21 王栻, 「嚴復與嚴譯名著」. 商務印書館編輯部編, 『論嚴復與嚴譯名著』, 北京: 商務印書館, 1982, 4쪽에 수록.

22 梁立堅, 「各憑才情, 賦予生機: 論"達旨式"的翻譯」, 國立師範大學翻譯研究所編, 『展望二十一世紀翻譯理論』, 1997 참고.

물)를 "上有鳥獸之踐啄, 下有蟻嚙喙之傷嚙"[23]로 번역했다. "And, though one cannot justify Haman for wishing to hand Mordecai on such a very high gibbet, yet, really, the conscoiusness of the Vizier of Ahasuerus, as he went in and out of the gate, that this obscure jew had no respect for him, must have been very annoying."[24]을 "李將軍必取霸陵尉而殺之, 可謂過矣. 然以飛將威名, 二千石之重, 尉何物, 乃以等閑視之, 其憾之者猶人情也."[25]로 번역했다. 그리고 그의 번역문에서 『성경』 속 인물과 사건은 중국 한(漢)나라의 인물과 사건으로 대체되었다. 이렇게 하여 번역자는 한편으로 주체를 해체했고 다른 한편으로 또 주체를 재건했다. 육체와 겉모습은 이미 달라졌으나 정신과 골수는 여전히 남아 있다(形貌已非, 神髓仍存). 번역문은 원문의 주지(主旨)를 잘 알렸고 동시에 엄복의 이론도 표

---

23 한국어 번역문은 다음과 같다. "위에서는 새들이 쪼거나 짐승들이 밟아대고 아래에서는 개미와 벌레가 갉아먹어" 엄복(嚴復) 지음, 양일모·이종민·강종기 역주, 『천연론』, 서울: 소명출판, 2008, 48쪽.-역자 주

24 T.H.Huxley, Prolegomena X, *Evolution & Ethics and Other Essays*, London: Macmillan, 1901 참고. 한국어번역본 역자들에 의한 영문 번역은 다음과 같다. "이 집트의 하만이 모르드개를 잡아다가 장대 위에 매달고자 한 것은 지나친 일이다. 아하수에로 왕의 대신이라는 권위에 비해 유대인은 아무 것도 아니었지만 그의 실수를 냉담하게 받아들였는가? 그가 다시 문에 들어와 오만하게 행동하며 예의를 표하지 않았을 때, 하만이 분노한 것은 인간으로서 당연한 감정이었다." 엄복(嚴復) 지음, 양일모·이종민·강종기 역주, 『천연론』, 서울: 소명출판, 2008, 107쪽.-역자 주

25 嚴復, 『天演論』導言一: 察變, 王栻 編, 『嚴復集』(第五冊), 北京: 中華書局, 1986, 1346~1347쪽. 한국어 번역문은 다음과 같다. "이광 장군이 패릉의 관리를 잡아 죽인 사건은 잘못된 일이라고 할 수 있다. 그는 날아다니는 장군이란 이름을 얻어 위세를 떨쳤고, 2천석의 봉록을 받는 군 태수의 지위에 있었다. 패릉의 관리는 자신에 비해 하찮은 신분에 불과했지만 그의 실수를 담담하게 넘어갔는가? 이광이 분노한 것은 인간으로서 당연한 감정이었다." 엄복(嚴復) 지음, 양일모·이종민·강종기 역주, 『천연론』, 서울: 소명출판, 2008, 107쪽.-역자 주

현했다. 그가 의역(達旨)하면서 사용한 기법들, 예를 들어, 뒤집기(顚倒), 덧붙이기(附益), 부각시키기(引襯), 동화(同化), 해체(解體), 재건(再建), 시공의 전환 등에 대해서는 해석과 논평을 한 데 모아 연구할 가치가 있다.

5. 맺는말

번역의 기준으로서의 "신·달·아"는 이미 한 세기의 점검을 거쳤으며 그 생명력을 보여주었다. "신·달"은 번역의 기본적인 요구이며, "아"는 번역의 완벽함을 추구하는 것을 표현해냈다. 번역은 결코 노예적 활동이 아니며, 그것은 원작의 풍모와 역자의 주관적 능동성 및 창조성을 표현해낼 때 비로소 생명력을 가진다. 확실히 중국 국내에는 "신·달·아"가 실속이 없으며, 나이다[26] 등 서양 학자의 번역기준만큼 객관적이고 실용적이지 못하다고 여기는 학자도 있다.[27] 필자는 이는 우리가 두 종류의 번역기준을 뒤섞었기 때문이라고 생각한다. "신·달·아"는 번역의 미학적 기준이며 번역의 속성에 대해 미학적 의의에서 규정하는 데에는 감상적(鑑賞的) 성격이 더 짙다. 이에 비하여 나이다 등의 기준은 번역의 구축(構築)기준으로 번역작업을 지도하는 데에 사용되며, 실용적인 성격이 더 강하다. 당면하고 있는 동서양의 가치판단에서 필자는 마땅히 우리 스스로 성찰한 뒤에 새로운 인식이 있지, 남들이 그렇다고 하니 나도 그렇다고 하는 식으로 비판해서는 안 되며, 외

---

26   유진 나이다(Eugene Nida, 1914~2011)는 역동적 등가 성경번역이론(dynamic-equivalence Bible-translation)을 발전시킨 언어학자이자 근대 번역학의 창시자 가운데 한 사람이다.-역자 주

27   勞隴, 「"殊途同歸"-試論嚴復·奈達和紐馬克翻譯理論的一致性」, 『外國語』 1990年 第5期, 50~52쪽, 62쪽 참고.

래문화와 이론을 가지고 우리 자신의 이론을 압박해서는 더욱 안 된다고 생각한다. "신·달·아" 번역이론에 대해서도 마찬가지이다. "신·달·아"를 해체하는 일은 번역이론으로 하여금 사후의 삶을 얻게 할 뿐 아니라 보다 더 심층적인 인식에 이르게 한다.

제 2 절

이데올로기와 문학번역

- 양계초(梁啓超) 의 번역 실천을 논함

1. 이끄는 말

양계초의 번역 이론과 실천은 양계초 학술연구의 중요한 구성부분으로서, 어떤 면에서는 근대 진보 성향의 중국인이 서양을 배우고 민주와 자유를 추구한 사고의 여정을 반영한다. 양계초와 관련된 연구는 헤아릴 수 없을 만큼 많지만 그의 번역연구와 관련된 글은 오히려 손에 꼽을 정도로 적다. 필자가 중국 기간망(期刊網: 중국 학술지 논문을 등재·검색하는 사이트 - 역자 주)에서 조회한 결과를 보면, 1994년부터 2003년말까지 중국 기간망의 언어문학 항목에 등재된 양계초에 관한 연구논문은 464편으로서, 문학, 역사, 뉴스, 심지어 농업/생태 등의 여러 방면에 걸쳐 있다. 그러나 그의 번역론에 관한 논문은 겨우 4 편[1]에 불과하여 관련 문

---

01   이 네 편의 논문은 각기 다음과 같다. 勞隴, 「意譯論」(『外國語』 1996年 第4期); 王宏志, 「"專欲發表區區政見」: 梁啓超和晩淸政治小說的翻譯與創作」(『文藝理論硏究』 1996年 第6期); 李偉, 「梁啓超與日譯西學的傳入」(『山東師範大學學報』 1998年 第4期); 王志松, 「文體的選擇與創造-論梁啓超的小說翻譯文體對淸末翻譯界的影向」(『國外文學』 1999年 第1期). 물론, 통계에 잡히지 않는 글이 있을 가능성도 배제하지는 않지만, 영향력 있는 글은 당연히 이것들일 것이다.

헌의 1%도 되지 않는다. 물론 '신소설'을 논의한 몇몇 글에서 번역에 관한 양계초의 견해를 다루었지만, 이 글들에서 다룬 주요 논지는 신문학(新文學)과 신소설(新小說)의 개혁에 관한 내용이었다. 그리고 그의 「역인정치소설서(譯印政治小說序)」, 「역서를 논함(論譯書)」 등의 글에서 다룬 주요 논점은 단지 신문학을 논하는 증거로써 이용되었을 뿐이었다.

오늘날 번역은 이미 주변화되고 낯설게 되고, 그저 문학의 도구이자 부속물이 되어 더이상 문화와 사회를 개조하는 날카로운 검이 아닌 것 같다. 그러나 사실 번역은 문학연구의 배경일 뿐 아니라 문학연구의 주요 부분이기도 하다. 20세기초의 중국은 특히 그러했다. 양계초의 번역이론과 실천은 서로 달랐는데, 그의 번역이론은 세상에 전해지기 위한 것(傳世的)이었고, 번역실천은 세상을 일깨우기 위한 것(覺世的)이었다.[02] 이 절에서는 주로 이데올로기의 시각에서 양계초의 문학번역실천을 탐색하기로 한다.

2. 정치소설을 문학번역의 소재로 삼다

문학번역에서 번역자는 매우 중요한 역할을 담당한다. "무엇을 번역하는가", "어떻게 번역하는가"는 모두 번역자의 가치 취향을 반영하므로 이것은 연구할 가치가 있는 과제이다. 21세기라는 번역연구의 문화적 전환(cultural turn-역자 주)의 시기에, 이와 같은 생각은 갈수록 많은 학자의 흥미를 유발했다. "무엇을 번역할 것인가"라는 문제는 양계초

---

02   "傳世", "覺世"의 개념은 夏曉虹, 『傳世與覺世-梁啓超的文學道路』, 上海: 上海人民出版社, 1991에서 처음 보인다.

의 학문 세계에 매우 두드러지게 반영된다. 자산계급계몽사상가로서 양계초는 혁신변법의 지향을 품고 있었고, 정치소설을 문학번역의 소재로 채택하여 일종의 선전·교육과 계몽의 번역관을 주장했다.

양계초는 만청(晚淸) 문학운동의 발기자이자 고취자로서, 그가 제창한 "시계 혁명(詩界革命)" "문계 혁명(文界革命)" "소설계 혁명(小說界革命)"과 "희곡개량(戱曲改良)"은 근대 중국 문학에 매우 적극적인 영향을 끼쳤다. 상기의 이론들은 모두 양계초의 "신민이론(新民理論)"을 뒷받침하기 위한 것이었다. 그는 이렇게 지적했다. "설사 현명한 군주와 재상이 있더라도 금일의 민덕·민지·민력만으로는 향후의 문제를 잘 처리할 수 없음을 나는 알고 있다."[03] 또한 그는 『소설과 군치의 관계를 논함(論小說與群治之關係)』의 서두에서 이미 지적했다. "일국의 민을 새롭게 하려면 먼저 일국의 소설을 새롭게 하지 않을 수 없다. 그러므로 도덕을 새롭게 하려면 반드시 소설을 새롭게 해야 한다. 종교를 새롭게 하려면 반드시 소설을 새롭게 해야 한다. 정치를 새롭게 하려면 반드시 소설을 새롭게 해야 한다. 풍속을 새롭게 하려면 반드시 소설을 새롭게 해야 한다. 문예를 새롭게 하려면 반드시 소설을 새롭게 해야 한다. 더 나아가 인심을 새롭게 하려면, 인격을 새롭게 하려면 반드시 소설을 새롭게 해야 한다. 무엇 때문인가? 소설에는 사람의 노리를 시배하는 불가시의한 힘이 있기 때문이다.(欲新一國之民, 不可不先新一國之小說. 故欲新道德, 必新小說; 欲新宗敎, 必新小說; 欲新政治, 必新小說; 欲新風俗, 必新小說; 欲新文藝, 必新小說; 乃至欲新人心, 欲新人格, 必新小說. 何以故? 小說有不可思議之力支配人道故.)"[04]

---

03   梁啓超, 「新民說」, 『飮氷室文集點校』(第1冊), 昆明: 雲南敎育出版社, 2001, 548쪽.

04   梁啓超, 「論小說與郡治之關係」, 『飮氷室文集點校』(第2冊), 昆明: 雲南敎育出版社,

양계초가 "국민을 새롭게 하기" 위해서 "소설을 새롭게 하려는" 이유는 그가 중국의 구소설(舊小說)에 매우 불만이 있고, 그것이 국민을 새롭게 하는 역할을 하지 못할 뿐 아니라 오히려 "도둑질과 음란함을 가르치도록(誨盜誨淫)" 돕는 기풍이 있다고 생각하였기 때문이다. "우리 중국인의 장원과 재상이라는 사상은 어디서 오는가? 소설이다. 우리 중국인의 가인과 재자라는 사상은 어디서 오는가? 소설이다. 우리 중국인의 강호와 도적이라는 사상은 어디서 오는가? 소설이다. 우리 중국인의 요괴와 무당과 여우와 귀신이라는 사상은 어디서 오는가? 소설이다. 이와 같은 것들이, 이와 같은 것들이 어찌 일찍이 사람들에게 그 귀로 들어 가르쳐주고, 여러 사람에게 전해준 것이 아니겠는가? (吾中國人壯元宰相之思想何自來乎? 小說也. 吾中國人佳人才子之思想何自來乎? 小說也. 吾中國人江湖盜賊之思想何自來乎? 小說也. 吾中國人夭巫狐鬼之思想何自來乎? 小說也. 若是者, 豈嘗有人焉提其耳而誨之, 傳諸鉢而授之也?)"[05] 소설을 "새롭게 하려"하고 "국민을 새롭게 하려"하기 때문에 그는 일본과 구미 각국의 경험을 거울로 삼아 소설의 힘을 통해 위에서 언급한 자신의 목적을 달성하려고 했다. 그러나 서양소설을 중국에 끌어들이려면 반드시 번역에 의지해야 한다. 이때의 양계초는 유신변법의 고배를 맛본 후 번역이야말로 곧 문화의 날카로운 검(劍)임을 인식하고 있었다. 그는 곧 문학으로 방향을 바꾸어 서양의 소설을 번역함으로써 서양의 계몽사상을 도입하여 정부를 공격하고 현실을 비판했다. 그렇게 함으로써 국민의 소양을 개조하

2001, 758쪽.

05　梁啓超, 「論小說與群治之關係」, 『飮氷室文集點校』(第2冊), 昆明: 雲南教育出版社, 2001, 760쪽.

고 최종적으로 그의 정치개혁의 목적을 달성하려고 했다. 그 이전에도 양계초는 일찍이 청(淸) 정부에 의한 번역의 한계를 제기한 적이 있었지만, 결코 명확하게 '정치소설'을 번역한다는 관점을 제시하지는 않았다. 예를 들어 그는 『대동역서국서례(大同譯書局敍例)』의 서두에서 이미 이렇게 말했다. "서적을 번역하는 것은 참으로 금일의 급선무이다! ……그러므로 발분하여 동지를 모아 이 대동역서국을 창설했다. 일본 어를 위주로 하고 서양어로 보충하였으며, 정치학을 우선으로 하고 문예학(文藝學)을 그 다음으로 두었다. 예전에 번역되었으나 희귀한 책과 우리나라 사람이 새로 지은 책의 내용이 뛰어나면 모두 받아들였다. 모 아서 함께 간행하여 구독에 편하게 하기도 하고, 한 권씩 발행하여 널리 유통시키기도 한다. (譯書眞今日之急圖哉! ……是以憤懣, 聯合同志, 創爲此局. 以東文爲主, 而輔以西文, 以政學爲先, 而次以藝學; 至舊譯希見之本, 邦人新著之書, 其有精言, 悉在采納; 或編爲叢刻, 以便購讀, 或分卷單行, 以廣流傳.)"[06] 이처럼 양계초는 처음부터 이미 정치학을 문예학 앞에 두었으니, 번역을 통해 정치개량에 도달한다는 그 의도를 분명히 알 수 있다.

양계초가 살던 시대에 서양 소설을 추중한 자로는 또 강유위, 엄복 등이 있었다. 강유위는 『일본서목지(日本書目志)』에서 "지금 중국에서 글자를 아는 이는 적고, 문학에 깊이 통한 이는 더욱 적으니, 경학과 억사는 소설을 번역함으로써 통하게 하는 것이 옳다. 서양은 소설학이 특히 융성하다! (今中國識字人寡, 深通文學之人尤寡, 經義史故, 亟宜譯小說而講通之. 泰西尤

---

06   梁啓超, 「大同譯書國敍例」, 『飮氷室文集點校』(第1冊), 昆明: 雲南敎育出版社, 2001, 147쪽.

隆小說學哉!)"[07]라고 말했다. 한편 1897년 천진(天津)『국문보(國文報)』에 실린 「본관에서 설부를 부록으로 간행하는 경위(本館附印說部緣起)」[08]는 이미 이렇게 말했다. "대저 설부(說部: 중국 고소설, 수필, 잡담 등을 가리킴-역자주)가 흥한 것은, 그것이 사람에게 깊이 들어가고 세상에 멀리 행해지는 것이 거의 경학과 사학보다 더하여, 천하의 인심과 풍속이 마침내 설부에 의해 장악되었기 때문이다.……우리 동지들은 그것이 이와 같음을 알고, 또 유럽·미국·일본이 각각 개화할 즈음에 종종 소설의 도움을 얻었다고 들었다. (夫說部之興, 其入人之深, 行世之遠, 幾幾出於經史上, 而天下之人心風俗, 遂不免爲說部之所持.……本館同志, 知其若此, 且聞歐·美·東瀛, 其開化之時, 往往得小說之助.)"[09]

그러나 양계초만이 선명하고 철저하게 정치소설 번역·간행의 깃발을 내걸고, 정치소설의 번역을 전개하기 위해 대량의 여론 선전작업을 전개했다. 그는 번역소설의 중요성을 강조하여 다음과 같이 지적했다. "번역서는 참으로 금일의 급선무이다! 시세를 아는 천하의 사(士)들은 날마다 변법을 논한다. 그러나 사(士)를 변화시키려 해도 학당의 교과서로 읽을 만한 책이 없다. 농업을 변화시키려 해도 농학 서적으로

---

07   康有爲, 「日本書目志」, 『康有爲全集』(第3冊), 上海: 上海古籍出版社, 1992, 1213쪽.

08   적지 않은 이들은 이 글이 嚴復과 夏曾佑의 공저라고 생각한다. 예를 들면, 蔣英豪, 「梁啓超與中國近代新舊文學的過渡」(『南開大學學報』 1997年 제5기, 24쪽); 張偉, 「晩淸譯介的三種特色小說」(『中華讀書報』 2001年 2月 7日). 그러나 王栻이 주편한 『嚴復集』(北京: 中華書局, 1986) 제2책 439-440쪽에 있는 논의는 이 글이 嚴復이 지은 것이 아니라고 생각하였기에, 이 글을 『嚴復集』 속에 수록하지 않았다. 陳平原과 夏曉虹의 공저 『二十世紀中國小說理論資料』에서 작자의 서명은 幾道, 別士이다. 그러나 王宏志는 『重釋信達雅: 二十世紀中國翻譯研究』(上海: 東方出版中心, 1999)에서 嚴復과 夏曾佑를 작자라고 여기고, 그후 뒤의 괄호 속에 幾道와 別士 두 이름을 채워넣었다)

09   陳平原·夏曉虹 編, 『二十世紀中國小說理論資料』, 北京: 北京大學出版社, 1989, 12쪽.

읽을 만한 것이 없다. 공업을 변화시키려 해도 공학서적으로 읽을 만한 것이 없다. 상업을 변화시키고자 해도, 상업서적으로 읽을 만한 것이 없다. 관(官)을 변화시키려 해도, 관제에 관한 서적으로 읽을 만한 것이 없다. 군사를 변화시키려 해도, 군사학서적으로 읽을 만한 것이 없다. 총강(總綱)을 변화시키려 해도, 헌법(憲法)서적으로 읽을 만한 것이 없다. 분목(分目)을 변화시키고자 해도, 장정(章程)의 서적으로 읽을 만한 것이 없다.(譯書眞今日之急圖哉! 天下識時之士, 日日論變法. 然欲變士, 而學堂功課之書, 靡得而讀焉; 欲變農, 而農政之書, 靡得而讀焉; 欲變公, 而工藝之書, 靡得而讀焉; 欲變商, 而常務之書, 靡得而讀焉; 欲變官, 而官制之書, 靡得而讀焉; 欲變兵, 而兵謀之書, 靡得而讀焉; 欲變總綱, 而憲法之書, 靡得而讀焉; 欲變分目, 而章程之書, 靡得而讀焉……)"[10] "아! 중국의 구식 번역의 잘못은 여기에 다 있다.……그러므로 금일 서적의 번역을 말하자면, 당연히 세 가지 규칙을 먼저 세워야 한다. 첫째, 번역해야 할 책을 고른다. 둘째, 번역의 규범을 정한다. 셋째, 번역할 수 있는 인재를 기른다.(呀! 中國舊譯之病, 盡於是矣.……故今日而言譯書, 當首立三義: 一曰, 擇當譯之本; 二曰, 定公譯之例; 三曰, 養能譯之才.)"[11] 양계초는 "번역해야 할 책"을 제일 앞에 두는데, 그의 생각에 원본의 선택이 가장 중요하다는 점을 알 수 있다. 양계초의 "번역해야 할 책"은 곧 서양의 정치소설이며, 그 목적은 선전·교육과 계몽인데, 이 역시 서양으로부터 배우는 것이다. "옛날 유럽 각국에서 변혁이 시작될 때 그 대학자들과 인인지사(仁人志士)들이 종종 그 자신이 겪은 일과 그 마음속에 품은 바, 정치적 의

---

10 梁啓超, 「大同譯書局敍例」, 『飮氷室文集點校』(第1冊), 昆明: 雲南教育出版社, 2001, 147쪽.

11 梁啓超, 「論譯書」, 中國翻譯工作者協會 『翻譯通信』 編輯部編, 『翻譯研究論文集(1894-1948)』, 北京: 外語敎學與硏究出版社, 1984, 11쪽에 수록.

론을 모두 소설에 기탁했다.(在昔歐洲各國變革之時, 其魁儒碩學, 仁人志士, 往往以 其身之經歷, 及胸中所懷, 政治之議論, 一寄之於小說)"[12] 그는 인성의 계몽에 중국 현대사상의 근본이 있음을 깊이 인식하였기 때문에, 이 관점을 문학이 론에 관통시켰고 문학번역의 실천 속에서 활용했다. 그는 확실히 이 일을 해냈다. 오연인(吳趼人)은 『월월소설(月月小說)』 서문에서 "내가 양계초의 「소설과 군치의 관계」의 주장에서 느낀 바가 있어 소설의 개량을 제창하자 몇 년 지나지 않아 우리나라의 새로 지은 저서와 새로 번역한 소설이 가득하였고, 또 날마다 끊임없이 출간되니 언제 멈출지 기약할 수 없게 되었다.(吾感夫飮氷子「小說與群治之關係」之說出, 提倡改良小說, 不數年而 吾國之新著新譯之小說, 幾於汗萬牛, 充萬棟, 尤復日出不已, 而未有窮期也.)"라고 말했 다.[13]

3. 일본어 중역(重譯)을 문학번역의 책략으로 삼다

1898년 중국에서는 번역론 두 편이 나타났는데, 한 편은 엄복의 「『천연록』번역범례」이고, 또 다른 한 편은 양계초의 「번역서를 논함(論 譯書)」이다. 전자는 수백 자밖에 안 되지만, 오히려 번역의 "신·달·아"의 주장을 제기해 이후 한 세기에 가까운 중국번역학 이론에 영향을 미쳤 다. 후자는 일만 자에 가까운 글인데, 서양 서적 번역의 중요성을 논증 하였을 뿐 아니라 번역의 책략과 방법 그리고 그 존재의 문제를 논증하

---

12   梁啓超, 「譯印政治小說序」, 『飮氷室文集點校』(第1冊), 昆明: 雲南敎育出版社, 2001, 153쪽.

13   陳平原·夏曉虹 編, 『二十世紀中國小說理論資料』, 北京: 北京大學出版社, 1989, 188 쪽.

면서 일련의 깊고 예리한 견해를 제기했다. 서지소(徐志嘯)는 이 글에 대하여 "근대중국의 문단에서 번역을 제창하고 번역을 전문적으로 논한 최초의 전문적인 글이며 중국의 번역이론과 근대 중국과 외국의 문학 관계에 공헌했다."[14]고 평가했다. 그러나 양계초의 글은 당시 결코 그런 평가에 상응하는 시선을 끌지 못했으며 번역연구에 대해 말해서도 그 영향은 오히려 엄복의 짧은 글에 훨씬 못 미쳤다.

무엇 때문일까? 필자는 두 가지 원인이 있다고 생각한다. 하나는 엄복의 저역(著譯)이 매우 풍부하고, 중국어와 서양어에 모두 뛰어나 동성파(桐城派: 중국 청나라 중기 이후에 주류를 이룬 산문파-역자 주)의 전범(典範)이 되었고, 번역가들은 모두 그의 글을 번역의 본보기로 삼았기 때문이었다. 다른 하나는 중국의 번역학이 번역의 예술적 특징을 더 중시했다는 것인데, 엄복의 '신·달·아' 이론이 마침 이 특징을 만족시킬 수 있었기 때문이었다. 양계초는 번역을 문화적 측면에서 고찰하고자 하였고 번역을 결과로써 분석하려고 하였으며, 문화적 과정으로부터 번역을 고찰하고자 했다. 그는 비록 당시의 병폐를 지적하여 고치려고 하였으나. 그의 번역론은 오히려 번역예술의 주된 취지와는 무관하였기 때문에 거기에 상응하는 주목을 받지 못했다. 그러나 사실 사람들은 한 가지 기본적인 사실을 소홀히 했다. 즉 그의 번역과 번역론이 당시 사회에 미친 영향은 결코 엄복에 비해 작지 않았다는 사실이다. 그가 일본어로 된 서양 학술저작을 중역하자고 주장하면서 문학번역의 접목(接木)을 진행한 것이 바로 가장 성공적인 사례 중 하나이다.

양계초는 "일본과 우리는 같은 문자를 사용하는 나라로서 예로부

---

14   徐志嘯, 『近代中外文學關係』, 上海: 華東師範大學出版社, 2000, 137쪽.

터 한문(漢文)을 사용해 왔다. 일본어(和文)가 생긴 후부터 히라가나와 가타카나 등이 비로소 한문과 뒤섞였지만 한문이 더 많아 열에 예닐곱을 차지했다. 일본은 메이지유신 이후부터 서학에 주의를 기울였는데, 번역된 책 중에서 요약한 것과 그 본국에서 새로 지어진 저서로 또한 볼 만한 것이 많다. 오늘날 진실로 능히 일본어를 익혀서 일본 서적을 번역한다면 힘은 매우 적게 들고 얻는 이익은 매우 클 것이다. 일본어를 배우기 쉬운 것에 대해 생각해보면 대략 몇 가지 단서가 있다. 음(音)이 적은 것이 그 하나이다. 음은 모두 중국에 있는 것들로서, 어색하고 들어맞지 않는 음이 없는 것이 그 둘이다. 문법이 복잡하지 않은 것이 그 셋이다. 사물의 이름이 중국과 같은 것이 많음이 그 넷이다. 한문이 열에 예닐곱을 차지하는 것이 그 다섯이다. 그러므로 황준헌(黃遵憲)은 배우지 않고도 할 수 있다고 말했다. 기억력이 뛰어나다면 반년 정도면 통하지 않는 자가 없을 것이다. 이를 서양어와 비교해 보면 아마도 절반의 노력으로 두 배의 효과를 얻을 수 있을 것이다. (日本與我爲同文之國, 自昔行用漢文. 自和文肇興, 而平假名片假名等, 始與漢文相雜厠, 然漢文尤居十六七. 日本自維新以後, 銳意西學, 所翻彼中之書, 要者略者, 其本國新著之書, 亦多可觀. 今誠能習日文以譯日書, 用力甚鮮, 而獲益甚巨. 計日文之易成, 約有數端: 音少一也; 音皆中之所有, 無棘刺扞格之音, 二也; 文法疏闊, 三也; 名物象事, 多與中土相同, 四也; 漢文居十六七, 五也. 故黃君公度, 謂可不學而能. 苟能强記, 半歲無不盡通者. 以此視西文, 抑又事半功倍也.)"[15]라고 생각했다. 이런 점은 그의 학술 전문용어 번역에서 더욱 두드러지게 나타났다.

---

15   梁啓超, 「論譯書」, 中國翻譯工作者協會 『翻譯通信』編輯部編, 『翻譯研究論文集(1894-1948)』, 北京: 外語教學與硏究出版社, 1984, 20쪽에 수록.

엄복은 일찍이 "이름 하나를 정하는 데에 열흘이나 한 달을 주저했다(一名之立, 旬月踟躕.)"[16]라고 탄식한 적이 있다. "이름"이 여기서 가리키는 것은 전문용어로서, 엄복이 "경제학(經濟學)"을 "계학(計學)"으로, "자유(自由)"를 "군기권계(君己權界)"로 번역한 것과 같은 것들이다. 양계초는 비록 서양의 학술저작을 직접 번역함으로써 서양으로부터 배우는 것이 매우 좋다고 생각했지만, 당시의 중국에는 서양어를 이해하는 사람이 일본어를 이해하는 사람보다 훨씬 적었다. 그러므로 중국 변법혁신(變法革新)의 절박한 요구를 만족시킬 수 없었을 뿐만 아니라, 단기간에 '신민(新民)'의 목표를 실현한다는 것은 더욱 황당한 주장이었다. 반대로 일본을 보면, 메이지유신 후에 이미 서양과 거의 어깨를 나란히할 만큼 강해졌고 서양의 중요한 서적도 이미 많이 일본어로 번역했다. 일본어는 배우기 쉽고, 일본 서적은 구하기 쉬워 일본어로 번역된 서양 학술저작을 다시 중국어로 번역하는 것은 지름길과 같았다.

이런 점은 장지동(張之洞)이 이미 양계초 이전에 깨달은 바 있다. "각종 중요한 서양서적은 일본이 이미 모두 번역해 놓았다. 우리가 일본에서 해놓은 것을 지름길로 택하면, 힘은 덜고 효과가 빨라서 일본어의 쓰임이 많다. …… 서양어를 배우는 것은 효과가 더디지만 쓰임은 넓으니, 아직 벼슬하지 않은 젊은이를 위한 계책이다. 서양서를 번역하는 것은 하기는 쉽고 효과는 빠르니, 이미 벼슬하고 있는 중년을 위한 계책이다. 만약 일본어를 배워 일본 서적을 번역한다면 더 빠를 것이다. 그러므로 서양스승을 따르는 것은 서양어에 통하는 것보다 못하고, 서양 서적을 번역하는 것은 일본 서적을 번역하는 것보다 못하다.(至各

---

16   嚴復, 「『天演論』譯例言」, 王栻 編, 『嚴復集』(第5冊), 北京: 中華書局, 1986, 1322쪽.

種西學之要者, 日本皆已譯之, 我取徑於東洋, 力省效速, 則東文之用多.……學西文者, 效遲
而用博, 爲少年未仕者計也. 譯西書者, 功近而效速, 爲中年已仕者計也. 若學東洋文·譯東洋
書, 則速而又速者也. 是故從洋師不如通洋文, 譯西書不如譯東書.)"[17]

　　그러나 양계초의 의견에 대하여 엄복의 시각은 달랐다. 그는 당시
유명한 교육가인 조전구(曹典球)에게 보내는 편지에서 이렇게 썼다. "대
저 번역의 일은 그 원문에서 시작해도 이미 약간의 차이가 생기는데,
만약 여러 차례 중역(重譯)한다면 원래의 내용으로부터 갈수록 더욱 멀
어지게 되므로 감히 그렇게 하지 않는다. 요즘 사람들은 다투어 일본의
학문을 좇다가 종종 그 노예가 되어 일본의 학문이 실로 서양 학문보
다 훌륭하다고 여긴다. 무역항의 큰 부두 광고판에 열거된 것은, 대저
모두 일본어로부터 온다. 대저 중국인이면서 일본어를 통해 서양 학문
을 구하는 것을 두고 '약간의 위안이 되니 안 하는 것보다는 낫다.'라고
말한다면 그래도 말이 된다. 그러나 그 원본을 보는 것보다 낫다고 말
한다면, 이는 그림 속 서시(西施)를 보면서 그것이 실물보다 아름답다고
여기는 것과 무엇이 다른가? 속설(俗說)의 옳지 못함이 이와 같도다! (大
抵翻譯之事, 從其原文本書下手者, 已隔一塵, 若數轉爲譯, 則源遠益分, 未必不害, 故不敢也.
頗怪近世人爭趨東學, 往往入者主之, 則以謂實勝西學. 通商大埠廣告所列, 大抵皆從東文來.
夫以華人而從東文求西學, 謂之慰情勝無, 猶有說也; 至謂勝其原本之睹, 此何異睹西子於圖
畫, 而以爲美於眞形者乎? 俗說之悖常如此矣!)"[18]

　　한편 팽씨(彭氏) 성을 가진 사람 하나가 "장래의 작은 변호사(將來小
律師)"라는 이름으로 「맹인의 새 술어(術語)(盲人瞎子之新名詞)」를 지어 일본

17　張之洞, 廣譯第五, 『勸學篇』, 北京: 華夏出版社, 2002, 101-102쪽.

18　嚴復, 「與曹典球書」(十二封), 王栻 編, 『嚴復集』(제5冊), 北京: 中華書局, 1986, 567쪽.

어 전문용어가 중국에서 유행하는 것에 대해 맹렬히 공격했다. 그는 말하기를, "돌아보니, 우리나라 사람들이 신학(新學)을 배운지도 여러 해인데, 신학이 주는 것을 받을 생각을 하지 않으니 우리나라 고유의 문장과 언어도 그에 따라 어두워졌다. 근래에 출판된 책들을 보건대, 번역서나 지은 책이나 말할 것도 없이 그 속에는 문장이 매끄럽지 못하여 읽기 어려워서 이해하는 사람을 찾기 어려운 시쳇말이 수두룩하다. 오호라! 이는 어떤 까닭인가? 이것은 바로 외국어를 공부하지 않았거나 아니면 외국어를 공부해도 깊이 연구하지 않았기 때문이다. 맹목적으로 읽고 허풍을 떨어 잘못된 것이 꼬리를 물고 이어져서 그러하다. 오래전에 오쿠마 시게노부(大隈重信)가 우리를 조롱하면서 말하기를, '메이지유신 이전에는 한문이 일본에서 행세했으나, 메이지유신 이후에는 일본어가 중국 땅에서 행세한다.'라고 했다. 내가 이 말을 듣고 우리나라 사람들이 갈수록 뒤떨어지면서도 스스로 떨쳐 일어설 줄 모름을 깊이 한탄했다. (顧吾國人讀新學也有年矣, 非惟不受新學之賜, 幷吾國固有之文章語言, 亦幾隨之而晦. 試觀現代出版刻書, 無論其爲譯述也, 著作也, 其中佶屈聱牙解人難索之時髦話, 比比皆是. 嗚呼! 是何故也? 是不治外國文過也, 或治之而未深求也, 盲讀瞎吹, 以訛傳訛. 曩者大隈重信譏我曰: 日本維新以前, 漢文行乎日本, 自維新之後, 日文行乎中土. 予聞此語, 深慨國人之愈趨愈下而不知自振也.)"[19]

오늘날에 보자면, 일본어 중역(重譯)을 통하여 서학을 번역하는 것에 대한 엄복의 시각은 당연히 옳을 뿐 아니라, 마땅히 따라야 한다. 그러나 19세기말 20세기초 중국의 현실을 고려하면, 그 주장은 그다지 관용적이지도 않고 너그럽지도 않다. 그러나 엄복의 관점과 상술한 팽씨

---

19   王中江, 『嚴復』, 臺北: 東大圖書公司, 1997, 266쪽.

의 주장에는 본질적인 차이가 있다. 엄복은 서양의 학술저작을 번역할 것을 주장하였을 뿐만 아니라 몸소 이를 실천하여 엄청난 저서와 번역서를 세상에 내놓음으로써 근대 중국의 위대한 계몽사상가가 되었다. 이에 비하여 팽씨는 새로운 어휘의 도입을 반대하고 여전히 옛것에 집착하여 변화를 거부한 사람으로서, 그의 관념은 편협하고 폐쇄적이었다. 이 점에서 신 어휘의 수입에 관한 왕국유의 견해는 비교적 인정할 만하다. 왕국유는 기이한 것을 좋아하여 남용하는 것도 반대하고, 외래어를 홍수(洪水)나 맹수(猛獸)로 보면서 모조리 배척하는 것에도 반대했다. 그는 이렇게 말했다. "우리나라의 학술을 진보케 하고 싶다면, 문을 달아 걸고 홀로 서 있던 시대라도 새로운 전문용어를 만들지 않을 수 없는데, 하물며 서양의 학술이 이렇게나 빠르게 중국에 들어오니, 사용할 언어가 부족함은 지극히 자연스러운 형세이다.(我國學術而欲進步乎, 則雖在閉關獨立之時代猶不得不造新名, 況西洋之學術駸駸而入中國, 則言語之不足用, 固自然之勢也.)"[20]

왕국유는 새로운 용어의 수입을 역사적으로 다루어, 그것은 시대의 추세로서 사람이 막을 수 있는 것이 아니라고 생각했다. 그는 한 걸음 더 나아가 이렇게 보충했다. "수년 전부터 형이상학이 중국에 흘러들어왔는데 일본을 중간역(中間驛)으로 했다. 그래서 일본이 서양어를 번역하면서 만든 한문은 거침없는 기세로 우리나라 문학계에 흘러들어왔다. 특이한 것을 좋아하는 자는 그것을 남용하고 옛것에 얽매이는 자는 이를 미워하고 싫어했는데, 둘 다 잘못이다. 대저 일반적인 언어

---

20   王國維, 「論新學語之輸入」, 姚淦銘·王燕 編, 『王國維文集』(第3冊), 北京: 中國文史出版社, 1997, 41쪽.

중에 본디 새롭고 기이한 말은 없으니 학문을 말하고 예술에 이르러서는 새로운 용어(新語)가 늘어나지 않고는 안 된다. 게다가 일본의 학자들이 이미 우리보다 앞서 그것을 정했으니, 그대로 사용하는 것도 안 될 것이 무엇인가? 그러므로 매우 타당치 못한 것이 아니면 애초에 우리가 새로 만들어 낼 이유도 없다.(數年而來, 形上之學漸入於中國, 而又有日本焉, 爲之中間之驛騎, 於是日本所造譯西語之漢文, 以混混之勢, 而侵入我國之文學界. 好奇者濫用之, 泥古者唾棄之, 二者皆非也. 夫普通之文字中, 固無事於新奇之語也, 至於講一學, 治一藝, 則非增新語不可. 而日本之學者旣先我而定之矣, 則沿而用之何不可之有, 故非甚不妥者, 吾人固無以創造爲也.)"[21] 왕국유가 보기에, 신 어휘의 수입은 시대와 함께 나아간다는 것의 한 가지 표현이니, 만약 제자리걸음을 하면서 혁신을 추구하지 않을 것이라면 물론 고인(古人)의 고어(古語)를 그대로 사용하면 되겠고, 만약 발전하려 한다면 이는 당연히 따로 논해야 한다. 일본어로 번역된 대부분의 전문용어가 결국 중국어 속에서 고정되었다는 것은 이런 사실을 증명해준다.

이운박(李運博)은 일본 홋카이도대학에 제출한 박사논문에서 근대 중국에 유입된 일본어 차용어를 분석하고 논증했다. 그는 특히 양계초의 작품 『음빙실합집(飮氷室合集)』에 나타난 161개 전문용어를 비교하고 고찰하며 다음과 같은 결론을 얻었다. 즉, 『음빙실합집』에 나타난 일본어로부터 중역된 161개 전문용어 가운데 141개는 양계초가 사용한 덕분에 중국에 유입될 수 있었다. 그(양계초-역자 주) 이전에 중국에 유입된 것은 그저 "철학(哲學)"이라는 단어 하나뿐이었다. 예를 들어 "潑蘭地(브

---

21   王國維, 「論新學語之輸入」, 姚淦銘·王燕 編, 『王國維文集』(第3冊), 北京: 中國文史出版社, 1997, 41쪽.

랜디)”, “金字塔(피라미드)”, “西伯利亞(시베리아)”, “歐洲列强(유럽 열강)”, “意大利(이탈리아)”, “法律(법률)”, “主權(주권)”, “國民(국민)”, “地球(지구)” 등과 같은 용어는 모두 양계초의 손에서 나왔다.[22] 141개 어휘 중에서 52개 단어는 본래 고대 한문 어휘에 속하였지만 메이지 시기의 일본에 의해 새로운 뜻이 부여되었다. 물론 우리는 새로운 어휘 유입 배후에는 새로운 관념이 생겨났으며, 그 의의는 약간의 학술 어휘가 유입된 것보다 훨씬 크다는 것도 알아야 한다.

바로 양계초의 활약으로 19세기 말 20세기 초의 중국에는 일본어로 번역된 서양학 번역의 붐이 나타난 것이다. 진평원(陳平原)은 양수춘(楊壽春)의 『역서경안록(譯書經眼錄)』에 수록된 도서 목록에 근거한 통계를 인용해, 광서(光緒) 말년에 번역된 서양 서적은 모두 533권이며 일본으로부터 번역된 것은 321권으로, 번역서 전체의 60% 정도를 차지한다고 설명하고 있다.[23] 그러므로 이택후(李澤厚)는 1898년부터 1903년까지가 자산계급 계몽선전가로서의 양계초의 황금시기로, 그의 일생 중 가장 대중적 영향이 있었으며 가장 객관적 역량을 발휘한 시기라고 생각한다. 그 영향이 매우 컸기 때문에 양계초 일생의 잘못과 죄과(罪過)를 상쇄하고도 남을 정도로 충분하다고 보았다.[24] 그는 정치소설의 번역을 제창하고, 또 일본어 중역을 통해서 서양의 자본계급 계몽사상을 빌려 이문치국(以文治國: ‘文’으로 나라를 다스리다)을 달성함으로써 결국 백성들의 지혜를 깨우치고 인도하기에 이르렀다. 이것이 바로 양계초가 적극적

---

22 李運博, 「流入到近代中國的日語借詞-梁啓超作品中的日語借詞」, 『天津外國語學院學報』 2003年 第4期, 37~40쪽 참고.

23 陳平原, 『20世紀中國小說史』(第1卷), 北京: 北京大學出版社, 1989, 37~38쪽 참고.

24 李澤厚, 『中國近代思想史論』, 北京: 人民出版社, 423~424쪽.

으로 정치소설 번역을 제창하여 이바지한 가장 큰 공로였다.

4. "고쳐쓰기(改寫)"와 "조작(操作)"을 문학번역의 수단으로 삼다

번역법에는 여러 가지가 있을 수 있는데, 17세기 영국 번역계의 대표적 인물인 존 드라이든(John Dryden, 1680)은 이미 세 가지 번역 방법을 제기한 적이 있다. 즉, 직역(直譯, metaphrase), 의역(意譯, paraphrase), 연역(衍譯, imitation)이 바로 그것이다. [25] 번역자는 각자의 상이한 목적에 따라 상이한 번역전략을 택할 수 있다. 첫 번째는 축자번역(逐字飜譯)으로서 문장과 어휘의 동등함을 강조하는데, 때로는 글이 난삽해서 읽기 어렵지만 의미는 비교적 충실하다. 두 번째는 반드시 형식에 구애받지는 않고 그저 의미상의 등가(等價, equivalence) 효과를 얻으려 하는 방법이다. 그러나 때로는 "득의이망형(得意而忘形: 원문의 의미만 전달하고 형식을 잃어버린다)"라는 비판을 면하기 어렵다. 세 번째는 그저 원문의 대강에서 벗어나지 않는 범위에서 번역자가 재량을 발휘하는 방법이다. 그래서 번역문의 문채(文彩)는 아름답지만 원문과는 매우 거리가 멀어서, 어떤 이는 이를 두고 "아름답지만 충실하지 않다."라고 비판한다. 이 세 가지 유형의 번역은 서로 다른 경우에 사용되어 각각 서로 다른 결과를 가져온다.

---

25   陳德鴻과 張南峰이 주편한 『西方翻譯理論精選』에서는 John Dryden이 Preface to Ovid's Epistles(London: Jacob Tonson, 1680)에서 세 종류의 번역 즉 "metaphrase, paraphrase, imitation"을 언급했음을 언급하고, 그것들을 각기 "直譯, 意譯, 擬作"이라고 번역하는데, 이 책의 저자(羅選民-역자 주)는 앞의 두 가지는 그대로 두고, "imitation"은 "衍譯"이라고 옮긴다.

이미 고인이 된 미국의 번역이론가 르페브르는 번역이 단순한 모방행위가 아니라 일종의 조작(manipulation)이며, 이런 "조작"은 서로 다른 번역자들에게서 그 흔적을 찾을 수 있고, 다만 그 정도의 깊고 얕음이 다를 뿐이라고 주장했다.[26] 예를 들어 엄복은 『천연론』을 번역하면서 원서 표제 속의 "윤리(ethics)"라는 단어를 버리고 "물경천택, 적자생존(物競天擇, 適者生存)"이라는 자본주의 사상의 계몽관을 부각시켰다.[27] 엄복의 번역에는 원서의 장절(章節)을 바꾸어 혹은 늘리고 혹은 줄이고 혹은 합쳐서, 꽃을 이식하고 나무를 접목하듯이 교묘하게 바꾸거나 시간과 공간을 넘나든 것이 매우 많았다. 또, 독자의 익숙한 정도와 작품의 극적 효과를 높이기 위해 『성경(聖經)』 속의 인물은 중국 『사기(史記)』 속의 인물로 대체되었다.

정치가로서의 양계초 역시 이런 방법(道)에 정통했다. 그는 번역하면서 늘 의도적으로 원문을 늘이고 줄이거나 바꾸어, 번역문이 사회를 개혁하는 데 쓰일 수 있도록 만들었다. 진평원은 "'직역'은 청나라 말기에는 거의 찾아볼 수 없었고 소설 번역계도 기본적으로 '의역' 일변도였다. 양계초가 영국인(드라이든 - 역자 주)이 말한 '의미를 번역하지 단어를 번역하지 않는다.'라고 인용하자, 당시 사람들이 상당히 믿고 따랐다."[28]고 말했다.

그가 말한 의역의 네 가지 부분은 양계초의 번역문 속에 모두 나

---

26 Luo Xuanmin, "Literary Translation and Comparative Literature: An Interview with Professor Andre Lefevere", *Tamkang Review*, 1997, TKR Vol. XXVII, No.1, p.109.

27 嚴復, 「『天演論』譯例言」, 王栻 編, 『嚴復集』(第5冊), 北京: 中華書局, 1986, 1,822쪽.

28 陳平原, 『20世紀中國小說史』(第1卷), 北京: 北京大學出版社, 1989, 46쪽 참고.

타나 있다. 첫째, 중국의 인명, 지명으로 고쳐 사용하여 기억하기 편하게 했다. 양계초는 『십오소호걸(十五小豪傑)』의 주인공 이름에 모두 중국인의 이름을 사용했다. 예를 들면 무안(武安), 아돈(俄頓), 막과(莫科), 두번(杜番) 등이다. 둘째, 소설의 체계를 바꾸어 회수(回數)를 나누었고, 심지어 매회의 제목을 다시 지었다. 양계초는 『십오소호걸』의 번역문에 주석을 달아 "모리타 시켄의 번역본은 모두 15회로 되어 있지만, 이 중국어 번역본은 신문에 매번 1회씩 실리기 때문에 회수를 더 나누어 원래 번역서의 약 두 배가 되었다. 그러나 중국 소설의 체제에 따라 멈추어야 할 곳을 나누었으니 원문보다 더 나은 듯하다. (森田譯本共分十五回, 此編因登錄報中每次一回, 故割裂回數, 約倍原譯, 然按之中國說部體制, 覺割裂停逗處, 似更優於原文也.)"[29]라고 말했다. 셋째, "꼭 필요하지 않은" 문장과 "국가의 정서에 어울리지 않는" 장절은 삭제했다. 넷째, 번역자가 많은 부분을 증보했다. 예를 들면, 양계초는 소설을 번역하면서 늘 설교나 해학들을 삽입했는데, 이는 모두 원작에는 없는 것들이다. 또 예를 들어 바이런의 시 가운데 중국의 정서에 부합하는 부분을 그 소설 속에 삽입하여 대중에게 받아들여지기 쉽게 했다. "如此好河山,/也應有自由回照!/我向那波斯軍墓門憑眺,/難道我爲奴爲隸, 今生便了?/不信我爲奴爲隸, 今生便了!"[30]

이것은 양계초가 『신중국미래기(新中國未來記)』에서 사용한 바이런

---

29   梁啓超, 「十五小豪傑」, 『飮氷室合集』(專集94), 北京: 中華書局, 1989, 5쪽.

30   梁啓超, 「新中國未來記」, 『飮氷室合集』(專集89), 北京: 中華書局, 1989, 45쪽. "이토록 아름다운 산하엔 빛나는 자유가 있어야 하지/ 페르시아 군인의 무덤 내려다보며/ 설마 노예로 한평생 사는 건 아니겠지/ 노예로 한평생 사는 건 믿고 싶지도 않네." 이종민 옮김, 『신중국미래기』, 산지니, 2016, 113~114쪽.-역자 주

시의 한 구절인데, 노래하는 이는 스무 살 남짓한 중국 미소년이다. 민중을 부르는 이 몇 구의 시행이 정치담론과 한 데 섞여서, 시의 의미 역시 분명히 드러난다. 진평원은 위에서 언급한 갖가지 상황이 수용되었을 뿐만 아니라 성행하게 된 원인을 두 가지로 제시했다. 첫째는, 당시 번역가의 외국어 수준이 높지 않았기 때문이고, 둘째는 구술(口述)과 받아쓰기(筆譯)의 분업적 협력(예를 들어 임서의 번역처럼)이 의역을 부채질한 것이라고 본 것이다.[31] 그의 이런 분석은 정확하게 정곡을 찌르는 것이다.

양계초의 번역을 보면, 그것은 의역이라 할 수도 없는데 더 정확하고 엄밀하게 말하면, 연역(衍譯)과 고쳐쓰기이다. 이 점을 설명하는 것은 매우 중요하다. 왜냐하면 이것은 사상가로서의 번역가와 예술가로서의 번역가를 구분하는 분수령이기 때문이다. 우리는 물론 양계초의 초기 일본어 실력이 그다지 높지 않았다는 것을 알지만, 설령 그가 당시 일본어에 정통했다 하더라도 일반적 번역가처럼 그렇게 단어 대 단어, 문장 대 문장의 충실한 번역에 전념하지 않았을 것으로 생각한다. 그는 사상가와 정치가의 눈으로 외국 문학을 대했고, 그가 중시한 것은 외국 문학의 가치관이었으며, 그다음이 비로소 문학의 예술성이었다. 그가 관심을 가진 것은 번역문학을 선전도구로 활용하는 것이었으며, 이를 통하여 일종의 새로운 이데올로기와 새로운 국민성을 갖게 되기를 희망했다. 그러므로 그의 번역은 아마도 "세상에 전해질(傳世)" 우수한 번역작품이 아니라, "세상을 깨우칠(覺世)" 작품으로서의 성격이 더 크다고 할 것이다.

양계초가 번역한 소설에는 일본의 정치소설 『가인기우(佳人奇遇)』가

---

31   陳平原, 『20世紀中國小說史』(第1卷), 北京: 北京大學出版社, 1989, 37~38쪽 참고.

있는데, 그 소설은 주굉업(周宏業)이 번역한 『경국미담(經國美談)』과 함께 『청의보(淸議報)』에 게재된 후 대단히 큰 호응을 받았으며 독자의 국가의식을 계발하고 고취했다. 나중에 그는 또 일본어로 된 『십오소년(十五少年)』을 다시 번역하여 신문에 『십오소호걸(十五小豪傑)』이라는 제목으로 연재했다. 양계초는 역저(譯著) 제1회 부기(附記)에서 이렇게 썼다. "영역자의 자서에서는 '영국인의 체재를 사용했고 뜻을 번역하였지 단어를 번역하지 않았으며 원문에 터럭만큼의 잘못도 없다고 자신한다.'고 말한다. 일본의 모리타씨는 자서에서도 '일본의 격조로 바꾸었으나 터럭만큼도 원래의 뜻을 잃지 않았다.'고 말했다. 지금 나의 이 번역은, 또 순전히 중국의 설부의 형식으로 그것을 대신하였으나, 모리타씨에 뒤지지 않는다고 자신한다. 내 생각이 그러하니, 이 번역본을 쥘 베른에게 다시 읽게 하더라도 그것이 기분을 상하게 한다고 말하지는 않을 것이다.(英譯自序云: 用英人體裁, 譯意不譯詞, 惟自信於原文無毫釐之誤. 日本森田氏自序譯云: 易以日本格調, 然絲毫不失原意. 今吾此譯, 又純以中國說部體段代之, 然自信不負森田. 果爾, 則此編雖令焦士威爾奴復讀之, 當不謂其唐突西子耶.)"[32] 여기에서 말한 '뜻을 번역한다(譯意)'는 곧 번역본의 격조(格調)로서, 축자역의 번역이 아니다. 양계초가 번역한 『십오소호걸』은 본래 프랑스인이 지은 것으로서 후에 영국인이 번역했고 다시 일본 학사 모리타 시켄(森田思軒)이 영어로부터 일본어로 번역했으니, 양계초의 번역은 이미 세 번째 중역이며, 그 '체재'와 '격조'는 변하고 또 변하여, 그 충실성의 정도는 확실히 의심스럽다. 이 점에 관해 그 자신이 제4회[33]의 안어(按語)에서 설명했다. "본서는

---

32   梁啓超,「十五小豪傑」,『飮氷室合集』(專集94), 北京: 中華書局, 1989, 5쪽.

33   원서에서 제14회라고 한 것은 잘못이다.-역자 주

원래『수호전』,『홍루몽』등의 체재를 모방해 순전히 속화(俗話: 명청소설에 사용되는 고대 백화문-역자 주)를 사용했다. 그러나 번역할 때는 매우 어려워서 문언(文言)도 함께 사용하니 힘은 반으로 줄고 효과는 두 배가 되었다. 앞선 몇 회의 문체를 생각해보면 시간당 1천자밖에 번역하지 못했는데, 이번에는 2천5백자를 번역할 수 있었다. 역자는 시일을 아끼기를 탐하니 문언문과 속화를 함께 사용할 수 밖에 없는데, 체례가 부합하지 않음을 잘 알고 있으며, 전서(全書)를 탈고할 때를 기다렸다가 다시 개정할 것이다.(本書原擬依水滸, 紅樓等書體裁, 純用俗話. 但翻譯之時, 甚爲困難. 參用文言, 勞半功倍. 計前數回文體, 每點鍾僅能譯千字, 此次則譯二千五百字. 譯者貪省時日, 只得文俗幷用, 明知體例不符, 俟全書殺靑時, 再改定耳.)"[34] 비록 이러하지만, 그 소설은 오히려 당시의 사회에서 큰 영향을 낳았고, 여러 번이나 재간행되었다.

소설 외에 양계초는 최초로 영국 시인 바이런의『자우어(Giaour, 渣阿亞)』[35]와『돈 후안(Don Juan, 端志安)』[36] 두 시를 번역하기도 했다. 양계초는 왜 바이런을 번역하려 했는가? "바이런은 자유주의를 가장 사랑하고, 거기에 문학의 정신도 겸하고 있어서 마치 그리스와 전생에 맺은 인연이 있는 듯하다. 후에 그리스의 독립을 돕고 끝내 스스로 종군하여 죽었으니, 참으로 문학계의 대호걸이라 할 만하다. 그의 시는 바로 그리스인을 격려하기 위해 지은 것이다. 그러나 우리가 오늘날 듣고 있자면 오히려 조금은 중국을 위해 말한 것 같다.(擺倫最愛自由主義, 兼以文學的

---

34 梁啓超,「十五小豪傑」,『飮氷室合集』(專集94), 北京: 中華書局, 1989, 20쪽.

35 1813년 창작. giaour는 이교도(異敎徒)라는 뜻.- 역자 주

36 1819-1924년 창작. - 역자 주

精神, 和希臘好像有夙緣一般. 後來人爲幫助希臘獨立, 竟自從軍而死, 眞可謂文學界裏頭一位大豪傑. 他的詩歌, 正是用來激勵希臘人而作. 但我們今日聽來, 倒像有幾分是爲中國說法哩.)"[37] 이로부터, 바이런은 참으로 양계초가 중국에 이식하려 한 영웅이고, 바이런의 시를 이용해 중국인의 각오를 환기할 수 있었음을 알 수 있다. 양계초의 관점은 나중에 노신에게도 일정한 영향을 미쳤다. 노신은 어느 글에서 이렇게 말했다. "그때 바이런이 중국인들에게 꽤 알려진 데에는 또 다른 하나의 원인이 있으니, 바로 그가 그리스의 독립을 도왔다는 것이다. 때는 청나라 말년이었고, 일부 중국 청년의 마음속에서는 혁명 사조가 바야흐로 흥성했기에, 무릇 복수와 반항을 일으키는 것이면 바로 쉽게 공감을 야기했다."[38]

양계초는 바이런의 이 시를 번역할 때 시가의 감정을 표현하고 불러내는 기능을 더욱 중시했다. 그의 번역문은 어휘의 사용이 우아하고 기세(氣勢)가 충만하여 마치 군대가 나아갈 때의 나팔 소리나 군가와 같으며, 가슴 깊이 감동을 주고 분발하도록 재촉하니, 혁신과 해방을 추구하는 정신을 표현했다.

시험 삼아 양계초가 『신중국미래기』 제4회에서 바이런의 『자우어』의 한 구절의 몇 행을 번역한 것을 읽어보자.[39]

---

37   梁啓超, 「新中國未來記」, 『飲氷室合集』(專集89), 北京: 中華書局, 1989, 44쪽.

38   魯迅, 「雜記」, 『魯迅全集』(第1卷), 北京: 人民文學出版社, 1981, 220-221쪽.

39   梁啓超, 「新中國未來記」, 『飲氷室合集』(專集89), 北京: 中華書局, 1989, 42-43쪽.

원문

…

Such is the aspect of this shore;

'Tis Greece, but living Greece no more!

…

Clime of the unforgotten brave!

Whose land, from plain to mountain-cave

Was freedom's home or Glory's grave!

Shrine of the mighty! Can it be

That this is all remains of thee?

번역문

……

葱葱猗, 昱昱猗, 海岸之景物猗!

嗚嗚, 此希臘之山河猗! 嗚嗚, 如錦如荼之希臘, 今在何猗?

……

嗚嗚, 此何地猗? 下自原野上巖巒猗,

皆古代自由空氣所彌漫猗, 皆榮譽之墓門猗, 皆偉大人物之祭壇猗!

噫! 汝朝宗之光榮, 竟僅留此區區在人聞猗![40]

40　"울창하구나! 향기롭구나! 해안의 풍경이요!/ 아아! 이곳이 그리스의 산하인가!/ 아
아! 아름답고 활기찬 그리스는 지금 어디에 있는가?/ 아아! 이곳은 어디인가?/ 평원
에서 산봉우리까지, 고대 자유의 공기가 가득하구나!/ 모두 영예로운 무덤이구나!/
모두 위대한 인물의 제단이구나!/ 아! 그대 선조의 영광이, 결국 이것만 하찮게 남겨
놓은 것인가!" 이종민 옮김, 『신중국미래기』, 산지니, 2016, 110쪽.-역자 주

양계초와 동시대의 학자들 중에도 바이런의 시를 번역한 사람이 있는데, 소만수(蘇曼殊)같은 이가 바로 그 가운데 한 사람이다. 그들은 형식과 의미상에서 원문과 대등하도록 힘써 노력했으며 격식(格式)과 운율을 비교적 많이 고려했다. 그러나 양계초의 번역은 그렇지 않았다. 그는 대부분 고쳐 썼고 시가(詩歌) 전체의 뛰어난 부분을 가지고 자기에게 익숙한 백화문을 문언(文言)에 더해 한 편의 격려하고 진작시키는 표현을 창작함으로써, 매우 큰 선전력과 선동력을 갖추었다. 이것이 바로 한 편의 신문(新文)이요, 신민(新民)이며, 신시(新詩)의 역작(力作)이다.

5. 신문잡지를 문학번역 전파의 진지(陣地)로 삼다

양계초가 번역 분야에서 얻은 성과는, 정치소설을 소재로 취했다는 것, 일본어로부터 옮겨와 접목(接木)한 것, 편역(編譯)과 고쳐쓰기로써 작업을 달성한 것과 관련 있다. 그러나 또 한 가지 우리가 소홀히 해서는 안 되는 것이 있다. 즉, 그는 신문잡지를 번역의 문화전파의 진지(陣地)로서 충분히 이용했다는 것이다. 그의 번역은 연재형식으로 자기가 주관하는 신문잡지에 발표되었는데, 형식이 생동적이고 다양하며 번역과 평(評)이 서로를 돋보이게 해서 낭시 민중으로부터 매우 환영받았다.

『신민총보(新民叢報)』는 창간 후 제2호부터 양계초의 번역을 연재했다. 양계초는 신문잡지의 역할이 "'막힌 것을 제거하고 통하도록 만든다', 그것은 이목구비를 도와주는 쓰임이 있다. 천하의 불구자들을 일으켜 세우는 것이 곧 신문잡지가 하는 일이다."[41]라고 주장했다. 『양계

---

41   賴光臨, 『梁啓超與現代報業』, 臺北: 商務印書館, 1968, 51쪽.

초와 근대 신문업(梁啓超與近代報業)』에서는 또 『신민총보』 발행의 취지를 소개하였는데. 학설(學說) 조목(條目)에서는 "태서(泰西) 명유(名儒)의 학설 가운데 가장 정수(精髓)"라는 말이 있고, 또 신서(新書)를 소개하는 조목에서는 "무릇 각지에서 새로 나온 책은 편집본이든 번역본이든 모두 그 서목(書目)을 열거할 때 평을 더하여, 학습자가 별도로 골라서 구독하기에 편리하게 한다."[42]라고 했다.

기록에 의하면 양계초의 『신민총보』 발행경비는 보황회(保皇會) 역서국(譯書局)으로부터 5,000원을 빌린 것이었다. 처음에는 본래 역서국에 부속하도록 논의하였으나 그후 그와 풍자산(馮紫山) 등이 경영하기로 공론을 거쳐 결정했다. 불과 1년도 되지 않아 9,000부를 팔았으며 그후에는 마침내 14,000부로 크게 늘어났으니, 신문의 영향력이 그만큼 컸음을 충분히 알 수 있다. 또 다른 잡지인 『신소설월보(新小說月報)』 역시 비슷했다. 이 잡지는 "창작 외에 번역도 적지 않다(創作之外, 譯者亦不少)."[43] 그리고 번역의 영향 때문에 잡지의 언어도 그로 인해 풍부해졌다. "양계초가 처음 시도한 문장 신체(新體)는 문언(文言)과 구어(口語), 단행(單行)과 병우(騈偶), 산문과 운문의 경계를 넘나들었을 뿐만 아니라 내용이 풍부하고 기세가 높으면서도 매우 우아했다. 또한, 중국어와 외국어의 경계도 무너뜨리고 많은 외래 새로운 어휘를 사용했으며 외국어로 된 새로운 학술이론(新學理)을 받아들여 더욱 선명하게 당시의 시대적 특색을 나타냈다."[44]

---

42 賴光臨, 『梁啓超與現代報業』, 臺北: 商務印書館, 1968, 40-41쪽.

43 賴光臨, 『梁啓超與現代報業』, 臺北: 商務印書館, 1968, 42쪽.

44 張永芳, 「中西文化交流與大中傳播媒體的産物-論梁啓超的散文創作」, 『社會科學輯刊』 2000年 第6期, 144쪽.

청나라 말기 이래, 일부 계몽가들은 모두 번역을 중시했다. 임칙서(林則徐)와 위원(魏源)은 서양에 대한 학습을 중시하였고, 그 뒤의 강유위, 양계초가 전개한 일련의 변법개혁활동은 번역과 관계없는 것이 없다. 예를 들면 신문잡지의 발행, 역서국의 설치 및 유신이론의 제창 등이다.

『본관에서 설부를 함께 간행하는 경위(本館附印說部緣起)』에는 이런 말도 있다. "또 유럽, 미국, 일본에서는 개화할 때 종종 소설의 도움을 받았다고 한다. 그러므로 고생을 마다하지 않고 널리 소재를 모아 편집하여 지면에 나누어 내보낸다. 어떤 것은 '큰 바다 바깥'의 것들을 번역했고, 어떤 것은 희귀한 고본(孤本)을 번역한 것이었다……그 주된 목적은 백성(民)을 개화시키는 데에 있었다.(且聞歐·美·東瀛, 其開化之時, 往往得小說之助. 是以不憚辛勤, 廣爲采輯, 附紙分送. 或譯諸大瀛之外, 或扶其孤本之微……宗旨所存, 則在乎使民開化.)"[45] 이는 바로 장영호(蔣英豪)가 다음과 같이 지적한 바와 같다.

"번역은 청나라 말기 계몽가 임칙서, 위원으로부터 서양을 배우기 위한 학습의 수단으로 시작하였고 강유위, 양계초는 이를 특히 중시했다. 그들은 일련의 중요한 사업, 즉 신문잡지발행, 역서국 개설 등과 같은 것은 모두 번역과 관련되며, 구체적으로 외국 소설을 번역하여 서양 문학 학습의 수단으로 삼아야 한다고 주장했다. 비록 『역인정치소설서(譯印政治小說序)』를 시작으로, 2년 전 『국문보(國文報)』에서 「본관에서 설부를 함께 간행하는 경위」를 발표하여 이미 그 단서를 열었지만 실제 행동은 오히려 양계초가 시작했다."[46]

---

45   陳平原·夏曉虹 編, 『二十世紀中國小說理論資料』, 北京: 北京大學出版社, 1989, 12쪽.
46   蔣英豪, 「梁啓超與中國近代新舊文學的過渡」, 『南開大學學報』 1997年 第5期, 24쪽.

양계초는 몸소 열심히 실천하여 서양정치소설의 번역을 시작하고, 또 그것을 신문잡지에 연재하여 문화전파에 크게 이바지했다. 그는 『시무보(時務報)』에서 "외국신문잡지번역[域外報譯]", "서양어신문잡지번역[西文報譯]" 등의 특별란을 만들어 각종 번역작품을 실었는데 분량이 지면 전체의 거의 1/2을 차지했다.[47] 그 자신이 직접 참여한 번역에는 『가인기우(佳人奇遇)』, 『세계말일기(世界末日記)』, 『러시아황궁의 인귀(俄皇宮中之人鬼)』 등 여러 편이 있고, 이들은 각각 『청의보(淸議報)』, 『신민총보(新民叢報)』, 『신소설(新小說)』 등의 신문잡지에 나누어 실렸다. 특히 『신소설』은 당시 중국 유일의 문학잡지라고 할 수 있는데 외국문학의 번역소개에 헤아릴 수 없을 만큼 큰 영향을 미쳤다.

6. 맺는 말

상술한 분석을 통해 우리는 이데올로기의 번역과 문학예술 번역의 목적이 다르다는 것을 알 수 있다. 그러므로 우리는 양계초의 번역연구와 그의 번역 실천을 구분해서 접근해야 한다. 양계초의 번역 실천은 이데올로기적이었지만, 그의 번역이론은 예술적 형태의 것이다. 양계초의 번역이론은 그의 해박한 불교학연구를 기초로 하였으므로 영원불변의 진리와 명철한 견해가 가득하고 번역의 본질과 방법, 기능 등에 대해서도 모두 깊이 있고 독창적인 견해가 있으며, 오늘날의 번역학연구에 대해서도 여전히 지도적인 의미가 있다. 그의 번역실천활동은 정치학적 배경을 가지고 진행한 것으로서 선명한 시대적 상황이 반영되

---

47   賴光臨, 『梁啓超與現代報業』, 臺北: 商務印書館, 1968, 51쪽 참고.

어 있고 분명한 공리적 관점이 있다. 그러므로 그가 얻은 평가 역시 사람들이 보는 각도에 따라 견해가 다르다. 우리는 오늘날 양계초의 번역 이론을 말할 때 예술의 본질과 기준으로부터 이야기해야 하지만, 만약 그의 번역활동을 연구하여 논한다면 오히려 문화와 사회 등 여러 비예술적 요소로부터 그것을 자세히 살핌으로써, 그의 번역 활동이 역사상 불러일으킨 적극적인 영향을 충분히 인정해야 한다.

제 3 절

"경역(硬譯: 딱딱한 번역)"에서
"이해(易解: 이해하기 쉬움)"로
- 노신(魯迅)의 번역과 중국의 근대성

1. 이끄는 말

20세기 중국의 가장 중요한 작가 중 한 사람인 노신은 반식민지·반봉건사회에서 태어났다. 그는 당시 나라의 쇠락과 국민의 어리석음을 직접 눈으로 목격하고, 그 진정한 고질병은 사회의 기층조직, 즉 부패한 정부와 둔감한 국민성에 있다고 생각했다. 그는 단호하게 의학을 버리고 문학에 종사함으로써 시대의 병폐를 고치려고 했다. 오늘날까지도 세상 사람들로부터 최고의 평가와 존경을 받은 노신과 그를 대표로 하는 "노신유산(魯迅遺産)"[01]은 줄곧 문학계, 사학계, 문화연구계의 학자 및 대중매체로부터 커다란 관심과 주목을 받고 있으며 문학, 교육, 예술 영역에서의 기여도 역시 집중적으로 논의되고 있다.

동시에, 전리군(錢理群)이 지적한대로 "하나의 매우 흥미로운 사상과 문화현상이 있다. 즉, 1990년대의 중국 문단에서는 각양각색의 '주

---

01   錢理群, 「"魯迅"的"現在價値"」, 『社會科學輯刊』, 2006年 第1期, 178-181쪽 참고.

의(主義)'를 고취하는 자들이 차례로 거쳐 갔는데, 이들 대부분은 예외 없이 노신을 비판함으로써 자신의 주장을 펼치려고 했다."[02] "또 자칭 '신생대(新生代)'의 작가 역시 한시도 지체할 수 없다는 듯이 노신을 '늙은 돌'로 취급함으로써 '중국 문학의 새로운 시대를 열려'고 했다."[03] 이렇게 비판의 목소리가 떠들썩했지만, 이러한 각각의 유파 및 이론은 중국문학계 내에서 일련의 시비와 분쟁을 통해 자신들의 이름을 알리기 위한 행위에 불과했다.[04] 결국 위에서 말한 여러 비평과 평론은 노신이 중국문학 및 중국의 근대성을 위해 실행한 기여도에 대해 체계적이고 정밀한 평가를 제공하는 데에 상당히 부족했다. 특히 번역에 대한 노신의 시각과 관점에 대해서는 더욱 언급이 드물었다. 노신은 우선 번역가이고, 그 다음에 작가로서,[05] 그가 번역한 글은 300만 자에 달하여 "저작 전체의 글자수보다 좀 더 많다"는 것을 알아야 한다.[06]

두 권의 문집을 예로 언급할 필요가 있다. 하나는 61편의 글이 수록된 『노신탄신백년기념집(魯迅誕辰百年紀念集)』이고, 또 하나는 33편의 글이 수록된 『노신탄신백십주년기념논문집(魯迅誕辰一百一十周年紀念論文集)』이다. 노신의 문학생애는 번역가의 신분으로 시작하여 번역가의 신분으로 끝났는데, 전체 작품 가운데 번역작품이 절반에 가깝다.[07] 이런 사

---

02   錢理群,「魯迅: 遠行以後(1949-2001)」(之四),『文藝爭鳴』, 2002年 第4期, 4쪽.

03   위의 글.

04   Luo, Xuanmin, "Translation as Violence: On Lu Xun's Idea of Yi JIe", *Amerasia*, Vol.33, No.3, 2007, pp.41-54 참고.

05   前 北京魯迅博物館 관장 孫郁은 魯迅이 "우선 번역가이다"라고 생각한다. 原載 2008년 9월 27일 『北京日報』.

06   全靈,「從"硬譯"說起」,『魯迅研究文叢第一輯』, 長沙: 湖南人民出版社, 1980, 320쪽.

07   紹興 魯迅博物館이 제공한 자료에 의하면, 魯迅은 아래와 같은 몇 개의 번역작품을

실들을 무시할 수 없는데도 이 두 문집에서는 번역 및 번역 연구에 끼친 그의 공헌에 대하여 어떤 언급도 하지 않았다.[08]

이런 현상을 어떻게 해석해야 하는가? 첫째, 많은 학자들이 번역에 대해 진정으로 이해하지 못하였으며, 실제로 번역에 종사한 경험이 있는 이는 더욱 드물다는 점이다. 둘째, 당시 학술계는 보편적으로 번역연구 자체에 대한 편견을 가지고 있어서 번역을 학술적 성취로 간주할 수 없다고 생각하였기 때문이다. 셋째, 번역연구는 여전히 주변화되어 있으며 문예평론과 국학연구에 비교해 보면 아직도 충분히 성숙하지 않았기 때문이다. 넷째, 번역자 자신조차도 번역의 이데올로기적 기능을 충분히 중시하지 않았다는 점이다.[09]

그러나 번역연구에 관련한 두 미국학자의 저작 두 권, 즉『언어횡단적 실천; 문학, 민족문화, 그리고 번역·소개된 근대성(중국, 1930-1937) (Translingual Practice: Literature, National Culture, and Translated Modernity)』과 『번역의 윤리: 차이의 미학을 향하여(The Scandals of Translations: Towards an Ethics of Difference)』는 번역이론에 대한 노신의 공헌을 인식하고 있었다. 전자의

발표한 적이 있다. 러시아와 소련, 37종. 일본, 36종. 독일, 7종. 프랑스, 6종. 헝가리, 3종. 핀란드, 영국, 오스트리아, 네덜란드, 2종. 스페인, 루마니아, 체코슬로바키아, 미국, 불가리아, 폴란드, 1종. 총수는 백을 넘고, 대부분은 서양작품을 일본어로부터 번역했다.

08　魯迅이 발표한 최초의 작품은 그 동생 周作人과 함께 번역한『域外小說集』이라는 이름의 번역집으로서, 그 책은 1909년 일본에서 자비로 출판했다. 그가 발표한 마지막 작품 역시 번역작품으로서, 이름은『毁滅』이며, 1936년 魯迅이 병상에 있을 때 그 원고를 교정했다. 彭定安,『魯迅: 在中日文化交流的坐標上』潘陽: 春風文藝出版社, 1994, 394-400쪽 참고.

09　『翻譯與跨學科學術研究叢書』(羅選民主編)之一『翻譯研究的文化轉向』(王寧著)중「導言」및「第一章」의 번역학 및 번역연구의 지위에 대한 기술 참고.

저자는 리디아 리우(劉禾)인데, 로만 야콥슨(Roman Jakobson)의 언어연구방법의 영향을 받은 그녀는 도대체 무엇이 이론가들을 차례차례로 번역가능성이라는 문제로 되돌아오도록 만드는지 거론했다. 후자는 로렌스 베누티(Lawrence Venuti)가 지은 것으로, 그는 번역의 "낯설게 하기" 개념을 논할 때 노신을 언급하였는데, 이 개념은 여러 방면에서 노신의 "경역(硬譯: 딱딱한 번역)" 개념과 약속이나 한 듯이 일치한다.

전체적으로 말하자면, 노신의 번역관에 대한 연구는 아직 피상적인 면에 불과하고 보다 전면적인 연구는 아직 전개되지 않았다. 여기에서는 이런 점을 바탕으로 노신의 번역이념을 간단명료하게 정리하고 그의 번역 사상 가운데 또 하나의 중요 개념인 "경역(硬譯: 딱딱한 번역)"과 "이해(易解: 이해하기 쉬움)"를 깊이 있게 탐색할 것이다.

2. "경역(硬譯: 딱딱한 번역)"으로부터 말한다

꽤나 의미심장한 것은, 비록 많은 중국학자가 노신의 "경역(硬譯: 딱딱한 번역)"[10]사상에는 익숙하였지만 베누티의 '낯설게 하기' 번역에 대한 토론이 오히려 노신의 이 사상에 대한 연구보다 훨씬 더 많다는 것이다. 이는 "딱딱한 번역"에 대해 탈개념화식의 고립적 이해를 행하거나 혹은 그것을 표면화된 딱딱한 번역(rigid translation)으로 간단히 이해하는 데에서 비롯될 가능성이 있다. 어떤 논자는 심지어 "딱딱한 번역"을

---

10 중국 학자는 베누티(L.Venuti)에게 감사해야 한다. 왜냐하면 그의 *The Scandals of Translation*의 역할은 魯迅의 딱딱한 번역 개념이 당대 텍스트 속에서 한 걸음 더 나아간 인식을 얻게 해 주었기 때문이다.

문학번역 중의 "창조적 반역(叛逆)"[11]과 같은 것으로 보기도 하는데, 사실 양자는 전혀 다르다.

"딱딱한 번역"은 번역 후의 도착언어가 형식상에서든 내용상에서든 원어문자의 풍격과 맛을 유지할 것을 주장한다. 노신은 "딱딱한 번역"을 그 번역의 기본 방법(approach)으로 삼았는데, 여기에는 몇 가지 이유가 있다.

첫째, 중국의 번역전통에서 "딱딱한 번역"은 일찍이 역대의 번역가가 번역하면서 견지한 책략이다. 불경번역은 동한(東漢)에서 시작되어 이후 당송(唐宋)시기까지 줄곧 이어졌다. 역대 왕조가 바뀌는 동안 엄청나게 많은 『불경』이 중국에 번역되어 들어오고, 동시에 많은 저명한 번역가와 번역이론도 쏟아져 나왔다. 예를 들어 저명한 불경 번역가 현장(玄奘)은 번역문이 형식상이든 내용상이든 가능한 한 원문에 가까워야 한다고 주장했다. 어떤 기록에 따르면 노신은 1920~1930년대에 일찍이 수백 권의 불서(佛書)를 열람했고, 불경 번역본을 열심히 연구하면서 그런 과정에서 깨우침을 얻었다.[12] 그러므로 그가 "딱딱한 번역"을 힘써 주장한 것도 역시 이치에 맞는 것으로 보인다.

둘째, 노신은 "딱딱한 번역"이 서양문화를 이해하고 그것을 중국에 소개하는 가장 좋은 경로라고 생각했다. 예를 들자면 노신과 동시대의 저명 학자 조경심(趙景深)은 "Milky Way"를 "우유길(牛奶路)"라고 번역했다. 노신은 이에 대해 비판적 태도를 보이면서 "딱딱한 번역"의 방법에

---

11   彭定安, 『魯迅學導論』, 北京: 中國社會科學出版社, 2001, 237쪽.

12   趙英, 「魯迅與燦爛的佛教文化」, 『魯迅藏書研究』, 北京: 中國文聯出版社, 1991, 34-52쪽 참고.

비추어 그것을 "신의 젖 길(神奶路)"이라고 번역했다. 그가 이렇게 한 이유는 결코 그 "딱딱한 번역"의 사상을 옹호하기 위해서가 아니고, 독자로 하여금 서양문화를 더 잘 이해하도록 하기 위해서였다. 그는 번역문을 통해 그 어원이 옛 그리스신화에서 온 것임을 독자에게 이해시키고 싶었다.[13] 이는 조경심이 번역한 "우유길"이 아무리 해도 독자를 이해시킬 수 없는 용어라고 생각했다. 그러므로 노신과 조경심 사이의 논쟁에서 언급된 것은 단지 번역방법의 문제에 국한되는 것이 아니라 신(新)구(舊)번역 방법 간의 다툼이었다. 노신은 조경심이 충실한 번역으로 유창한 번역문을 만든 것을 외국어를 모르는 민중에 대한 기만이라고 보았다.[14] 노신은 절실하게 중국에 서양문화를 널리 보급하고 싶어했고, 그래서 "딱딱한 번역"은 그가 서양문화를 들여와 소개하는 데에 가장 충실한 방식이었다.

셋째, 노신은 "딱딱한 번역"을 번역의 직접적 목적을 실현하는 가

---

13 魯迅은 「風馬牛」라는 글에서 이렇게 썼다. "나로 하여금 조선생의 유명한 '우유길'을 연상케 했다. 직역 또는 '딱딱한 번역'인 듯 하지만, 사실은 전혀 그렇지 않다.……각 설하고, 희랍신화 속의 대신(大神) 제우스는 여인을 꽤나 좋아하던 신으로서, 한번은 인간세계에 내려갔다가 어떤 여성에게서 남자아이를 낳았다. 짚신도 짝이 있듯, 제우스의 부인 역시 꽤나 질투심이 있는 여신이었다. 그녀는 사실을 안 후에 탁자와 의자를 내려치며 한바탕 화를 내고서는, 그 아이를 천상으로 데려와서는 기회를 보아 해치려 했다. 그러나 아이는 천진난만하여 전혀 모르고 있다가, 한번은 제우스 부인의 유두와 부딪히자 곧 그것을 빨았는데, 부인은 깜짝 놀라 아이를 밀쳐 인간 세계에 떨어뜨렸지만, 피해가 없었을 뿐 아니라 후에는 영웅이 되었다. 그러나 제우스 부인의 젖은 이 한번의 빨림 때문에 뿜어져 나왔고, 천공에 흩날려 은하가 되었으니, 이것이 바로 '우유길'이다.-아니다, 사실은 '신의 젖 길'이다." 魯迅, 「風馬牛」, 『魯迅全集』 第4卷, 北京: 人民文學出版社, 1981, 347쪽.

14 魯迅, 「Having Nothing to do with?」, 楊憲益·戴乃迭編, 『魯迅作品全集』(第4冊), 北京: 人民文學出版社, 1991, 346-347쪽 참고.

장 좋은 방식이라고 보았다. 바꿔 말하면 "딱딱한 번역"은 중국에서 새 언어(新言語)와 신문학(新文學)을 구축하는 데에 도움이 되며, 따라서 신 문화를 수립하고 백성들의 새로운 지혜(新民智)를 배양하는 데에 도움이 된다는 것이다. 예를 들면 그는 "The sun is setting behind the mountain." 에는 두 가지 중국어 번역방식이 있다고 생각했다. 하나는 "일락산음 (日落山陰)"이다 - 이것은 전통적 번역방법으로서 문언문의 언어적 특징 을 표현했는데, 그는 이런 번역방법의 사용을 거부했다. 둘은 "산 너머 로 해가 진다(山背後太陽落下去了)"이다 - 이것은 "딱딱한 번역"의 방법이 며 노신이 주장하는 방법이기도 하다. 즉, 중국어 표현이 허용하는 전 제하에서 가능한 한 영문의 문장구조와 표현방식에 어울리게 하는 방 법이었다.[15]

비록 계속해서 고충(苦衷)이 이어졌지만 노신의 "딱딱한 번역"은 당 시든 지금이든 그를 많이 욕먹이고 있다. 바로 전리군이 "조용히 일어 난 국학풍(國學風) 속에서 민족주의자, 그리고 신유학(新儒學), 신국학(新國 學)의 석학들은 새로운 중국 중심론을 고취하였고, 이 과정에서 자연스 럽게 노신을 전통을 파괴하는 원흉으로 간주했다. 심지어 어떤 이들의 눈에 노신은 '간첩'의 혐의를 벗을 수 없었다."라고 말한 바와 같다.

'후기지수(後起之秀: 후배 중의 뛰어난 인물을 이르는 말-역사 주)'라고 불리 는 중국적 특색을 가진 포스트 모더니스트는 이성을 죄악시하고 지식 을 권력의 공모자로 보며 세속(世俗)을 이용해 이상(理想)을 제거하였으 므로 노신을 멀리하는 것은 곧 필연적인 결론이다. 탈식민주의의 눈으

---

15   魯迅,「翻譯與我」, 張玉法·張瑞德編, 『魯迅自傳』, 臺北: 龍文出版社, 1989 참고.

로 노신 세대의 사람을 보면, 국민성을 개조한다는 그들의 사상,[16] 아
Q(노신 유명 소설 중 주인공의 이름-역자 주)에 대한 노신의 비판은 서양 패권
주의의 문화적 확장에 대한 부화(附和)에 불과하다. '관용'을 고취하고
'신사(紳士)의 풍도(風度)'를 과시했던 이른바 자유주의자들은 '관용을 베
풀지 않고 마음 씀씀이가 좁은' 노신에 대해서는 자연스럽게 '관용'을
베풀 수 없었으므로, 그에게 특권주의 통치의 공모자라는 판결을 선고
했다."[17]

　　사실 이런 갖가지 비난은 노신의 번역 사상에 대한 학자들의 이해
의 한계에서 비롯되었다. 이들 학자는 기본적으로 "딱딱한 번역"의 개
념에 머물러 있었고 노신이 나중에 이 이론에 대해 행한 보충과 발전,
즉 "경역(硬譯: 딱딱한 번역)"이 가져온 "이해(易解: 이해하기 쉬움)"와 "풍자(豊
姿: 품위)"에 대해서는 소홀히 했다. 설령 이 두 어휘를 언급하는 이가 있
더라도 그 정신의 본질을 심층으로부터 탐색하는 글은 없다. 이것이 바
로 노신의 번역 사상이 지금도 여전히 많은 학자가 충분한 이해를 하지
못하는 원인이기도 하다.

3. "이해(易解: 이해하기 쉬움)"의 '폭력'적 본색

　　언어의 폭력이란 모든 사람이 타자이며 모든 사람은 완전히 다른
존재라는 사실을 부정하고, 이런 차이를 서로 같은 존재로 동화시키려

16　魯迅의 名篇 「阿Q正傳」 속, 부녀자와 어린이도 다 아는 보통사람 형상의 주연에 대한
　　평론문 참고.

17　錢理群, 「魯迅: 遠行以後(1949-2001)」(之四), 『文藝爭鳴』, 2002年 第4期, 4쪽.

는 일종의 폭력행위를 말한다.[18] 물론, 여기에서의 "언어"는 문자, 문화, 문학 및 이데올로기 등을 포함하는 종합적인 개념이다.

"언어"의 번역은 그 자체가 곧 "해체-구축"이 일체(一體)가 된 폭력적 과정을 거친다. 바로 빅토르 위고가 "당신이 국가를 위해 한 편의 번역작품을 제공할 때, 이 국가는 대체로 이 번역을 자기를 겨냥한 폭력행위로 볼 것이다."[19]라고 말한 바와 같다. 그러므로 노신이 제창한 "경역(硬譯: 딱딱한 번역)"은 텍스트를 다시 생각하고 사상을 새로 만들고 근대성을 재구축할[20] 때 필연적으로 폭력적 색채를 띠며, 이런 색채는 심지어 고의로 덧칠해지기까지 한다.[21] 이런 폭력적 본색은 한 걸음 더 나아가 또 더 완벽하게 "이해(易解: 이해하기 쉬움)"를 이해하는 데에도 결부된다.

3.1. "경역(硬譯: 딱딱한 번역)"의 계승과 발전

노신과 구추백(瞿秋白)은 번역에 관한 편지를 주고받으면서 번역 문제에 대해 자세한 논의를 진행했다. 두 사람은 공히 새로운 시기에 새

18　高橋哲哉, 『反·哲學入門』, 何慈毅·郭敏譯, 南京: 南京大學出版社, 2011, 32쪽 참고.

19　Victor Hugo, Extract from the preface he wrote for the Shakespeare translations published by his Son, François-Victor, in 1865, In Lefevere, André(ed.), *Trnaslation/History/Culture: A Sourcebook*, London and New York: Routledge, 1992, p.18.

20　"문화적 기억으로서의 翻譯: 魯迅의 翻譯을 다시 생각한다"에 관한 羅選民의 논술, 翻譯: 中國近代與西方國際學術硏討會, 特別邀請勃焉, 國立巴黎東方語言文化學院, 2006年 12月 8日.

21　王宏志는 『重釋"信, 達, 雅"-20世紀中國翻譯硏究』(2007: 159)에서 두 방면-번역이 "폭력적 행위"로 敵對視되는 것과 번역이 고의로 "폭력적 행위"로 轉化하는 것-으로부터 晚淸 외국소설번역활동의 모델을 고찰한다.

로운 언어를 창조하는 것은 매우 중요한 임무의 하나로, 문예부흥 및 그 후의 종교개혁의 힘을 빌려 "유럽의 선진 국가는 이미 2,3백년 심지어 4백년 이전에 이미 전반적으로 이 임무를 완성했다"고 생각했다.[22] 유럽의 언문일치(言文一致) 과정과 근대성의 등장은 서로를 비추어준다. 예를 들어 독일 종교개혁을 따라 일어난 종교 번역은 근대 독일어를 만들어냈는데, 그 의의는 매우 깊고 광범위했다. 구추백은 "번역은 정확히 우리에게 많은 새로운 단어를, 새로운 어법을, 풍부한 어휘와 섬세하고 정밀하고 정확한 표현을 만들어내도록 도와줄 수 있다. 이 때문에 우리는 이미 중국의 현대적이고 새로운 언어를 만들어내는 노력을 계속 하고 있다. 번역에 대해서 절대적 정확성을 기하고, 중국 백화문은 아무리 요구해도 충분하지 않다."[23]라고 생각했다.

그러므로, 20세기로의 전환기에 수많은 지식인들은 서양 저작의 번역을 통해 중국 전통 문언문학(文言文學)을 뒤집고 새로운 언어를 창조하며 중국사회를 변혁했다. 물론 이는 결코 쉬운 일이 아니었으며 사실상 일종의 폭력행위라고 생각되었다. 왜냐하면 중국인들은 자기의 문화와 문학의 선도적인 위치에 대해 줄곧 굳게 믿고 의심치 않았기 때문이다. 청나라 말기의 저명 학자 오연인(吳硏人)은 심지어 서양언어 속의 문장부호를 중국어에 끌어들이는 것도 반대했다. 이는 청나라 말기에 보편적으로 만연했던 외세를 배척하던 심리(排外心理)와 매우 밀접한 관계가 있다. 중국 것을 조금이라도 비방하거나 외국의 일을 모델로 하

---

22 瞿秋白, 「關於翻譯-給魯迅的信」, 中國翻譯工作者協會, 『翻譯通信』編輯部編, 『翻譯研究論文集(1894-1948)』, 北京: 外語教學與研究出版社, 1984, 216쪽.

23 瞿秋白, 「關於翻譯-給魯迅的信」, 中國翻譯工作者協會, 『翻譯通信』編輯部編, 『翻譯研究論文集(1894-1948)』, 北京: 外語教學與研究出版社, 1984, 216쪽.

는 심리는 모두 의심과 비판을 가져올 수 있었다. 노신은 일찍이 중국인들의 이런 심리를 의식했지만, 이것이 결코 그의 변혁 시도를 막지는 못했다. "탁 트인 흉금과 세계를 보는 시야"[24]를 가지고 노신은 그리스 신화를 빌려 자기의 관점을 표명했다. 그는 "사람들은 종종 신화 속의 프로메테우스(Prometheus)를 혁명가에 비유한다. 인간에게 불을 훔쳐다 주고서 천제(天帝)의 학대를 받았어도 후회하지 않으니, 그 대범함과 강인함이 (혁명가)와 똑같다고 여긴다. 그러나 내가 다른 나라에서 불을 훔쳐온 본의(本意)는 오히려 자기의 살을 태우는 데에 있는데, 만약 맛이 좋다면 씹어먹는 자들에게도 퍽 좋은 일이 될 수 있어서, 나 역시 몸을 허비하지 않는 셈이다……"[25]라고 했다.

"이해(易解: 이해하기 쉬움)"와 "풍자(豊姿: 품위)"의 제기는 "경역(硬譯: 딱딱한 번역)"이라는 번역사상에 대한 노신의 보완이자 발전이다. 비록 "경역(硬譯: 딱딱한 번역)"이 노신의 줄곧 변하지 않은 번역방법이었지만,[26] 노신 본인은 남들이 "경역(硬譯: 딱딱한 번역)"을 곡해하는 것에 대해 결코 만족한 것은 아니었다.[27] 분명히 그는 여전히 계속 이런 원칙하에서 더 걸맞고 온전한 표현방식을 찾기를 희망했다. 마침내 그는 "'없음'에

---

24   羅選民, 「翻譯理論研究綜述」, 『結構·解構·建構-翻譯理論研究』, 上海: 上海外語教育 出版社, 2011, 9쪽.

25   魯迅, 「'硬譯'與'文學的階級性'」, 『魯迅全集』(제4권), 北京: 人民文學出版社, 1981, 209 쪽.

26   王宏志, 『重釋"信, 達, 雅"-20世紀中國翻譯研究』, 北京: 淸華大學出版社, 253쪽.

27   노신(魯迅)은 『文藝與批評』譯者附記에서 이렇게 썼다. "나로서는, 이런 딱딱한 번역 외에는 '손을 묶고' 있을 수밖에 없다-이른바 '출로가 없다'-. 남아 있는 유일한 희망 은 그래도 독자께서 억지로라도 계속 봐주시는 데에 있다." 『魯迅全集』(제10권), 2005, 329-330쪽.

서 '꽤 좋음'의 공간으로부터[28] "딱딱한 번역"의 발전자, "왜곡되지도 않고, '억지스럽지도' 혹은 '죽지도' 않은"[29] 번역을 찾아냈다 --이로써 "이해(易解: 이해하기 쉬움)"와 "풍자(豊姿: 품위)"가 시대의 요구에 의해 생겨났다.

여기서 미루어보건대, 노신이 추중하던 "경역(硬譯: 딱딱한 번역)"이 일종의 방도(approach)로서 번역론 속에 뿌리를 내릴 때, 그것이 내포한 폭력적 속성이 곧 유전자의 유전과 마찬가지로, "경역(硬譯: 딱딱한 번역)"으로부터 "이해(易解: 이해하기 쉬움)"와 "풍자(豊姿: 품위)"로 갈라졌음을 알 수 있다. 바꿔 말하면, "폭력성"이라는 차원으로부터 "경역(硬譯: 딱딱한 번역)"과 "이해(易解: 이해하기 쉬움)", "풍자(豊姿: 품위)"의 계승 관계 및 변증법적 통일을 엿볼 수 있고, 양자는 폭력이 구체적으로 서로 다른 표현과 강도의 차이로 드러나는 것이지 결코 서로 어긋나는 것이 아니다. 후자는 바로 전자의 계승과 발전이다.

3.2 "이해(易解: 이해하기 쉬움)"의 번역관

노신과 구추백은 중국과 외국의 모델을 기반으로 하여 번역을 통해 문언문을 개조하자고 주장했다. 1930년에 노신은 "일본어와 서양어는 매우 '다르지만', 그들은 점차로 새로운 문법을 보탰고, 고문(古文)에 비하면 더욱 번역에 적합하면서도 원래의 세련되고 예리한 어투(語氣)

---

28 魯迅은 「'硬譯'與'文學的階級性'」에서 이렇게 썼다. "당연히, 세간에 꽤 훌륭한 번역자가 생겨서, 왜곡되지도 않고, '억지스럽지도' '죽지도' 않은 문장으로 번역해낼 수 있으면, 그때는 나의 역본은 물론 도태될 것이니, 나는 그저 이 '없음'에서 '꽤 좋음'으로 가는 사이의 공간을 채울 뿐이다." 『魯迅全集』(第4卷), 2005, 215쪽.

29 『魯迅全集』(第4卷), 2005, 215쪽.

를 잃지 않았다. 처음에는 물론 '구법(句法)의 단서가 되는 위치를 찾아야' 했고, 일부 사람들에게 '유쾌'하지 못한 느낌을 주었으나 찾기와 익숙해지는 과정을 거쳐, 지금은 이미 동화(同化)되어 자기 것이 되었다."[30] 라고 썼다. 이어서 그는 "중국의 문법은 일본의 고문(古文)보다 덜 완비되어 있으나, 그래도 일찍이 어느 정도 변천이 있었다. 예를 들면 『사기(史記)』와 『한서(漢書)』는 『서경(書經)』과 같지 않고 현재의 백화문은 또 『사기』나 『한서』와 같지 않다. 추가된 것도 있는데, 예를 들면 당나라 때 번역된 불경, 원나라 때 번역된 상유(上論)에는 당시 생경하게 만들어진 약간의 '문법(文法), 구법(句法), 사법(詞法)'이 있었는데 사용이 익숙해지자 바로 아주 쉽게 이해됐다."[31] 이와 같이 노신은 초기 일본어와 중국어에서 번역을 중국어 개조의 유력한 도구로 삼은 선례가 옛날에 이미 있었다는 예증을 들어 완고한 반대자를 설득했다.

여기에서 "이해(易解: 이해하기 쉬움)" 자체를 되돌아보면, 이 용어의 사용은 바로 언어와 문구의 논리적 문장구조에 대한 분명한 이해를 추구하는 것이라고 할 수 있다. 노신이 번역 속에서 "이해(易解: 이해하기 쉬움)"를 주장하였던 것은 궁극적으로 그가 당시 주류의 지위에 있던 문언문을 바꾸고 싶었기 때문이다. 구체적으로 말하면 그는 문언문의 문장구조가 느슨하여 헤아리기 어렵고, 어법은 너무 뚜렷하지 않으므로 문언에 대한 교육을 받은 적이 없는 보통 대중은 이해하기 어렵다고 판단했다. "이해(易解: 이해하기 쉬움)"의 제안은 이치에 합당하고 분명한데,

---

30 魯迅, 「'硬譯'與'文學的階級性'」, 『魯迅全集』(第4卷), 北京: 人民文學出版社, 1981, 199쪽.

31 魯迅, 「'硬譯'與'文學的階級性'」, 『魯迅全集』(第4卷), 北京: 人民文學出版社, 1981, 199-200쪽.

그것은 "경역(硬譯: 딱딱한 번역)"의 핵심 이념을 계승하여 일종의 폭력적 방식으로 언어를 개조하고, 그(언어-역자 주)의 의미를 더 분명하게 만드는 것이었다.

노신이 "이해(易解: 이해하기 쉬움)"를 제창한 주된 근거는 그가 중국어 문법의 '결점'이라고 부른 것에서 비롯되었다. 그는 "경역(硬譯: 딱딱한 번역)"을 통해 서방 문법의 엄밀성을 중국에 끌어들이도록 격려하였는데, 왜냐하면 그것(서방 문법의 엄밀성-역자 주)이 정밀하게 연관된 언어 구조를 샘플로 충분히 제공할 수 있기 때문이었다. "지금 또 '외국의 글'이 왔으니, 많은 문장을 새로 만들어야 한다. 조금 불편하게 말하면 억지로 만들어야(硬造) 한다. 이렇게 번역하면 몇 마디 구절로 전환시키는 방법에 비해 세련되고 예리한 말투를 더 잘 보존할 수 있다고 생각한다. 그러나 원래의 중국어 문장에는 결점이 있기 때문에 새로 만들어야 한다."[32]

이제 아래와 같은 몇 가지 예로 노신의 관점을 설명하고자 한다.

一個桌子吃八個人

"A table eats eight people."

위의 예의 표층적 통사 구조(Syntactic Structure)가 전달하는 의미는 "A table eats eight people."이다. 그러나 탁자가 어떻게 그것을 둘러싸고 앉아 있는 사람을 먹을 수 있는가? 중국어를 배우는 외국인은 아마도 매우 곤혹스럽게 느끼겠지만, 중국인은 오히려 이렇게 의미표현이 모호

---

32   위의 글, 200쪽.

한 문장을 관대히 받아들일 수 있다.

이는 결코 유일한 사례가 아니다. 중국의 어느 대도시 교외(郊外)의 호숫가에 경고표지판 하나가 서 있는데, 그 위에 이렇게 적혀 있다: "小心墮河!" 영문번역은 "Carefully fall into the river!"이다.

원래 문장은 중국어에서는 받아들일 수 있는 것이다. 즉, 그것은 "강에 떨어지지 않도록 조심하시오"로 이해될 것이다. 그러나 표면상의 의미를 영어로 번역한 것은 오히려 받아들이기가 어렵다. 즉, 그것은 위의 경고를 오히려 강물에 떨어지라는 명령으로 바꾸어 버렸다. 이예는 지나칠 만큼 표면상의 의미만을 번역하는 일을 비판하는 데에 자주 인용된다. 그러나 중국어 원문의 문장구조의 모호성 및 그것에 대한 중국어 독자의 언어적 관용(寬容)의 정도에 대해 의문을 제기해 본 사람이 있었는가?

『신민일보(新民日報)』 해외판에 게재된 글 한 편도 마찬가지로 중국어 어법의 부정확함으로 인해 웃음을 야기한 "재미있는 이야기"를 풍자했다.[33] 북경의 유명한 음식점 우일순(又一順)의 프런트데스크 옆에 간판이 하나 서 있는데, 그 위에는 이렇게 쓰여 있었다. "包子請往裏(고기만두는 안쪽으로)." 모국어가 중국어인 사람은 머릿속에서 자동으로 이 말의 표면상의 구조를 조정하여, 그것을 "고기만두를 먹고 싶은 사람은 안쪽으로 가세요."라고 이해할 것이다. 그러나 이 표시를 영문으로 직역하면 이렇게 된다. "Dumplings pleases go inside.". 이것을 서양 독자가 이해하기에는 무척 곤혹스러울 것이다. 그들의 정서는 중국 독자와 달라서 비규범적이고 부정확한 문장에 대해서 가지는 관용의 정도 역시

---

33   이 글은 2007년 4월 17일 『新民晚報』에 보인다.

중국독자들과는 상당한 거리가 있다.

노신은 일찍이 70년 전에 이미 이 점을 깨우치고 있었다. 그는 "문법의 이런 정밀하지 못한 점은 사고의 비정밀함을 증명하고 있다. 바꿔 말하면, 머리가 좀 똑똑하지 못한 것이다."[34] "이해(易解: 이해하기 쉬움)"의 임무 혹은 기능은 곧 폭력적으로 이런 문법이나 사고의 비정밀성을 제거하고, 생각은 명료하게 바꾸어주는 것이다.

그러나, "이해(易解: 이해하기 쉬움)"에는 많은 오해가 존재한다. 어떤 학자들은 이를 '중국판'의 자국화(歸化, domestication) 즉 목적어 독자에게 익숙한 표현방식을 사용해 원문의 내용을 전달하고, 따라서 그 표현력을 배가함으로써 가독성을 갖추게 하는 것과 같은 것으로 본다. 또 어떤 학자는 "이해(易解: 이해하기 쉬움)"를 원래의 이론적 주장(딱딱한 번역)에 대한 변경이라고 여긴다.[35] 비록 "이해(易解: 이해하기 쉬움)"의 표면상 의미는 "이해하기 용이함"이지만, 노신은 결코 그것을 가독성을 해석하는 데에 사용하지 않았다. 필자는 노신의 "경역(硬譯: 딱딱한 번역)"에 대한 주장이 지금까지 변한 적이 없다고 생각한다.[36] 노신 본인은 『역외소설집(域外小說集)』을 발표하기 전에 사용한 비(非)"딱딱한 번역"법에 대해 여러 해가 지난 후에도 후회하곤 했다. [37] 그가 제기한 "이해(易解: 이해하기 쉬움)"는

---

34 瞿秋白, 「關於翻譯-給魯迅的回信」, 中國翻譯工作者協會, 『翻譯通信』編輯部編, 『翻譯研究論文集(1894-1948)』, 北京: 外語敎學與硏究出版社, 1984, 225쪽.

35 林煌天主編, 『中國翻譯詞典』 가운데 노신(魯迅) 번역이론의 전후 변화에 관한 논술 참고. 武漢: 湖北敎育出版社, 1997, 182쪽 참고.

36 羅選民, 「翻譯理論研究綜述」, 『結構·解構·建構-翻譯理論研究』, 上海: 上海外語敎育出版社, 2011, 3쪽.

37 魯迅은 1934년 楊霽雲에게 보내는 편지에서 이렇게 말했다. "젊을 때는 스스로 총명하다고 여겨 기꺼이 直譯하려 하지 않았는데, 돌이켜보면 정말이지 후회해도 늦었다."『魯迅全集』(제13권), 2005, 99쪽.

실제로는 "경역(硬譯: 딱딱한 번역)"을 관조하면서 번역을 일종의 폭력으로 삼아, 중국언어(문언문)의 다른 문제를 개조하는 것이었다.

물론, "이해(易解: 이해하기 쉬움)"의 과정은 아직 완성되지 않았다. 어떤 이가 말한 것처럼, "딱딱한 번역"에서 "이해하기 쉬움"으로 가는 것은 결코 노신 번역의 최종 목적지가 아니다. 바로 노신이 일찍이 바이런의 혁명시가(革命詩歌) 한 수를 문언문으로 번역하는 방식에 대하여 비평한 것과 마찬가지인 것이다. 왜냐하면 번역문을 읽으면 마치 한 수의 고시(古詩)처럼, 현세와 밀접하게 관련되어 있지 않기 때문에, 원문이 그러한 것처럼 사람들에게 자유를 위해 싸우도록 고무하지 않는다. 즉 이런 번역형식 하에서는 "이해(易解: 이해하기 쉬움)"라는 '폭력수단'이 가져오는 더욱 고차원적인 사회적 가치, 다시 말해 번역을 통한 중국 근대성의 구축을 분명하게 드러낼 수 없다는 것이다.

언급해야 할 것은 "이해(易解: 이해하기 쉬움)"를 따라 함께 등장한 것에 또 "풍자(豊姿: 품위)"[38]라는 개념이 있다는 점이다. 비록 이 양자는 노신의 번역의 두 기준으로 함께 불리지만, 후자는 "이해(易解: 이해하기 쉬움)"를 거친 후의 전체적 문학형상(文學形象)에 더 가깝다. 어떤 이는 말하기를, "풍자(豊姿: 품위)"는 번역풍격(翻譯風格), 문학전율(文學典律) 및 민족시학(民族詩學)에 더 가깝고, 번역이론 전체의 기조로서의 "딱딱한 번역"이 추구하는 '폭력'의 완성품이라고 했다. 여기에 이르러, "경역(硬譯: 딱딱한 번역)", "이해(易解: 이해하기 쉬움)", "풍자(豊姿;품위)" 사이의 관계가 낱낱이 드러나고, "경역(硬譯: 딱딱한 번역)"에서 "이해(易解: 이해하기 쉬

---

38 "무릇 번역은 반드시 두 면을 겸해서 돌아보아야 하는데, 하나는 당연히 그 이해하기 쉬움을 힘써 추구하는 것이고, 하나는 원작의 豊姿를 보존하는 것이다."『魯迅全集』(第6卷), 2005, 364-365쪽.

움)"과 "풍자(豊姿;품위)"까지는, 하나의 모체(母體)가 그 폭력적 유전자를 두 개의 자체(子體)에게 남겨 전하고, 각 자체는 또 서로 다른 "폭력"의 몫을 이어 받아 또 각자의 영역에서 그 가장 막중하고 숭고한 목표, 즉 번역을 통한 중국 근대성의 구축을 위해 노력한다.

이 책에서는 주로 폭력으로서의 번역을 논했고, 이를 감안하여 "풍자(豊姿: 품위)"라는 기준은 많이 거론하지 않았다. 그러나 그것은 여전히 노신의 전체 번역이념에서 빠뜨릴 수 없는 하나의 고리이다.

4. "이해(易解: 이해하기 쉬움)"와 번역 근대성의 구축

본 절의 표제가 보여주듯이, "이해(易解: 이해하기 쉬움)"는 번역 근대성을 구축하는 효과적인 수단이다. 다음에서 우리는 몇 가지 문제를 생각해 볼 수 있다. 무엇이 근대성인가? 무엇이 번역된 근대성(translated modernity)인가? 중국 근대성과 번역의 인과 관계는 어떻게 되는가?

근대성의 정의, 범주, 논쟁 등에 대한 학술연구는 이미 대단히 많고 해석도 다양하다. [39] 필자는 여기에서 결코 소모적인 개념해석을 시도하지는 않겠다. 근대성은 이미 "더 이상 서양세계의 전유물이 아니며 시공의 한계를 초월한 세계적 현상이다."[40] 바로 하버마스가 생각했듯이, 매 시대마다 사람들은 모두 자기의 문화예술이 근대성을 갖고 있다고 표방하지만, 또 다른 하나의 시대에서도 역시 새로운 의의를 낳을 수 있다. 또 사람들의 흥미 탐색을 유발하는 것을 진정으로 근대적 특

---

39 周與沉,「現代性的中國探詢-大陸學界現代性問題研究綜述」[DB/OL]. http: //www. qunxue.net /Article/TypeArticle.asp?ModelD=1&ID-4221.2009-09-26. 참고

40 王寧,「翻譯文學與中國文化現代性」,『清華大學學報』, 2002年 第S1期, 84쪽.

징을 가진 것이라고 말할 수 있다.

만약 이를 기준으로 삼는다면, 그 당시 많은 비난을 받은 노신은 오히려 현실의 '현재가치'를 얻은 전형적인 근대성을 가진 사람이 아닌가? 만약 번역학의 시각으로 근대성을 자세히 살펴본다면, 리디아 리우(劉禾)(2002)의 『언어횡단적 실천: 문학, 민족문화, 그리고 번역된 근대성(중국, 1930-1937)(*Translingual Practice: Literature, National Culture, and Translated Modernity*)』은 이미 번역된 근대성 연구를 위해 하나의 우수한 본보기를 세웠다. 그러나 중국의 번역 근대성은 오히려 노신의 번역사상과 번역활동 속에서 싹트고 발전했다.

중국 근대성과 번역의 관계는 두말할 필요 없이 자명하다. 5·4신문화운동의 발생은 중국 근대성의 각성을 상징하고 있다. 이로부터 시작하여 중국의 인인지사(仁人志士)의 각종 사회활동과 분야의 역할 분담은 문화사회학적 의미에서 방법은 달라도 중국 근대성의 구축이라는 결과는 같았다. 물론 중국 근대성의 구축은 일정 부분에 있어서 번역과 분리될 수 없다. "번역은 한 자루의 날카로운 검으로서, 한 국가가 위기에 처한 시기에 앞장서서 상황을 헤쳐나갔다. 번역이 없었다면 중국의 근대성이 어떻게 형성되었을지 상상하기 어렵다."[41] 그러므로 번역이 없으면 신중국도 없다.[42] 그런데 노신은 참으로 이 날카로운 검을 가지고 "자기의 번역을 프로메테우스가 몸을 바쳐가며 하늘의 불을 훔쳐

---

41 羅選民, 「翻譯理論硏究綜述」, 『結構·解構·建構-翻譯理論硏究』, 上海: 上海外語敎育出版社, 2011, 9쪽.

42 "문화적 기억으로서의 번역: 노신(魯迅)의 번역을 다시 생각한다"에 관한 羅選民의 논술, 翻譯: 中國近代與西方國際學術硏討會, 특별초청발언, 국립파리동방어언문화학원, 2006년 12월 8일.

인간에게 은혜를 베푼 것에 비유했다."[43]

요컨대 일종의 폭력적 행위로서 "경역(硬譯: 딱딱한 번역)"과 "이해(易解: 이해하기 쉬움)", "풍자(豊姿: 품위)"는 중국 근대성의 구축이라는 측면에서 주로 두 방면으로 구체적으로 드러났다.

첫째, 중국 현대 언어와 문학의 구축을 위해 노력했다.

청나라 말기 중국이 여러 차례 외부의 강대국에게 패전을 겪으면서부터 적지 않은 사람들은 중국의 어문(語文)이 중국의 장기간에 걸친 쇠퇴의 주 원인이라고 생각했다. 그래서 어문개혁의 목소리가 나왔고, 심지어는 한자를 폐지하고 중국어를 라틴화하라는 요구까지 생겨났다.[44] 물론 우리가 앞에서 제기한 바와 같이, 케케묵고 고지식한 소수의 사람들은 중국어 속에 문장부호를 끌고 들어오는 것조차도 홍수나 맹수처럼 보았고, 그 어떤 형식의 언어변혁도 단호히 반대했다. 두 파별 사이에 이런 격렬한 논쟁은 중국 근대사에서 기이한 광경을 보여주기도 했다. 이때 사상가로서의 노신은 번역 실천을 통해 적극적으로 서양의 문학과 문화를 번역하고 추천·소개함으로써 중국 현대의 신문화운동과 신문학운동에 상당한 영향을 미쳤다. 노신을 대표로 하는 신문화와 신문학의 선구자가 5·4운동 시기에 번역한 문학작품은 중국현대문학에서 떼어놓을 수 없는 부분이라 하여도 조금도 과장된 것이 아니다.

노신의 번역은 곧 일종의 문화개조의 수단으로 그 목적은 번역된 외국문학을 통해 중국의 문학을 변혁하고 그로부터 중국문화의 개조,

---

43   羅選民, 「翻譯理論研究綜述」, 『結構·解構·建構-翻譯理論研究』, 上海: 上海外語敎育 出版社, 2011, 10쪽.

44   王宏志, 『重釋"信, 達, 雅"-20世紀中國翻譯研究』, 北京: 淸華大學出版社, 2007, 245 쪽 참고.

낙후한 국민성의 개조에 도달하는 것이었다. 그러나 중국의 문학을 변혁하려면 반드시 언어변혁에서 시작하여, "경역(硬譯: 딱딱한 번역)"을 기본 방도(approach)로 삼아 그 강제성을 띤 폭력적인 성향을 부여함으로써, 그것으로 당시 주류의 지위를 차지하고 있던 중국어 문언문에 도전하고 대항해야 했다. 그는 이런 "낯설게 하기"식의 번역을 통해 문언문의 모호함과 난해함을 극복하고 중국어의 구조를 변화시켜 명료하게 하고자 하였으며 그로부터 대중이 수용하는 데에 더 유리할 수 있게 하기를 희망했다. 이것 역시 "경역(硬譯: 딱딱한 번역)"의 폭력적인 유전자인 "이해(易解: 이해하기 쉬움)"의 사명(使命)이다.

"경역(硬譯: 딱딱한 번역)" 방법을 제기하고, 또 "이해(易解: 이해하기 쉬움)", "풍자(豐姿: 품위)"를 함께 내포함으로써 하여 노신은 불경이 중국에 들어온 이래 형성된 번역전통을 발전시켰다. "문(文)과 질(質)"의 다툼이라는 바탕 위에서, 번역에 대한 시각은 언어의 전환으로부터 이제껏 도달한 적 없던 수준까지 올라갔다. 즉, "경역(硬譯: 딱딱한 번역)"을 통해 서양의 우수한 문화의 정수를 끌어오고 옛 언어체계 속의 불합리한 요소를 개조하였으며 당시의 빈약하고 낙후한 구(舊)문학을 풍부히 하고 갱신했다. 최종적으로는 당시 사람들의 지혜를 계발하며 중국 문화 속의 침체되고 후진적인 요소를 바꾸었으며, 뒤쳐져서 매를 맞으며 "동아시아의 병자"라고 불리던, 반봉건 반식민의 중국사회를 철저히 개조했다.

이런 활동 과정에서 노신은 일종의 독특하고 선명한 '번역의 근대성'을 형성하였고 나아가 중국 신문학의 형성에 영향을 미쳤다. 그는 중국 최초의 근대소설 『아Q정전(阿Q正傳)』을 창작하였고, 그와 동생 주작인(周作人)이 이전에 번역하여 출판한 『역외소설집』은 더욱이 "선봉실험파(先鋒實驗派)" 작품으로 평가받을 수 있다. 그리고 그의 번역서는 진평원에 의해 "새 세대 번역가의 예술선언"이라고 칭찬받기도 했다.[45] 중국 언어를 개조하고, 중국 문학을 개조하고, 중국 문화를 개조하고, 번역을 통해 중국 근대성을 만들어내는 것, 이것이 바로 노신 번역의 '폭력'의 목적 가운데 하나이다.

둘째, 중국 근대성 정치모델을 구축하기 위해 노력했다.

왕굉지는 번역자가 때로는 고의로 번역을 "폭력적 행위"로 바꾸는데, 그 주된 이유는 정치적 목적을 달성하기 위해서이고, 이 때문에 번역은 일종의 혁신으로서 심지어 완전히 뒤집어버리는 힘으로 변하여 오래 유지되어온 질서 혹은 기준을 뒤엎거나 파괴해 버리고 새로운 요소를 들여와 정치적 활동과 어울리면서 함께 그것을 촉진한다고 생각했다.[46] "문학이 사람에 의하지 않고서는 '인성'을 나타낼 수 없으며, 사람을 사용하고 게다가 계급사회이기만 하면 절대로 소속된 계급성에서 벗어날 수 없으니 '속박'을 가할 필요도 없기에, 사실은 필연에서 비롯되는 것이다."[47]

여기에서 우리는 노신의 문학이 계급성을 갖추고 있을 뿐 아니라, 그 자신 역시도 무산계급 문학파의 편에 섰다고 생각했음을 알 수 있다. "나는 진지한 사람이 세계에서 이미 정평있는 유물사관에 관한 책--적어도 간단하고 읽기 쉬운 것 한 권, 정밀한 것 한 두 권을, 그리고 한 두 권의 반대되는 저작도 기꺼이 번역해주기를 바랄 뿐입니다."[48] 이

---

45   陳平原, 『20世紀中國小說史第1卷(1897-1916年)』, 北京: 北京大學出版社, 1989, 49쪽.

46   王宏志, 『重釋"信, 達, 雅"-20世紀中國翻譯研究』, 北京: 淸華大學出版社, 2007, 159쪽 참고.

47   魯迅, 「'硬譯'與'文學的階級性'」, 『魯迅全集』(第4卷), 北京: 人民文學出版社, 1981, 208쪽.

48   魯迅, 「'硬譯'與'文學的階級性'」, 『魯迅全集』(第4卷), 北京: 人民文學出版社, 1981, 127쪽.

를 위해 노신은 몸소 체험하고 힘써 실천하면서 스스로를 "프로메테우스"에 비유했다. 이는 노신이 번역을 통해 구세계를 향해 도전함으로써 설령 자기를 희생하더라도 아까워하지 않았음을 나타낸다. 그가 제기한 "불을 훔쳐 인간에게 줌"의 경우에, 이 "불"이란 물론 자기가 번역하여 중국 근대성에 복음을 가져온 무산계급문학을 가리킨다.

사실 청나라 말기부터 이미 노신은 외국작품의 번역이 국민성의 개혁에 도움이 된다고 인식하고 있었다. 그가 아직 맑스·레닌주의를 신봉하기 전에도 그의 번역 활동은 모두 이 방향으로 향하고 있었다.[49] 예를 들면, 노신은 일찍이 『역외소설집』의 실패를 예견했지만,[50] 여전히 "딱딱한 번역"의 폭력성을 주장했고, 또 이것을 일생의 번역신앙으로 삼으려고 했음이 틀림없다. 여기에는 정치적 고려도 있어서, 그는 번역의 '폭력행위'를 통해서 정치문화와 사회의 개조라는 목적에 도달하기를 희망했다.

노신과 그 "딱딱한 번역"의 폭력성은 시장에서의 판로와 명성에 가져올 위험을 무릅쓰고 행한 또 다른 종류의 '혁명'이었다고 말할 수 있다. 그러므로, 만약 "번역이 없으면 맑스주의의 중국 전파도 없었고, 오늘날의 중국공산당도 없다"라고 가정한다면[51], "이해(易解: 이해하기 쉬움)"와 "풍자(豐姿: 품위)"로써 表現해낸 노신의 "경역(硬譯: 딱딱한 번역)"의

---

49   王宏志, 『重釋"信, 達, 雅"-20世紀中國翻譯硏究』, 北京: 淸華大學出版社, 2007, 276
      쪽 참고.

50   노신(魯迅) 은 『域外小說集』序言에서 이렇게 썼다. "『역외소설집』이란 책은 문사(文辭)
      가 소박하고 어눌하여 근세의 명인에 의한 역본에 미치지 못한다."『魯迅全集』(第10
      卷), 2005, 168쪽.

51   羅選民, 「翻譯理論硏究綜述」, 『結構·解構·建構-翻譯理論硏究』, 上海: 上海外語敎育
      出版社, 2011, 9쪽.

"폭력" 행위 또한 중국 근대성의 구축을 조장하는 역할을 한 것임에 의심의 여지가 없다.

5. 맺는 말

'폭력'은 느낌상 극히 전복적 색채를 가진 것으로, (일반적으로 쉽게) 수용할 수 없는 단어이다. 그러나 번역을 통해 중국 근대성을 구축하는 역사적 진행 과정에서 이러한 이성적 '폭력'은 오히려 대체 불가능한 역량을 발휘했다. 이것이 또 언제 좋지 않은 일을 야기한 적이 있었는가? '폭력적 번역'을 좋은 무기로 삼아 언어를 개조하고, 문학을 개조하고, 국민성을 개조하고, 사회를 개조하는 것은 20세기로의 전환기에 중국 각계에서 모두 환영하는 일이 되었다. 그런데 손에 좋은 무기를 든 많은 사상가 중에서도 노신은 더욱 시세(時勢)를 거슬러 팔소매를 걷어붙이고 나아가 폭력적인 "경역(硬譯: 딱딱한 번역)"과 "이해(易解: 이해하기 쉬움)", "풍자(豐姿: 품위)"를 끝까지 관철시켜 번역의 기풍을 바로잡음으로써 마침내 사회를 개조하기에 이르렀다. 비록 이 첫 번째 날아온 제비가 얼음과 눈으로 뒤덮인 저 겨울에는 너무 앞서가는 듯이 보이지만,[52] 결국 이 제비는 추운 겨울을 이겨내고 찬란한 봄을 맞이하게 될 것이다.

---

52 馮至 등은 『域外小說集』에 대해 평가한 적이 있다. "그가 1909년에 출판한 『역외소설집』은 그의 주장과 실천인데, 오히려 출판 후에는 상상키 어려운 냉담한 대우를 받았다. 상하 두 권은 매 권이 겨우 수십 부 팔렸을뿐이다. 그러나 우리는 그것이 진보적이고 엄숙한 태도를 가지고 유럽문학을 소개한 최초의 제비라고 생각하지 않을 수 없다. 단지 이 제비가 온 시기가 너무 일렀고, 그때의 중국은 아직 얼음으로 뒤덮이고 눈이 어는 겨울이었던 것이 애석하다." 馮至・鄭祚敏, 羅業三의 「五四時期俄羅斯文學和其他歐洲國家文學的翻譯和介紹」, 474쪽(1959). 羅新璋編, 『翻譯論集』, 北京: 商務印書館, 1984, 471-496쪽에 수록.

제2장

전승과 발전(承前啓後):
번역과 과학연구 및 교육행위

서론

20세기 90년대의 '문화적 전향(cultural turn)' 과정을 거친 후 번역학과는 왕성한 발전을 성취하였으나, 번역연구의 과학이성(理性)을 강조하는 것은 결코 철지난 일일 수가 없다. 근대성은 이성주의를 강조하고, 논리적 사유원칙의 보편성을 견지하며, 계몽운동이 중시하는 '이성(理性)'과 '주체성'은 일종의 사유 방식을 확립했다. 이런 사유방식은 과학에 대한 지향과 추구를 함유하며, 성찰과 자기비판을 부각시킨다.

중국의 전통적 번역론은 인상식(印象式) 논평 혹은 경험담에 경도되었으며, 서방 번역이론의 이성적 기초가 결핍되어 있었다. 지난 수십 년간 중국의 번역이론연구는 왕성하게 발전하여 대량의 서방 학술저작을 들여왔고 국내에도 대량의 학술적 전문서적이 출판되었다. 뿐만 아니라 여러 대학에서 번역학과가 개설되었고 국제적 학술교류도 전에 없이 빈번하다. 그러나 신시기에 중국의 번역연구가 발전하려면 반드시 이성원칙을 기초로 해야 하고, 번역학 이론의 연구, 번역학 방법의 연구, 번역학 사론(史論)의 연구 그리고 관련 학과연구 등 거시적 층위에서 근본과 근원을 캐야 하며 번역의 본질에 대한 인식을 끊임없이 심화해야 한다. 오늘에 이르기까지 여전히 많은 사람들이 번역이론연구의 의의에 대해 의문을 제기하며, 번역이론과 번역실천을 대립시켜왔다. 번역이론이라는 이 전문용어를 검토할 때, 우리는 학리상(學理上)

에서 명료하게 정의하고 사고해야 한다. 당연히 연구자는 번역학 방법에서 근본과 근원을 캔다는 원칙을 바탕으로 과학적·합리적인 가치평가를 해야 한다. 서방 번역이론을 수용할 때 수량과 속도만을 중시해서는 안 되고 그것들을 보다 더 깊이 있고 투철하게 이해해야 한다. 그리고 동시에 중국번역이론의 전통도 깊이 파악해야 한다. 우리는 번역이론의 기초연구를 중시하고 텍스트 읽기를 벗어나지 않으면서 그 속에서 번역연구 중 보편적 이론가치를 발견하는 것을 중시해야 한다. 번역연구 자체는 학제적 연구라는 특징을 지니고 있으며, 번역의 본질에 대한 사람들의 인식이 심화함에 따라 관련 학과 연구의 방법론도 끊임없이 발전시켜야 한다. 게다가 번역사(翻譯史) 연구를 전개할 때 우리가 "한 권의 번역사가 곧 한 권의 사상사이자 한 권의 문화교류사이다"와 같은 이치를 충분히 중요시해야 한다. 더 나아가 중국번역사의 이면에 숨어있는 사상연구의 심층적 함의를 발굴하고, 사상사의 시각에서 번역이 가진 의미의 중요성을 연구해야 한다. 현재 번역사를 연구하는 것은 중국 근대화 프로세스에 대한 일종의 성찰이라고 할 수 있다. 번역연구 자체의 근대성은 중국문화와 세계문화의 교류를 촉진하며, 번역의 근대성과 중국의 근대성은 매우 밀접한 관계에 있다.

번역학과의 발전 및 중국의 근대성은 모두 교육과 분리 불가능하며, 번역행위 자체가 곧 교육행위로 간주될 수 있다. 교육은 일반적으로 인성을 빚어내는 주요 경로로 여겨지지만 일종의 교육행위로서의 번역은 오히려 오래전부터 대중에 의해 홀시되어왔다. 사실 번역은 단지 교육목표를 실현하는 일종의 수단일 뿐만이 아니다. 번역은 학인(學人)을 교육함으로써, 그들의 고상하고 우아한 품격을 빚어내고 다언어능력을 키워낼 수 있다. 더 나아가 번역은 한 국가를 교육하여 그 국가의 근대성을 빚어내는 데에 이바지할 뿐만 아니라 해당 국가 대학의 학과 구축을 추진시키는 동시에 정치, 문학 그리고 교육 분야 등의 개혁도 촉진시킬 수 있다. 번역은 선인들의 뒤를 이어 교육을 발전시키고 지난날을 계승하여 앞길을 개척하는 개조(改造)의 길이며 일종의 혁신적 행위이다. 이 개혁의 추진자는 대학, 지식인 그리고 번역가이다. 번역이 교육으로 간주될 수 있는 것은 번역이 오래되고 낙후한 사회체제나 이데올로기를 뿌리 뽑고, 쇠락하고 부패한 사회의 고질병을 뿌리째 없애며 그 속에 사는 사람의 품성을 변화시키는 힘을 갖고 있기 때문이다. 교육기구는 번역을 통해 중국의 근대성을 구축하는 과정에서 극히 중요한 역할을 해왔다. 초기 청화대학(淸華大學)은 번역을 통한 중국 근대성 구축을 탐색하는 데에 좋은 모범을 보여주었다. 초기 청화대학은 보편적으로 번역실천을 일종의 수신양성(修身養性)의 행위로 간주했다. 청화대학의 저명한 학자 진인각(陳寅恪), 호적(胡適), 조원임(趙元任) 그리고 오복(吳宓) 등이 행한 번역작업은 중국의 정치, 문학 그리고 교육의 개혁을 촉발하였고, 중국의 근대화 프로세스에 기여했다. 1914년에 창간된 『청화주간(淸華周刊)』은 중대한 역사적 의의를 지닌 학보(學報)로서, 여기에 게재된 번역작품은 문학, 사회과학 그리고 자연과학 영역에 두루 걸쳐있다. 그 간행물은 교육적 기능을 통해 고등교육의 학과체제 구축에 이바지하였고, 중국의 근대화 프로세스를 촉진했다.

조원임의 『아려사만유기경기(阿麗思漫游奇境記)』(즉 *Alice's Adventures in Wonderland*)[01]는 교육행위로서의 번역의 전형적인 사례로 특별히 언급할

---

01 한국에서는 "이상한 나라의 앨리스"로 통하지만 이 책에서는 조원임(趙元任) 역본의 제목을 그대로 사용한다. 이하 주를 따로 달지 않는다.- 역자 주

만하다. 그의 번역작업은 우선 일종의 문화선택으로서, 백화문을 사용해 문학번역을 진행하는 전범을 수립하였고 문학창작, 번역 및 어문 교육에서 백화문의 지위를 공고히 했으며 나아가 백화문을 전면적으로 깊이 확대하는 데에 좋은 기초를 다졌다. 그의 번역이 가진 문화창조의 가치는 의심의 여지없이 비범하다. 그의 역본은 "아동본위문학(兒童本位文學)"사상을 잘 실천하는 동시에 중국아동을 위해 역외(域外)아동문학의 정신적 양식을 가져옴으로써 중국아동문학의 창작에 신선한 피를 주입했다.

제1절

중국 당대 번역이론연구의
몇 가지 기본 문제

1. 이끄는 말

지난 30년간 중국의 번역이론연구는 왕성하게 발전했다. 대량의 서방 학술저작이 들어왔고 수많은 학술적 전문서적과 편저가 출판되었다. 그리고 여러 대학에 번역학과가 세워졌고, 번역학 관련 국제학술교류도 전에 없이 빈번하게 전개되었다. 이와 같이 좋은 환경아래, 중국 번역이론 연구의 발전양상을 정확히 이해하여 거기에 존재하는 문제를 발견하는 것 역시 필요할 것이다.

이 절은 일부 중요한 번역학 이론 문제에 대한 필자의 생각을 기록한 것으로서 번역이론연구의 네 방면, 즉 번역학 이론의 연구, 번역학 방법의 연구, 관련 학과에 대한 연구, 번역학 사론(史論)의 연구 등을 중점적으로 논한다. 필자는 이들 문제에 대한 탐색을 통해 모호한 관념을 명확히 하고, 신시기의 번역연구에 새로운 사고방식과 연구방법을 제시할 수 있기를 바란다.

2. 번역학 이론의 연구

번역학 이론의 연구는 언제 강조하더라도 전혀 이상할 것이 없다. 왜냐하면 이론은 답보 상태로 머물러 있거나 변하지 않는 존재가 아니기 때문이다. 번역연구의 발전 양태는 이왕의 그 어느 때보다도 좋은 오늘날에도 우리의 이론연구 속에는 여전히 약간의 잘못된 부분이 존재하며, "무엇을 위한 번역이론인가?" 라는 분노와 아우성을 여전히 들을 수 있다. 번역이론의 의의는 어디에 있는가? 이런 질문의 제기가 중국 번역계에서 여전히 일정한 의미를 가진다는 것을 감안하면, 필자는 이 문제를 좀 더 명확히 하여 향후의 연구와 토론에 좋은 기초를 마련할 필요가 있다고 생각한다.

무릇 번역이론의 무용함을 힘써 주장하는 사람들은 거의 모두 다 번역이론과 번역실천이라는 두 가지 기본적 개념을 뒤섞어 사용하여 왔다. 이 점을 과거에 말한 사람도 있었다. 그러나 우리는 과거 이 문제를 논할 때 늘 번역이론에 대한 회의론자를 번역실천자(그들은 대체로 번역실천을 중시한다)로 간주했지 이론가로 간주하지 않았고, 그래서 토론의 중심화제를 번역이론과 실천의 대립 관계에 귀속시켰다. 예를 들어, 『중국번역사전(中國翻譯辭典)』은 이렇게 상술(詳述)했다. "일반적으로 실제 번역작업에 종사하는 사람은 종종 실천을 중시하고 이론을 경시하는 경향이 있다. 번역가는 당연히 실천 경험을 쌓는 것을 중요시해야 하지만 그렇다고 해서 이론을 무시하면 안 된다……어떤 역자이든, 자각적으로 혹은 비자각적으로 모종의 이론에게 지도를 받거나 혹은 모종의 번역관(翻譯觀)에게 지배를 받는다. 이러한 관점은 번역가가 언어 문제를 처리하는 방식에서 드러나며, 최종적으로는 그의 번역 결과에 반영되기 마련이다."[01]

실제로 번역실천에 종사하는 사람들이 일단 번역이론에 대한 토론에 참여하면, 바로 동시에 자기도 모르게 번역 이론가의 역할을 맡게 되는 셈이다. 그들이 이런(즉 번역이론에 대한) 토론에 개입하는 이유는 그만큼 번역이론에 대한 흥미와 관심을 가지고 있기 때문이다. 사실상 번역이론을 반대하다는 것 자체가 말하자면 그들의 '이론'인 셈이다. 다만 그들의 '이론'은 일반적으로 일종의 낡은 번역이론에 불과하며, 그들이 좋아하는 것은 인상(印象)에 근거한 논평이거나 경험담이다. 적으도 나의 독서경험으로 본다면, 그들은 엄복의 '신, 달, 아' 번역이론도, 부뢰(傅雷)의 '신사(神似)'설에도 반대하지 않는 것이었다.

이런 현상이 왜 나타났는가? 필자는 우리가 과거에 번역이론을 논할 때 주로 중국의 번역 전통에 입각하여 논의를 전개한 반면 번역 전통과 번역이론을 학리(學理)적 측면으로는 명확하게 구분하지 않았던 것을 그 주요 이유라고 생각한다. 아마도 사람들이 번역이론이라는 전문용어에 너무나 익숙하기에, 번역이론과 번역실천이라는 이 한 쌍의 어휘를 거론하기만 하면 그것들의 관계가 너무도 자명한 것이라 인식하는 반면, 그 이면에 숨겨진 심층적인 이치는 아예 무시해 버리곤 하는 듯하다.

그러므로, 진 덜리슬(Jean Delisle) 등(2004)이 편찬한 『번역연구 키워드(翻譯研究關鍵詞)』에서는 '번역연구'(translation studies), '번역기술'(translation

---

01   林煌天, 『中國翻譯辭典』, 武漢: 湖北敎育出版社, 1997, 제182쪽. Jean Delisle
·Hannelore Lee-Jahnke·Monique C,Cormier editors, *Terminologie de la Traduction*, Amsterdam; Philadelphia: John Benjamins Publishing Company, 1999 – 역자 주

technology), '번역도구'(translation tools) 등의 전문용어를 실었지만, '번역이론'(translation theory)이라는 표제어는 싣지 않았다. 그리고 『중국번역사전(中國翻譯理論詞典)』에도 '번역이론'이라는 표제어가 없고, 단지 소련의 『번역이론』과 『번역이론 문제』라는 두 책에서만 앞서 우리가 제기한 '번역이론과 번역실천의 관계'라는 이 표제어를 소개할 뿐이다.[02] 뒤에 나온 『중국역학대사전(中國譯學大辭典)』[03]의 경우 수정된 뒤에 '번역이론'이라는 표제어를 실었는데 그 뜻풀이는 이렇다. "번역실천으로부터 개괄해낸 관련 지식의 체계적 결론 및 번역과 관련된 현상 혹은 본질에 대해 행한 체계적 묘사와 설명이자, 그 학과에 대한 이성적·체계적인 인식이다."[04] 이 뜻풀이는 기본적으로 명료하되, 그것을 '체계적 결론'으로 볼 수 있는지는 아직 재론의 여지가 있다.

번역이론에 대해서 우리는 이론이라는 이 원술어(原術語)로부터 논의를 전개해도 무방할 것이다. 무엇을 이론이라 하는가? "자연과학에 대해서 말하자면 theory에 내포된 뜻은 간단하다. 즉, '해석'과 '사건'—특정한 상황 하에서 발생하는(혹은 압박받아 발생하는) 사건—양자 간의 밀접한 상호관계"를 가리킨다.[05] 그러나 우리가 통상적으로 언급하는 이론은 "실천에 대해 해석을 제시하는 일종의 사상체계"일 것이다[06]. 이것으로써 유추하면, 번역이론은 곧 번역실천에 대해 해석을 제시해줄

---

02   林煌天, 『中國翻譯辭典』, 武漢: 湖北教育出版社, 1997, 181쪽.

03   원서에 『譯學辭典』이라 되어 있으나, 각주를 참고하여 『중국역학대사전(中國譯學大辭典)』으로 옮겼다.-역자 주

04   方夢之主編, 『中國譯學大辭典』, 上海: 上海外語教育出版社, 2011, 17쪽.

05   雷蒙·威廉斯, 『關鍵詞』, 劉建基譯, 北京: 生活·讀書·新知三聯書店, 2005, 489쪽.

06   雷蒙·威廉斯, 『關鍵詞』, 劉建基譯, 北京: 生活·讀書·新知三聯書店, 2005, 487쪽.

수 있는 일종의 사상체계이다. 우리가 주의해야 할 것은, 한 가지 이론은 한 가지 사상체계를 대표할 뿐이지, 모든 사상체계를 대표하는 것이 아니라는 것이다. 이 하나의 기본점에서 출발하여 우리는 한 가지 이론에는 특정한 준거집단(reference group)과 특정한 대상이 있고, 모든 이론은 상호보완적이거나 서로 전제가 된다고 말할 수 있다. 하나의 이론의 해독은 이론탄생의 배경, 이론이 포함한 의미, 이론과 이론 사이의 연계 등과 같은 일정한 조건을 필요로 하는데 이것들을 명료하게 하는 것이 매우 중요하다. 왜냐하면 이렇게 해야 우리가 이론에 대해서 보다 더 명확하고 완벽하게 논의할 수 있기 때문이다. 이는 우리에게 한 가지 이론으로 기타 모든 다른 이론을 대체하려는 시도가 분명히 쓸모없는 일이라는 것을 알려준다.

우리가 상술한 논의를 통해 번역이론의 성질을 따질 때 『중국번역사전』이 이론을 기교와 연관시키고 그것을 단지 기교와 의존관계로 보는 방식은 타당하지 않다는 것을 발견할 수 있다. "한편으로 번역 기교는 반드시 이론으로 업그레이드해야 한다. 또 다른 한편으로 새로운 번역이론의 탄생은 역시 반드시 새로운 번역 기교를 발전시킨다." [07] 왜냐하면, 번역이론은 결코 번역 기교를 통해서만 존재하고 발전할 수 있는 것은 아니기 때문이다. 이런 번역이론으로는 번역 현상을 해석하는 것은 설득력을 크게 깎아먹을 것이다. [08] 이 사전은 번역이론과 번역실천을 논의할 때 다음과 같은 예를 들었다.

---

07   林煌天, 『中國翻譯辭典』, 武漢: 湖北敎育出版社, 1997, 181쪽.

08   林煌天선생이 주편한 『中國翻譯辭典』은 대단한 사전으로서, 거의 한 세대 번역인의 심혈을 모았다. 이 글은 개별적인 항목에 대해 몇 군데를 따져보는데, 학술토론에 속하며, 결코 그 중요한 학술적 가치에 영향을 미치지 않는다.

번역사(翻譯史)에는 이런 예가 없지 않다. 즉, 같은 역자가 그 번역관의 변화로 인해 전후기의 번역작업에 현저한 차이가 있는 것이다. 노신 선생은 『구추백(瞿秋白)에게 보내는 답장』에서 이미 엄복 전기의 번역작업은 '달과 아'를 더욱 중시하였고, "가장 이해하기 좋은 것은 자연히 『천연론』인데, 동성파(桐城派)의 분위기가 넘쳐흐르며, 글자(字)의 평측(平仄)까지 관심을 두었다.……그러나 그의 이후의 번역본은 '신'을 '달'과 '아' 둘 모두에 비해 더 중시했다.…… 대충 한번 보아서는 거의 이해할 수 없다.……"고 지적했다. 노신 자신의 번역작업으로 말하면, 초기의 번역작업은 적지 않은 곳에서 약간 '순통하지 않았다.' 이는 구추백의 『노신에게 보내는 편지』에서 이미 지적했는데, 그것은 그가 충실함을 위해서 '다소간의 순통하지 못함'을 용인하기를 주장했기 때문이다. 그러나 노신 후기의 번역작업은 '충실함'과 '자연스러움'을 함께 고려했다. 왜냐하면 그는 "무릇 번역은 반드시 양면을 다 고려해야 하는데, 한편으로는 '이해하기 쉬움'을 힘써 추구하고, 다른 한편으로는 원작의 풍자(豊姿)를 보존해야 한다"고 주장했기 때문이다. 상술(上述)한 두 예는 언어의 대사(大師)이자 번역의 명가(名家)의 예로서, 번역실천에 대한 번역이론의 지도적 의의를 설명하기에 족하다.[09]

번역에 관한 위의 예증은 글자만 보고 대강 뜻을 짐작한 결과로서 분명히 노신의 본의를 곡해했다. 우리는 노신의 작품을 읽어보기만 해도 노신의 '딱딱한 번역' 주장은 종래 바뀐 적이 없었음을 알 수 있다.

---

09   林煌天, 『中國翻譯辭典』, 武漢: 湖北教育出版社, 1997, 181쪽 참고.

그가 제기한 '이해하기 쉬움'은 실제로 중국의 언어를 개조한다는 목적을 달성하기 위하여 번역을 일종의 '폭력적 행위'로 이용하는 것이다. 구체적으로 말하면, '딱딱한 번역'을 통해 서방 언어의 '명료하고 이해하기 쉬운' 문법구조와 표현 방법을 들여옴으로써, 문언문(文言文)을 개조하고 이해하기 쉬운 백화문을 창조한다는 그의 목적을 달성했다. 이렇게 해야만 번역은 원작의 풍자(豊姿)를 보존할 수 있고, 사회대중에 의해 수용될 수 있으며, 따라서 중국의 신문학을 극히 크고 풍부하게 발전시킬 수 있었다.[10] 말하자면 이 결론은 역사적 사실과 논리로부터 모두 성립된 것이다. 따라서 보다 더 높은 층위에서 노신의 번역사상을 설명해야만 그 위대함을 충분히 드러낼 수 있다. 이것이 곧 번역이론이 할 수 있는 일이며 또 반드시 해야만 하는 작업이다.

3. 번역학 방법의 연구

이 글에서 번역학 방법이란 주로 번역학 연구의 경로와 맥락을 가리킨다. 이론적으로 논의할 때 두 개의 단어를 모두 방법으로 사용할 수 있는데, 하나는 approach이고 다른 하나는 method이다. 그러나 그것들 사이에는 구별이 있다. 전자는 더욱 높은 층위의 사고라고 한다면 후자는 기술적 층위의 사고에 더 가깝다고 할 수 있다. 전자는 때로 '방도(方途), 경로(徑路)'라는 말을 이용해 지칭할 수 있고, 후자는 기본적으로 '방법(方法)'이라는 용어로 설명한다. 비유적으로 말하자면, approach는 전략이고, method는 전술이다. 하나의 방도 하에서는 여러 가지 방

---

10   본서 제1장 제3절 참고.

법을 가질 수 있지만, 하나의 방법 하에서는 여러 가지 방도를 가질 수 없다.

이론연구의 방법에 대해서 필자는 다음과 같은 몇 가지 견해가 있다.

(1) 근본과 근원을 캐내는 것은 오늘날 우리 학술연구가 진지하게 대해야 할 문제이다. 하나의 연구를 하자면, 우선 그 과제가 이미 어떤 대표적인 선행 연구성과를 얻었는지 살펴봐야 한다. 그래야 앞사람의 연구를 반복하는 것을 피할 수 있다. 그러나 사실은 많은 연구자가 써 놓은 글이 그렇지 못했다. 이러한 글들의 논점은 기본적으로 남들이 이미 이야기한 것에 불과하고, 다른 것은 예문뿐이다. 그러나 참고문헌 속에서 그의 연구가 반드시 참고해야 할 이론 문헌을 찾을 수 없을뿐더러, 아무런 새로운 의미도 없는 유사한 글들만 그 속에 깔아놓는다. 이런 글들이 무지에서 나온 것이든 의식적으로 나온 것이든 간에, 좀 가볍게 말하자면 방법이 맞아떨어지지 않는 것이고, 좀 무겁게 말하자면 연구 태도에 타당성이 결여되어 있는 것이다. 이 문제에 대해서 우리가 번역기준(예를 들자면 '신'에 대한 연구), 번역층위(예를 들자면 짧은 문장(短句)같은 것)등과 관련된 연구 속에서 그 예증을 찾아낼 수 있다.

(2) 인문학에서 논리사유와 가치판단은 매우 중요하다. 인문사회과학은 자연과학과 다르다. 자연과학은 명료한 내포(內包, connotation)와 외연(外延, denotation)이 있지만, 사회과학과 인문과학은 오히려 다르다. 만약 그 밑에 속한 학과를 원(圓)으로 본다면, 적지 않은 원(圓)의 가장자리는 상호 중첩되어, 똑같이 하나의 'discourse'이지만, 푸코에게서는 '권력 담론'이며, 할리데이(M.A.K. Halliday, 중국 이름韓禮德)에게는 '담화(談話)'인데, 그 내포와 외연은 모두 다르다. 유감스러운 것은 우리의 번역연구에는 공통분모를 갖추지 않은 상황 하에서 분자를 임의로 더하거나

곱하는 상황이 수두룩하다는 것이다. 만약 문제의 심각성을 의식하지 못하고 오히려 그것을 창신(創新)과 발전으로 보았다면, 이는 번역학과의 발전에 극히 불리한 것이다. 그러므로 우리 번역이론 연구자는 해당 연구가 궤도를 이탈하지 않도록 반드시 냉정하게 분석하여 과학적이고 합리적인 평가를 하는 데에 고심해야 한다.

(3) 서방 번역이론의 수입과 소화(消化)이다. 근년 서방 번역이론이 도입되면서 중국의 번역연구도 보다 더 다양해졌는데, 해체주의적 방법, 탈식민주의 방법, 여성주의 방법, 인지과학 방법을 비롯한 각종 번역학 관련 연구방법이 많이 활용되어 왔다. 그러나 이들 서방 이론을 소화하고 이들 번역 방법을 이용할 때도 우리는 해야 할 작업이 많이 있다. 아마도 우리가 얼마나 많은 서방의 번역이론과 방법을 수입했는가를 물을 것이 아니라 도대체 하나의 이론에 대해 얼마나 깊이 있는 연구와 투철한 파악이 있는지를 물어야 할 것이다. 만약 하나의 이론에 대해 깊은 인식과 파악이 없다면 반드시 심각한 번역이론 답습, 전유(專有, appropritation)현상이 나타날 것이다. 이는 중국의 번역연구 영역에서 이미 드물지 않게 자주 발견되었다. 그나마 나은 점은 번역이론의 기본 관점을 빌려온다는 것이고 그밖에 약간의 예문을 찾는다는 것이다. 잘 못된 것은, 이론의 요점조차도 명료히 하지 않고 글사만 보고 대강 뜻을 짐작하거나 여기저기서 긁어모아 미숙한 글을 만들어낸다는 점이다. 베누티(Venuti)의 이국화(異國化, foreignization) 번역이론을 예로 들자면, 그것의 이론적 배경은 무엇인가? 그 사상적 핵심은 무엇인가? 그 합리적 표현은 어느 곳에 있는가? 이국화 번역과 중국의 직역에는 어떤 공통점과 차이점이 있는가? 이것들은 모두 연구하기 전에 진지하게 사고해야 하는 것들이다. 필자는 중국학술기간망(中國學術期刊網)을 검색한

결과, 베누티가 1999년 관련된 글을 발표한 이래, 10년도 채 되지 않는 시간 내에 이국화를 키워드로 검색한 논문이 무려 1381편에 달했다.[11] 이 결과를 볼 때 나는 이렇게 묻지 않을 수 없다. 이 중에서 1차자료를 이용해 완성한 것은 얼마나 될까? 그 결과는 틀림없이 만족스럽지 못할 것이다. 많은 연구자가 서방 문화학파의 연구사상을 그대로 답습하면서 이국화와 자국화(domestication)에 대한 베누티의 인식에다가 몇 가지 예문을 더함으로써 한 편의 논문을 만들어내었다. 또 어떤 연구자는 베누티의 이국화 번역, 자국화 번역이라는 용어를 차용하여 전통적인 직역, 의역에 대한 논의의 예문을 마구 집어넣어 새로운 논문을 생산하기도 했다. 문제는 그 후의 연쇄반응이다. 즉, 원문을 읽기 귀찮은 사람들이 이런 글들을 보고 곧 진리로 간주할 뿐더러 (그것을) '발전'시키기까지 했다. 그 결과 비슷한 논문들이 한 편 한 편 클론처럼 복제되어 그 양이 수 백 수 천에 달하게 되었다. 이런 행위는 남의 지식을 망쳤을 뿐 아니라 아카데미도 더럽혔다는 비판을 결코 면하지 못할 것이다. 중국 학술기간망에 들어가 이들 글의 인용 횟수를 검색하면 바로 문제의 심각성을 포착할 수 있기 때문이다.

(4) 중국번역이론에 대한 재사고(再思考). 우리나라의 번역연구를 놓고 보면 번역이론과 번역 비평 가운데는 후자의 성과가 더욱 두드러진다. 번역이론의 기초연구와 번역이론의 응용연구 방면 중 후자가 압도적 우세를 차지한다. 문제는 이론의 창신(創新)이 종종 기초연구에서 온다는 데에 있다. 만약 우리가 자체적인 번역이론 자원을 발굴하지 않고, 중서 번역이론의 공통성을 찾지 않는다면 영원히 폐쇄적이고 낙후

---

11   검색일은 2008년 9월 30일이다.

된 상태로부터 벗어나지 못할 것이다. 장패요(張佩瑤) 교수는 논문에서 "무엇을 번역이론이라고 하는가"라는 문제를 제시하고, 중국 역서(譯序), 이끄는 말(引言), 심지어 소(疏), 접(摺), 편(片), 상유(上諭) 등의 문헌에서 모두 중국번역이론의 자원을 발굴할 수 있다는 견해를 제기했다.[12] 이러한 담론에 대해 우리는 깊이 생각해 볼 필요가 있다. 이런 발상은 본격적인 학술연구의 궤도에 벗어난 것이 아니라 사실상 서방 학계에서 일찍부터 있었던 것이다. 슐라이어마허같은 서방 번역사의 저명한 학자가 베누티에게 미친 영향은 큰데, 지금 우리가 번역에 관한 그의 논술을 찾으려면 로빈슨이 편저한 『서방번역이론』에서 10여 쪽을 찾을 수 있을 뿐이다.[13] 또 영국 17세기의 학자 드라이든은 서양에서 최초로 체계적인 번역이론을 제기한 학자라고 불리는데, 사실 그 논문은 한 편의 번역작품의 서언에 불과하고 그 형식과 성질은 엄복의 『「천연론」역서언(「天演論」譯序言)』과 거의 판에 박은 듯 비슷하며, 로빈슨의 『서방번역이론』에서는 채 4쪽도 차지하지 않는다. 그럼에도 불구하고 그의 번역이론은 서방 학자들에 의해 가장 많이 논해진 것이다.[14] 드라이든은

---

12 張佩瑤, 「對中國譯學理論建設的幾點建議」, 『中國翻譯』 2004년 제5기, 3-9쪽 참고.

13 Douglas Robinson, *Western Translation Theories: From Herodotus to Nietzsche*, Beijing: Foreign Language Teaching and Research Press, 2006, pp.225-238 참고.

14 Douglas Robinson, *Western Translation Theories: From Herodotus to Nietzsche*, Beijing: Foreign Language Teaching and Research Press, 2006, pp.172-175 참고. 2002년 영국 런던대학 Theo Hermans교수가 청화대학교의 초청을 받고 청화대에 와서 3주간 번역교육에 관한 강좌를 했는데, 그가 Schleiermacher의 번역론과 관련하여 학생들에게 준 자료는 Douglas Robinson의 *Western Translation Theories: From Herodotus to Nietzsche*의 225-238쪽에서 취했다.

중국학자가 편집한 서방번역사와 서방번역이론 관련 서적에서도 빈번히 소개되고 그 관점은 계속 제기되고 인용되며 어떤 것들은 심지어 한 장(章)을 독차지해 중점적으로 소개한다.[15] 이밖에 우리가 오늘날 늘 논하는 벤야민과 데리다도 번역에 관한 논의는 한두 편의 글에 불과하지만, 그 영향은 어마어마하다. 왜인가? 어떤 문제에 대한 논의라는 것은, 그 길이나 분량이 그다지 중요하지 않다. 그보다 문화와 철학의 인식론적 수준에서 언어와 번역의 실체와 핵심을 짚어내는 것이야말로 가장 중요한 포인트이다.

서방이론을 수입하는 속도와 수량이 우리 연구의 깊이나 투철함과 반드시 필연적인 것은 아니다. 서방 번역이론에 대한 깊은 이해가 있고 중국 전통 번역이론에 대한 심도있는 파악이 있으며, 게다가 텍스트 읽기를 벗어나지 않으면서 그 속에서 번역연구 속의 보편적 이론가치를 발견해야만 우리 번역이론의 기초연구가 비로소 질적 비약을 낳을 수 있다. 이런 목표를 달성하려면 귀납식의 연구방법과 인상담(印象談)식의 논평에만 기대서는 절대로 안 될 것이다.

4. 관련 학과연구

번역연구는 학제적 연구라는 특징을 지니고 있지만, 이 점을 인식하기까지 사람들은 반세기의 노정을 걸었다. 20세기 5,60년대의 중국에서 번역이론 연구는 거의 문예학의 방법으로 진행되고 그 원천은 주로

---

15   陳德鴻·張南峰 이 편저한 『西方翻譯理論精選』(香港: 香港城市大學出版社, 2000) 第一篇 (1-7쪽)은 드라이든의 '번역삼분법(翻譯三分法)'을 소개했다.

옛 소련에서 왔다. 1970~1980년대가 되자 상황이 바뀌어 서방의 번역
이론이 대량으로 도입되고 소개되기 시작했다. 예를 들면 유진 나이다
의 역동적 등가(dynmic equivalence) 번역이론, 피터 뉴마크(Peter Newmark), 캣
포드(J.C.Catford)의 언어학 층면의 번역이론 같은 것들이다. 이 시기 번역
이론의 특징은 '언어학의 천하(天下)[라는 것-역자 주]로서, 언어학의 이론
과 방법이 번역연구에서 큰 비중을 차지했다. 번역은 심지어 언어학의
한 갈래로 간주되었다. 예를 들면『영한응용언어학사전(英漢應用語言學詞
典)』[16]은 번역을 응용언어학의 범주 속에 두었다. 20세기 90년대가 되자
인문과학 연구자들 사이에서는 언어학이론은 복잡한 번역 현상과 사
실을 해석하기에 부족하다는 것을 의식하게 되었다. 예를 들어 청말 임
서(林紓)의 소설번역은 자신이 외국어를 이해하지 못해 다른 사람과 함
께 번역하면서 구술을 붓으로 받아썼는데, 늘 개인의 주관적 감정을 번
역 속에 가지고 들어왔으며 역자는 스스로 줄거리에 감동하고 그 역문
은 더욱 독자를 깊이 움직였다. 임서의 번역은 문단을 풍미하였지만 그
번역의 충실 정도는 의심스러울 수 밖에 없다. 그렇다면 언어학 이론으
로 어떻게 이에 대해 합리적으로 해석할 수 있는가? 중서간의 학술교
류가 날로 빈번해짐에 따라 서방의 거의 모든 번역이론이 중국에 수입
되어 왔다. 이젠 언어학 분야의 번역이론이 '천하를 독차지한 일'은 디
이상 존재하지 않게 되었고 번역의 문화적 전향(轉向)과 문화의 번역적
전향(轉向) 등의 양상이 갈수록 세인의 이목을 집중시키고 있다. 상이
한 학술적 배경을 가진 학자가 서로 다른 학문체계와 시각에서 여러 방
법을 동원해 번역연구를 진행하거나 번역텍스트를 분석대상으로 취해

---

16   王宗炎,『英漢應用語言學詞典』, 長沙: 湖南教育出版社, 1988 참고.

각종 상이한 연구를 진행하기도 했다. 번역에 대한 인지적(cognitive) 연구는 갈수록 깊어지고 번역 말뭉치(corpus)연구가 끊임없이 확대되었다. 이 모든 것은 번역이론 연구의 활발한 발전을 대대적으로 촉진했다.

관련 학과연구 혹은 학제적 번역연구는 결코 A+B 혹은 B+C처럼 그렇게 간단하지 않다. 관련 학과연구는 이미 방법론상의 발전이지만, 그것의 출현은 번역의 본질에 대한 사람들의 인식이 끊임없이 깊어진 데에 기인한다. 번역은 이미 더 이상 좁은 영역이 아니고, 번역연구와 언어연구를 하는 사람이라면 누구나 발을 들여놓을 수 있다. 무릇 인식론, 언어, 철학, 문화에 대한 비교연구자는 모두 번역연구를 할 가능성이 있다. 번역은 아마도 언어인지와 문화전파의 중요한, 대체 불가능한 부분일 것이다.

스웨덴 학자 괴란 말름크비스트(Göran Malmqvist, 중국이름: 馬悅然-유명한 중국학 연구자)는 이렇게 말했다. "하나의 분명한 요소가 우리가 이데올로기 혹은 언어의 장애를 뛰어넘어 대화를 진행하는 것을 막았다. 그것은 바로 우리 서방 문명의 대표가 종종 입장을 미리 설정하고서, 개인주의, 민주, 평등 혹은 자유 등에 대한 우리 자신의 관점이 보편적 가치를 가지고 있다고 자인하는 것이었다. 그러나 유가(儒家)와 마르크스주의의 이데올로기는 모두 개인이 집단(가정, 작업팀, 당파(黨派)) 그리고 국가의 권위를 수용하도록 요구한다. 그러므로, individualism 같은 단어의 중국어 번역이 자주 부정적 의미를 내포하는 것도 놀랄 일이 아니다."[17] 괴란 말름크비스트가 가리킨 것은 번역의 이데올로기문제로서, 이 문

---

17 羅選民主編, 『中華翻譯文摘: 2002-2002年卷』, 北京: 淸華大學出版社, 2006, 15쪽 참고.

제는 일찍이 식민지 홍콩에서 더욱 두드러지게 드러났다. 예를 들어 홍콩의 희곡(話劇)번역은 곧 피식민자 담론이며, 정치권리 투쟁의 각축지(角逐地)였다. 한편 중국 학자 방재훈(方梓勛)은 이에 대해 깊이 있는 연구를 한 적이 있다.[18] 그는 20세기 50년대 이전에 5·4운동시기 사실주의와 사회에 관심을 갖는 정신은 홍콩희곡의 개성적 부분이지만, 50년대 이후 미국문화의 식민적 개입을 받아들였고, 이에 따라 홍콩희곡의 번역도 식민시기로 들어갔다고 평가했다. 그 후의 10년 동안 번역극은 홍콩극단의 주류(이 점은 19세기말 중국에서 출판된 번역작품이 창작작품보다 더 많았던 것과 꽤 비슷하다)가 되었다. 홍콩희곡의 자체 정체성 수립은 지연되었으나 번역극의 개방성과 반전통성(反傳統性)에다가 특유의 유행문화 특징이 더해져 최종적으로 홍콩희곡의 특색이 형성되었다. 이 연구들에서 우리는 학제적 역량이 합류함에 따라 과거에는 비주류로 여겨졌던 이들 번역연구를 통해서 번역의 중요성이 드러나고, 문학사 내지 문화사도 이로 인해 재조명되었다는 것을 알 수 있다.

지금 적지 않은 학과가 서로 긴밀히 연관되고 상호 개입하는데 인지과학과 기계번역이 바로 그 대표적인 사례라 할만하다. 기계번역의 목적은 자동번역을 제공하는 것이지만, 이런 번역은 늘 이러저러한 문제가 발생하기 때문에 궁극적으로는 번역자의 작업을 대제할 수 없다. 그러므로 기계번역의 기능 역시 그에 따라 떨어지고 단지 소통의 보조 소프트웨어가 되어 웹페이지와 이메일을 대략적으로 번역하는 데에만 사용된다. 시간을 절약하고 번역자가 일관되고 효과적으로 번역을 진

---

18   方梓勛, 「被植民者的話語再探-鍾京輝與60年代初期的香港翻譯劇」, 『貴州大學學報』 (藝術版) 2002년 제4기, 5-15쪽 참고.

행하는 것을 돕기 위해서 번역 메모리(translation memory)가 때맞춰 발명되었다. 그것은 번역자들이 번역한 적이 있는 모든 문장을 저장해 두었다가 실제 작업할 때 비슷한 문장이 나타나면 기존에 저장된 데이터를 동원해 사용자로 하여금 문장의 선택·수정·사용을 보다 용이하게 진행하도록 도와준다. 이것의 좋은 점은 번역자의 시간과 에너지를 절약하고, 번역의 일치성을 유지한다는 것이다. 이런 번역 메모리는 과학기술 분야의 번역작업에서 더욱 광범위하게 활용된다. 그러나 그것을 연구·개발·제작하기 위해서는 단지 언어 작업자들에게만 의지해서는 안 되고, 언어학 분야의 작업자, 번역 작업자 및 정보연구자 등의 공동 참여와 협력이 요청된다. 이런 의미에서 말하자면, 이 연구방법 역시 학제적이다.

5. 번역학사론(翻譯學史論) 연구

번역사에 대한 연구를 소홀히 하는 것은 아마도 국내외 학술계의 보편적 문제일 것이다.[19] 중국의 경우, 서방 번역이론사에 관해서는 담

---

19 르페브르(1993)는 일찍이 새로운 학문으로서의 번역이 범한 세 가지 '유치병'을 지적했다. 바퀴의 재발명, 기존 문헌에 대한 무지, 본 학과의 역사에 대한 무시. 李廣榮·郭建中, 『翻譯研究中的轉向面面觀』述介, 『中國科技翻譯』 2008년 제3기, 64쪽 참고. 여기서 '르페브르(1993)'이란, 세 권의 번역연구서에 대한 André Lefevre의 서평을 가리킨다. 세 권의 책은 Albrecht Neubert and Gregory M. Shreve의 *Translation as Text*(1992), Willis Barnstone의 *The Poetics of Translation: History, Theory, Practice*(1993), Douglas Robinson의 *The Translaor's Turn*(1991)이다. 서평의 제목은 "Discourses on Translation: Recent, Less Recent and to Come"으로서, *Target*, Volume 5, Issue 2, January 1993, pp. 229-241에 실렸다. '바퀴의 재발명'이란, 번역연구에 종사하는 학자들이 남들이 이미 해놓은 이야기를 다시 하는 것을 말한다.-역자 주

재희(譚載喜)가 편역한 책이 최초의 작업이 되고 한편 중국 번역사에 관련된 저작으로는 마조의(馬祖毅)의 『중국번역간사: 오사이전부분(中國翻譯簡史: 五四以前部分)』과 진옥강(陳玉剛)이 편한 『중국번역문학사고(中國翻譯文學史稿)』가 있었다. 그리고 20세기 90년대 초기에는 진복강(陳福康)의 『중국역학이론사고(中國譯學理論史稿)』와 여난추(黎難秋)의 『중국과학문헌번역사고(中國科學文獻翻譯史稿)』, 후기에는 왕극비(王克非)의 『번역문화사론(翻譯文化史論)』과 마조의의 『중국번역사(中國翻譯史)』가 있었다.

신세기가 시작되자 몇몇 국내 학자가 중국 번역사에 대해 연구를 시작하였고, 이에 따라 중국의 번역사 연구는 주목할 만한 성과를 거두었다. 주요 저작으로는 다음과 같은 것들이 있다. 왕병흠(王秉欽)의 『20세기중국번역사상사』, 사천진(謝天振)과 사명건(査明建)이 공저한 『중국현대번역문학사(1898-1949)(中國現代文學翻譯史(1898-1949))』, 방화문(方華文)의 『20세기중국번역사(20世紀中國翻譯史)』, 맹소의(孟昭毅)와 이재도(李載道)가 공저한 『중국번역문학사(中國翻譯文學史)』, 이위(李偉)의 『중국근대번역사(中國近代翻譯史)』, 마조의 등의 『중국번역통사(中國翻譯通史)』, 왕철균(王鐵鈞)의 『중국불전번역사고(中國佛典翻譯史稿)』, 여난추의 『중국과학번역사(中國科學翻譯史)』, 사명건의 『중국20세기외국문학번역사(中國20世紀外國文學翻譯史)』 등이다. 그 외에 지역별 번역사에 관한 연구성과도 어느정도 이루어졌다. 오적(吳笛)의 『절강번역문학사(浙江翻譯文學史)』가 그 좋은 예인데, 이런 연구 역시 매우 의의가 있다. 물론 위에서는 역사라는 이름을 달지 않은 일부 연구서적은 아직 포함하지 않았는데, 곽연례(郭延禮)의 『중국근대번역문학개론(中國近代翻譯文學槪論)』 같은 것은 중국근대문학번역사에 대한 연구로 간주할 수 있다. 그리고 마사규(馬士奎)의 『중국당대문학번역연구(中國當代文學翻譯研究)』는 사실상 '문화대혁명' 시기 중국의 문학번역을 연구한 전문서적이다.

　상술한 서적들의 저자들은 각자 다른 학문적 배경을 가지고 있는데 분류하면 다음과 같다. 하나는 사학적 배경을 가진 학자로서, 진복강, 진옥강(陳玉剛), 이위등이 있는데 그들은 사학적 연구를 할 때 적지 않은 번역사료를 모으고 번역사론을 지었다. 둘은 문학적 배경을 가진 학자로서, 그들은 또다시 두 종류로 나눌 수 있다. 하나는 중국문학 연구 분야에서 외국문학 연구를 하는 저자이고, 다른 하나는 외국어 연구 분야에서 문학 혹은 번역 연구를 하는 학자이다. 전자에는 곽연례, 맹소의 등이 있고, 후자에는 마조의, 왕병흠 등이 있다. 전체적으로 보면 사학 연구 출신자들은 풍부한 사료를 확보한 다음 섬세하게 대상을 연구하는 데에 정점이 있지만 말뭉치에 대한 분석은 상대적으로 부족한 편이다. 이에 비하여 외국어 전공 출신의 학자는 번역 이론과 실천을 긴밀히 결합하고, 말뭉치분석 측면에서 더 세밀한 편이지만, 역사적 관점에서는 내공이 조금 부족한 편이다. 그리고 우리의 번역사 연구는 사상사 층위에서의 노력이 아직 충분치 않다. 중국 번역사의 연구는 만약 그 사상적 연구의 심층적 의의를 발굴하지 못한다면, 번역 사료(史料)와 말뭉치가 연계될 방법이 없고, 결국 관련 연구는 자료의 축적과 기술의 분석 수준에만 머무를 수밖에 없을 것이다. 물론 필자는 이들이 불필요하거나 유행에 뒤졌다고 말하는 것이 아니다. 반대로 필자는 언제나 사료를 중시하지 않거나 말뭉치분석에 깊이 들어가지 않는 학자들이 잘될 것이라고 보지 않는다. 만약 글이라는 것을 머리를 쥐어박아서 써낼 수 있다면, 이런 글은 물거품일 뿐이며 아무런 가치도 없다. 그러나 만약 사상사의 시각에서 번역을 바라보고 연구하지 못한다면, 우리의 번역연구는 곧 '형이하(形而下)'의 층위에 머물러 제자리에 맴돌 것이다.

번역이 없었다면 중국의 역사를 어떻게 써야 할지 상상하기조차 어려운 것이다. 심지어 우리는 다음과 같이 확신을 가지고 말할 수 있다. 즉, 번역이 없었다면 중국에서 마르크스주의의 전파는 없었을 것이며 오늘날의 중국공산당도 없었을 것이라고 해도 과언이 아니다. 어떤 의미에서 한 권의 번역사는 실제로 곧 한 권의 사상사이며 한 권의 문화교류사이다.

번역은 한 자루의 날카로운 검으로서 국가가 위험에 처한 시기에 종종 맨 앞에 서서 적을 무찔렀다. 그러나 그것은 또 종종 '평화' 시기에는 잊혀진 구석에 방치되곤 했다. 이른바 "토사구팽, 조진궁장 [兎死狗烹,鳥尽弓藏: 필요할 때는 쓰고 필요 없을 때는 야박하게 버리는 경우를 이르는 사자성어 - 역자 주]"이란 말로 번역에 대한 대우를 비유해도 결코 지나치지 않다. 더욱 심한 것은, 많은 학자들이 그것의 중요성에 대해 속으로는 확실히 알고 있으면서도 말은 하지 않는 것이다. 대체 왜일까? 학자들은 그것이 외래의 것이지 본토의 것이 아니라고 생각하기 때문이다. 어찌 산토끼를 본토에서 뛰놀게 놓아둘 수 있겠는가? 만약 우리에게 탁 트인 흉금이 있고 국제적인 시야가 있다면 20세기초 노신이 이미 자기의 번역을 프로메테우스가 몸을 버려 하늘의 불을 훔쳐 인간에게 혜택을 주었던 일에 비유하였음을 우러러 탄복하지 않을 수 없을 것이다.

오늘날 우리는 나날이 발전하고 있는 중국의 경제력을 기뻐하고 박수치고 싶어 한다. 하지만 우리의 학술연구도 경제발전만큼 만족스러운 성과를 거뒀는지는 냉정하게 평가해야 한다. 참으로 계선림(季羨林: 중국 현대 저명한 학자 및 번역가 - 역자 주)이 말한 바와 같이, 중국은 번역대국이지 번역 강국이 아니다. 필자는 그에 이어서, 중국은 번역연구의 대국이지만 결코 번역연구의 강국이 아니라고 말하고 싶다. 우리가 정말로 독창성이 강한 학술연구를 진행해 왔는가? 우리가 발표한 논문들은 아무래도 높은 공리성을 가지고 있다고 해야 한다. 경제의 큰 물결 속에서, 물욕의 영향 아래에서, 학술은 이미 크게 왜곡되었다. 번역연구는 서로 다른 문화 사이의 사상적 충돌이자 사진(寫眞)이며 세계 문명 전승(傳承)의 가늠자이자 문학예술 탐색의 최고봉이라 할 수 있다, '수신(修身), 제가(齊家), 치국(治國), 평천하(平天下)'라는 인간 정신의 역정(歷程)이기도 하다. 그러므로, 우리의 번역사 연구는 아름다운 미래를 지향하지만 아직 갈 길이 멀다고 해야겠다.

서방 번역사에 관한 저작을 쓰는 일은 관련 문헌을 철저하게 파헤칠 수 없거나 서방의 문사철(文史哲)에 꽤나 깊고 독창적인 연구가 없을 경우에는 마음대로 '건드려서'는 안 된다. 예를 들면, 담재희가 이 분야에서 거의 20년을 하루같이 하여 쓴 것은 한 권의 『서방번역간사(西方翻譯簡史)』였다. 그는 최초에는 편저(編著)의 형식을 채택하였지만 후에 끊임없이 수정·보완하여 마침내 해당 저작을 물 흐르듯이 자연스럽게 완성시킬 수 있었다. 그러함에도 그가 오늘날 사용하는 서명은 여전히 "간사(簡史: 간략한 역사- 역자 주)" 두 글자이다. 하지만 중국인에게 서방 번역사를 소개할 때 이 책은 중요한 입문서이며 하나의 독특한 창구(窓口)이다.

6. 맺는 말

끝으로 필자가 말하고 싶은 것은, 번역이론이 중요하지만 그것을 강조한다고 하여 번역실천이 배척되어서는 안 된다는 점이다. 현재 번역이론이 넘쳐나고 번역이론을 연구하는 학자의 인기가 좋은 것은 우리가 서방의 번역이론으로부터 많은 영향을 받고, 방법을 참고했기 때문이라고 생각한다. 그것은 연구논문이 승진평가의 중요한 근거이기 때문이라고 추측된다. 그러나 번역작업의 실천자는 오히려 이것과는 사정이 다른 까닭에 그들이 재능을 발휘할 수 있는 자유로운 공간은 매우 적은 편이다. 우리나라에는 너무나 많은 번역이론 연구자가 있지만, 우수한 번역가는 매우 적다. 만약 중국에 양강(楊絳), 김제(金堤) 같이 두려움을 모르고 빈틈없이 신중한 태도로 『돈키호테』와 『율리시스』같은 문학 서적(혹은 기타 인문사회과학 분야의 중요 서적)을 번역하는 역자가 더 많이 등장한다면, 우리의 번역 사업이 왕성하게 발전할 뿐 아니라, 우리의 학술 연구도 떨쳐 일어날 것이다. 그렇다면 서방 학자들도 중국의 번역과 번역연구(그것들은 실제로 영광과 오욕이 공존한다.)를 새롭게 눈여겨볼 날이 올 것이다.

제 2 절

교육행위로서의 번역:
근대 청화대학교의 번역 사례연구[01]

1. 이끄는 말

오늘날 번역이 학제적 학문영역의 성질을 가지며, 게다가 일종의 문화적 층위로 올라갈 수 있는 행위라는 것은 이미 주지한 사실이다. 그리고 또 한 가지 공인된 사실은 번역학의 학술적 지위는 상대적으로 느릿느릿 인정되었는데, 자크 데리다, 에드워드 사이드, 폴 드만, 호미 바바, 그리고 가야트리 스피박 등과 같은 포스트모더니즘과 탈식민주의 학자들이 그 과정에서 중요한 역할을 했다는 것이다. 이들 학자는 만장일치로 번역이 인문사회과학 영역의 중요한 과제이자 임무라고 규정했다. 바로 그들과 기타 번역 영역에 있는 화자의 공동 노력을 통해 20세기에 주도적인 지위를 차지했던 번역은 그저 언어범주 내에 국한된다고 여기던 언어번역학파[02]의 뿌리가 뒤흔들리게 되며 번역의 문화연구와 문화의 번역연구가 날에 따라 번영기에 접어들었다.

---

01   초기 청화란 개교 초부터 1936년까지, 즉 청화대학교와 북경대학교, 남개대학교이
      서남연합대학교을 구성하기 이전을 가리킨다.
02   언어학을 기반으로 번역을 연구하는 학파-역자 주

문화적 시각에서 고찰할 때 번역은 더 이상 단지 언어학 범주에만 국한된 행위가 아니라 문화적이고 사회적인 활동으로서 한 민족과 국가의 근대성을 빚어낼 잠재능력을 가지고 있는 것이다. "근대성은 사회 전반과 이데올로기, 문화적 개조에 관한 전체적인 개념으로서 과학과 이성을 전제로 하며 비이성의 가면에 대한 폭로를 통해 필요한 사회 변혁의 길을 가리켜 준다. 그러므로 근대성이란 역사의 각성을 의미하고 역사의 점진적인 자각을 의미하며 과거에 대한 끊임없는 개조를 의미한다."[03] 다시 말해서 근대성은 역사의식을, 즉 과거가 계속 개조(改造)로 향해 가는 길을 명시한다. 이런 이념적 틀 아래, 근대성은 역사의 창조와 사회변혁의 촉진을 강조하고 근대성이 가진 모종의 주관적 특질이 이 역사적 진정(進程)을 촉진하였음을 강조한다. 필자가 이 절에서 탐구한 기본적 관점은 번역이 곧 교육의 과거를 잇고 미래를 여는 개조의 길이며, 말하자면 일종의 혁신적 행위라는 것이다. 그리고 이 개혁의 추진자는 다름 아닌 바로 대학, 지식인 그리고 번역가들이다. 그들이 기울였던 노력과 동시대의 기타 지식인들이 한 노력은 똑같이 중요하다. 임서가 『흑노우천록(黑奴吁天錄)』을 번역한 뜻은 피압박계층이 떨쳐 일어나고 반항하여 마땅히 가져야 할 권익을 쟁취하라고 호소하는 데에 있었다. 마찬가지로, 엄복이 헉슬리의 『천연론(天演論)』을 번역한 목적도 동포에게 이런 강자생존(强者生存)의 세계에서 허약하고 낙후한 국가는 영원히 곤경에서 빠져나올 날이 없을 것이며 그 결과 역사의 무대에서 도태된다는 것임을 알려주는 데에 있었다. 그리고 주목해야 할 것은 엄

---

03 Alan Swingewood, *Cultural Theory and the Problem of Modernity*, London: Palgrave Macmillan, 1998, p.140.

복과 임서의 성공적 번역 작업 뒤에는 상무인서관(商務印書館)과 같은 출판기구의 적극적인 성원이 있었다는 것이다.

과거의 연구는 교육기구와 학술단체의 번역행위에 관심을 많이 두지 않았다. 사실상 교육기구도 번역을 통해 중국 근대성을 구축하는 과정 속에서 극히 중요한 역할을 했다. 초기의 청화대학교는 외국과 밀접한 교류를 가진 기타 중국 대학과 마찬가지로 개교하자마자 당시 중앙정부의 지원을 받게 되어 중국 학생들이 미국 유학을 준비하는 예비학교로 지정되었다. 거기서 행해졌던 교육행위로서의 번역작업은 학교가 대학교로 개편된 후 더욱더 활발히 전개되어 나중에 중국 근대성의 구축에 대한 번역의 기능을 탐색하는 데에 좋은 모델로 자리매김했다.

2. 번역 즉 교육행위

사실, 번역실천은 지식인이 새 이념, 새 이데올로기를 들여오는 데에 힘쓰고, 또 이러한 과정 속에서 하나의 완전히 새로운 사회를 만든다는 이상적 염원을 반영하는 행위였다. 번역은 언어행위일 뿐 아니라 문화행위, 교육행위이기도 하다. 멀 골드만과 레오 오우판 리는 이들 지식인의 노력을 "상렬한 주관주의"[04]로 규정하는데, 이는 바로 중국 5·4운동 시기 문학 번역의 가장 두드러진 특징이기도 하다. 번역은 사회개조의 기능을 가지고 있기에 19세기말 20세기초의 중국에서는 번역작품의 수량이 창작문학의 수량보다 훨씬 많았다. "명나라와 청나라

---

04   Merle Goldman & Leo Ou-Fan Lee, *An Intellectual History of Modern China*, Cambridge: Cambridge University Press, 2002, p.172.

시기는 중국 소설사에서 가장 번영한 시대였다. 그때 생산된 소설이 결국 몇 종인지는 시종 정확한 통계가 없다. 작품 제목을 가장 많이 수록한 것은 『함분루신서분류목록(涵芬樓新書分類目錄)』이라고 해야 할 것인데 문학류 작품의 경우 번역소설 총 수가 근 400종이고, 창작소설이 약 120종이며, 출판 시기는 아무리 늦어도 선통(宣統)3년(1911)이다."[05] 이 시기에 번역가가 받은 명망과 찬양은 동시기의 작가보다 훨씬 높았다. 왜냐하면 번역가는 서방 문화를 중국에 들여오고 또 번역을 통해 중국 사회를 개조하는 중요한 임무도 짊어지고 있었기 때문이었다.

이 시기는 '번역의 발전'과 '중국 근대성의 구축'이라는 두 가지 과제가 병행하였던 특수한 시기였다. 오늘날에는 더욱 많은 학자가 문화·역사·미학·언어학 혹은 철학을 포함한 여러 시각에서 번역을 연구하는 데에 힘쓰고 있다. 그러나 아직까지 교육의 시각에서 번역을 연구하는 학자는 매우 드물다. 이 점을 감안하여 이 절의 취지는 바로 교육의 시각에서 번역을 연구함으로써 번역이 궁극적으로 어떻게 근대 중국의 대학에서 교육을 책임지고 있었는지 탐색하는 데에 있다.

현재 중국의 대학은 모두 학생을 위해 번역과정을 개설하고 있다. 그러나 이런 류의 번역과정은 주로 학생의 기본적 번역능력을 키우고 학생이 이후에 구직하는 데에 기초를 놓기 위해 개설한 것이다. 사실상 교육자나 번역자나 다음과 같은 기본적 사실을 홀시했다. 그것은 바로, 기본적 번역능력을 키우는 것 외에도 번역은 또 한 시대의 교육 자체를 담당한다는 사실이다. 이 점은 특히 역사의 전환기에 더욱 분명해진다.

번역이 교육으로 간주될 수 있는 것은, 번역이 오래되고 낙후한 사

---

05   阿英, 『晚清小說史』, 北京: 人民文學出版社, 1980, 1쪽.

회체제 혹은 이데올로기를 타파하고, 쇠락하고 부패한 사회의 고질병을 뿌리째 없애 그 속에 사는 사람의 품성을 변화시키는 역량을 갖고 있기 때문이다. 바꿔 말하면, 근대성이 호소하는 번역은 '예술을 위한 예술'의 이념에 바탕을 두는 것도 아니고 사실을 언어로써 설명하거나 긍정하는 것도 아니다. 근대성이 호소하는 번역은 모종의 활동일 수 있고 모종의 행위일 수 있으며 국가의 근대성을 구축하는 과정 중에서 오래되고 낙후한 사회체제와 이데올로기를 뒤집고, 나아가 완전히 새로운 체제와 이데올로기를 구축하는 것에 목적을 둔다. 근대성은 일종의 집단의식일 수 있고 이런 집단의식은 집단의 번역활동을 통해 표현된다.

여기서 필자는 번역이 교육행위이며 교육목표를 실현하는 수단이기만 하지는 않다는 것을 짚어내고자 한다. 번역은 위로는 하나의 국가를 교육할 수 있고(이로써 그 나라의 근대성을 빚어낸다), 아래로는 한 학인을 교육할 수 있다(이로써 학인의 박식하고 고상한 품격을 빚어낸다). 연구교육기구와 교육가가 진행하는 번역활동을 통해 번역은 내향형일 수도 있고 외향형일 수도 있다. 번역이 내향형 활동으로 간주될 때 번역가가 대작가(大作家) 혹은 위인과 어깨를 나란히 하고 싶은 염원을 충분히 드러낼 수 있다. 번역이 외향형 활동일 때 자기 자신(즉 번역)이 학술교육 분야에서 중요한 역할을 수행한다는 것은 앞에서 이미 강조하였던 사실이다. 다만 여기서 지적해야 할 것은 개인과 교육기구의 측면에서 말하자면 번역행위는 영리성과 공리성의 색채를 적게 지니고 있고, 그 취지는 자손후대에 혜택을 미치는 사상과 정신적 원천을 구축하는 데에 있다는 것인데[06], 초기 청화대학교가 가장 전형적인 예라고 할 수 있다.

---

06   Luo Xuanmin, Translation as Education, *Interpreting and Translation*

3. 청화대학교의 번역실천

1911년에 창건된 청화대학교는 20세기 초기에 중국의 번역실천에 좋은 모델을 수립했다. 청화대학교는 교과목의 설치에서 번역을 중시했을 뿐 아니라 실천에서도 개인과 집단의 번역활동을 적극적으로 장려했다. 예컨대 청화대학교에서 교편을 잡았던 주자청(朱自淸: 현대 중국의 유명한 작가-역자 주)은 그때 이미 번역의 중요성에 대해 깊이 인식하고 있었다. 그는 일찍이 『청화주간(淸華週刊)』에 번역사업과 청화의 학생을 논하는 글을 게재했다. "번역은 외래의 학문을 점점 본국의 것으로 변화시킬 수 있다……외국 사상은 자연히 점차 본국 사상의 한 부분으로 변한다."[07] "청화의 학생(특히 구제(舊制)의 학생, 영어를 꽤 잘한다)이 수많은 사명을 가지고 있지만 중국의 번역사업을 진흥하고 서방 문화를 대대적으로 소개하는 일에도 큰 책임을 짊어져야 한다……그러나 청화의 학생 중에서 지금까지 이런 사업에 종사한 사람이 적은 것 같은데 이는 정말 아쉬운 일이다. 나는 그들이 이후 다시는 이 부분의 책임을 잊지 않기를 바란다. 왜냐하면 번역은 그들의 미래나 비전과도 극히 관계가 있다…… 반드시 수백 부의 좋은 명저 번역본이 있어야 중국의 번역계는 활기를 띨 수 있고, 일반인도 서방 문화를 정확하게 이해할 수 있다."[08] 이로부터, 주자청이 번역을 문화와 사상사의 층위에서 번역을 대했지, 결코 단순히 문자(文字)의 전환과 정보의 복제로 간주하지 않았음을 알 수 있다. 그는 학생들이 번역 부분의 책임을 잊지 않기를 바랐

Studies, 2009, 13(1), pp.245-255 참고.

07   朱自淸, 『槳聲燈影裏的秦淮河』, 武漢: 長江文藝出版社, 2012, 78쪽.

08   朱自淸, 『槳聲燈影裏的秦淮河』, 武漢: 長江文藝出版社, 2012, 79-80쪽.

는데, 이것이 그들의 미래나 비전과 매우 관계가 깊었기 때문이었다.

청화학당(淸華學堂)이 대학으로 개편된 후 번역작업은 확실히 청화대학교에서 왕성하게 전개되었다. 당시의 청화원(淸華園: 청화대학교의 캠퍼스를 가리키는 말-역자 주)에서 번역은 한 국가와 민족의 문화발전과 긴밀히 이어져 있었고, 문화흥국(文化興國)의 중요한 구성 부분이라고 간주되었다. 1914년에 창간된 『청화주간(淸華週刊)』은 많은 번역문을 출판해 그시기 중국의 문학·역사·철학 및 사회과학 연구에 극히 큰 영향을 미쳤다. 이밖에 청화 학인 오복(吳宓: 현대 중국의 유명한 학자-역자 주)이 주가 되어 기획한 잡지 『학형(學衡)』이 1922년 1월에 창간되었는데, "간행된 글들에는 고대 문사철 분야의 논문, 역문(譯文), 미국 신인문주의(新人文主義)를 소개하는 저술, 번역문 및 신문화운동을 평가하는 글, 그리고 소량의 비평문이 포함되었다."[09]

오복은 간행물을 통해 번역의 지위를 끌어올렸을 뿐 아니라 수업에서도 솔선수범했다. 기록에 의하면 1922년 2월 "오복은 청화연구원(淸華研究院) 주비처(籌備處) 주임에 임명되었고, '번역술'을 교수했으며 대학 주비위원회 위원으로 초빙되었다."[10] 오복은 청화대에 온 후 맡은 최초의 강의가 바로 번역연구였으며, 이 사실을 통해 그가 번역을 얼마나 중요하게 여겼는지를 미루어 짐작할 수 있다. 번역을 극히 중요시한 이러한 전통은 청화대학교에서 대대로 이어졌다. 사실 초기 청화대학교의 번역활동은 학인의 학문적 소양을 강화하였고 학술의 융합을 이끌어냈으며 최종적으로는 중국의 학술 근대화 구축의 프로세스를 추진

---

09   齊家瑩編, 『淸華人文學科年譜』, 北京: 淸華大學出版社, 1999, 5쪽.

10   齊家瑩編, 『淸華人文學科年譜』, 北京: 淸華大學出版社, 1999, 6쪽.

했다.[11]

3.1 수신양성(修身養性)의 개인적 번역행위

초기 청화대의 학생은 보편적으로 번역실천을 수신양성(修身養性)의 행위로 삼았다. 그 전형적인 사례로서 양실추(梁實秋)를 들 수 있다.

엄효강(嚴曉江)은 양실추 일생의 문학활동을 두 개의 프로세스로 귀결시킨다. 즉, 산문 창작과 셰익스피어 희곡의 번역이다.[12] 양실추 산문의 특징으로는 "눈앞의 성공과 이익에 급급한 세속적 눈으로 문학을 대하는 것에 반대하고 영원한 '인성(人性)'을 산문 묘사의 시각으로 삼아 소소한 인정세태에 정밀하게 심혈을 기울여 그 속에서부터 근사하고 지혜로운 희미한 빛을 찾아낸다…… 이성을 통해 감성을 조절하여 힘든 시대에 인생의 맛을 음미하고, 활달한 인격으로써 서사(敍事)와 서정(抒情)을 다룬다……적절하게 붓을 놀려 글을 짓는데, 평범하고 소박함 속에 찬란함이 깃든다" 등이 있다.[13] 사실 양실추의 번역은 이런 수신양성의 글쓰기와 일맥상통한다.

양실추가 셰익스피어의 희곡을 번역한 것은 호적의 영향과 관련이

11 　이런 학술의 합류의 정형이 청화학자들 속에 보편적으로 존재한다. 당시 청화 외국어과 35급의 이부녕(李賦寧), 왕좌량(王佐良), 허국장(許國璋), 주각량(周珏良) 등은 예일, 옥스퍼드, 시카고로 유학갔고, 영국문학방면을 나누어 연구했는데, 이부녕(李賦寧)은 중세기를, 왕좌량(王佐良)은 문예부흥과 셰익스피어를, 허국장(許國璋)은 18세기를, 주각량(周珏良)은 19세기를 전공했다. 그들은 귀국후 공동으로 영국문학을 강의하고, 학술의 합류를 형성할 수 있었다. 徐百柯, 『民國風度』, 北京: 九州出版社, 2011, 9쪽 참고.

12 　嚴曉江, 『梁實秋的創作與翻譯』, 北京: 北京師大學出版社, 2012, 3쪽.

13 　楊匡漢, 「深文隱秀的夢裏家園-『雅舍文集』總序, 梁實秋, 『雅舍小品』, 北京: 文化藝術出版社, 1998, 3-4쪽 수록.

컸다. 학문적 흥미가 많은 호적은 특히 번역에 대해 각별한 애정을 가졌다. 그의 초기 시집『상시집(嘗試集)』중에 적지 않은 번역시가 들어있다. 그는 또 이후의『백화문학사(白話文學史)』에서 두 장(章)을 할애하여 '불교의 번역문학'을 논했다.[14] 호적은 일찍이 20년대에 이미 서방 경전을 번역할 웅대한 구상이 있었다. 1930년 8월 호적은 청도(靑島)에 도착해, 당시 청도대학교에서 가르치던 문일다(聞一多), 양실추 등과 함께 서방 명저의 번역에 대하여 재차 상의했다. 1930년 12월 23일 호적은 양실추에게 답장을 보내, 자기가 이미 리처즈(Ivor Armstrong Richards)와 판본 문제를 상의했으며, "당신과 문일다에게, 통백(通伯, 즉 陳西瀅: 유명한 문인 겸 번역가-역자 주), 지마(徐志摩: 유명한 시인-역자 주) 등 다섯 사람과 5년에서 10년을 기한으로 셰익스피어 전집을 번역하는 것에 대하여 상의하고 싶다. 이런 뜻을 문일다와 한번 상의하도록……가장 중요한 것은 어떤 문체로 셰익스피어를 번역할 것인가이다. 나는 먼저 문일다, 서지마가 운문체로 번역을 시도해보고, 나와 통백이 산문체로 번역을 시도해보자고 건의한다. 실험해본 후에야 우리가 실제로 번역을 할 때 산문적 문체를 이용할 것인지 아니면 두 가지 문체를 다 이용할 것인지 결정할 수 있다."[15]라고 전한 바 있다. 1931년 2월 25일 호적은 문일다, 양실추에게 보내는 답장에서 셰익스피어 저작 번역의 구체적 계획을 언급(구성원, 시간, 프로세스, 문체, 용어의 통일, 경비의 관리, 주석 등의 문제를 포함)한 지 오래지 않아, '중화교육문화기금(中華教育文化基金)' 이사회가 열리는 제

---

14   胡適,『白話文學史』, 合肥: 安徽教育出版社, 2006, 116-150쪽.『백화문학사』의 제9장과 제10장이 '불교의 번역문학' 상·하이다.-역자 주

15   胡適,『胡適全集』(제24권), 耿云志·歐陽哲生整理, 合肥: 安徽教育出版社, 2003, 70쪽. 원서의 63쪽은 착오이다.-역자 주

7차 연회(年會)에서 문일다, 서지마 등 다섯 명이 위원이 되어 셰익스피어 전집의 번역과 교열을 책임지기로 결정하였는데, 5년에서 10년 사이에 전부 완성할 수 있을 것이라 예상했다. 실험번역의 분업은 이러했다. 서지마가 Romeo and Juliet, 엽공초(葉空超)가 Mechant of Venice, 진통백이 As You Like It, 문일다가 Hamlet, 양실추가 Macbeth[16]를 각자 맡았다. 그러나 이 계획을 성실하게 실행한 것은 양실추 한 사람뿐이었다. "나는 즉시 번역에 착수하여 1년 안에 원고 두 부를 넘겨줄 계획까지 세웠다. 하지만 다른 네 사람은 시종 착수하지 않았다. 결국 이 작업이 나 한 사람의 머리 위에 떨어질 줄은 생각지도 못했다."[17] 양실추는 무려 30여년의 시간을 이용해 셰익스피어의 모든 극본을 중국어로 번역함으로써 현대 중국 유일의 셰익스피어 전집 번역자가 되었다. 이는 지극히 위대한 공로라 평가할 만하다.

셰익스피어 희곡 번역의 가독성에 대한 독자의 평가는 제각각이다. 그러나 번역의 "본모습 추구(求眞)"라는 측면에서 말하자면 양실추의 역본은 본보기라고 할 만하다. 양실추는 셰익스피어를 번역했을 뿐 아니라 연구하기도 하였는데, 그야말로 번역과 연구 그리고 창작을 연계시켰던 것이다. 그래서 그의 번역문은 일단 언어적 측면에서 볼 때 매우 정확하다. "양실추는 문사(文辭)의 화려함과 아름다움에 연연하지 않고 '본모습의 보존(存眞)'을 번역의 종지(宗旨)로 삼아 원작을 충실하게 옮기기 위하여 갖가지 어려움을 극복하면서 최선을 다 했다. 그의 번

---

16 胡適, 『胡適全集』(제24권), 耿云志·歐陽哲生整理, 合肥: 安徽教育出版社, 2003, 85-87쪽. 원서에서 78-79쪽이라고 한 것은 착오이다.-역자 주

17 梁實秋, 『梁實秋散文全集』, 臺北: 光夏文藝出版社, 27-28쪽.

번역과 중국의 근대성

역문은 원작에 충실하면서도 섬세하고, 완곡하면서도 명료해서 셰익스피어 희곡의 본래의 모습을 최대한으로 재현했다."[18] 만약 독서를 시간 때우기라고만 여긴다면 사람들은 양실추의 역본을 선택할 수도 있고 선택하지 않을 수도 있다. 그러나 서방 문화를 이해하고 가능한 한 투철하게 셰익스피어 희곡의 정신을 파악하려 한다면, 그의 역본을 읽지 않으면 안 된다. 왜냐하면 번역에 착수하기 전 혹은 번역과 동시에 양실추는 반드시 극본 중에 문화적으로 이해하기 어려운 곳과 언어적으로 해결하기 어려운 곳 등의 문제를 모두 하나하나 해소해나가며, 번역의 대가(大家)가 갖추어야 할 귀한 소질을 충분히 드러낼 것이기 때문이다. "중국 현대 문단에서 양선생이 남겨준 수많은 번역 결과물은 중국과 서방을 소통시키는 교량이 되었다. 이 방면에서 양실추만큼 거대한 공헌을 한 사람은 아직 찾기가 어렵다고 생각한다. 일반인들은 종종 번역자가 그저 원문의 하인이라고 생각하고 적지 않은 독자들도 우수한 번역의 가치를 충분히 이해하지 못한다. 까닭에, 나는 양선생이 성취한 다른 분야의 공로보다 차라리 이 방면의 공적(功籍)을 더욱 강조하고 싶다."[19] 저명한 중국학자, 번역가, 스톡홀름대학 교수, 스위스 노벨문학상 심사위원으로 활동하는 말름크비스트가 양실추를 평가한 말인데 이는 양실추 역본의 가치가 크다는 것을 방증하기도 한다.

　　여기서 우리가 넘어갈 수 없는 또 한 하나의 대표적 인물은 주상(朱湘)이다. 시가예술에 대한 주상의 애증은 그야말로 불광불급(不狂不及)

18　劉炳善, 『爲了莎士比亞』, 開封: 河南大學出版社, 2009, 214쪽.

19　嚴曉江, 『梁實秋的創作與翻譯』, 北京: 北京師範大學出版社, 2012, 6쪽. 이 인용문은 嚴曉江의 말이 아니고, 그의 책에 소개된 괴란 말름크비스트의 말이다.-역자 주

이라 할만한 것이었다. 그는 세계 시가의 정화(精華)를 섭취하고 서방의 작시법을 모방하며 동시에 중국의 시가 요소를 녹여넣었는데, 그의 역시(譯詩)는 나념생(羅念生: 현대 중국의 학자-역자 주), 유무기(柳無忌: 현대 중국의 학자 -역자 주) 등에게서 높은 평가를 받았다. 주상은 문학창작과 시 번역을 하면서 시의 개혁을 적극적으로 탐구하였을 뿐만 아니라 시 번역에 대해서도 자신의 주장을 제기했다. 그는 또 자신의 시 번역의 관점을 예로 들어, 곽말약(郭沫若)과 시 번역의 방법을 토론했고 상대방의 번역 속의 부족함을 지적하기까지 했다.[20] 주상의 시 번역은 이후 백화신격 률체역시(白話新格律體譯詩) 규범의 수립에 큰 영향을 미쳤다고 말해야 할 것이다.

이밖에 주상은 가장 먼저 '중국문화 나가기'를 시도한 사람 중의 한 명이기도 하다. 『주상서신집(朱湘書信集)』에 수록된 그가 벗에게 보내는 서신 중에서 우리는 관련 기록을 어렵지 않게 찾을 수 있다. 예를 들어 그는 조경심(趙景深)에게 보내는 서신에서 이렇게 썼다. "지금 시 번역에 바쁘다. 우리나라 시를 영어로 번역하는 작업을 준비하는 데에 많은 시간이 소요된다. 3년 후 우리나라 시를 영문단(英文壇)에 소개한 후 바로 귀국하기로 결정했다."[21] 또 그는 다른 서신에서 이렇게 썼다. "나는 내년 가을에 하버드나 뉴욕에 갈 것인데, 중국문학번역을 시작하기로 결정했다.……뉴욕에서 나는 또 고시(古詩)를 번역하지 않고, 오히려 스스로 한신(韓信), 문천상(文天祥), 공자(孔子) 각각에 관한 역사시(史事詩)를 지을 것이며, 나중에 영어로 번역한 후 두 가지 원고를 동시에 인

---

20   羅念生編, 『朱湘書信集』, 上海: 上海書店, 1983, 41쪽 참고.

21   羅念生編, 『朱湘書信集』, 上海: 上海書店, 1983, 66쪽.

쇄할 생각인데, 도대체 어찌 될지는 모르지만 아무튼 내년 가을 결정할 수 있을 것이다."[22] 주상이 제시한 리스트를 보면 그가 말한 역사시는 역사상 서로 다른 시기의 저명한 인물에 관한 시일 것인데, 이런 시는 사회에 관심을 기울이고 현실주의의 특징을 갖추고 있다. 그러므로 그것은 사시(史詩, epic)와도 다르다. 중국의 사시는 기본적으로 소수민족 지역에서 생겼다. 예를 들면 티벳족의 『게사르』나 키르기스족의 『마나스』는 그 특징이 편폭이 거대하고 기세가 더욱 광대하다는 것이다. 주상은 왜 '역사시'를 지었는가? 이는 주상 시 번역의 책략으로 현실을 직시하고 실천을 중요시하는 그의 품성과 관련이 있다. 왜냐하면 시는 일반적으로 번역 불가능하다고 여겨지기 때문이다. 셸리는 심지어 "시의 번역은 힘만 들고 얻을 바가 없다."라고 공언했다.[23] 시의 번역으로 말하자면, 서정시(抒情詩, lyric)가 가장 어려운데, 음률(音律), 격식(格式), 의상(意象: 이미지), 의경(意境: 분위기) 등 곳곳에서 역자의 번역 주체성을 제약하지 않는 곳이 없기 때문이다. 한 수의 좋은 시(詩)가 다른 나라의 언어로 번역된 후, 마치 술이 물로 변하고, 살아 있는 매가 죽은 매로 변하듯이, 시의 영혼은 사라져버리고 껍질만 남는 일이 허다하다. 그러나 역사시의 번역은 그렇지 않다. 역사시에는 내용이 있기에 설령 음률이 꽤 손실된다 해도 그 줄거리는 여전히 사람을 감동시키고 그 짙은 문화적 색채는 여전히 비교적 잘 유지될 수 있기 때문이다. 이 사례를 통해서 우리는 주상이 독자의 반응을 충분히 고려하면서도 중국시 번역의 난관을 찾아내었다는 것을 알 수 있다. 중국의 '키츠(Keats)'라고 불린 그

---

22   羅念生編, 『朱湘書信集』, 上海: 上海書店, 1983, 70쪽.

23   伍蠡甫主編, 『西方文論選』, 上海: 上海譯文出版社, 1979, 52쪽.

는 시를 번역할 때 결코 맹목적으로 '예술을 위한 예술'이라는 길을 추구하지 않았고 중국문화의 전파를 자신의 책임으로 삼았다. 여기서 그의 애국심을 엿볼 수 있다.

주상은 그저 청화대학교가 배출한 한 사람의 유학생 대표일 뿐이다. 이외에도 그와 동시대의 적지 않은 청화대학교 학생들은 번역을 하는 동시에 개인의 운명과 국가의 앞날을 연계시키어, 세계 무대에서 중국문화를 선양하는 것을 자신의 임무로 삼았다.

3.2 정치·문학·교육개혁을 촉진한 번역행위

정치와 문학의 개혁을 촉진한 번역행위를 논할 때 청화 출신의 뛰어난 학자 몇 사람-진인각(陳寅恪), 호적, 조원임(趙元任), 그리고 오복을 언급하지 않을 수 없다.

진인각은 1925년 연초에 양계초, 오복 등의 적극적인 추천으로 청화대학교에 초빙되어 교편을 잡았다. 그의 학식에 모든 교수들이 탄복했으며, '교수중의 교수'라는 찬양을 받았다. 기록에 의하면 진인각이 국학연구원(國學研究院)에서 다섯 개의 과목을 맡게 되었는데 그중 두 개가 번역에 관련한 것이었다. 즉, 마니교 경전과 위구르어 번역문의 연구, 불교 경전의 각종 언어 역본의 비교연구가 그것이다.[24] 진인각은 문화사의 층위에서 원문과 역문의 대비를 통해 사학 관련 텍스트의 진위와 변천과정을 분석하였으며, 나아가 그 뒤에 숨어있는 정치·경제·문화적 연관성을 발견으로써 사학 연구 분야에서 새로운 길을 개척했다.

1932년 진인각은 『연화색니출가인연발(蓮花色尼出家因緣跋)』이라는

---

24   齊家瑩編,『淸華人文學科年譜』, 北京: 淸華大學出版社, 1999, 18쪽 참고.

글을 발표했다.[25] 진인각은 당시 북평도서관(北平圖書館) 소장 돈황사본(敦煌寫本) 『불설제경잡연유인유기(佛說諸經雜緣喻因由記)』[26]에 수록된 연화색니출가인연(蓮花色尼出家因緣)의 고사를 읽으면서 원래 기록되어야 할 7종의 주서악보(咒誓惡報: 즉 연화색니가 출가한 7가지 이유-역자 주)가 여기에는 겨우 6종밖에 없음을 발견했다. 그래서 이 사소한 부분으로부터 착수해 그는 이 고사에 관련한 여러 역본들을 고증하기로 결심했는데 그 과정 중 구마라집의 역경본(譯經本), 팔리어 연화색니편(蓮花色尼篇) 그리고 기타 경문들을 두루 통독했다. 여러 판본을 읽으면서 그는 돈황사본이 기타 텍스트와 대체로 비슷하고 단지 연화색니가 출가한 7가지 이유 중의 한 가지가 누락되어 있는 사실을 포착했다. 즉, 연화색니가 여러 번 시집을 가서 여러 명의 아들과 딸을 낳았지만 가족 구성원들이 처음부터 같이 살지 않아서 서로 알아보지 못했기에 결국 모르는 상태에서 친딸과 함께 자신이 낳은 아들에게 시집간 참사(慘事)가 발생해 버렸다. 이 사실을 알아차린 연화색니가 자신이 한 짓에 부끄러움을 견딜 수가 없어서 출가를 선택했다는 것이다. 이와 같이 서로 다른 역본을 비교하는 방법을 통하여 진인각은 문화가 여과의 기능을 지닌다는 결론을 도출했다. 구체적으로 말하면, 연화색니의 이야기는 한민족(漢民族)의 전통적 가치관과 매우 벌어서 그내로 수용될 수기 없었기에 번역 과정에서 역자에 의해 삭제되었던 것이다. 그러므로, 돈황역본 중 누락된 부분은 번역자가 몰랐던 것이 아니라 일부러 번역하지 않은 것이었다. 부선종(傅璇琮)은 진인각의 연구를 이렇게 평가했다. "고증적 추론과 이론

---

25   陳寅恪, 「蓮花色尼出家因緣跋」, 『淸華學報』 1932년 제7권 제1기, 39-45쪽 참고.

26   원서에서 諸經雜喻因由記라고 한 것은 잘못이다.-역자 주

적 설명을 연계시켜 하나의 작은 실례로부터 문화사 발전의 중요한 이치를 밝혀내는 것은 쉽지 않은 작업인데, 진인각에게서는 손쉽게 이루어진 것만 같았다. 이는 그가 높은 언어적 소양을 갖추었을 뿐만 아니라 이미 문화사적 학술체계를 점차 형성하고 있었기에 가능한 결과였다."[27] 그의 이러한 발언은 아주 적절하고 정확한 평가이다.

그러나 지금까지 진인각을 논하는 글에서는 여전히 부족한 면이 존재한다. 구체적으로 말하면 학술계는 아직 그의 독특한 연구방법, 즉 다어종역본대비고증법(多語種譯本對比考證法: 여러 역본을 비교·고증하는 방법-역자 주)을 체계적으로 정리하여 그 핵심을 짚어내지 않았다. 사람들은 왕국유(王國維)의 학술연구를 논할 때 한결같이 그의 "이중증거법(二重證據法)"을 거론하지만 이런 모습은 진인각에 대한 평가에서는 나타나지 않았고, 우연히 있다고 해도 그저 가볍게 언급만 할 뿐이다. 이는 매우 유감스러운 일이다. 필자는 이런 문제가 생긴 까닭을 두 가지로 생각한다. 하나는 진인각처럼 이렇게 열 몇 가지 언어에 통달한 학자는 샛별처럼 드물어서 이 연구방법을 대중이 파악하기가 매우 어려우니, 어찌 널리 보급될 수 있겠는가? 둘은, 번역에 대해 학계에 충분한 인식이 결핍되어 있다는 것이다. 이는 오늘날 중국의 번역계에 뛰어난 이들과 그렇지 못한 이들이 뒤섞여 있어 수준 면에서 너무 차이가 많이 벌어진 현실과도 관계가 있다. 이와 반대로 우리가 초기 청화대학교의 교육 현장을 되돌아보면 번역을 중시하지도 않거나 번역의 실천에도 적극적이지 않은 학자의 경우 청화대학교라는 학교에서 발붙이기가 매우 어려웠던 사실을 쉽게 발견할 수 있다.

---

27   傅璇琮, 「陳寅恪文化心態與學術品位的考察」, 『社會科學戰線』, 1991년 제3기, 237쪽.

다음으로 언급해야 할 인물은 조원임이다. 그는 일찍이 미국언어학회 회장을 맡았었는데, 언어학 분야에서 커다란 성취를 이룩했다. 그래서인지 그가 번역을 통해 중국문학의 개혁이라는 측면에서 남겼던 공헌은 오랫동안 연구자들에게 간과되어 왔다. 사실상 중국번역학 연구의 모범으로 간주되는 「번역 속의 신·달·아의 폭을 논함(論翻譯中的信達雅的幅度)」이란 글 외에도 조원임은 또 루이스 캐롤[28]의 세계적으로 유명한 아동문학저작 『아려사만유기경기(阿麗思漫游奇境記)』를 번역했다. 주지하듯이 이 작품에는 수많은 언어유희, 쌍관어(pun), 성어(成語) 그리고 우스개가 있어서 해당 번역 작업이 하늘의 별 따기만큼 어렵다고 여겨왔다. 조원임 자신도 "이 책은 이미 나온 지 50여 년이 되었는데 새로운 책도 아니고 또 결코 무명의 벽서(僻書)도 아니다. 아마도 그 속에 말을 가지고 노는 우스개가 너무 많아서 원본도 통할 듯 말 듯한데 다른 언어로 옮기게 되면 완전히 '불통'이 될 것 같아 감히 번역에 착수하는 사람이 없다"고 번역의 어려움을 언급했다.[29] 그럼에도 불구하고 그는 이 어려운 작업과 직접 부딪치기로 결심하고 마침내 상술한 갖가지 난제를 해결하는 데에 성공했다. 조원임의 번역은 결코 고아한 흥취를 추구하기 위한 것이 아니고 문학과 백화문의 개혁을 추진하면서 당시 중국 사회에 결여되어 있던 아동문학을 들여오고 창조하기 위한 것이었다.

조원임은 왜 이 소설을 번역하였는가? 그것은 이 책의 번역문이 아동이 읽을 수 있는 언어-평이하고 참신하며 생기발랄한-를 창조할 수

---

28   Lewis Carroll, *Alice's Adventures in Wonderland & Through the Looking-Glass*, New Yok: Nelson Doubleday, 1974 참고.

29   趙元任, 「譯者序」, 『阿麗思漫游奇境記』(第五版), 北京: 商務印書館, 1947, 10쪽.

있었기 때문이었다. 조원임의 번역은 후에 사회언어학자가 된 진원(陳原)에게 큰 영향을 미쳤다. 진원은 회고의 글에서 이렇게 썼다. "조원임, 조원임, 나의 청소년 시대에는 도처에 모두 조원임의 그림자였다."[30] 한편 서백가(徐百柯)도 이에 대해 기록을 남겼다. "소년 시절에, 그[진원-역자 주]는 조원임이 번역한 『아려사만유기경기(阿麗思漫游奇境記)』에 빠져 있었다. 이 작품의 번역문은 본래 조원임이 흥이 나서 우연히 한번 해 본 것이지만, 오히려 아동문학의 정전이 되었다."[31] 그러나 "우연히 한 번 해 봤다"는 말은 그리 타당하지 않을 것이다. 사실 조원임이 이 책을 번역한 것은 결코 "우연히 한 번 해 본 것"이 아니고, 정확히 말하자면 "따로 의도가 있었던 것이다." 조원임이 살던 시대에 백화문 글쓰기는 아직 초보적 단계에 있었지만 언어학자로서의 그는 남들이 그의 발 끝에도 미치지 못할 만큼 백화문 글쓰기의 능력을 가지고 있었다. 그러므로 그는 번역을 통해 백화문의 개혁과 아동문학의 창작을 추진하려 했다. 이 점에 관해서 진원은 비교적 정곡을 찌른 평론을 남겼다. 그에 따르면 조원임의 역본은 "일반적인 문학번역작품이 아니라, 일종의 실험, 말하자면 언어적 실험, 언어개혁의 실험, 문학혁명의 실험이면서도 사유방식이 다른 문학작품 번역의 실험이었다."[32] 조원임 본인도 역자 서문에서 이 점을 명백히 밝힌 바 있다. "현재 중국의 언어는 실험기이므로 이 기회를 이용하여 몇 가지 실험을 해 보아도 좋을 듯싶다. 하나. 이 책을 번역할 땐 만약 구어체 문장(語體文)을 사용하지 않는다면 원문

---

30   陳原, 『陳原序跋文錄』, 北京: 商務印書館, 2008, 456쪽.

31   徐百柯, 『民國風度』, 北京: 九州出版社, 2011, 16쪽.

32   陳原, 『陳原序跋文錄』, 北京: 商務印書館, 2008, 260쪽.

의 감칠맛과 분위기를 살리기가 어려울 것이다. 따라서 이 번역본은 구어체 문장의 좋고 나쁨을 판정하는 재료 노릇을 할 수 있다. 둘. 이 책에는 대명사의 구별에서 많은 장난이 있다. 예를 들면 마지막 시의 한 구에서 he, she, it, they라는 단어가 몇 번 보이는데, 이는 몇 년 전 중국의 문자 중에 대명사 '他, 她, 它'가 없을 때는 번역할 수 없었던 것이다. 셋. 이 책에는 십여 수의 타유시(打油詩: 평측(平仄)과 운(韻)에 구애받지 않는 통속적인 해학시의 일종-역자 주)가 있는데, 이것들은 산문으로 번역하면 당연히 재미 없고 문언문체의 시사(詩詞)로 번역하면 더욱 문제가 있다. 그러므로 현재 그것을 구어체 시형식을 실험할 기회로 삼고, ……"[33] 『아려사만유기경기』가 만약 백화문을 사용하지 않았다면 그 속의 참신한 발상과 생기발랄한 캐릭터들을 표현해낼 길이 없다. '他', '她', '它' 세 대명사의 구별은 역자로 하여금 순조롭게 원작의 어떤 장절(章節)들에 대응할 수 있게 해주었다. 몇 몇 타유시의 번역은 산문 혹은 고전시 형식으로 번역하기에는 적합하지 않았지만 오히려 백화문을 사용해 실험을 진행하기 좋은 재료였다. 조원임이 이 작품의 번역을 통해 중국어 백화문에 대한 자신의 개혁 계획을 실행한 셈이다. 대명사 '他', '她', '它'가 바로 조원임이 번역한 『아려사만유기경기』 덕분에 중국어 속에서 광범위하게 사용되기 시작했다.

사실상 조원임의 언어학 실험은 『아려사만유기경기』를 통해서만 행해진 것이 아니었다. 호적의 일기에 의하면 조원은 『연체동물(軟體動物)』도 번역했는데, 번역작업 중 언어의 혁신과 실험을 시도해 보기도 했다. "조원임 선생 번역의 대성공을 축하한다, ……등사본을 빌려보고

---

33   趙元任, 「譯者序」, 『阿麗思漫游奇境記』(第五版), 北京: 商務印書館, 1947, 11쪽.

서야 비로소 그가 음(音)을 달고 성조(聲調)를 단 방법을 알았다.……가장 중요한 것은 조선생이 '허사(虛詞: 부사, 조사, 접속사, 의성어, 전치사, 감탄사 등 품사를 가리킨다-역자 주)를 사용해 감정을 표현한 방법이었다."[34] 그러나 이 번역작품은 발표되지 않은 듯하다. 아마 등사본으로 나온 것은 중국 유학생들 사이에 널리 전해져 읽혔을 것이다. 이 번역원고의 행방에 관해서도 고증이 필요하다.

다시 호적을 이야기해보자. 객관적으로 말하자면 호적은 번역 분야에서 그다지 높은 성취를 이루지는 못했다. 이는 그의 영어 수준이 낮아서가 아니다. 그의 정밀하고 빈틈 없는 영어 수준은 『번역을 논함-양실추에게: 장우송 선생 「서지마의 맨스필드 소설집」을 평함』(論翻譯-寄梁實秋: 評張友松先生「評徐志摩的曼殊菲爾小說集」)에서 어느 정도 엿볼 수 있다. 이 글에서 호적은 번역의 디테일적인 부분과 품질을 논하면서 번역 작업을 긍정적으로 평가해 주고, 또 역자가 자신의 번역문에 있는 문제점을 스스로 지적한 자세도 인정해 주었다. 그런 다음 그는 또한 번역 비평의 공정성과 번역에 대한 이해 등의 보편적 문제를 논했다.[35] 호적의 이 글은 논거가 충분하고 언어의 뉘앙스가 타당하여 사람을 납득시킬만하다. 호적이 번역 분야에서 거대한 성취를 얻을 수 없는 이유 중의 하나는 바로 그가 요직에 있었던 까닭에 직무가 많았고 충분한 시간을 가지고 자기가 좋아하는 번역을 실천할 수가 없었기 때문이었다. 그럼에도 불구하고 그의 초기의 시 번역은 여전히 학자의 흥미를 끌기에

---

34   胡適, 『胡適日記』(第6卷), 曹伯言整理, 合肥: 安徽教育出版社, 2001, 126-127쪽.

35   胡適, 『胡適全集』(第24卷), 耿云志, 歐陽哲生整理, 合肥: 安徽教育出版社, 2003, 621-629쪽 참고.

충분한데 현대 학자인 요칠일(廖七一)이 집필한 『호적시가번역연구(胡適詩歌翻譯硏究)』같은 전문연구서가 바로 그 예이다.[36]

중국 번역학에 대한 호적의 공헌은 그가 문학과 언어의 개혁에서 번역이 가진 중요성을 깊이 알고 있었고, 그래서 번역계의 일부 영재들을 주변으로 모은 데에 있다. 특히 그는 번역작업을 직접 주도함으로써 학술의 질을 높이고 학과의 규범을 강화하는 데에 특출한 공헌을 거두기도 했다.

주작인(周作人)은 일찍이 자기가 호적과 "원고 판매 교섭이 모두 세 차례 있었는데, 모두 번역에 관련한 것이었다."[37]고 회고했다. 그는 다른 데에서 받은 번역료는 천자 당 2원과 5원이었는데 호적에게서는 (그가 주관하던 중화교육문화기금회 편역위원회) 천자 당 10원의 번역료를 받았다고 했다. 4만자는 4백 원으로, 이는 주작인이 서교(西郊)에 땅을 사 세 칸 기와집을 짓게 해 주었고, 이 땅 역시 그의 인생에 있어서 중요한 추억이 되었다. 이는 또 그가 나중에 "생각하면 매우 다행스러운 일"이기도 했다.[38] 번역료를 후하게 지불한 사실을 통해 우리는 호적이 번역자와 인재를 매우 존중하고 번역의 가치를 충분히 잘 알았음을 알 수 있다.

일찍이 1920년대에 호적은 중국에서 영미문학의 번역이 많이 뒤떨어진 것에 대하여 깊이 자책한 바 있있다. 그는 친구에게 이렇게 썼다. "근 삼십 년 이래 영국문학을 읽을 수 있는 사람은 더 많아졌지만 영국의 명저는 아직 감히 번역한 사람이 없다.…… 영미 유학생 후배로

---

36   廖七一, 『胡適詩歌翻譯硏究』, 北京: 淸華大學出版社, 2006.

37   周作人, 『知堂回想錄』, 香港: 三育圖書有限公司, 1980, 8쪽.

38   周作人, 『知堂回想錄』, 香港: 三育圖書有限公司, 1980, 9쪽.

서 우리가 이 때문에 부끄러울 수 밖에 없다. 영국문학의 명저, 위로는 Chaucer로부터 아래로는 Hardy까지, 역본이 있었던 적이 전혀 없다고 할 수 있다.……근년에 뛰어난 사람이 명저를 번역한 것으로는 오선생(伍光健: 중국 근대 시기의 번역가-역자 주)의『콜롱바』, 그리고 서지마가 번역한『캉디드(Candide)』두 가지 뿐이다. 그러므로 서양 문학서를 번역하는 작업은 오늘날에도 여전히 시작하지 않았다고 말할 수 있을 뿐이다!"[39] 귀국 후 호적은 국내 학술계에서 자신의 영향력을 발휘해 이런 양상을 변화시키기로 결심했다. 그가 번역 분야에서 취득한 최대의 공적은 경자년(庚子年) 배상 기금으로 구성된 중화교육문화기금회(中華敎育文化基金會) 편역위원회(編譯委員會)의 위원장으로서 유학 후 귀국한 일단의 우수 학자와 번역 인재를 모아 계획적이고 규모 있는 서방 경전 번역프로젝트를 진행했다는 것이다. 그는 거기서 받은 지원금으로 관련 회의를 열어 정문강(丁文江), 조원임, 부사년(傅斯年), 진인각, 양실추, 진원(陳西瀅), 문일다등 13인을 위원으로 영입하여, 서방 과학, 철학, 문학 등 명저들의 번역에 힘썼다. 그리고 호적 본인도 편역(編譯) 계획을 세웠는데, 세익스피어의 극본이 번역 리스트의 처음에 두어졌다.[40]

어떤 학자는 호적의 취향이 '강국(强國) 모델' 번역으로서, "강대국으로 용감하게 나아가는 가운데 강대국의 비밀을 캐내여 강대국의 입국(立國)의 근본, 근대의식, 근대사상을 중국에 소개하여 국민을 일깨우고 신국민(新國民)을 양성한다"[41]는 것이라고 규정한다. 그러나 필자는

---

39   胡適,『胡適書信選』, 耿云志·宋廣波編, 北京: 外語敎學與硏究出版社, 2012, 146쪽.

40   周紅,「也談胡適與莎士比亞戲劇」,『中華讀書報』2006년 제3기, 22쪽 참고.

41   李偉舫,『梁實秋莎評硏究』, 北京: 商務印書館, 2011, 204쪽.

호적이 취한 것은 '학리(學理) 모델'의 번역으로서, '학리'를 경위(經緯)로 삼아 전개한 문학번역 활동이라고 생각한다. 그 이유로는 우선 그가 관심을 기울인 대상이 학자나 지식인과 같은 엘리트가 더 많다는 점이다. 그 다음으로 그는 서방 문학 경전에서 소재를 채택하고 서방 문학 명저의 번역을 통하여 서방 문학의 정수를 섭취하였으며 이를 학문적 이론으로까지 이르게 했다는 점이다. 이 점으로 볼 때 그는 신월파(新月派) 작가들과 마찬가지로 번역의 동기, 취재(取材), 방법 면에서 좌련(左聯) 작가와 전혀 어울리지 않았다. 예를 들어 노신은 서방의 피압박 약소국가와 민족의 문학을 번역함으로써 민중들로 하여금 떨쳐 일어나 반항하게 일깨우자고 주장했다. 반면 호적의 경우 전범이 될만하고 권위가 있어 오래 지나도 가치가 시들지 않을 만한 일류(一流) 서적, 말하자면 서방의 문학 정전을 읽고 번역하자고 주장하였는데, 그 저의는 이를 통하여 훌륭한 인격을 빚어내고, 박식하고 고상한 지식인을 만드는 데에 있었다. 그의 '학리(學理)'관은 정치의 측면에서도 매우 선명하게 나타났다. 소비에트 러시아 문제를 토론할 때 그와 서지마 사이에는 갈등이 있었는데, 그는 "소비에트 러시아의 유토피아적 이상에 학리상 충분한 근거가 있는지 없는지 실현의 가능성이 있는지 없는지"[42] 의문을 제기했다.[43] 따라서 만약 호적의 번역 사상 혹은 패턴을 忄+성하자면 '학리식 패턴'이 아마도 '강국식 패턴'보다 더 적절할 것이다.

학리를 수입하는 데에 대하여 호적은 일찍이 "가능한 한 빨리 많은 서양 문학 명저를 번역하여 우리의 모범으로 삼자"고 주장했다. 그

42　본서 제1장 제3절 참고.

43　胡適, 『胡適全集』(제3권), 鄭大華整理, 合肥: 安徽教育出版社, 2003, 55쪽.

의 일기에는 이런 기록이 있다. "어제 저녁 서지마, 여상원(余上沅)과 함께 서양문학 명저의 번역에 대해서 이러저러한 이야기를 나눴는데, 다들 대규모의 '세계문학 총서' 한 부를 만드는 일이 사실 어렵지 않다고 생각했다. 끈기와 인내심만 있으면 10년이면 일이백 종의 명저를 얻을 수 있을 테니, 그것이 많은 천박하고 너절한 '창작'보다 훨씬 낫지 않겠는가?"[44] 호적이 서방의 문학을 적극적으로 번역·소개한 것은 그가 중국의 문학에 극히 큰 병폐가 존재하였음을 발견했기 때문이었다. 그것은 첫째, "병 없이 신음하기(无病而呻). 둘째, 옛사람 모방하기(模仿古人). 셋째. 말에 내용이 없음(言之无物)"이라는 것이다.[45] 그는 중국어 구법(句法)의 모호성을 짚어내기 위하여 『논어(論語)』 속의 한 문장을 예로 들어 그 문법이 여러 가지 해석의 가능성이 있음을 지적하며, 또 제임스 레그(James Legge) 등의 영역문에 담긴 서로 다른 역문을 인용해 이 문제를 더 설명했다.[46] 이 점에서 그의 관점은 노신과 일치한다. 즉 서방의 문학을 번역하고 들여와 중국의 문학과 언어를 개조할 수 있다는 것이다. 그러므로 그에게 번역은 잠시도 늦출 수 없는 중요한 과제였다. 그는 서방 명저의 번역과 출판을 적극적으로 추진했다. 양실추는 셰익스피어 저작 전집의 번역을 완성한 후에 이렇게 말했다. "나를 지도하고, 격려하고, 지원하고, 최종적으로 나로 하여금 끊어질 듯 이어지며 30년 동안 셰익스피어 전집의 번역을 완성하게 해 준 이는 세 사람이다. 호적과 아버지, 아내가 그들이다."[47] 양실추는 처음에는 결코 셰익스피어

---

44   胡適, 『胡適日記』(제6권), 鄭大華整理, 合肥: 安徽敎育出版社, 2001, 61쪽.

45   胡適, 『胡適日記』(제6권), 鄭大華整理, 合肥: 安徽敎育出版社, 2001, 376쪽.

46   胡適, 『胡適日記』(제6권), 鄭大華整理, 合肥: 安徽敎育出版社, 2001, 380쪽.

47   梁實秋, 『梁實秋散文全集』, 臺北: 光夏文藝出版社, 1989, 29쪽.

희곡을 번역할 생각이 없었는데, "그것은 매우 어렵고도 힘든 일로서 능력 있는 사람이 하게끔 해야 한다고 생각했다."[48] 때마침 영재를 알아보는 호적의 혜안 덕분에 양실추는 인생에서 가장 중요한 도전을 시작하여, 30년을 거쳐 마침내 온 세상이 주목하는 성취를 얻게 되었다.

한편 오복도 청화대에서 공부하던 기간에 번역과 '사랑'에 빠지게 되었다. 그는 미국 시인 롱펠로우의 장편서사시 『에반젤린』의 발췌번역을 시도하였는데, 의역 방식을 택했음에도 결코 대충대충 하지 않고 한 글자 한 구절이라도 세심히 다듬어 보았다. 그는 또 대담하게 원시를 중국 희곡작품으로 개역(改譯)하고, 『창상염전기(滄桑艶傳奇)』라고 명명했다.[49] 미국에 유학 가기 전에 그는 일찍이 『청화주간』의 편집작업을 맡은 적이 있다. 1935년 중국서국(中國書局)이 출판한 『오복시집(吳宓詩集)』은 그의 역시(譯詩) 총 31수를 싣고 있다. 이것들은 모두 오복이 개인의 학식을 높이고 교양을 쌓기 위한 노력과 시도라고 말해야 할 것이다.

하버드 유학에서 귀국하여 청화대학교에 부임한 후 오복의 시야는 더 넓어지고, 그의 목표는 더 원대해졌다. 청화대학교에서 교편을 잡던 기간에 오복은 번역 분야에서 많은 시도와 노력을 하였는데, (이런 시도와 노력은) 청화대학교가 중국 비교문학의 요람이 되는 데에 튼튼한 기초를 닦아주었다. 그가 맡은 '번역술(翻譯術)'이라는 수업은 번역에 소실이 있는 고학년 학생들을 위해 설치된 것으로서, 일종의 학과구축 행위였다. 비록 이 과목을 이수하는 학생들은 많지 않았지만(보통 하린(賀麟), 장음린(張蔭麟), 진전(陳銓) 세 학생뿐), 이 세 학생은 나중에 중국의 학술번역·

48　梁實秋, 『梁實秋散文全集』, 臺北: 光夏文藝出版社, 1989, 27쪽.

49　李月, 「吳宓的著譯與翻譯觀」, 『蘭臺世界』, 2012年 2月 上旬, 57쪽.

소개 분야에서 두드러진 성과를 드러냈다. 예를 들어 장음린은 『청화학보』와 『학형』에 「송·연숙오덕인 지남거제작법에 대한 고찰(宋燕肅吳德仁指南車造法考)」, 「그랜젠트: 암흑시대(葛蘭堅黑暗時代說)」,[50] 「페놀로사가 중국 문자의 우수한 점을 논함(芬諾羅薩論中國文字之優點)」[51] 등 일련의 역문을 게재했다. 하린은 학기가 끝나기 전에 이미 「엄복의 번역(嚴復的翻譯)」[52]이라는 논문을 완성했다.[53]

말과 행동으로 학생들에게 모범을 보였던 오복은 저술과 번역 성과가 매우 풍부하여, 청화 인문학과 구축에 여력을 아끼지 않았다. 비교문학이론의 학제적 구축을 강화하기 위해 그는 자기가 편집을 맡은 잡지 『학형』에 적지 않은 역문을 발표했다. 예를 들면, 「로마의 가족과 사회생활(羅馬之家族及社會生活)」,[54] 「베비트가 유럽과 아시아의 문화를 논

---

50   『學衡』, 第44期, 民國14年(1925년) 8月. 미국의 로망스어문헌학자인 Charels Hall Grandgent(1862~1939)의 책 Old and new: Sundry Papers(1920)에 실린 "The Dark Ages"를 옮긴 것이다.-역자 주

51   『學衡』, 第56期, 民國15年(1926년) 8月. 張蔭麟의 번역본은 번역문 자체에서 페놀로사의 원문이 에즈라 파운드가 발행한 Instigations of Ezra Pound: Together with An Essay On the Chinese Written Character(New York: Boni and Liveright Publishers, 1920)에 실렸음을 언급하였고, 자신의 번역은 루이스 체이스(Lewis Chase)가 편찬한 英文散文選에도 실려 있다고 언급하였기에, 1920년 판본을 대상으로 했을 가능성이 크다. 최정섭, 「페놀로사, 『詩의 매체로서의 漢字』 譯註」, 『중국어문학논집』(92)(2015.6.) 참고. -역자 주

52   『東方雜誌』 1925년 11월 제22권 제21호. 원서에서 제목을 「嚴復論翻譯」이라고 한 것은 잘못이다.-역자 주

53   齊家瑩, 『淸華人文學科年譜』, 北京: 淸華大學出版社, 1999, 14-23쪽 참고.

54   『學衡』, 第37期, 民國14年(1925년) 1月. 영국인 Hugn Last의 The Legacy of Rome: (VII) Family and Social Life의 번역이다.-역자 주

함(白璧德論歐亞兩洲文化)」[55],「중국·유럽 교통사략(中國歐洲交通史略)」[56],「발레리가 정신의 위기를 논함(韋拉里論理智之危機)」[57],「배비트가 금후 시의 추세를 논함(白璧德論今後詩之趨勢)」[58],「모어가 자연주의문학과 인문주의 문학을 논함(穆爾論自然主義與人文主義文學)」[59],「셔먼 평전(薛爾曼評傳)」[60],『라세르가 베르그송의 철학을 논함(拉塞爾論柏格森哲學)」[61],『서양문학정요서목(西洋文學精要書目)』[62] 등이다. 이들 역문은 당시 중국대학에 널리 전파되었고, 중국에서 비교문학의 수립과 발전에 매우 적극적인 역할을 했다. 미국의 중국학자 존 이스라엘(John Israel)은 오복에 대해 이렇게 평했

---

55 『學衡』, 第38期 民國14年(1925년) 2月. Irving Babbit의 Democracy and Leadership의 제5장 "Europe and Asia"를 번역한 것이다.-역자 주

56 『學衡』, 第55期, 民國15年(1926년) 7月. Adolf Reichwein의 China and Europe: Intellectual and Artistic Contacts in the Eighteenth Cemtury에서 중요한 부분을 발췌번역한 것이다.-역자 주

57 『學衡』, 第62期, 民國17年(1928년) 3月. Paul Valery의 1919년 강연인 "La Crise de l'Esprit"를 번역한 것이다. 원문은 영어판이 불어판보다 먼저 발행되었다고 한다.-역자 주

58 『學衡』, 第72期, 民國18年(1929년) 10月. G.R.Elliott의 논문집 The Cycle of Modern Poetry에 대한 Irving Babbit의 서평을 번역한 것이다.-역자 주

59 『學衡』, 第72期, 民國18年(1929년) 10月. 미국의 언론인, 비평가, 수필가, 기독교 호교론자인 Paul Elmer More(1865~1937)의 논문집 The Demon of the Absolute: Essays Vol.1의 서문(Preface)을 번역한 것이다.-역자 주

60 『學衡』, 第73期, 民國20年(1931년) 1月. Stuart Pratt Sherman(1881-1926)은 미국의 문학평론가이다. 그의 사후 Jacob Zeitlin과 Homer Woodbridge가 Life and Letters of Stuart P. Sherman를 편집하여 출판했다. 잡지 Bookman에서 이 책을 서평하고 셔먼의 생애를 서술했는데, 이것을 吳宓이 옮겼다.-역자 주

61 『學衡』, 第74期, 民國20年(1931년) 3月. Les Nouvelles Littéraires에 실린 Pierre Lassere의 "Le Destin de Bergson"의 번역이다.-역자 주

62 『學衡』, 第6期와 第7期(民國11年(1922년) 6月-7月에 나누어 실렸다. 그러나 이 글은 엄밀히 말하면 번역이 아니라, 吳宓 자신이 편찬한 참고서목이다.-역자 주

다. "그는 괴짜일 뿐 아니라 존경할 만한 중국 학자로서, 학술적 시야가 넓고 중국과 서방의 문학에 정통하면서도 본토 문화에 깊이 빠져 있다."[63] 오복을 중국 비교문학의 정초자(定礎者)이자 번역학의 개척자라고 일컬은 것은 결코 지나친 것이 아니다.

4. 『청화주간(清華周刊)』에서 청화대 번역이
교육에 미친 영향을 본다

1941년 창간된 『청화주간』은 커다란 역사적 의의를 가진 학보로서 청화대의 교수가 참여하고 청화대의 학생들이 스스로 편집하여 출판한 것이다. 이 주간은 교육자에게 글 발표의 무대를 제공하였고 학생과 교육자의 학술적 토론에 편리한 플랫폼을 마련했다. 학보의 취지는 신사상을 격려하기 위하여 학습자원을 제공하는 데에 있었기에 외국어 번역작품이 대량의 지면을 차지했다. 그리고 번역작품은 정치·교육·이학(理學)·공학·역사·예술 등 많은 영역을 포괄했다. 『청화주간』에 게재된 역문은 당시 중국의 문학·사학·철학 분야의 연구에 중요한 가치를 지녔다. 이들 번역작품은 일단 게재되면 당시 중국의 대학에서 널리 전파되었다. 많은 학자들이 '신비평', '자세히 읽기', '신인문주의' 등과 같은 선진적 서방 학문이론을 접할 수 있었는데, 에머슨[64], 리차즈[65], 배비트[66],

---

63   易社强, 『戰爭與革命中的西南聯大』, 饒桂榮譯, 北京: 九州出版社, 2012, 143쪽.

64   Ralph Waldo Emerson(1803~1882). 미국의 시인·사상가.-역자 주

65   Ivor Armstrong Richards(1893~1979). 영국의 문학비평가.-역자 주

66   Irving Babbitt(1865~1933). 미국의 문학비평가. 신인문주의자.-역자 주

엠프슨[67] 등과 같은 서방문학비평가를 알게 된 것은 모두 그 주간을 통해 가능해진 것이었다. 필자는 『청화주간』에 몇 년간 게재된 번역문의 수량과 학과의 성격을 분류했는데, '그림 1' 및 '표 1'과 같다.

그림1: 1916-1937년 『청화주간』에 게재된 역문 수량

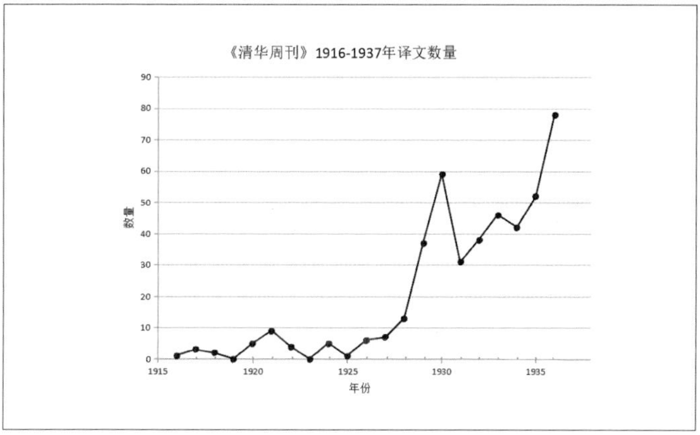

《清华周刊》 1916-1937年译文数量

표1: 1916-1937년 『청화주간』에 게재된 역문의 수량

연도	기호(期號)	역문 수량
1916	65-93	1
1917	94-125	3
1918	126-155	2
1919	156-183	0
1920	184-205	5
1921	206-232	9

67　　William Empson(1906~1984). 영국의 문학비평가.-역자 주

1922	233-265	3
1923	266-300	1
1924	301-332	4
1925	333-365	2
1926	366-396	6
1927	397-427	7
1928	428-449	13
1929	450-477	37
1930	478-502	58
1931	503-523	31
1932	524-550	38
1933	551-573	46
1934	574-599	43
1935	600-613	52
1936	614-634	78[주1]
1937	656-637	0[주2]
총 22년	65-637	총439편

주1) 제634기 없음
주2) 자료 없음

'그림1'에 의하여 우리는 1916년부터 1927년 사이 번역작품의 수량이 비교적 적지만 1928년부터 1930년 사이 번역작품의 수량이 대폭 상승하였고, 1930년에 피크에 도달했음을 발견할 수 있다. 이어서 6년간 번역작품의 수량은 거의 피크 수준을 유지했다. 통계 데이터에 따르면

번역과 중국의 근대성

1928년 이전의 번역작품은 주로 문학작품이었지만 1928년 이후로는 번역작품이 사회과학(정치학과 경제학, 종교, 역사 그리고 고고학)과 자연과학 영역을 다루기 시작하여 그 수량이 문학 영역(시가, 소설, 희곡, 평론)과 거의 비슷했다. 또한 번역작품의 출발어로는 영어, 러시아어, 일어, 독일어, 불어 등이 있었다. 이 도표와 데이터는『청화주간』에 게재된 번역작품이 그 교육적 기능을 통해 고등교육의 학과 체제 구축을 촉진하였고 중국의 근대화 프로세스를 추진했음을 나타낸다.

5. 맺는말

번역은 중국 근대화 프로세스 중 중요한 요소이다. 번역을 교육행위로 간주하여 관련 연구를 전개하는 것은 참신한 시도이다. 즉 상이한 시각에서 번역의 본질을 탐색하고, 또 객관적 각도에서 번역이 교육과정에서 일으키는 적극적 영향을 짚어보는 것이다. 이러한 연구 과정에서 우리는 과거 학술계가 의식적이든 무의식적이든 소홀히 여겼던 여러 층면의 문제들을 탐색하고 재발견할 수 있다. 예를 들면, 진인각이 역사연구에서 늘 활용한 '다어종번역텍스트고증법(多語種翻譯文本考證法)'은 향후 중국 학술계가 더 주의를 기울이고 더 탐색·연구한 가치가 있다. 큰 강 위로 파도가 용솟음치는 것은 물론 장관(壯觀)이지만, 큰 강 아래에서 맹렬하게 솟아나는 암류(暗流)는 더욱 아름답다. 유감스러운 것은 사람들이 주목하는 것은 그저 번역의 표피적인 역할뿐이고, 반대로 번역이 학문체계의 이면에서 수행하는 거대한 문화적 기능과 사회혁신 기능은 잊힌 지 오래되어 버렸다는 것이다. 오늘날 중국에서 번역은 이미 '도구'의 대명사가 되었고, 외국어 학과의 박사논문도 모두 중국어로 쓰기를 요구한다. 이는 학술의 강줄기가 갈수록 좁아지고 사상의 토양은 점점 척박해지는 것을 의미한다. 이런 식으로 가면 우리의 학술은 어떻게 더 발전할 수 있겠으며, 어떻게 세계 학술의 숲에 우뚝 설 수 있겠는가? 글로벌 경제 일원화가 된 오늘날 중국의 학술연구가 국제화를 향해 가려면 그저 서방 인문경전(人文經典)에 정통한 몇 명의 소위 고아한 문인을 배출하는 데에만 만족해서는 안 되고, 반드시 비옥한 학술토양, 자유로운 학술공간, 다어종(多語種)의 사변(思辨)능력을 창조하는 데에 착안함으로써 진인각, 조원임 같은 대학자의 싹을 길러낼 가능성을 높여야 한다. 교육의 시각에서 번역의 역할을 짚어보는 것은 교육과 연구를 심도있게 전개하고 학과목의 외연과 내폭을 풍부히 하는 데에 도움이 된다. 한 가지 강조해야 할 것은 청화대학교의 사례가 결코 유일한 것이 아니고 큰 학술적 배경 하에서 그와 유사한 사례가 얼마든지 발생할 수 있다는 것이다. 그러므로 이 연구는 기타 대학의 번역과 교육연구에 시사점을 제시해 줄 수 있다. 향후 관련 학자들이 새로운 시각에서 번역연구의 영역을 발전시키고 풍부히 함으로써 번역교육 연구의 새로운 지평을 열 것을 기대한다.

제 3 절

조원임(趙元任) 『아려사만유기경기』 번역본의 교육행위 연구

1. 이끄는 말

중국문화 발전사에서 청말민초(청나라 말기와 중화민국 초기-역자 주)는 신구 사회제도가 교체되고 중국과 서방의 문화사조가 충돌한 특수한 시기이다. 이 시기에 서양에서 유학하고 돌아온 많은 엘리트 지식인이 서방의 신사상 및 과학 영역의 새로운 성과를 중국에 들여옴으로써 중국 사회제도의 변혁과 대중사상의 개조를 촉진했다. 뿐만 아니라 이러한 성과들은 중국에서 근대성의 구축을 주도하여 중국 사회 및 문화에 영향을 미쳤고 20세기 전체를 관통하여 지금까지도 지속되고 있다. 근대성의 경우 앨런 스윈지우드가 정의하였듯이, "사회 전반과 이데올로기, 문화적 개조에 관한 전체적인 개념으로서 과학과 이성을 전제로 하며 비이성(非理性)의 가면을 폭로함으로써 필요한 사회변혁의 길을 가르쳐 준다. 그러므로 근대성이란 역사의 각성을 의미하고 역사의 점진적인 자각을 의미하며 과거에 대한 끊임없는 개조를 의미한다. "[01] 만청(晩

---

01   Alan Swingewood, *Cultural Theory and the Problem of Modernity*, London:

淸)과 민국(民國) 시기에 중국 근대성의 구축을 주요 목적으로 삼아 서학의 전파에 주력하여 비교적 큰 성취를 얻은 지식인들 중 중국 근대 고등교육의 주역들이 적지 않게 포함되었다. 이 중에서 엄복, 양계초, 노신, 호적, 조원임 등은 가장 대표성을 지닌다. 그들에게 번역은 거의 서학을 전파하고 문화를 선택·창조하며 사회를 개조하는 공통의 수단이었다.

민국 시기 청화대학교에서 교편을 잡았던 지식인들의 번역 활동을 돌아보고 교육의 시각에서 교육과정 중 번역이 담당하는 역할을 고찰함으로써 필자는 특정한 상황에서 번역은 일종의 교육행위이기도 하고, 또 교육목표를 실현하는 수단이기도 하다는 것을 발견했다. 번역은 위로는 국가를 교육할 수 있고(이로써 그 나라의 근대성을 빚어낸다), 아래로는 학인을 교육할 수 있다(이로써 학인의 박식하고 고상한 품격을 빚어낸다).[02] 고등교육기구 속에서 지식인이 행하는 번역작업은 단지 일반적인 교육행위가 아니라 훨씬 더 높은 차원의 고등교육 행위라고 해야겠다.

따라서 이 절에서 필자가 교육행위로서의 번역이 가진 문화적 기능을 탐색하기 위하여 조원임이 번역한 『아려사만유기경기』를 연구대상으로 삼아 교육행위로서의 번역이 근대중국문화의 발전과정에서 갖는 역사적 의의를 한층 더 심도 있게 논증할 것이다.

Palgrave Macmillan, 1998, p.140.

02   羅選民, 「作爲教育行爲的翻譯: 早期淸華案例研究」, 『淸華大學教育研究』, 2013年 第5期, 17쪽.

2. 교육의 시각에서 보는 번역행위의 문화적 기능

교육이 문화적 기능을 가지고 있다면 학교와 교사는 문화적 사명을 가지고 있다. 중국에서는 1920년대에 이미 어떤 학자가 "사회에 대한 교사의 책임은 문화 전파와 문화 창조로 나눌 수 있다."고 지적했다.[03] 1940년대에 어느 학자는 교육의 '문화 전파' 기능에 대해서 탐색하기도 했다.[04] 1990년대에 중국 당대의 학자 반무원(潘懋元)은 고등교육은 선택, 전달, 전파, 보존, 비평, 창조 등의 문화적 기능을 가지고 있다고 주장했다.[05] 사실 서방에서는 교육이 문화적 기능과 사명을 가지는 행위라는 것은 거의 일반적 상식으로 받아들이고 있다. 타바(Hilda Taba)는 교육은 "문화와 전통의 보존자이자 전파자"라고 더 명확히 주장했다.[06] 문화의 선택에 대해서 반무원은 고등교육이 기타 교육보다 더 큰 영향력을 지니고, 문화의 비판과 창조는 고등교육이 기타 문화교육 기능과 구별되는 중요한 특징이라고 여긴다.[07] 이런 시각으로 교육행위로서의 번역을 바라보는 것 역시 매우 유효하다. 20세기 상반기는 중국 신구 문화 교체의 중요시기이기도 하고 고등교육에 종사하는 지식인들이 서학을 번역·소개하던 활약기이기도 하다. 서학을 번역·소개하고

03 舒新城,『敎育通論』, 福州: 福建敎育出版社, 2006, 68쪽.

04 孟憲承·陳學恂,『敎育通論』, 福州: 福建敎育出版社, 2006, 87쪽.

05 潘懋元·朱國仁,「高等敎育的基本功能: 文化選擇與創造」,『高等敎育硏究』, 1995年 第1期, 2쪽.

06 H.Taba, Curriculum Development: Theory and Practice, New York: Harcourt, Brace & World, Inc., 1962, p.22.

07 潘懋元·朱國仁,「高等敎育的基本功能: 文化選擇與創造」,『高等敎育硏究』, 1995年 第1期, 2쪽.

전파하는 과정은 곧 그들이 문화의 선택과 창조 작업을 행하는 과정이었다.

"문화선택은 모종의 문화에 대한 자발적 채택 혹은 배척을 가리킨다. 선택적으로 문화의 전파를 진행하는 것은 교육의 진정한 특징이다."[08] 중국 근대의 지식인에 대해 말하자면, 당시 사회문화발전의 구체적 상황에 맞춰 시대의 요구에 부합하는 작품을 선택·번역하고, 또 문화교육의 영역에서 자기의 명성을 빌려 작품 및 신사상이 중국에 전파되고 본토화 되는 과정을 촉진시킴으로써 중국의 문화발전과 대학 학과구축에 이바지하였던 것이 그들이 문화선택을 실천하는 보편적 모델이었다. 중국 비교문학의 아버지로 일컬어진 오복은 중국에서 최초로 비교문학을 가르친 인물이기도 하고 비교문학 방법을 중국문학 연구에 활용한 최초의 인물이기도 하다.[09] 1917년, 미국으로 유학을 갔었던 오복은 하버드대학에서 비교문학을 공부했다. 얼마 지나지 않아 그는 비교문학 방법을 중국문학 연구에 도입하여 성공적으로 『「홍루몽」신담(「紅樓夢」新談)』이라는 글을 발표했다. 1921년 하버드대학에서 비교문학 석사학위를 취득하고 귀국한 오복은 동남대학(東南大學), 청화대학교 등 고등교육기관에서 비교문학 관련 과정을 강의하기 시작했다. 비교문학이라는 학과가 전혀 없었던 당시의 중국에서는 이 학과의 창건이 문학연구의 시야를 확대하고 문학연구방법을 개선하는 데에 의의가 컸다. 그러므로 강의 외에도 오복은 자기가 창간하여 운영한 『학형』이라는 문예지를 플랫폼으로 삼아 서양 비교문학 연구의 새로운 성과

---

08   王處輝, 『高等教育社會學』, 北京: 高等教育出版, 2009, 167쪽.

09   趙連元, 「吳宓-中國比較問學之父」, 『學習與探索』, 1993年 第3期, 111-115쪽 참고.

들을 번역·소개했다, 예를 들면 그는 지도교수 배비트(Irving Babbit)의 문예사상을 중국에 소개했다. 문학 영역에서 오복의 대표작은 『배비트가 금후 시의 추세를 논함(白璧德論今後詩之趨勢)』, 『모어가 자연주의 문학과 인문주의 문학을 논함(穆爾論自然主義與人文主義文學)』, 『서양문학정요서목(西洋文學精要書目)』, 『배비트가 유럽과 아시아의 문화를 논함(白璧德論歐亞兩洲文化)』 등으로, 이들 번역의 취지는 고등교육 속에서 문학연구에 중대한 의의를 지니는 새 학과 즉 비교문학을 수립하고 발전시키는 데에 있었다. 이는 의심의 여지 없이 교육행위로서의 번역이 가진 문화선택 기능을 드러낸다.

"번역행위가 교육으로 간주될 수 있는 것은 번역이 오래되고 낙후한 사회체제와 이데올로기를 타파하고 쇠락하고 부패한 사회의 고질병을 뿌리째 없애 그 속에 사는 사람의 품성을 변화시키는 역할을 하기 때문이다."[10] 번역이 가진 이런 '혁신적' 기능은 그것을 교육행위로 보는 중요한 기초이다. 왜냐하면 그것은 바로 고등교육의 또 하나의 주요한 문화적 기능-문화창조-와 마치 약속이나 한 듯 일치하기 때문이다. "만약 보통교육(普通敎育)의 주요한 문화적 기능이 문화의 전달 및 전파라면, 고등교육은 문화의 선택과 전파 과정에서 끊임없이 구문화를 비판하고 신문화를 창조함으로써 나아가 문화의 전반적인 발전을 촉진하는 것이다."[11] 민국 시기에 노신의 번역이론과 실천은 모두 "신"을 첫째 자리에 두고 직역이라는 번역전략을 취하여, "寧信而不順(매끄러움보

---

10   羅選民, 「作爲敎育行爲的翻譯: 早期淸華案例硏究」, 『淸華大學敎育硏究』, 2013年 第5期, 16쪽.

11   潘懋元·朱國仁, 「高等敎育的基本功能: 文化選擇與創造」, 『高等敎育硏究』, 1995年 第1期, 5쪽.

다는 정확함) "번역론을 주장했다. 구추백과 노신은 번역 문제에 대해 몇 차례 서신왕래를 통한 토론이 있었다. 구추백은 노신에게 보낸 편지에서 노신의 번역 스타일에 대해 긍정하였고, 또 번역이 "새로운 중국 현대 언어 창조"의 임무를 짊어지고 있다고 지적했다. 왜냐하면 "번역은 확실히 우리가 많은 새로운 말(字眼)과 새로운 사법(詞法)을, 풍부한 어휘(字彙)와 섬세하고 정밀하고 정확한 표현을 만들어내는 것을 돕기"[12] 때문이다. 구추백의 이러한 인식을 번역실천에 반영하였던 노신은 직역을 통해 새로운 언어적 요소를 들여오고 현대 중국어의 표현방식을 풍부하게 하였으며, 그가 생각한 중국어의 "엄밀하지 못함"이라는 병폐를 바꾸었다. 따라서 노신의 번역실천은 현대 중국어 백화문의 발전에 있어서 매우 유익했다는 것은 두말할 나위가 없다.[13] 노신과 구추백은 교육행위로서의 번역을 통해 문언문을 일반 국민이 수용할 수 있는 백화문으로 발전할 수 있도록 촉진했다. 이는 백화문 운동이 실제로 교육과 밀접한 관계에 있음을 설명한다. 궁극적으로 말하자면 교육행위로서의 번역은 민국 시기 주로 엘리트 지식인이 수행한 작업인데, 이런 번역은 기타 고등교육 행위와 일치하는 문화기능을 가지고 있고 그 목표는 중국 과학·문화 영역의 근대성 구축을 추진하는 데에 있었다.

물론 교육행위로서의 번역은 기타 교육행위와 마찬가지로 교육적 의의가 전혀 없는 경우도 있다. 예컨대 일부 번역행위는 번역자가 단지 경제적인 요소에만 관심을 기울인 탓에 중국문화에 부정적 영향을

---

12   瞿秋白·魯迅,「關於翻譯的通信」,『翻譯論集』, 羅新璋·陳應年編, 北京: 商務印書館, 2009, 336쪽.

13   Luo, Xuanmin, "Translation as Violence: On Lu Xun's Idea of Yi JIe", *Amerasia*, Vol.33, No.3, 2007, pp. 41-51 참고.

끼쳤던 것이다. 실제로 번역행위는 늘 문화병(文化病)으로 전락하기 일
쑤였다. 중국 대만의 작가 임준의(林俊義)는 20세기 80년대 대만의 문화
병증을 지적한 바 있다. 즉, "문화계에는 인류문명이란 명목 아래 서방
문명을 맹목적으로 추앙하여 우리의 영혼을 노예화하는 데에 뜻을 둔
역저(譯著)로 가득 찼다." "우리의 뇌세포는 이미 우리 자신의 것이 아
니다. 우리는 모두 문화적 앵무새로 변했다."[14] 임준의가 말하는 병증
은 20세기의 대만에서만 보이는 것이 아니고, 당대(當代) 대륙 본토에서
도 발견된다. 이런 현상은 다음과 같은 두 가지 사실을 드러낸다. 첫째
는 번역행위 특히 고등교육기관 교육자의 번역행위는 마땅히 교육적
관심을 가지고 있어야 한다는 것이다. 둘째는 조원임 등의 선배 세대는
문화적 원견(遠見)과 자각(自覺)뿐만이 아니라 교육적 차원의 의식과 자
각도 다분히 가지고 있었다는 것이다.

3. 조원임 『아려사만유기경기』의 번역 배경

『아려사만유기경기』(*Alice's Adventures in Wonderland*)는 영어권 아동문
학의 정전에 해당한다. 1865년 이 작품이 저명한 출판사인 맥밀란에서
출판되자 독자들은 뜨거운 반응을 보였고 그로 인해 저자인 캐롤(Lewis
Carroll)도 유명해졌다. "이 작품은 아리스토텔레스를 깊이 연구한 수학
자가 창작한 작품이기에 책 전체에서 황당무계한 세계와 이성(理性)적
인 세계의 교묘하고 복잡한 관련이 교직(交織)되어 있다. 기묘한 발상
과 상상으로 이루어진 이 소설은 아동문학의 정전일뿐 아니라, 성인들

---

14   林俊義, 『科技文明的反省』, 臺北縣: 帕米爾書店, 1984, 19쪽.

도 그 묘한 매력에 빠질 수밖에 없었다."[15] 사실상 이 작품의 가장 묘한 매력은 문장 사이에 숨어있는 풍부한 논리적 언어유희, 그리고 쌍관어(pun), 패러디(parody) 등 각종 수사법에 대한 저자의 능수능란한 활용 수완이었다. 바로 이러한 독특한 품격 때문에 작품의 이해가 어려웠고, 더불어 번역작업의 어려움도 배가 되었다.

『아려사만유기경기』가 처음 번역·소개되었을 당시, 마침 중국에서는 5·4운동이 왕성한 기세로 전개되고 있었다. 5·4운동이 중국에 미친 영향은 거의 전방위적이었던 까닭에 교육도 예외일 수가 없었다. '민주'와 '자유'의 풍조가 당시의 문화교육계를 휩쓸 정도였다. "5·4운동 이전에 국민들은 교육을 국가가 주도하는 강제적 행위라 여겼지만, 5·4운동 이후 이러한 분위기는 일변하여 보편적이고 자연스러운 행위라 받아 들여졌다. 이때 세계의 조류는 민주, 즉 평민주의로 기울었기에 교육도 평민주의를 지향했다."[16] 이런 추세는 대중에게 교육의 보급을 촉진하였고 전통적 교육관에서 소홀히 하였던 여성과 아동도 점차 교육사업에 있어서 관심의 대상이 되었다. 이는 『아려사만유기경기』라는 이 아동문학 작품의 번역·소개와 번역본이 중국에서 정전화되는 데에 일조했다.

조원임은 최초로 *Alice's Adventure in Wonderland*를 중국어로 번역하였는데 그 번역본은 1922년 상무인서관에서 출판·발행되었다. 역자 서문에서 조원임은 이렇게 썼다. "이『아려사만유기경기』는 이제껏 번역된 적이 없다.……이 책은 이미 나온 지 50여년이 되었는데 새로운

---

15   鄒振環, 『影向中國近代社會的一百種譯作』, 北京: 中國對外翻譯出版公司, 1996, 298쪽.
16   陳靑之, 『中國敎育史』, 北京: 東方出版社, 574쪽.

책도 아니고 또 결코 무명의 벽서(僻書)도 아니다. 아마도 그 속에 말을 가지고 노는 우스개가 너무 많아서 원본도 통할 듯 말 듯 한데, 다른 언어로 옮기게 되면 완전히 '불통'이 될 것 같아 감히 번역에 착수하는 사람이 없다."[17] 이 '발언'은 『아려사만유기경기』 번역의 어려운 점이 언어적 측면에 있음을 분명히 지적한 것이자, 또 한편으로는 자신의 언어적 자질에 대한 조원임의 자신감을 드러낸 것이기도 하다. 조원임의 딸 조신나(趙新那)의 회상에 따르면, "아버지는 나이가 열 두 살도 안 되었을 때 이미 북경(北京), 보정(保定), 상주(常州), 소주(蘇州) 등 여러 지역의 방언을 할 수 있었고, 또 확실히 기억했다."[18] 그뿐 아니라 조원임은 또한 영어, 독어, 불어 등 여러 나라의 언어에도 능통했는데, 이는 보통 사람이 하기 어려운 것이었다. 그러므로 "이 감히 착수할 수 없는" 기서(奇書)의 번역을 조원임이 시도한 것도 이상할 것이 없었다. 소금지(蘇金智)가 『조원임전(趙元任傳)』에서 "그(조원임)는 코넬대학에서 공부할 때 이미 캐롤의 '앨리스 시리즈'에 매료되었고, 또 이 작품들에 대해 평생 따뜻한 애정을 유지했다"라고 서술한 것과 같다.[19] 『아려사만유기경기』의 역자 서문에서 조원임 역시 이렇게 지적했다. "단지 유형이 다를 뿐이지, 이 책의 가치는 셰익스피어의 가장 뛰어난 작품에도 비견할 만하다. "[20] 이러한 조원임의 평가는 주작인조차도 "대담하고 공정하며, 누구나 탄복할 만하다"라고 인정할 정도였으니 조원임이 이 작품에 지닌

---

17   加樂爾, 『阿麗思漫游奇境記』, 趙元任譯, 北京: 商務印書館, 1947, 10쪽.

18   趙新那, 「我的父親趙元任」, 『樂山紀念冊1936-1946』, 陳小澄·高艷華編著, 北京: 商務印書館, 2012, 99쪽.

19   蘇金智, 『趙元任傳: 科學, 語言, 藝術與人生』, 南京: 江蘇文藝出版社, 2012, 53쪽.

20   加樂爾, 『阿麗思漫游奇境記』, 趙元任譯, 北京: 商務印書館, 1947, 10쪽.

각별한 애정을 읽어 내기에 충분한 것이었다.

조원임이 *Alice's Adventures in Wonderland*라는 작품을 번역한 것은 우선 원작에 대한 그의 관심과 애정을 의미한다. 그러나 더 중요한 것은 조원임이 중국의 구(舊) 언어와 구 교육을 개조하는 중임을 떠맡고 있었다는 사실이다. 그러므로 조원임이 이 작품을 택하여 번역한 것은 단순히 한 개인으로서의 호감이나 우연에 의한 것이 아니었다는 점을 알 수 있다. 다시 말해서 조원임이 『아려사만유기경기』를 번역한 것은 교육행위로서의 전형적 사례이자 역사적 의의를 지닌 문화적 선택이면서도, 심원한 영향을 가진 문화창조의 행위였다.

4. 문화적 선택과 창조: 개별사례로서의 조원임 역 『아려사만유기경기』 텍스트 분석

조원임은 1920년 코넬대학에서 학업을 마치고 귀국한 뒤 청화대학교에서 교편을 잡았다. 1년여 후 그가 번역한 『아려사만유기경기』가 국내에서 출판되었다. 이 역저를 출판한 것은 역자가 당시 중국사회의 문화발전 추세를 염두에 두어 선택한 것으로서, 그것이 중국문화에 끼친 영향은 주로 두 가지인데 하나는 중국에서 백화문의 지위를 더욱 공고히 한 것이고, 둘은 '아동본위문학(兒童本位文學)'의 창작과 번역에 전범을 세운 것이다.

조원임은 처음부터 언어개혁을 지지했다. 이는 그가 1916년에 『월간 중국 유학생(The Chinese Students' Monthly)』에 발표한 「중국 언어의 문제」를 통해서 알 수 있다. 이 글에서 그는 명확히 "만약 우리의 언어가 복잡한 국민생활의 진전과 보조를 맞추려면 체계적인 개혁과 혁신적인 작업이 꼭 필요할 것이다."[21] 그러나 개혁은 어떻게 전개해야 하는가? 이에 대하여 조원임은 다시금 지적했다. "구두언어는 결코 선천적으로 저속한 것이 아니니 우리는 그것들을 글쓰기에 이용해야만 한다."[22] 즉 다시 말해서 구문어(文語)를 구두언어로 대체하여 글쓰기를 수행하자는 것이 조원임의 주장이었다. 이는 호적의 관점과도 일치한다. 호적은 일찍이 『핍상양산(逼上梁山)』이란 글에서 "오늘날 중국에 필요한 언어혁명은 백화로써 고문(古文)을 대체하는 혁명이고 살아 있는 도구로써 죽은 도구를 대체하는 혁명이다."[23]라고 지적한 바 있다. 호적이 말한 이 '혁명'은 조원임이 귀국한 1920년에 이미 상당한 성과를 내었다. 그해 1월, 교육부는 중국 각지의 초등학교 1·2학년 국어 학습을 국문체(國文體)에서 어문체(語文體)로 고치도록 요구하였고, 『소설월보(小說月報)』도 연초(年初)에 모순(茅盾: 현대 중국의 유명한 작가-역자 주)이 편집작업을 맡은 '소설신조란(小說新潮欄)'을 증설하여 백화문 작품을 실었다.

조원임이 번역한 『아려사만유기경기』는 바로 이런 시대적 배경 속에서 출판되었다. 『조원임연보(趙元任年譜)』의 기록에 의하면, 이 책의 번역작업은 조원임이 귀국 전에 이미 시작되었는데 실제 완성된 것은 1921년이다.[24] '역자 서문'에서 조원임은 자신이 이 책을 번역한 중요한 동기를 다음과 같이 밝혔다.

---

21 趙元任, 「中國語言的問題」, 趙世開譯, 載吳宗濟·趙新那編, 『趙元任語言學論文集』, 北京: 商務印書館, 2002, 669쪽.

22 趙元任, 「中國語言的問題」, 趙世開譯, 載吳宗濟·趙新那編, 『趙元任語言學論文集』, 北京: 商務印書館, 2002, 696쪽.

23 胡適, 『胡適文集1』, 歐陽哲生編, 北京: 北京大學出版社, 1998, 147쪽.

24 趙新那·黃培云編, 『趙元任年譜』, 北京: 商務印書館, 1998, 111쪽.

내가 이번에 이 '불통'의 위험(즉 이 작품을 번역하는 일-작자주)을 무릅쓰는 것은, 일종의 실험에 불과하다……현재 중국의 언어는 실험기에 있는데 이 기회를 이용하여 몇 가지 실험을 해 보아도 좋을 듯싶다. 하나. 이 책을 번역할 땐 만약 구어체 문장을 사용하지 않는다면 원문의 감칠맛과 분위기를 살리기가 어려울 것이다, 따라서 이 번역본은 구어체 문장의 좋고 나쁨을 판정하는 재료 노릇을 할 수 있다. 둘. 이 책에는 대명사의 구별에서 많은 장난이 있다. 예를 들면 마지막 시의 한 구에서 he, she, it, they라는 단어가 몇 번 보이는데, 이는 몇 년 전 중국의 문자 중에 대명사 '他, 她, 它'가 없을 때는 번역할 수 없었던 것이다. 셋. 이 책에는 십여 수의 타유시(打油詩: 평측(平仄)과 운(韻)에 구애받지 않는 통속적인 해학시의 일종-역자 주)가 있는데, 이것들은 산문으로 번역하면 당연히 재미없고, 문어문체(文體)의 시사(詩詞)로 번역하면 더욱 문제가 있다. 그러므로 이것을 구어체 시형식을 실험할 기회로 삼고, 또한 쌍자운법(雙字韻法)을 시도해 보기에도 좋다. 나는 "시형식의 실험"이라고 하였지 "시의 실험"이라고 하지 않았는데, 이는 이 책 속의 것이 모두 골계시(滑稽詩)로서 시의 형식만 있지 시문의 의미는 없기 때문이다. 나 또한 시문에 뛰어나지 않기 때문에 이는 그저 시형식의 실험으로 그칠 뿐이다.[25]

이상을 통해 우리는 조원임이 『아려사만유기경기』 번역을 일종의 언어실험으로 삼아 백화문으로 문학작품을 번역하고 창작할 가능성을 검증하려 하였음을 알 수 있다. 특히 『아려사만유기경기』라는 이 "번역

---

25   加樂爾, 『阿麗思漫游奇境記』, 趙元任譯, 北京: 商務印書館, 1947, 11쪽.

하기 어려운" 작품을 번역하기로 선택한 것은 언어 도구로서의 백화문의 표현능력을 검증할 수 있었기 때문이었다. 그렇다면 가장 훌륭한 실험 효과를 얻기 위하여 조원임은 어떤 번역 방법을 취하였는가? 그는 역례(譯例)에서 이렇게 밝혔다.

> 서사(敍事)에서는 전부 보통의 구어체 문장을 사용하지만, 대화를 생동감 있게 번역해야 하기에 한 가지 방언을 선택하여 활용하지 않을 수 없었다. 북경어의 어휘가 이해하기 쉬운 편이지만 너무 촌스럽고 알아듣기 어려운 표현이 있을 것이므로 그것을 대체할 수 있는 다른 방언도 '보조방안'으로 미리 마련해 두었다 .……이 책의 번역 방법으로는, 먼저 한 구절을 읽어보고 그 의미를 중국어로 어떻게 전달하여야 자연스러울지를 심사숙고해본 다음 (그것을) 기록해 두었다가 다시 원문과 대조해 보았다. 그다음 되도록 '글자 하나하나를 정확하게 번역하는(字字准譯)' 기준에 따라 수정했다. 이렇게 고치고 또 고쳐도 여전히 외국어 같다고 느껴질 때에는 '위험이 극한에 달했다(즉 번역문이 자연스럽지 못해 가독성이 떨어질 위험-역자 주)'고 판단했다. 그러나 어떤 때에는 너무 원문에 충실하게 번역하면 원문 중의 '통할 듯 말 듯 한 문장'들이 전혀 통하지 않는 문장으로 옮겨질 위험도 있었다. 예컨대 쌍관어(雙關語)로 된 우스개를 관련 없는 일반적인 표현으로 변하게 한다거나 본래 압운(押韻)을 맞춰야 할 시를 전혀 운이 맞지 않은 것으로 번역하거나, 혹은 성어(成語)를 비성어(非成語)로 옮기는 것들이 여기에 해당한다. 이들 예를 통해서 우리는 원작이라는 목적지에 도달하기 위해서는 가끔 충실성이라

는 기준을 조금은 '희생'시켜야 한다는 결론을 얻을 수 있었다.[26]

여기서 우리는 조원임이 번역작업을 할 때 지켰던 몇 가지 기본 원칙을 짚어낼 수 있다. 첫째, 통용되는 구어체 문장을 사용하여 가능한 한 자연스러운 중국어로 번역한다. 둘째, 원문에 가능한 한 충실하지만 기계적 대등에 연연하지 않고 우스개나 시체(詩體)를 번역할 때, 혹은 축자적 번역이 통하지 않을 때에는 번역문의 가독성을 보장하기 위하여 적당히 충실성을 희생한다. 셋째, 북경 방언 속의 표현방식을 어쩌다가 대화의 번역에서 활용하는데, 그 목적은 대화를 생동감 있게 번역하기 위해서이다. 조원임의 백화문 실험은 당연히 성공적이었다. 주작인은 일찍이 이렇게 평가했다. "그의 순백화문 번역, 주음자모(注音字母)의 실제 사용, 원본 삽화의 전면적 도입은 모두 작업에 충실한 그의 태도를 충분히 보여준다."[27] 조원임의 딸 조신나도 일찍이 조원임 역『아려사만유기경기』에 사용한 것이 "진짜 백화문"이며, 원작 속의 언어유희 번역에 대해서는 "중국어의 '언어유희'로써 원저의 풍격을 지켰으며, 특히 그중 몇 편의 시문(詩文)의 번역문은 극히 맛깔스럽게 번역했다"고 자신있게 평가했다."[28] 조원임이 이 작품의 번역작업을 통하여 백화문 실험의 성공을 이룩한 것은 문학창작, 번역 및 어문교수법 등 분야에서 백화문의 지위를 한층 더 공고히 하였고 백화문의 사용을 보다 더 전면적이고 깊이 있게 확대하는 데에 좋은 기초가 되었다.

---

26 加樂爾,『阿麗思漫游奇境記』, 趙元任譯, 北京: 商務印書館, 1947, 15-16쪽.

27 周作人,『自己的園地』, 北京: 人民文學出版社, 1998, 53쪽.

28 趙新那, 「我的父親趙元任」, 載全國政協文史資料委員會編,『中華文史資料文庫』(第16輯), 北京: 中國文史出版社, 1996, 67쪽.

조원임이 번역한 『아려사만유기경기』는 "백화문을 사용하여 문학을 번역하기"라는 모델을 수립했을 뿐 아니라 "아동본위문학(兒童本位文學)"의 전범적 역본이라는 성취까지 이뤄낸 것이었다. 이른바 "아동본위문학"이란 바로 "아동을 본(本)"으로 하는 문학이다.번역본의 분량이나 번역의 매끄러움, 혹은 번역의 난이도 등을 종합적으로 고려한다면 조원임이 번역한 『아려사만유기경기』는 분명 다른 번역본이 비견할 수 없는 본보기이다. 1921년부터 1922년까지, 『아동세계(兒童世界)』, 『어린친구(小朋友)』 등의 간행물이 잇달아 창간되어 아동문학 번역의 중요한 지면이 확보되었는데, 5·4운동 기간 대규모의 아동문학 번역도 바로 이때 열린 것이다. 여기서 우리는 조원임의 번역이 한편으로는 중국 아동문학의 발전을 촉진했다고 자신 있게 말할 수 있다. 왜냐하면, 교육의 문화창조 기능은 구문화의 비판과 신문화의 창조를 의미하기 때문이다. 비록 조원임이 『아려사만유기경기』를 번역하였을 때 당시의 구문화를 첨예하게 비판하지는 않았지만 그의 작업은 노신, 호적 등이 주도한 구문화 비판의 물결 속에서 진행되었던 것이다. 따라서 그의 번역 실천은 문화창조의 기능을 발휘했다고 할 수 있다.

문화창조의 측면에서 조원임이 획득한 성취는 모두 아동문학과 관련이 있으며 주로 다음과 같은 두 가지가 있다.

첫째, 조원임은 '아동의 언어'를 사용해 '아동의 문학'을 번역하는 일종의 번역규범을 창조했다. 그가 역본 속에서 사용한 언어는 평이하고 참신하며 생기가 있다. 다음은 원저 속에서 악어를 읊은 동시이다.

How doth the little crocodile

Improve his shining tail

And pour the waters of the Nile

On every golden scale!

How cheerfully he seems to grin

How nearly spreads his claws

And welcomes little fishes in

With gently smiling jaws![29]

이 시는 와츠(Isaac Watts)의 설교시 「게으름과 못된 짓에 반대하여
(Against Idlenss and Mischief)」의 패러디이다. 원시는 꿀벌을 근면의 상징으
로 설정하여 사람들에게 열심히 일하고 시간을 헛되이 보내지 말라고
타이르는데, 위의 시와 대응하는 부분은 다음과 같다.

How doth the little busy bee

Improve each shining hour,

And gather honey all the day

From every opening flower!

How skillfully she builds her cell!

How neat she spreads the wax!

And labours hard to store it well

---

29   L.Carroll, Alice's Adventures in Wonderland, Princeton and Oxford:
Princeton University Press, 2015, p.18.

With the sweet food she makes[30]

이 두 시에는 상호텍스트성의 흔적이 분명하게 보인다. 원시 속 꿀벌의 근면함과 모방시 속 악어의 위선은 선명한 대비를 이루는데, 이 또한 '악어시'로 하여금 유머러스한 풍자적 의미를 자아내게 한다. 그러나 조원임이 번역한 중국어 시는 설교의 맛도 사라지고 풍자의 의미도 거의 지워졌으며 단지 아동의 단순한 심성을 그대로 드러내고 있다. 조원임의 역문은 아래와 같다.

小鱷魚,
尼羅河上曬尾巴。
片片金光鱗,
灑點清水罷。
笑眯眯,
爪子擺的開又開。
一口溫和氣,
歡迎小魚兒來。[31]

위의 역문이 보여주고 있듯이 조원임은 간결한 어휘와 문장으로 원문의 생기 있는 언어와 귀여운 이미지를 성공적으로 재현하여 어색

---

30   I. Watts, Against Idleness and Mischielf, [EB/OL], 2016-07-07, https://en.wikisource.org/wiki/Against_Idleness_and_Mischief.

31   加樂爾, 『阿麗思漫游奇境記』, 趙元任譯, 北京: 商務印書館, 1947, 20쪽.

한 번역투의 흔적을 성공적으로 지워버렸다. 근 1백년 후인 오늘날에도 성인이건 아동이건 이런 역문을 읽을 때 여전히 번역 텍스트 특유의 언어적 매력을 느낄 수 있을 정도이다. 이것은 동시대의 번역자에게 바라기 어려운, 매우 대단한 일이다. 번역텍스트가 가진 이런 매력적인 언어 품격은 당시의 일반 어린이들에게 큰 호응을 일으켰을 뿐만 아니라 훗날 중국 문화계의 저명인사가 되는 적지 않은 청소년에게도 영향을 주었다. 명편집자이자 출판가인 조가벽(趙家璧)의 회고에 따르면 조원임이 번역한 『아려사만유기경기』는 그에게 문학에 대한 흥미를 갖게 해준 최초의 책이자 교과서 가 아닌 다른 책에도 관심을 갖게 해준 작품이었다.[32] 현대 사회언어학자인 진원은 조원임의 영향을 더욱 깊이 받았다. 「내가 존경하고 우러러보는 조원임 선생」이라는 글에서 그는 소년 시절 자신이 가졌던 '앨리스'에 대한 호감을 회고했다. "아직 소년인 내가 '아려사'에게 빠져서 쥐동굴 속으로 뚫고 들어가 노는 상상을 해본 적도 있었다. 그때 나는 저자와 역자가 누구인지도 몰랐지만 이책의 내용과 문장에 홀딱 반해버렸다. 흥겨우면서도 친근감이 느껴진 것은 그때 유행하였던 대인국이니 소인국이니 하는 많은 동화책의 그런 무미건조한, 말하자면 이야기만 있고 문장의 매력이 없었던 것들과 차원이 달랐다."[33] 이와 같은 진원의 평가는 '아동의 언어'에 대한 조원임의 능수능란한 구사능력을 실증하기에 충분하다.

둘째, 조원임의 역본은 '앨리스'라는 이 유명한 캐릭터가 중국을

---

32   趙家璧, 「使亞對文學發生興趣的第一部書」, 載鄭振鐸·傅東華主編, 『我與文學』, 上海: 上海生活書店, 1934, 105-107쪽 참고.

33   趙新那·黃培云編, 『趙元任年譜』, 北京: 商務印書館, 1998, 6-7쪽.

'여행'할 수 있는 길을 열어주었다. 사실상 조원임의 번역본은 처음 출판된 후 단시간 내에 여러 차례 재판되었다. 그리고 민국 시기만 해도 조원임의 번역본 외에 하군련(何君蓮), 서응창(徐應昶), 유지근(劉之根) 등에 의하여 이 작품이 여러 번이나 거듭 번역되고, 또 당대에 와서는 허계홍(許季鴻), 진복암(陳復庵) 등 번역가들의 손을 거쳐 더 많은 번역본이 재탄생되기도 했다. 뿐만 아니라 신세기(新世紀)에 들어와서, 개사본(改寫本), 회화본(繪畵本), 주음본(注音本) 등 원작에 대한 서로 다른 형식의 개편을 통하여 이 '앨리스'라는 캐릭터는 중국 아동의 마음속 깊이 들어가게 되었다. 이외에 '앨리스'를 주연으로 동화를 창작한 중국 작가도 있는데, 그중 가장 유명한 것은 심종문(沈從文: 현대 중국의 유명한 작가-역자 주)이 1928년에 창작한 『아려사중국유기(阿麗思中國游記)』와 진백취(陳伯吹: 현대 중국의 유명한 아동문학작가 겸 번역가-역자 주)가 1931년에 창작한 『아려사 아가씨(阿麗思小姐)』이다. 어디 그것들뿐인가? 유서원(劉緖源)[34], 증소일(曾小逸)[35] 등의 학자의 연구에 의하면, 노사(老舍: 현대 중국의 유명한 작가-역자)가 창작한 『소파의 생일(小坡的生日)』,[36] 장천익(張天翼: 현대 중국의 유명한 아동문학작가-역자 주)의 『귀토일기(鬼土日記)』 등의 작품은 전부 혹은 일부분 이 책의 영향을 받은 것이다. 심종문의 『아려사중국유기』는 저자가 조원임의 역본에서 영감을 받아 '아려사'라는 주인공을 본도화힌 것이었다. 또한 진백취는 『아려사아가씨』를 창작한 동기를 회고할 때 이렇게 말한 바 있다. "젊었을 적에 나는 『아려사만유기경기』를 읽었다.

34   劉緒源, 『中國兒童文學史略1916-1977』, 上海: 少年兒童出版社, 2013, 42-53쪽.

35   曾小逸, 『走向世界文學中國現代作家與外國文學』, 長沙: 湖南人民出版社, 1985, 297쪽.

36   원서에서 『小皮得的生日』에서 한 것은 잘못이다.-역자 주

환상을 좋아하고 상상력이 제법 있는 청년으로서 나는 이 책의 예술적 매력에 완전히 빠져 버렸고 여기서 많은 시사점을 얻을 수 있었다. 이 텍스트는 마치 증기엔진처럼 나의 창작 충동을 끓어오르게 하였기에, 나는 붓끝을 통해 천진난만하고 총명하며 활달하면서도 용감하고 슬기로운 아이의 모습을 그려내야겠다는 무모한 생각을 하게 되었다.[37] 이 말을 통해 우리는 진백취의 창작이 전적으로 조원임 번역본에서 영감을 받아 이루어진 것임을 확인할 수 있다. 궁극적으로 말하자면 조원임의 『아려사만유기경기』는 중국의 아동에게 역외(域外) 아동문학의 정신적 양식을 가져왔을 뿐 아니라 중국 아동문학의 창작에 있어서도 새로운 소재를 들여온 것이니, 그 공로와 영향은 지대하다고 말할 수 있다.

5·4운동 시기는 중국 현대아동문학이 발원(發源)하는 시기였다. 이 시기에 있어서 "아동문학은 '인(人)'과 '문(文)'의 쌍방향 자각을 진정으로 체현한 중요한 표지의 하나였다. 이 성과는 중국 전통문학 중 아동문학 작품이 빈약했던 역사를 바꿨을 뿐 아니라 중국 아동문학의 번영과 발전에 튼튼한 기초를 닦아 주기도 했다."[38] 중국 고대전적(典籍) 중에는 비록 아동들을 위한 문헌도 있지만 대부분 다 텍스트의 교화적 기능을 중시하는 것이 많았고 내용이든 형식이든 아동이 직접 섭취하기에는 많이 불편한, 다른 말로 하면 "아동을 본(本)으로 하지" 않는 것이었다. 이런 폐단에 대하여 5·4운동 시기 아동문학의 개척자들은 "아동의" 문학, 즉 윗글에서 말한 "아동본위문학"을 강조했다. 이런 인식은

---

37   陳伯吹, 蹩脚的"自畵像", 中共上海市寶山區委黨史硏究室等編, 『陳伯吹』, 北京: 中共黨史出版社, 2006, 14쪽.

38   張永健, 『20世紀中國兒童文學史』, 瀋陽: 遼寧少年兒童出版社, 2006, 36쪽.

주작인, 모순(矛盾), 노신, 정진탁(鄭振鐸), 조경심, 곽말약 등을 포함한 대부분 당시의 문화선구자들이 공인한 바였다. 1919년, 노신은 「우리는 지금 어떻게 아버지 노릇을 할 것인가」라는 글에서 "아동본위"의 개념에 대하여 이렇게 말했다. "근래가 되어서야 많은 학자들의 연구를 거쳐 우리가 비로소 아이의 세계가 성인과 전혀 다르다는 것을 알게 되었다. 만약 먼저 이해를 시도하지 않은 채 그냥 덮어놓고 마구 해댄다면 분명히 아이의 발달에 큰 장애가 될 것이다. 그러므로 모든 시책은 아이를 본위(本位: 즉 아이를 중심으로 생각하는 것-역자 주)로 해야 한다."[39] 1920년, 주작인은 『신청년(新青年)』 제8권 제4호에 『아동의 문학』을 발표했는데 이 글에서 그는 아동을 "축소된 성인"으로 간주하던 이전의 전통을 비판하였고 나아가 서로 다른 성장기에 처한 아동에게 적합한 아동문학이 어떤 것인지를 체계적으로 분석했다. 즉, 아동문학이 아동의 성장법칙과 심리적 특징에 부합해야 하며 이 때문에 "아동의 문학"이어야 한다는 것이 주작인의 주장이었다. 글의 말미에서 그는 이렇게 지적했다. "중국은 종래도 아동에 대해서 제대로 된 이해가 없었다. 중국 문학 속에서는 아동들이 이용할 만한 것은 실로 아무 것도 없다."[40] 2년 후인 1922년 1월, 주방도(周邦道: 현대 중국의 교육가-역자 주)는 『아동 문학의 연구』라는 글을 발표하며 "아동본위" 사상에 기반하여 아동문학의 개념을 명확히 했다. 그는 이렇게 지적했다. "소위 아동문학이란 것은 곧 아동본위의 언어를 이용해 만들어낸 문학으로서 아동의 감각으로부터

---

39 魯迅, 「我們現在怎樣做父親」, 『魯迅全集』(第一卷), 北京: 人民文學出版社, 1981, 135쪽.

40 周作人, 「兒童的文學」, 本社編, 『1913-1949兒童文學論文選集』, 上海: 少年兒童出版社, 1962, 447쪽에 수록.

직접 그 정신의 깊은 곳에 호소할 수 있는 것을 말한다. 다시 말하면 이해하기가 쉬우면서도 재미있어야 하고 한편으로는 아동들의 흥미에 맞으면서도 아동 스스로가 감상할 수 있는 문학인 것이다."[41]

아동교육이 발전하고 새로운 아동문학을 창조하는 이 거대한 물결 속에서 조원임은 자신의 훌륭한 언어 능력을 충분히 활용하여 가장 번역하기 어려운 아동문학 명저를 번역해내었고, 그 역본은 봄바람과 단비처럼 새로운 세대의 중국 아동의 마음을 적셔주었다. 조원임의 역본은 언어품격뿐 아니라 작품 자체의 특징도 "아동본위"의 사상을 잘 대변하고 있다. 주작인은 이렇게 지적했다. "이 책의 특색은 역자의 서문에서 말한 바와 같이, 그의 유의미한 '무의미'에 있다."[42] 주작인과 조원임이 말한 "무의미"는 곧 영문의 Nonsense이지만, 이런 "무의미"는 참으로 의미심장한 것으로서 오래전부터 있어 온 중국 구문학의 '교화를 중시하는' 전통에 대한 반발이고 아동의 천성을 남김없이 다 드러내는 해방이며 독립적 개체로서의 아동에 대한 최대의 존중을 의미한다. 사실 원저인 *Alice's Adventures in Wonderland*는 영문학 평론가들 속에서도 유사한 평가가 있었다. 예컨대 어떤 이는 "그것은 아동문학이 모랄리스트들과 설교가들의 손으로부터 해방되는 것을 의미한다. 환상적인 플롯, 과장된 캐릭터들, 시와 노래의 패러디들, 황당한 듯한 언어의 사용은 아동문학을 해방시켰고, 또 '환상성'을 (문학의) 핵심적 위치로 밀어올렸다."[43] 한편 "무의미"에 대하여 유서원(劉緒源)은 독특한 해석을

---

41   周邦道, 「兒童的文學之研究」, 本社編, 『1913-1949兒童文學論文選集』, 上海: 少年兒童出版社, 1962, 448쪽에 수록.

42   周作人, 『自己的園地』, 北京: 人民文學出版社, 1998, 51쪽.

43   E.O'Sulluivan, Historical Dictionary of Children's Literature, Lanham, MD:

내린 바 있다. 그는 이 작품이 아동의 심리에 부합하는 "유희 정신"을 잘 드러내고 있다고 하면서 다음과 같이 지적했다.

> 여기에서의 "무의미"는 결코 "무작용"이나 "무가치"가 아니다. 이런 개념은 아마 아이들에게 더욱 가치가 있을 것이다. 왜냐하면 "아동의 세계와 더 가깝기" 때문이다. 구체적으로 말하면 이런 개념은 곧 "신비한 환상과 쾌활한 낄낄댐"으로서 "공상(空想)이 한창 왕성한 때"인 아동들의 요구를 만족시켜 준다-이런 만족은 일종의 심미(審美)적 만족이고 이런 심미는 일종의 순유희성 심미이다.……작품 전체가 곧 일련의 작은 유희가 만들어낸 한바탕의 커다란 유희이다. 아동들은 이 유희 속에서 마음껏 자기를 풀어놓는다. 그러나 동시에, 평시에도 늘 실컷 놀지 못하며 곳곳에서 통제를 받는 이 아이들은 순(純)유희성의 심미(審美) 속에서 평상시의 억압을 '풀어낼' 뿐 아니라 유희의 즐거움 속에서 마음의 '보상(補償)'을 얻을 수 있다. 이것이 곧 주작인이 말한 "무의미의 의미"일 것이다.[44]

우리는 조원임의 번역본이 "아동본위"의 체현이자 승화라고 여긴다. 조원임은 『아려사만유기경기』를 중국 아동에게 소개함으로써 아동들이 작품 속에서 어린 시절의 즐거움과 순진을 체험할 수 있게 했다. 그는 나아가 새로운 한 세대의 생기발랄한 중국 아동을 빚어내어 그들

Scarecrow Press, 2010, p.61.

44 劉緒源, 『兒童文學的三大母題』, 上海: 華東師範大學出版社, 2009, 175, 176쪽, 179-180쪽.

의 마음 속에 환상, 몽상, 그리고 이상을 주입하고 싶어했다. 이는 당시의 상황으로 볼 때 틀림없이 선견지명이 있었던 것이다. 왜냐하면 중국의 미래가 아동에 달려있었기 때문이었다. 아동에게 미친 영향이 전 사회로 확산되고, 아동을 빚어내는 일로부터 전 민족의 문화를 빚어내려 하였기에 조원임은 성인과 아동이 함께 감상할 수 있는 작품을 선택하였던 것이다. 따라서 그의 번역본은 아동에게 '유희'를 제공하는 동시에 교육행위로서 번역이 지닌 더 높은 사회적 가치를 드러냈고 은연중에 구(舊)에서 신(新)으로 가는 중국문화의 혁명행로에 영향을 주었다.

5. 맺는 말

조원임이 『아려사만유기경기』를 번역한 것은 교육행위로서의 번역의 전형적 사례로서 그 교육적 의의는 주로 국가를 교육하는(중국의 근대성을 빚어내는 일) 데에서 드러난다. 조원임의 번역행위는 중국 근대언어, 문화 및 아동문학의 발전에 커다란 영향을 끼쳤다. 고등교육이 문화선택과 문화창조라는 두 가지 중요한 문화적 기능을 떠맡는다면, 조원임이 번역한 『아려사만유기경기』는 이 두 가지 기능을 모두 겸비했다고 해도 과언이 아니다.

일종의 문화선택으로서, 조원임은 당시 사회의 문화적 수요를 충분히 고려하면서도 번역행위를 일종의 언어실험으로 간주했다. 그는 번역본 『아려사만유기경기』를 통하여 백화문의 표현효과를 실험함으로써 중국에서 백화문의 지위를 공고히 했다. 일종의 문화창조로서, 조원임의 역본은 '아동의 언어'를 이용해 '아동의 문학'을 번역하는 번역규범을 창조했을 뿐 아니라 또한 주인공 'Alice'가 중국에서 여행할 수

번역과 중국의 근대성

있는 길을 개척하기도 했다. 그는 중국의 아동에게 역외(域外) 아동문학의 정신적 양식을 가져왔을 뿐만 아니라 중국 아동문학의 창작에 신선한 혈액을 주입했다. 조원임의 번역본은 백화문 문학번역의 전범을 수립하였는가 하면, 또한 "아동본위문학"의 모범을 보여주기도 한 것이다. 그 번역의 가치는 하나의 번역본을 산출했다는 데에만 있는 것이 아니라, 그 문화적 영향력이 깊고도 오래 지속된다는 데에 있다.

제3장

소통과 교류(疏塞結緣):
번역과 문화의 전파 및 구축

서 론

근대성은 현재 이미 시간과 공간을 넘나드는 현상이 되었다. 근대성의 개념과 이론, 그리고 근대성이 제시하고 있는 마음의 구조와 사고방식이 '여행'의 방식으로 확산된 것이라면, 이 '여행'을 가능케 한 필수적인 '교통도구'는 번역이다. 중국의 근대성은 과학적 이성과 도구적 이성의 성행을 직접 경험해 왔다. 중국 경제가 비약적으로 발전하고 있는 오늘날, 중국이 진정한 의미에서의 근대성을 확립하고 중국문화의 국제적 영향력을 높여 다시 세계에 그 존재를 확실히 알리기 위해서는 근본적으로 중국의 사상과 문화의 해외 수출이 선행되어야 한다. 좋은 번역은 막힌 곳을 터주고 문화 전파의 징검다리가 되어 중국문화와 세계 기타 민족의 문화가 서로 만날 수 있게 해 줄 뿐더러 중국이 근대국가를 구축하는 길에서 문화적 자신감을 갖추게 한다.

본질적으로 번역은 문화의 전파나 대중매체와 불가분의 관계를 맺고 있다. 문화의 전파는 기호를 그 매개체로 하는 주체들 간의 정신적 교류와 정보 교환이다. 문화 전파의 세 가지 기호 형식인 소리와 이미지 그리고 문자(文字)는 모두 번역을 통해 표현이 가능하다. 러시아 형식주의자 로만 야콥슨(Roman Jakobson)은 인류 생활과 문화의 제 방면, 심지어 문화가 전파되는 기호 방식마저도 번역에 포함시키고 있다. 문화 전파와 번역의 공통점으로 '언어와 기호적 특징, 선명한 의도성(意圖性),

장 의존성(Field Dependence), 상호 작용성(interactivity)'등 네 가지를 들 수 있다. 상기 특징들을 토대로 우리는 언어 표층의 한계를 극복하고 보다 높고 넓은 문화적 차원에서 번역에 대해 고민하고 학제간 번역을 연구할 수 있으며 또한 현재 날로 발달되는 대중매체들 속에서 번역을 매개체로 하는 중국문화의 전파 공간을 확장해 나갈 수 있다.

따라서 중화문화의 정수를 담고 토착성, 고유성, 창작성의 특징을 지니는 중국 고대의 전적(典籍)들에 대한 외국어 번역이 중화문화를 전파하는 중요한 고리가 되었다. 이 고리에서 지극히 중요한 역할을 하는 것은 문화적 자각이다. 문화적 자각은 문화의 자기 각성이자 자기반성과 자기 구축이다. 전적 번역의 문화적 자각은 다음과 같이 정의를 내릴 수 있다. 바로 글로벌 환경에서 중국과 서양문화의 가치관에 대한 이해와 파악을 바탕으로 서로 간에 존재하는 서로 다른 사고방식과 차이들을 발견하고, 중국 문화에 해가 되지 않는 것을 전제로, 가장 적절한 방식으로 적합한 전적들을 선별해 해석·번역함으로써 서로 간의 차이를 해소하고 문화교류를 촉진하며 중국 전적에 대한 서양 독자들의 욕구를 충족시켜 주는 것이다. 중국 전적의 영문 번역 상황을 보면, 그동안 괄목할 만한 성과들을 거두었지만 존재하는 문제점 또한 두드러지다. 첫째, 전적의 영문 번역이 서양에서의 수용 상황에 대한 객관적 평가가 결여되어 있다. 둘째, 번역하고자 하는 전적에 대한 선별 기준이 제대로 마련되지 않았다. 셋째, 전적 번역은 중국과 서양 문화의 상호 보완성을 구현해야 한다. 넷째, 전적 번역에서 중국과 서양이 '차선출해(借船出海, 배를 빌려 바다로 나가기)'의 협력을 통해 문화 전파의 효과를 최대치로 끌어올릴 필요가 있다.

문화 전파는 문화적 기억과 밀접히 연관된다. 전파는 흔히 번역의 방식으로 시공간적 확장을 이루어 전파된 정보가 이역(異域)에서 일시 저장되고 진일보 전파될 수 있게 한다. 문화적 기억과 번역은 공생관계를 이루며 번역 텍스트는 집단 기억에 의해 완성된다. 작품 번역에서 역자는 작품 그 자체뿐 아니라 전(前) 텍스트, 의미장, 사회적 관습, 비평 등과 같이 작품 배후에 숨어 있는 형형색색의 요소들과도 대면하게 된다. 또한 역자는 목표어의 사회적 및 문화적 요소와 기존 역본, 목표어 독자의 문화적 기대심리 등도 간과해서는 안 된다. 번역 자체가 문화 전파의 한 종류이므로 필연적으로 텍스트의 조화와 지속 가능성을 염두에 두지 않을 수 없다. 번역이라는 작업이 번역 경전을 만들어 내지 못한다면 집단 기억 속에 살아남을 수 없으며 의례와 축제 그리고 고착화 된 매개체로 정착하지 못한 채, 기억 저편으로 잊혀지고 버림받게 된다. 중국에서의 번역이론 연구는 아직도 여전히 개인의 기억이 어떻게 집단적 소통 과정에 실현되는가를 규명하는 소통적 기억에 머물러 있어 개인을 초월하고 언어와 텍스트를 초월하는 문화적 기억의 연구에는 이르지 못하고 있다. 이는 문화적 기억이라는 거시적이고 궁극적인 관심이 결여된 것이라 볼 수 있다. 중국의 유서 깊은 번역사와 풍성한 번역학적 자원들에는 짙은 문화적 기억이 내재되어 있다. 그러므로 문화적 기억과 번역 연구를 결부시키는 깃은 중국 번역 연구의 횡(橫)적 및 종(縱)적 발전을 근본적으로 추진시킬 뿐더러 중국 문화의 수출에도 적극적인 영향을 미치게 된다. 중국 문화와 중국 번역에 대한 진실하고 온전한 기억이 필요하다.

중국과 서양의 문화 교류의 역사를 살펴보면, 번역가의 작업을 거쳐 중국인들에게 소개된 서양의 경전들 중에서 가장 찬연한 구슬이 바로 셰익스피어 희곡작품의 역본들이다. 위대한 작품은 끊임없이 새로 번역된다. 기존의 셰익스피어 번역은 모두 각자의 특징과 장점을 갖고 있다. 「안토니오와 클레오파트라」의 경우, 주생호(朱生豪)는 '신운(神韻: 신비롭고 고상한 운치)'을, 양실추는 '존진(存眞: 진실된 것을 남김)'을, 방평(方平)은 '존형구신(存形求神: 형식을 따르되 내적 운치를 추구함)'을 표현하고자 했다. 상기의 번역가들은 각자의 방식으로 자신만의 풍격과 견해를 견지함으로써 중국과 서양 문화의 교류에 크게 기여했다. 필자는 셰익스피어 번역에서 이룩한 선인들의 성과를 참조하고 비판적으로 섭취하면서 상기 비극 작품을 다시 번역했다. 이 과정에 필자는 영어와 중국어의 문화적 차이 그리고 선대의 셰익스피어 번역대가들의 넘지 못할 산과도 같은 존재를 다시 한 번 확인할 수 있었다. 중역(重譯)의 과정은 고민과 걱정이 가득한 고역의 과정이었다. 이 비극 작품에는 언어유희와 쌍관어, 역사 전고(典故), 우스갯소리, 성적 묘사, 풍습, 신화와 전설 그리고 문화 이미지들이 총총히 널려 있어 중국어로 옮기기가 여간 어려운 것이 아니었다. 특히 그 속에 내재되어 있는 정신적·사상적 알맹이들은 단순한 언어적 차원의 자국화나 이국화로 해결될 수 있는 문제가 아니었다. 필자는 그동안 셰익스피어 작품 번역 과정에 쌓은 경험들을 바탕으로 문화적 측면으로부터 셰익스피어 작품 번역에서의 예술성을 추구함으로써 셰익스피어 작품의 중역에 새로운 경험을 만들어 내고 번역을 매개체로 하는 문화 전파와 문화 구축에 새로운 사고의 시선을 제시하고자 한다.

제 1 절

문화 전파와 번역 연구

1. 이끄는 말

문화 전파의 중요성은 아래 서술들을 통해서도 알 수 있다. 예컨 대, "인간이 비로소 인간다워진 것은 전파에서 시작되었다. 전파는 인 간의 타고난 본성이자 문화의 본질이기도 하다. 문화의 전파를 통해 인 간은 비로소 '인간'이 되고 '인류'가 되는 것이다." "전파의 세계화와 세 계의 매스 미디어화는 현시대의 두드러진 특징이다. 전파를 통해 문화 를 인지하고 사회와 인간 자체를 인지하는 것은 인류 인식의 역사에서 커다란 변혁이다."[01] 21세기 글로벌화의 시대에 문화 간 전파는 인류 생 활의 곳곳에 스며들어 다양한 방면으로부터 우리의 사고방식과 행동 에 영향을 미치고 있다. 미국의 정치학자 새뮤얼 필립스 헌팅턴(samuel Huntington)[02]은 오늘날 시대에 문화의 차이는 객관적으로 존재하는 것이 며 또한 향후 세계가 충돌을 겪는 주요 원인이 될 것이라고 했다. 우리 가 사는 이 세계를 사랑·이해·평화가 가득한 것으로 만들자면, 상이한

---

01   庄曉東 編, 『文化傳播: 歷史,理論和現實』, 北京: 人民出版社, 2003, 1~2쪽.

02   塞繆爾·亨廷頓 著, 周琪 等 譯, 『文明的衝突與世界秩序的重建』, 北京: 新華出版社, 2002, 129쪽.

문화 간의 원활한 소통과 전파가 자못 중요해진다.

　문화 간의 전파 과정에 인간은 대체로 문자(번역)를 통해 교류를 진행하고, 창작과 번역은 우리가 문화적·정신적 교류를 진행하는 기본 형식이 된다. 따라서 문화 전파와 번역 연구를 결부시킴으로써 새로운 연구 방향을 제시하는 것은 번역 연구에 보다 풍부한 내포를 가져다주게 된다.

2. 번역과 문화 전파의 관계

　그렇다면, 번역과 문화(간) 전파는 어떤 연관이 있는 것일까? 전종서(錢鍾書)는 「임서의 번역(林紓的翻譯)」이라는 글에서 중국 한(漢)나라 때의 문자학 학자 허신(許愼)의 번역에 대한 훈고(訓詁)를 언급하면서 그 의미가 매우 풍부하다고 평가했다. 허신이 지은 『설문해자(說文解字)』 권 6의 '구(口)'부(部) 26번째 글자에 따르면, "와(囮)는 역(譯)이니라. '구(口)'자 변에 '와(化)'의 소리를 따르노라. 잡을 새를 꾀어 후려들이기 위해 매어 둔 새(率鳥者係生鳥以來之)를 '후림새(囮)'라 하고 '와(譌)'라 읽을지어다."라고 했다. 남당(南唐) 이후 '소학(小學, 고대 중국에서 유아에게 유학을 가르치기 위해 만든 수신서-역자 주)' 학자들은 '역(譯)'을 "새와 짐승들이 듣도록 사방에 알리는 말(傳四夷及鳥獸語)"이라 했다. 뜻인즉, '후림새'로써 '잡을 새'를 꾀어 '후림(誘)'이다. 고대에 '譌', '訛', '化'는 모두 '囮'와 같은 글자였다.[03] 전종서는 또 번역의 본질에 대한 서술에 그치지 않고, "'매'와 '유'는 번역이 문화 교류에서 갖는 역할에 대해 말해주는 것이며, 번역은

03　錢鍾書, 「林紓的翻譯」, 『中國翻譯』 1985년 제11호, 2쪽.

중매자 혹은 연결자가 되어 사람들이 외국의 작품들을 알 수 있도록 소개해 주고 외국의 작품을 좋아할 수 있도록 유인한다. 이는 마치 중매를 서듯이 나라들 간에 유일하게 반목, 말다툼, 그리고 결별이나 주먹다짐과 같은 위험이 적은 '문학적 인연(因緣)'을 맺어준다"고 덧붙여 언급하고 있다.[04] 이처럼 전종서는 번역과 문화 전파의 인연적 관계에 대해 이미 아주 분명하게 파악하고 있었던 것이다.

번역은 본질적으로 문화 전파, 매스미디어와 불가분의 관계를 맺으며 상호 의존적 특징을 보여 준다. 쿠마라지바(Kumārajīva, 鳩摩羅什, 기원 4~5세기 경 인도의 승려이자 불경 번역가-역자 주)나 현장(玄奘, 중국 당나라 때의 승려이자 불경 번역가-역자 주), 서광계(徐光啓, 중국 명나라 말기의 정치가이자 학자-역자 주), 마테오 리치(Matteo Ricci, 利瑪竇, 16~17세기 경 중국에서 처음으로 천주교를 전파한 이탈리아의 선교사-역자 주), 안세고(安世高, 안식국 태자출신으로 중국 후한 시대에 도래한 역경승이자 불경 번역가 -역자 주) 등의 이름난 번역가들이 중국과 국외 문화 교류의 친선 사절로 소개되고 있는 것도 바로 이 때문이다. 상기의 대가들은 번역 작업을 통해 문화 간 전파와 교류를 이루어 왔다. 그 중 인도 승려 쿠마라지바는 학문에 엄격하고 범문(梵文, 산스크리트로 된 원문)을 정통하였을 뿐더러 한문(漢文)에도 능하여 일생 동안 도합 74부 384권의 경전을 번역하여 펴냈다. 그가 번역한 경서는 의미가 정확하고 문맥이 매끄러워 후세 사람들은 "언어가 부드럽고 문장이 아름다우며 의미 또한 원문과 다르지 않다(辭喻婉約, 文字典麗, 意義與原文不悖)"고 평가했다. 그는 현장(玄奘), 진제(眞諦: 기원 6세기 경 인도의 불교 학자-역자 주), 불공(不空: 8세기 경 인도의 승려-역자 주)와 함께 고대의 4대 한역

---

04   錢鍾書,「林紓的飜譯」,『中國飜譯』1985년 제11호, 3쪽.

가로 꼽히고 있다. 마테오 리치는 처음으로 중국과 서양 문화 교류의 문을 연 1인으로 천주교뿐만 아니라 수학, 역법, 지리, 기하 물리 등 지식을 중국에 전파하기도 했다. 그는 상기 분야의 책들을 중국어로 번역하여 펴냄으로써 중국 근세 문명의 흐름을 바꾸어 놓았다. 그는 주류의 중국문화에 적응하기 위해 유교 경전 연구에 몰두, 중국의 『사서(史書)』를 라틴어로 옮겼으며 인품과 학문 모두 훌륭하여 사람들의 칭송이 자자했다. 진인각은 『기하원본(幾何原本)』(유클리드가 저술한 『기하원리』의 전반 부분의 한역본-역자 주)에 대해 언급하면서 "…유클리드의 전반부 6권은 신주(神州) 대지의 만력(萬曆) 연간에서 청 강희(康熙)에 이르는 백년간 여러 차례나 번역되었음을 알게 되었다. 이는 중국 근세 학술사 그리고 중서양 교통사에 지대한 영향을 미치게 되므로 예사의 만주어 역서와 같이 취급해서는 아니 될 것이다."[05]고 한 바 있다. 이로부터 알 수 있듯이, 진인각은 번역을 단지 문자(文字)의 전환으로만 본 것이 아니라 학술사, 교통사(문화 전파사)의 차원으로 끌어올리고 있다. 이처럼 번역은 문화의 전파와 긴밀히 연관되며, 진인각은 이와 관해 번역의 가치를 높이 평가한 것이다.

문화의 전파는 기호를 매개체로 하는 주체들 간의 정신적 왕래이며 정보 교류이다. 기호와 신호는 구별된다. 전자가 사회적이라면 후자는 생물학적이다. 기호는 인간 특유의 것으로 문화 전파의 텍스트, 정보, 담론을 구성한다. 기호의 형식에 대해 일부 학자는 기호의 의미론

---

05   陳寅恪, 「『幾何原本』滿文譯文跋」, 陳美延 編, 『金明館叢稿二編』, 北京: 生活·讀書·新
       知三聯書店, 2001, 106~108쪽.

적 형식을 소리와 이미지, 문자(文字) 세 가지로 나눈다.[06] 문화 간 전파에서 첫 번째 형식과 세 번째 형식은 동시통역과 문자(文字) 번역으로 표현된다. 문학 번역에서 상기 세 가지 형식이 바로 흔히 말하는 음(音, 소리), 형(形, 모양), 의(義, 뜻)이다. 인간이 창조한 기호가 지니고 있는 임의성, 약정성(約定性), 취합성(聚合性), 파생성은 문화 전파와 번역 연구에서 공동으로 따르는 준칙이다.

러시아 형식주의자인 로만 야콥슨[07]에 따르면, 번역은 인류 생활과 문화의 제 방면을 포함하며, 심지어는 문화 전파의 기호 방식마저도 번역에 포괄된다. 그는 번역을 다음 세 가지 유형으로 나누고 있다.

첫째 유형은 언어 내 번역, 즉 『노자 금역(老子今譯)』이나 『문심조룡 금역(文心調龍今譯)』과 같이 동일 언어 내에서 진행되는 번역이다. 고대 중국어를 현대의 외국어로 옮길 때 첫째 유형의 번역은 둘째 유형의 번역을 진행하는 기반이 되어 원문에 대한 정확한 이해를 돕기도 한다. 허연충(許淵沖: 중국 현대의 유명 번역가-역자 주)이 한시 번역에서 시적 정신을 정확하게 포착해 번역할 수 있었던 것은 청화대학교에서 공부하던 시절에 위관영(余冠英: 중국 현대의 고전문학 학자-역자 주)의 '『시경(詩經)』 석독(釋讀)'이라는 수업을 들은 것이 큰 도움이 되었다. 예컨대, 『시경』의 "關關雎鳩, 在河之洲。窈窕淑女, 君子好逑。參差荇菜, 左右流之。窈窕淑女, 寤寐求之。(끼룩끼룩 물수리는 섬가에서 울고 아리따운 아가씨는 군자의 좋은 짝이니 올망졸망 마름풀을 이리저리 헤치며 따고 아리따운 아가씨를 자나 깨나 그리워

---

06   陳龍, 『現代大衆傳播』, 蘇州: 蘇州大學出版社, 2002, 52~54쪽 참조.

07   Roman Jakobson, On Linguistic Aspects of Translation, in Lawrence Venuti, ed., *The Translation Studies Reader*, 2nd Ed., London: Routledge, 200, pp. 113-118 참조.

하네.)"라는 구절을 위관영은 "水鳥兒關關合唱, 在河心小小洲上。好姑娘 苗苗條條, 哥兒想和她成雙。水荇菜長短不齊, 采荇菜左右東西。好姑娘 苗苗條條, 追求她直到夢裏。 (끼룩끼룩 물새들이 강가의 모래섬에서 노래하고 날 씬하고 아리따운 아가씨를 사나이 배필로 삼고 싶네. 들쑥날쑥 자란 마름풀은 좌우동서 헤치며 따고 날씬하고 아리따운 아가씨는 꿈속에서 찾네.)"[08]로 언어 내 번역을 했 는데 이는 다른 이들에 비해 훨씬 원문을 잘 살린 매끄러운 번역이 틀 림없다.

둘째 유형은 언어 간 번역, 즉 우리가 흔히 알고 있는 번역으로 두 가지 서로 다른 언어 간에 이루어지는 문화와 언어 정보의 전환이다. 예컨대, 셰익스피어의 극본『Hamlet』의 중국어 역본으로『哈姆雷特(햄 릿)』과『王子復讎記(왕자의 복수기)』가 있고 조설근(曹雪芹)의 장편소설『紅 樓夢(홍루몽)』은 양헌익(楊憲益)에 의해『A Dream of Red Mansions』로, 영 국 학자 데이비드 혹스에 의해『The Story of the Stone』로 번역되었다.

셋째 유형은 기호 간 번역으로, 이는 언어가 아닌 다른 기호를 사 용해 번역하는 것이다. 이런 번역은 어느 한 기호를 다른 기호 형식으 로 바꾸어 해석하는 것으로 흔히는 항해에서 신호기를 사용해 신호를 주는 등과 같이 교통신호와 연관이 있다. 또한 기호 간 번역은 어느 한 예술 형식을 통해 다른 한 예술 형식을 해석하거나 표현해 낼 수도 있 다. 예컨대, 셰익스피어의「The King Lear」을 중국의 무대예술인 경극 (京劇)으로 만들거나 중국의「양산백과 축영대(梁山伯與祝英臺: 중국 4대 민간 설화 중의 하나-역자 주)」를 서양 뮤지컬로 각색하는 등이다.

상기의 분류에 따르면, 번역은 인류의 문화적 활동의 총체적 특징

---

08   餘冠英 譯,『詩經選譯』, 北京: 人民文學出版社, 1978, 1~2쪽.

을 구성하고 있다고 해도 과언이 아니다. 우리가 살아가는 모든 순간들에 다양한 형식의 번역과 해석이 이루어지고 있고, 문화 전파와 문화 간 전파가 이루어진다.

3. 문화 간 전파와 번역의 유사점

문화 간 전파와 번역은 다음과 같은 네 가지 유사점이 있다.

1) 문화 간 전파와 번역은 모두 언어적·기호적 특징을 지닌다. 문화 간 전파는 인간의 정신활동으로 이는 언어 그리고 인간이 만들어 낸 기호를 떠날 수 없다. 인간은 바로 이러한 언어와 기호를 통해 정보 교류와 가치관의 소통 그리고 의미의 재구성을 실현한다. 번역과 문화 간 전파가 갖는 이러한 공통적 특징은 정보의 유통 경로에 대한 연구에서 구현된다. 일본 학자 타케우치 이쿠로(竹內郁郎)는 전파의 흐름을 정보흐름, 영향흐름, 감정흐름 세 가지로 규정하고 있다.[09] 매스 커뮤니케이션과 대인 커뮤니케이션 중 어느 것이 주를 이루는가 하는 것은 구체적인 상황에 의해 결정된다. 이러한 연구방법은 실제로 언어학적 연구방법과 적지 않은 유사점을 갖고 있으며 번역작업에서 널리 사용되기도 한다.

로만 야콥슨은 일반 기호학 이론으로 소쉬르의 구조주의, 프라하학파의 기능주의 그리고 뷜러의 언어이론과 정보이론을 통합시켜 오르가논 모델을 제시했다.[10] 이러한 기능을 서술하기 위해서는 모든 언어행위와 언어적 커뮤니케이션의 구성 요소를 살펴보아야 한다. 발신

---

09   竹內郁郎, 『大衆傳播社會學』, 張國良 譯, 上海: 復旦大學出版社, 1989, 87쪽 참조.

10   Roman Jakobson and Kristeva Pomorska, *dialogues*, Cambridge: Cambridge University Press & The MIT Press, 1983, p. 116 참조.

자는 정보를 수신자에게 전달해야 하고, 정보가 그 역할을 하기 위해서는 지향하는 환경이 필요하며, 이 환경은 또 반드시 수신자가 인지 가능한 것이어야 하는 동시에 언어로 표현할 수 있어야 한다. 커뮤니케이션에는 언어코드가 필요하고, 이러한 언어코드는 반드시 발신자와 수신자가 전부 또는 일부 사용 가능한 것이어야 한다. 이밖에 커뮤니케이션은 발신자와 수신자 간에 물리적 혹자는 심적 연계를 맺음으로써 양측이 공통된 환경 속에 들어갈 때에야 비로소 효과적인 의사소통을 진행할 수 있다. 언어의 여섯 가지 요소는 이로써 여섯 가지 기능을 갖게 되는데, 바로 표출적 기능, 감화적(지령적, 환기적) 기능, 표현 전달의 기능, 미적(시적) 기능, 친교적 기능, 관어적 기능이다. 의미는 발신자에서 수신자로 이어지는 고착화된 실체가 아니다. 오히려 언어의 여섯 가지 요소는 정보 전달 과정에 언제나 비평형적 상태에 있으며 언제나 어느 개별적 요소가 지배적 위치에 있다. 다시 말해, 모종의 상황에서 어느 한 요소가 지배적 위치에 있다가도 상황에 변화가 생기면 다른 한 요소가 그를 대체하기도 한다.

중국 희곡 작가 조우(曹禺)의 희곡 『뇌우(雷雨)』에서 주충(周沖: 극중 인물-역자 주)은 이렇게 독백한다. "난 때로는 현재를 잊어버리기도 해요.(꿈속에 빠져드는 거지요.) 가족도 잊고, 당신도 잊고 엄마도 잊고 심지어는 나 자신도 잊어버려요. 난 마치 어느 겨울 아침 눈부시게 환한 하늘 아래……가없는 저 바다 위……오, 갈매기마냥 작고 가벼운 돛배가 해풍에 흔들리고 있어요. 비릿비릿하고 짠 바다공기가 코끝을 스칠 즈음이면, 바람에 한껏 부풀은 흰 돛이 해수면을 스치며 공중으로 날갯짓하는 매처럼 하늘 저편으로 날아요. 날아올라요. 하늘엔 구름 두세 송이만 옅게 떠다니고 우린 뱃머리에 앉아 하염없이 앞을 내다보지요. 저

앞에는 우리의 세상이 있을 테니까요."[11] 이 구절을 읽을 때 독자들은
언어의 친교적 기능이 아닌 표출적 기능을 체험하게 된다. 가령 친교적
기능에만 주목한다면, 이 구절은 광인의 헛소리에 지나지 않을 것이다.
한편 셰익스피어의 소네트를 번역할 때 번역자는 언어의 미적 기능에
주목하여 언어 정보를 전달하는 외에 시의 본질을 구성하는 모든 것들
을 번역어에 완벽하게 재현해 내야 한다. 따라서 언어기호의 여러 특징
을 파악하고 언어의 여러 기능을 숙지하는 것은 문화 전파와 번역에 중
요한 버팀목이 된다.

　　2) 문화 간 전파와 번역은 모두 선명한 목적성을 지니는 주체적인
인지 활동이다. 동서고금 어디나 목적성이 없는 문화 간 전파와 번역은
없다. 문화 전파로서의 번역에서 전형적인 예로 임서를 들 수 있다. 임
서는 1896년에서 1924년에 이르는 근 30년 사이에 170~180 종의 외국
작품을 중국어로 옮겼다. 중국의 독자들은 그의 번역을 통해 비로소 세
르반테스와 셰익스피어, 워싱턴 어빙, 스토 부인, 빅토르 위고, 톨스토
이 등 구미의 이름난 작가들을 접할 수 있었다. 임서의 번역은 명확한
목적성을 지니고 있었다. 왕좌량(王佐良: 중국 현대의 시인 겸 번역가-역자 주)
은 번역과 문화에 대한 논술에서 엄복, 임서, 노신 등을 사례로 들며 이
렇게 분석했다.[12] 임서는 「賊史序」(디킨스의 『올리버 트위스트』의 중국어 역본
을 위해 쓴 머리글-역자 주)에서 번역 동기에 대해 "백년 전의 영국은 정치
가 어지럽기를 중국과 다를 바 없었고 다만 해군이 강대하였을 뿐이다.
디칸스는 최하층 사회의 적폐를 극력 파헤쳐 소설의 소재로 삼음으로

11　　曹禺, 『雷雨』(Thunderstorm), 王佐良·巴恩斯 譯, 北京: 外文出版社, 2001, 276쪽.

12　　王佐良, 『飜譯, 思考與試筆』, 北京: 外語敎學與硏究出版社, 1989, 20~22쪽 참조.

써 정부가 이를 통해 각성하고 시정하기를 희망했다.……영국이 강성해질 수 있었던 것은 악습을 개혁하고 좋은 것을 행했기 때문이다. 중국도 이처럼 개혁한다면 결코 어렵지 않을 것이다. 다만 디칸스와 같이 사회의 적폐를 소설로 써서 정치를 하는 자들에게 경종을 울려 줄 이가 없는 것이 아쉬울 뿐이다."[13]고 썼다. 이로부터 알 수 있듯이, 임서가 이 책을 번역하게 된 동기는 사회개혁을 위한 것이었으며 이 사회개혁은 중국이 자강(自强)의 길로 나아가기 위해 필요한 것이었다. 임서의 번역 행위는 문화 전파와 사회개량활동 두 가지로 볼 수 있다. 문화 간 전파에서 편역(編譯)은 더욱 그러하다. 동일한 사건에 대한 보도와 번역에서 그 주체가 다름에 따라 결과물이 달라진다. 온라인 번역 또한 마찬가지다. 어느 부분을 독자들에게 전달하고, 어떻게 엮어서 번역하는가 하는 것은 이데올로기의 영향을 떠나지 못한다. 이 경우 목적성은 문자와 기호를 통해 충분히 구현된다.

3) 문화 간 전파와 번역은 모두 의존성을 지닌다. 기호의 표현은 매우 복잡하다. 어떤 기호나 어떤 텍스트도 독자적으로 존재하는 것은 없으며 원 기호, 원 텍스트와 복잡하게 얽혀 있다. 또한 발신자와 수신자가 다름에 따라 기호의 의미도 달라진다. 흔히 말하는 것처럼, 말은 사물의 이치를 담을 수는 있지만 마음의 뜻을 다 표현해 내지는 못한다. 문화 간 전파와 번역에서도 마찬가지다. 기호의 해석에서 그 맥락이나 담론의 장이 간과되면 의미는 흩어지고 불확실해진다. 기호는 정적이지만 장, 즉 존재는 동적이다. 때로는 주관성을 띠기도 하지만, 기호의 질은 장(場: 즉 장소, 환경-역자 주)과 관련 요소에 의존할 때만이 확정지을

---

13   林紓, 「賊史序」, 迭更司 著, 林紓·魏易 譯, 『賊史』, 上海: 商務印書館, 1914, 1쪽.

수 있다. 예컨대, 영어 단어 'silly'는 고대 영어에서는 '행복(happy)'이라
는 긍정적인 뜻을 담고 있지만 16세기 후부터 '단순함(simple)'을 뜻하는
중성적인 의미로 사용되었으며, 현재는 '우둔함'이나 '멍청이'와 같은
부정적 의미로 쓰인다. 'spinster'는 고대 영어에서 '명문가 출신의 미혼
여성'을 뜻하는 긍정적 의미의 단어였지만 중성적 의미의 '방직녀'를
거쳐 현재는 '노처녀'나 '시집 못 간 늙은 여성'을 뜻하는 말이 되었다.[14]
상기의 것들은 문화 간 전파나 번역에서 모두 '장(場)'을 통해 그 의미를
파악할 필요가 있음을 역설한다.

　　때로는 같은 작품에서도 언어 기호의 의미는 '장'을 통해서야 파악
가능하다. 영약성(英若誠: 중국 현대 유명한 배우 겸 번역가-역자 주)[15]은 노사(老
舍: 중국 현대의 유명한 작가-역자 주)의 『찻집(茶館)』을 영어로 옮기면서 극본
에 자주 출현하는 '唉'자의 번역에 각별히 신경을 썼다. 텍스트를 염두
에 두지 않는다면 '唉'가 'Yes', 'Oh', 'You poor man', 'What a life' 등으
로 옮겨질 수 있다는 사실을 이해할 수 없을 것이다. 이는 같은 글자도
새로운 언어 환경에 처하게 되면 다른 의미를 지니게 됨을 시사한다.

　　4) 문화 간 전파와 번역은 모두 연동성을 지닌다. 기존의 대인 커뮤
니케이션에서는 주로 발신자와 수신자 사이에 역반응(피드백)이 이루어
지는 대면(對面) 커뮤니케이션과 역반응이 이루어지지 않는 직선적/단
일 방향적 커뮤니케이션 두 가지로 나뉜다. 미국의 수학자 클로드 섀넌
과 그의 동료 워런 위버가 1949년에 제기한 직선적 커뮤니케이션 모델

14　肖建安, 「論民族文化心理因素對英漢詞語彙感情色彩的影響」, 羅選民 編, 『英漢文化交
際與跨文化交際』, 沈陽: 遼寧人民出版社, 2000, 248쪽.

15　老舍, 『茶館』(Teahouse), 英若誠 譯, 北京: 中國對外翻譯出版公司, 1999, 22·33·65·
133쪽.

은 발신자와 수신자의 지위와 역할을 명확히 구분했지만 발신자와 수신자의 역할 전환에 대해서는 간과하고 있었다. 1954년, 미국 학자 오스굿과 슈람이 저명한 '오스굿-슈람 순환모델'을 제시함으로써 기존의 직선적/단일 방향적 커뮤니케이션 모델과 작별을 고했다. 오스굿과 슈람의 주장에 따르면, 커뮤니케이션 중의 발신자와 수신자의 역할은 대등한 것이며 양자는 같은 코드와 번역·해석 기능을 사용한다.[16]

오스굿-슈람 문화 전파 모델은 미국의 번역가이자 번역이론가인 유진 나이다의 번역의 동태적 등가 모델(대등 효과론)과 매우 흡사하다. 나이다의 동태적 등가 기준은 번역 검증법에 속한다. 이른바 '동적 등가'란, 번역문에 대한 번역어 독자의 반응이 원문에 대한 원문 독자의 반응과 동등함을 가리킨다. 번역문의 질에 대한 검증은 번역문에 대한 번역어 독자의 이해와 원문에 대한 원문 독자의 이해에 대한 비교를 통해 이루어진다. 또한 번역문이 번역문 독자들에게 이해 가능할 때에야 비로소 번역문의 정확성과 적합성 여부를 판단할 수 있다.[17] 이 기준은 번역문 그리고 번역문 독자와 원문 그리고 원문 독자 간의 연동성을 강조하고 있으며 이는 기존의 '작가-텍스트-역자'의 단일적인 분석과 크게 구별된다.

사실 '직선적/단일 방향적 커뮤니케이션'은 고립되고 정지된 것이 아니라 커뮤니케이션의 대상과 연동한다. 미하일 바흐친의 '대화이론'에 따르면, 독백은 때로는, 또는 흔히 대화성을 지니며, 독자는 문자(文字)에 생명력을 부여함으로써 미적 경지에 도달한다.

---

16 陳龍, 『現代大衆傳播學』, 蘇州: 蘇州大學出版社, 2002, 96쪽 참조.

17 譚載喜, 『新編奈達論飜譯』, 北京: 中國對外飜譯出版公司, 1999, 21~22쪽 참조.

번역과 중국의 근대성

4. 맺는 말

기존에 우리는 흔히 언어적 차원에서 번역의 언어 전환 문제를 연구해 왔으며, 문화적 차원에서 번역 문제를 고찰할 때도 문화적 색채를 띤 어휘를 통해 번역 문제를 논하는 경우가 많았다. 이러한 사고방식은 번역 연구의 발전을 가로막을 뿐이다. 문화 전파와 번역이 언어와 기호의 특징, 선명한 목적성, '장(場)' 의존성, 연동성 등 네 가지 측면에서 모두 공통점을 지니고 있으므로 이러한 특징을 기반으로 언어라는 표층적 제한에서 벗어나 보다 높고 넓은 문화적 측면으로부터 번역 연구를 고민함으로써 번역 연구가 문화와 기호 영역에서 보다 큰 성과를 이룩하도록 해야 할 것이다.

제 2 절

문화의 자각과 전적(典籍)의 영문 번역

1. 이끄는 말

개혁·개방 30년을 거치며 중국은 경제의 비약적인 발전과 종합국력의 신장을 이룩했고 국제적 지위 또한 크게 향상되었다. 그러나 문화소프트실력이 현저하게 뒤떨어지고 국제적 영향력 또한 비교적 낮은 것 또한 실정이다. 중국공산당 중앙위원회 제17기 제6차 전원회의에서는 "문화는 민족의 핏줄이자 인민의 정신적 삶의 터전이다. 5천 년에 이르는 우리나라 문명 발전의 과정에 여러 민족 인민은 드높은 단합심과 자강불식(自强不息)의 정신으로 유구한 역사와 풍부한 중화문화를 함께 창조함으로써 인류 문명의 진보에 불멸의 중대한 기여를 해 왔"으며, "오늘날 세계는 대발전, 대변혁, 대조정(調整)의 시기에 직면하였으며 세계의 다극화와 경제의 글로벌화의 심층 발전으로 과학기술이 날로 새로워지고 다양한 사상과 문화 간의 교류와 융합, 논쟁이 날로 빈번해지고 종합 국력의 경쟁에서 문화가 차지하는 지위와 역할이 날로 두드러지고 있다. 이에 따라 국가의 문화안보 수호 임무가 더욱 막중해졌고 국가의 문화소프트웨어 실력 및 중화문화의 국제적 영향력 향상

에 대한 요구도 더욱 긴박해졌다."고 명확히 밝혔다.[01]

중화문화의 우수한 대표는 무엇인가 하는 것은 문화의 자각과 관련된 문제이다. 한 민족의 문명사는 바로 그 민족이 써 내려온 역사이며, 망망대해와도 같이 풍부한 중국의 전적들은 5천 년 전통문화가 누적되어 이루어진 것이다. 우리는 "정수를 골라 취하고 찌꺼기는 버리면서 옛것을 오늘에 맞게 받아들이는 동시에 낡은 것은 버리고 새것을 취하는 정신으로 우수한 전통 문화와 사상이 갖는 가치 발굴과 해석을 강화하고 민족문화의 기본 요소를 수호함으로써 우수한 전통문화가 새 시대 인민의 전진을 격려하는 정신적 역량이 되게 해야 한다."[02] 이것이 바로 우리의 문화적 자각이다. 중국의 전적들 속에는 중화문화의 정수가 깃들어 있으므로 전적의 외국어 번역은 중화문화 전파의 중요한 고리가 된다. 이 고리에서 문화적 자각은 지극히 중요한 역할을 한다. 그러므로 이 절에서는 주로 문화적 자각과 전적의 영문 번역의 문제를 논하고자 한다.

2. 전적 번역의 중요성

진인각 『기하원본(幾何原本)』의 역본에 대해 "…유클리드의 전반부 6권은 신주(神州) 대지의 만력(萬曆) 연간에서 강희(康熙)에 이르는 백년간 여러 차례나 번역되었음을 알게 되었다. 이는 우리나라 근세 학술사 그

---

01 「문화체제의 개혁을 심화하고 사회주의문화의 대발전, 대번영을 추진하는 데서 나서는 약간의 중대한 문제에 관한 중공중앙의 결정」, 2011년 10월 8일 참조.

02 「문화체제의 개혁을 심화하고 사회주의문화의 대발전, 대번영을 추진하는 데서 나서는 약간의 중대한 문제에 관한 중공중앙의 결정」, 2011년 10월 8일 참조.

리고 중서양 교통사에서 지대한 영향을 미치게 되므로 예사의 만주어 역서와 같이 취급해서는 아니 될 것이다."[03]고 밝힌 바 있다. 이로부터 알 수 있듯이, 진인각은 번역을 단순한 문자(文字)의 전환으로 생각한 것이 아니라 학술사, 교통사(문화 전파사)적 차원에서 문화적 위업으로 간주하고 있었다. 그러므로 우리는 문화사적 시각으로 전적의 영문 번역을 살펴볼 필요가 있다. 전적 번역자는 곧 문화적 사명을 짊어진 자로 서로 다른 문화 간에 충돌과 조화, 타협 속에서 대화를 실현할 수 있도록 하는 위업에 종사한다. 중국문화의 사상적 정수는 번역자의 작업을 통해 이역(異域)에서 수용되고 진일보 발전한다.

오늘날 중국 경제의 비약적인 발전과 더불어 전적의 영문 번역의 중요성이 날로 부각되고 있다. 그 원인으로는 다음 세 가지를 들 수 있다. 첫째, 한 나라의 실력과 그가 갖는 매력은 경제력에 의해서만 결정되는 것이 아니며, 문화는 필수적 심지어는 근본적인 결정 요소가 된다. 둘째, 서양 학자들이 중국의 근대 문헌들을 섭렵할 때 중국문화의 근원에 대해 탐구하게 되는데 전적 영역본의 존재는 그들에게 큰 편리를 제공해 준다. 셋째, 한 민족이 세계에서 그 빛을 발할 수 있게 하는 것은 그 민족이 창조한 위대한 사상이다. 중국 전적의 번역은 중화민족의 위대한 사상을 집약한 것으로 이를 통해 서양 세계에 중화민족의 매력을 과시할 수 있다.

오늘날 글로벌화의 시대에 중국문화가 발전을 도모하기 위해서는 궁극적으로 국제화의 길로 나아가 세계 기타 문화와 평등한 대화와 교

---

03 陳寅恪, 「『幾何原本』滿文譯文跋」, 陳美延 編, 『金明館叢稿二編』, 北京: 生活·讀書·新知三聯書店, 2001, 108쪽.

류를 실현해야 한다. 그리고 이런 대화와 교류의 실현에서 근본을 이루는 것이 바로 번역이다. 번역은 지극히 중요한 역할을 하는 바, 다양한 종류의 번역에서 토착적이고 토속적이고 창작적인 특성을 지닌 전적의 번역은 더욱 필수적이며 또한 가장 쉽게 서양에 의해 수용될 수 있다.

3. 전적의 영문 번역의 현황 및 문제점

전적 번역은 오늘날 중국문화의 전파에서 선행자적 역할을 하고 있다. 특히 지난 10년 간, 수많은 중국 전적들이 영문 혹 기타 언어로 번역되어 중국문화의 해외 진출에 적극적인 역할을 해 왔다. 여러 번역 프로젝트들 중에서 대표적인 것들로 다음 몇 가지가 있다.

1) '대중화문고(大中華文庫)' 번역출판프로젝트: 이 프로젝트는 1995년 가동된 이래 중국 신문출판총서(新聞出版總署)의 인가를 거쳐 국가계획 하의 중대 출판프로젝트로 선정되었다. 프로젝트 제1기는 도합 89종 170권 도서의 중국어-영어 대조본이 출판되었고, 제2기는 9종 언어(중국어-영어, 중국어-프랑스어, 중국어-러시아어, 중국어-아랍어, 중국어-독일어, 중국어-일본어, 중국어-한국어 등 포함) 번역본 1차로 36종이 이미 출간되었다.

2) 중국도서대외보급계획(中國圖書對外推廣計劃): 이 프로젝트는 중국 국무원 신문판공실(新聞辦公室)과 신문출판총서의 공동 발기로 2004년에 가동되어 현재 이미 미국, 영국, 프랑스, 독일, 러시아 등 68개국의 54개 출판사들과 43개 어종 도합 2천 616종의 도서 관련 출판지원 협정을 체결했다.

3) 국극해외전파프로젝트(國劇海外傳播工程)의 100부국극영역프로젝트(百部國劇英譯工程): 이 프로젝트는 중국인민대학, 전국정치협상회의 경

극곤극실(京昆室), 중국외문국(中國外文局)이 2008년에 공동으로 가동한 것으로 중국 전통극 극본 100부가 이 프로젝트에 포함되었다.

4) 2009년 프랑크푸르트도서전 중국 주빈국 도서번역출판프로젝트: 2008~2009년 중국 신문출판총서는 114권의 우수 중국 도서에 대해 영어 및 독일어 번역 지원금을 제공해 주었다.

5) 경전중국국제출판프로젝트(經典中國國際出版工程): 2009년에 가동된 이 프로젝트에 중국 신문출판총서는 도합 246개 도서아이템의 2천 520여 종의 도서에 출판지원금을 제공해 주어 '중국문학시리즈'와 '중국학술시리즈'의 규모를 넓혀가고 있다.

상기의 도서출판프로젝트들은 중국문화의 해외진출에서 적극적인 역할을 하고 있다. 그러나 한편으로 이러한 출판프로젝트와 출판계획들 중 대다수가 정부 차원에서 추진되는 것들로 그 문제점 또한 없지 않다. 우선, 서양의 작품들을 출판할 때는 그에 상당한 정부 지원이 없다는 사실이다. 다음, 우리가 인쇄 출판에서 거족의 발전을 이룩하기는 했지만 일련의 숫자들에 대해 그 성과와 함께 부족점도 보아내야 한다. 신문출판총서의 통계에 따르면, 2014년 중국의 도서 출판 품종과 총 인쇄부수, 일간 신문의 총 발행부수는 모두 세계 제1위를 차지하고 전자 출판물의 수량과 인쇄업종의 연간 생산량도 세계 제1위에 이르렀다. 중국 신문과 잡지가 현재 80여 개 국가와 지역에서 발간되고 있고 중국의 도서와 간행물 등 출판물이 193개 국가와 지역에 수출되어 저작권 무역의 수입 대 수출 비중이 2005년의 7.2 대 1에서 2010년에는 3 대 1로 상승했다.[04] 위의 데이터들로부터 중국의 출판업계가 확실히 비약적

---

04   데이터 출처: http://www.cbi.gov.cn/wisework/content/95939.html(2012년 12월

인 발전을 가져온 것을 알 수 있지만, 다른 한편으로 번역 출판에서 중국어-영어 번역과 영어-중국어 번역 간에 심각한 평형 실추 현상이 존재하고 있음을 부인할 수 없다. 후자의 수량이 전자에 비해 훨씬 많은 것, 이러한 번역문화의 '역차(逆差)'는 중국의 실정과는 매우 동떨어진 것이다.

상기의 국면을 타개하기 위해서는 어떠한 노력이 필요할까? 이는 문화적 자각의 문제와 관련된다. 문화적 자각의 문제를 해결할 때에야 우리의 문화적 자신감에 튼실한 기반을 마련하게 된다. 마찬가지로 문화적 자각을 구비할 때에야 우리의 전적 번역은 비로소 시대의 기회를 잘 포착하고 돛을 올려 먼 항행(航行)을 나갈 수 있다.

4. 전적 번역에서의 문화적 자각

중국의 유명한 사회학자인 비효통(費孝通)은 '문화적 자각(文化自覺)'이란 "어느 한 문화 속에서 살고 있는 사람들이 그 문화에 대해 '자지지명(自知之明)'을 갖고 문화의 유래와 형성의 과정 그리고 특징과 발전 추세를 알고 있는 것을 말하며 이는 '문화적 회귀(文化回歸)'의 의미를 포함하지 않는다. 그것은 '복구(復舊)'가 아닐 뿐더러 '전면적 서구화'나 '전면적 타자화'도 아니다. 자지지명은 문화적 전이에서의 자주력을 강화함으로써 새로운 환경과 새로운 시대에 적응하기 위한 문화적 선택을 결정함에 있어서 자주적 지위를 획득함을 말한다."[05]고 주장한 바 있

5일 검색)

05   費孝通, 『費孝通論文化與文化自覺』, 北京: 群言出版社, 2007, 190쪽.

다. 다시 말해, 문화적 자각은 문화의 자아 각성이고 자기반성이며 자기 창조이다. 비효통은 또 "문화적 자각은 매우 어렵고 힘든 과정으로 자체 문화에 대한 인식과 기타 다양한 문화에 대한 이해와 접촉을 바탕으로 할 때에야 비로소 바야흐로 형성되고 있는 다원 문화의 세계에서 자신의 위치를 정확히 찾을 수 있고, 나아가서는 자주적 적응을 거쳐 기타 문화와 서로 장점을 취하고 단점을 보완하면서 서로가 공통으로 인정하는 기본 질서와 다양한 문화들이 평화적으로 공존하고 각자의 장점을 살리면서 협력·발전하는 공존의 원칙을 함께 구축할 수 있을 것이다."[06]고 밝혔다.

진국명(陳國明, Guo-Ming Chen)과 윌리엄 스타로스타(William J. Starosta)는 『문화 간 커뮤니케이션 기초(Foundations of Intercultural Communication)』에서 '문화적 자각'에 대해 "사람들의 생각과 행위에 영향을 미치는 거주지 문화(東道國文化, Host Culture)의 규약을 정확히 아는 것이다. 모든 문화는 자체의 사고방식을 갖고 있어 문화 간 커뮤니케이션에서 상대방 문화의 사고방식을 인지하지 못할 경우 흔히 문제점에 부딪치게 된다. 문화 간 커뮤니케이션의 순조로운 진행을 위해 우리는 반드시 우선 논점을 받쳐주고 지식을 표현함에 있어서 거주지 문화의 취향을 잘 알아야 한다. 거주지 문화를 알면 커뮤니케이션 대상에 적합한 방식으로 커뮤니케이션을 진행할 수 있다. 우리가 행위방식을 수정해 거주지 문화 혹자는 협력 대상 문화에 영합하는 것은 상호 간의 이해에 도움이 된다."[07]

---

06 費孝通, 『費孝通論文化與文化自覺』, 北京: 群言出版社, 2007, 190쪽.

07 Chen Guo-Ming and W. Starosta, *Foundations of Intercultural Communication*, Shanghai: Shanghai Foreign Language Education press, 2007, pp. 252-253 참조. 원문 내용: *Cultural awareness refers* to understanding the conventions of

고 정의하고 있다.

위의 주장에 따라 우리는 전적의 외국어 번역에서의 문화적 자각을 다음과 같이 정의할 수 있다. 즉, 글로벌화 시대에 중국문화와 서구문화의 가치이념을 정확히 이해하고 파악하여 양자 간에 존재하는 서로 다른 사고방식과 차이점들을 발견하고 중국문화의 정신에 해가 되지 않는 것을 전제로, 가장 적절한 방식으로 가장 적합한 전적 자료들을 이해·번역하는 것을 통해 서로 간의 차이를 해소하고 국내외 문화의 교류를 촉진하며 중국의 전적에 대한 서양 수용자들의 수요를 최대한 충족시켜 주는 것이다. 반대의 경우도 마찬가지다.

그러나 문화적 자각은 말처럼 쉬운 일이 아니다. 모든 국가와 민족들 속에 다양한 방식으로 존재하고 있는 자민족 중심주의(ethno-centrism)는 문화적 자각과 문화적 자신감을 방해하는 가장 큰 장애물이다. 이 진실을 꿰뚫고 있는 서구 학자로 에드워드 사이드(Edward Said)를 들 수 있다. 그의 주요 관점을 담고 있는 저서 『오리엔탈리즘』에 따르면, '오리엔탈리즘'은 적어도 두 가지 차원의 의미를 포함하고 있다. 하나는

---

the host culture that affect how people think and behave. Each culture shows different thinking patterns. We encounter frequent problems in intercultural communication when we misunderstand thinking patterns. To be effective in intercultural interaction we must first learn the preferences of the host culture for supporting arguments and determining knowledge. Understanding a host culture enables us to modify our communication patterns to be congruent with host nationals or co-culturals heps us reach a mutual understanding. Also see E. T. Hall and W. F. Whyte, Intercultural Communication; A Guide to men of Action, *Practical Anthropology*, 1963(9), pp. 83-108. And M. L. Hecht, M. V. Sedano, and S. R. Riveau, Understanding Culture, communication, and Research: Applications to Chicanos and Mexican Americans, *International Journal of Intercultural Relations*, 1993(17), pp. 157-166.

'동양(오리엔트)'과 '서양(옥시덴트)'에 대한 본체론·인식론적 차이에서 기인하는 사고방식이다. 지리적으로 각각 지구의 동반구와 서반구에 위치하는 동양과 서양은 기타 제 방면에서 또한 장기간 대립 상대에 처해 있었는데 그 원인은 양자가 정치, 경제 내지는 언어와 문화적으로 좁힐 수 없을 정도로 거대한 차이를 갖고 있기 때문이다. 다른 하나는 강자적 위치에 있는 서양이 약자적 위치에 있는 동양에 대한 장기간에 거친 지배와 재구축, 그리고 담론권력의 압박 방식이다. 서양과 동양의 관계는 흔히 단순한 영향과 피영향, 제약과 피제약, 시여(施與)와 수용의 관계로 나타난다. 『오리엔탈리즘』의 결론 부분에서 사이드는 "일련의 관련된 문제들을 제시하고 인류의 경험에 관해 논의해 보고자 했다. 예컨대, 인간은 어떻게 타문화를 표현해 내는가, 타문화란 무엇인가, 차이적 문화(혹자는 종족, 종교, 문명)의 개념은 효과적인 것인가, 그것이 득의양양(자신에 대한)이나 적대감과 침략('타자'에 대한)을 의미하는 것은 아닌가 하는 것들이다."[08]고 분명히 주장했다.

현시대의 중국인들은 서양에서의 중국문화의 영향에 대해 언급할 때 흔히 괴테나 볼테르, 마르코 폴로[09]와 같이 중국을 방문한 적이 없는

---

08 Edward Said, *orientalism*, Lodon: Routledge & Kegan Paul, 1978, p. 326.

09 마르코 폴로의 중국 여행 여부에 관해서는 다양한 의견들이 존재한다. 영국 학자가 일전에 피력한 이탈리아 고고학 학자의 최신 연구 성과에 따르면, 이탈리아 여행가 마르코 폴로는 한 번도 중국에 온 적이 없다는 것이 증명되었다. 이탈리아 나폴리대학의 일본 고고학 발굴 프로젝트의 담당자인 다니엘레 페트렐라 교수와 그 프로젝트 구성원들은 『마르코 폴로 여행기』에 적힌 중국과 일본, 몽골국에 대한 묘사는 그 시기 이 지역들을 여행한 상인들의 이야기를 따와 세계적인 베스트셀러인 『마르코 폴로 여행기』로 엮은 것일 가능성이 높다고 주장했다. 실제로 유럽에서는 줄곧 마르코 폴로의 중국 여행에 관해 여러 가지 설들이 존재해 왔다. 영국국립도서관 중국문헌 담당 큐레이터로 있는 프랜시스 우드는 1995년에 출간한 『마르코 폴로 중국에 갔

작가들을 예로 들어 증명하려는 경향이 있다. 심지어는 마테오 리치에 대해서도 그가 중국에 대해 찬미한 부분만 언급하고 중국의 낙후함을 객관적으로 서술한 부분은 빠트리는 경우가 있다. 이는 문화적 자각이 결여된 사례라 할 수 있겠다. 『*Regni chinensis descriptio*(利瑪竇中國札記)』에서 마테오 리치는 "이곳 인민은 생활이 검소하다. 그러므로 중국 수공업자들은 보다 높은 가격을 부르기 위해 물품에 대한 완벽함을 추구하지는 않는다. 그들의 노동은 구매자의 수요에 따라 행해지는데, 구매자들은 흔히 그다지 정교하지 않은 것에도 만족을 느낀다. 따라서 그들은 흔히 제품의 질을 희생하면서 표면적인 아름다움으로 구매자의 시선을 끈다."[10] "중국인들에겐 천진한 기질이 있어 외국의 제품이 좋다고 느끼면 외래의 것을 자신들의 고유의 것보다 더욱 좋아한다."[11]고 밝히고 있다. 이는 리테오 마치가 중국의 전통문화에 대한 여러 객관적인 평가들 중의 몇 개일 뿐으로 현재에도 적용되는 말이다. 중국문화를 무턱대고 부정하는 외국 학자들에 대해 지나치게 시선을 줄 필요가 없지만 중국에서 수십 년 동안 생활하면서 일생을 중국문화 연구에 바치면

는가?(*Did Marco Polo Go To China?*)』라는 책에서 마르코 폴로가 흑해에도 가지 못했을 것이라고 주장한다. 우드는 마르코 폴로의 여행기가 중국의 세부적인 일상들을 묘사하고 있지만 중국 여인들의 전족('삼촌금련')에 대해서는 일언반구도 없고 젓가락을 사용하고 차를 마시는 것과 만리장성에 대해서도 언급하지 않고 있다고 의문을 제기하면서 "마르코 폴로가 페르시아 상인의 이야기를 따왔다는 설이 있다. 여행기 전문 중 18마디만 1인칭으로 서술하고 있고, '직접 보았다'는 유의 말도 없다."고 주장했다. http://bbs.tiexue.net/post2_5485075_1.html (2011년 9월 14일 검색)

10 利瑪竇·金尼閣, 『利瑪竇中國札記』, 何高濟·王遵仲·李申 譯, 何兆武 校, 北京: 中華書局, 1983, 20쪽.

11 利瑪竇·金尼閣, 『利瑪竇中國札記』, 何高濟·王遵仲·李申 譯, 何兆武 校, 北京: 中華書局, 1983, 23쪽.

서 중국문화에 큰 기여를 한 서양 학자 마테오 리치의 주장들에 대해서는 심각하게 반성할 필요가 있다. 이 점에서 우리는 부족한 부분이 많다. 감정이 이성을 앞서는 것은 민족문화의 발양과 발전에 백해무익(百害無益)이다.

전적 번역에서 중국문화에 대한 진지한 사고와 문화적 자각을 갖추지 못한다면 우리 문화를 편파적으로 이해하게 되고 번역에서도 높은 경지에 오를 수 없다. 나아가서는 전적 번역의 질에 흠집이 가고 번역 프로젝트 차질이 생겨 서양에서의 중국문화의 전파와 수용에도 도움이 되지 못할 게 뻔하다.

5. 전적 번역에 대한 몇 가지 생각들

위에서 언급한 바와 같이, 중국 정부는 전적 번역에서 많은 노력을 기울여 왔고 다양한 프로젝트들을 통해 적지 않은 성과를 거두었다. 그러나 현재 전적 번역에는 여전히 적지 않은 문제점들이 존재한다.

1) 전적의 영문 번역이 서양에서의 수용 상황에 대한 객관적인 평가가 결여되어 있다. 전적의 영문 번역의 품질은 자국 학자들의 평가를 기준으로 하는 것이 아니라 객관적인 기준과 데이터로 말해야 한다. 최소한의 참고 기준을 제시하자면 ①국외에서의 판매 부수 ②국외 도서관에서의 열람 횟수 ③서양 학자들의 참고 및 인용 횟수 ④역서의 재판과 수정 상황 등 네 가지가 있다. 상기의 기준에 대한 조사와 고증을 거쳐 문화의 대외 전파에 참조를 제공할 수 있다. 하지만 유감스러운 점은, 수많은 평가들 가운데서 상기의 기준을 염두에 두고 데이터 분석을 시도한 글들을 찾을 수 없는 것이다.

2) 전적 번역에서의 전적 선택 기준을 규정해야 한다. 중국의 수많은 전적들 중에서 어느 것을 번역하고 어느 것을 뺄 것인지, 취사선택의 이유는 무엇인지 등에 대한 고민이 필요하다.

번역하고자 하는 전적의 선택 과정에 다음 몇 가지 원칙을 지켜야 한다. 첫째는 보편성 여부이다. 『손자병법(孫子兵法)』이 미국 육군사관학교의 필독 도서 리스트에 포함된 것에서 알 수 있듯이, 보편적 의의를 지니는 전적은 세계적으로 널리 읽힐 수 있다. 둘째는 접합점이다. 『한산시(寒山詩)』(중국 당나라 때의 시인 한산의 시집-역자 주)와 같이 우리 자신뿐만 아니라 외국인들도 좋아하는 작품을 발견해 내야 한다. 이 시집은 1960년대에 미국에서 학생 운동과 민권 운동, 여성 운동이 격렬하게 전개되던 시기에 젊은층의 정신적 동반자가 되어 주었다. 셋째는 현실성이다. 현실에 도움이 되는 전적 작품을 우선적으로 선정하는 동시에 여러 부류의 사상, 언어, 장르의 작품을 고루 선정해야 한다. 넷째는 선정 범위이다. 문학과 예술, 교육 분야뿐만 아니라 불교, 도교 등 종교 분야의 경전도 포함시켜야 한다.

전적 번역은 수량이 많을수록 좋은 것은 아니다. 엄밀한 계획 속에 대표적인 전적들을 번역하면서 현재 출판 계획에 들어 있지 않은 전적들을 보충 선정해야 한다. 이미 번역된 전적들에 대해서는 평가를 거쳐 번역 질이 높은 것들을 널리 보급하고, 질적으로 다소 흠이 있는 것들은 제때에 수정 작업을 거쳐 합격품으로 만들어야 하며, 불합격으로 판정되는 번역본은 폐기 처리와 동시에 재번역을 추진해야 한다. 전적 번역본은 서구에서 학술과 연구에서 사용되는 경우가 대부분으로 수용자가 한정적이므로 전적의 수량을 지나치게 늘려서도 안 된다.

3) 전적 번역에서 중국문화와 서구문화의 상호 보완성을 구현해야

한다. 훔볼트는 "언어는 민족정신의 외적 현상으로 민족의 언어는 민족의 정신이며 민족정신은 민족의 언어이기 때문에 이 양자를 동일시한다고 해도 전혀 지나칠 것이 없다. 민족정신과 민족언어가 어떻게 우리의 인식이 미치지 못하는 동일한 근원에서 생성되는가 하는 것은 영원히 풀지 못할 수수께끼다."[12]고 밝혔다. 이로부터 한 민족이 다른 한 민족의 언어를 습득했다 하더라도 그 민족의 민족정신까지도 정확히 알 수는 없으며 적어도 그 수준에 이를 수 있는 사람은 지극히 적다. 훔볼트의 주장에 대해 다른 의견이 있을 수도 있지만, 적어도 전적번역에 주는 계시는 매우 깊다. 때로는 우리 스스로 번역의 질에 대해 꽤 만족스럽게 생각하지만 서양 학자들의 평가는 정반대인 경우도 있다. 이는 전적 번역에서 일방적인 사고에 머물렀기 때문이다. 시 번역의 경우, 서양의 시는 음절을 나누지만 중국의 고시는 평측(平仄)을 중요시하고, 서양에서는 한 단어가 한 개 내지는 여러 개의 음절로 구성되지만 중국은 한 글자가 한 음절을 이루기에 시의 구조와 압운(押韻) 등의 처리 방법과 감상 방식이 크게 구별된다. 이러한 차이를 무시하고 중국 고시 번역에서 압운 여부를 번역 품질의 평가 기준으로 삼는 등 시 형식에 대한 지나친 요구는 객관성과 정확성을 떨어트리는 결과를 만든다.

중국문화와 서구문화의 상호 보완의 시선으로 전직 번역을 대할 때 비로소 서양의 중국학 학자들의 번역을 보다 객관적인 시선으로 정확히 평가할 수 있다. 아더 웨일리(Arthur Waley)는 중국 전적 번역에서 중국문화의 특수성에 대한 인지(認知)를 토대로, 『논어(論語)』 번역에서

---

12   洪堡特, 『論人類語言結構的差異及其對人類精神發展的影響』, 姚小平 譯, 北京: 商務印書館, 1997, 50~51쪽.

일련의 정보 처리를 거쳐 중문의 기존 의미를 살리는 동시에 서양의 독자들에게도 비교적 매끄럽게 읽힐 수 있도록 했다. 그의 번역을 통해 공자의 사상이 서양에서 널리 알려질 수 있었다. 논어의 한 구절인 '子以四敎: 文, 行, 忠, 信'에 대한 어역(語譯)[13]과 번역을 예로 들어 본다. 언어 내 번역은 유명 어문학자인 양백준(楊伯峻)이 맡았는데, 그의 현대 백화문으로의 번역은 "공자는 네 가지 내용으로 학생들을 가르치셨으니, 바로 역대 문헌, 사회생활의 실천, 타인에 대한 충성심, 인간관계에서의 믿음과 착실함이다."[14]로 되어 있다. 한편 아더 웨일리의 영문 번역은 "The Master took four subjects for his teaching: culture, conduct of affairs, loyalty to superiors, and the keeping of promises."[15]로 되어 있다. 위의 두 번역에서 우리는 해석의 차이를 볼 수 있다. 양백준(楊伯峻)의 백화문 번역은 "역대 문헌, 사회생활의 실천"이라고 되어 있는데, 의아한 것은 공자가 살던 춘추 전국 시대에 열람할 수 있는 역대 문헌은 과연 얼마나 되었을까? 또한 그 시대의 사회생활에서 과연 얼마나 많은 사대부들이 사회 현실을 벗어나 있었을까? 이와 달리 아더 웨일리의 영문 번역은 백화문 번역과 큰 차이를 보인다. 우리는 흔히 서양 학자들이 중국문화에 대한 이해가 깊지 못하다는 선입견을 갖고 그들의 번역본에 편견을 갖는 경우가 많다. 그러나 사실 서양의 중국학 학자들은 전적 번역에서 매우 신중할 뿐더러 중국문화에 대한 이해 또한 매우 정

---

13   語譯이란 로만 야콥슨(Roman Jakobson)의 'intralingual translation'으로, 같은 언어 내의 번역을 말한다.

14   楊伯峻 譯注, 『論語譯註』, 北京: 中華書局, 1980, 77쪽.

15   Arthur Waley, trans., *The Analects*, Beijing: foreign Language Teaching and Research press, 1997, p. 87.

확한 경우가 많아 그들의 번역본은 국외에서 보다 쉽게 수용된다.

4) 중국 전적의 번역은 '차선출해(借船出海, 배를 빌려 바다로 나아간다)'
해야 한다. 우리의 번역은 누구를 위한 번역인가? 만일 스스로 보기 위
한 것이라면 문화 전파의 목적을 이룰 수 없다. 서양의 독자들에게 읽
히기 위해서는 어떻게 하면 번역본이 서양 독자들에게 정확히 전달되
어 중국의 문화와 사상의 정수를 이해할 수 있을 것인지를 고민해야 한
다. 번역본의 출간은 목표언어 독자의 읽기를 통해 비로소 생명력을 얻
게 된다. 그러므로 전적 번역본의 출간과 함께 서양에서의 수용 상황을
제때에 파악하고 번역본의 품질을 업그레이드시킬 필요가 있다.

전적 번역은 두 가지 서로 다른 문화 간의 심(心)적 및 지적 교류인
데, 두 문화와 사상을 환히 꿰뚫는 동시에 언어 면에서 영어권의 역자
들과 겨룰 수 있는 역자가 매우 적다. 그러므로 방대한 규모의 지원금
을 자국의 번역인재 동원에 투입하면서도 번역본이 서양에서의 수용
및 유통 상황에는 시선을 주지 않는 것은 고군분투의 노력일 뿐이고,
번역에 대한 객관적인 평가가 결여된 각종 시상과 수상은 자기도취와
다름없다.

국외의 중국학 학자들 중에는 Goran Malmqvist(馬悅然), Howard
Goldblatt(葛浩文: 미국 출신의 유명 한학가 겸 번역가-역자 주)과 같이 일생을
중국문학의 번역을 위해 심혈을 기울이면서 서양에서 높은 영향력
을 갖고 있는, 우리가 본보기로 삼아야 할 이들이 있다. 전적 번역은
문학 번역보다도 더 어렵고 힘들다. Goran Malmqvist(馬悅然), Howard
Goldblatt(葛浩文)와 같은 전문가들이 지극히 드문 상황에서 서양의 학자
들에만 의존해 중국 전적을 번역하는 것은 비현실적이다. 번역의 정확
도와 가독성을 높이기 위해서는 서양의 중국학 학자들과의 협력을 통

해 보다 순조롭게 서양의 학술 및 문화 시장에 녹아들고, 보다 쉽게 수용되도록 할 수 있다.

우리는 다음 두 가지 방식으로 '차선출해(借船出海)'를 시도할 수 있다.

1)국가 문화사업단체, 출판사와 국외 문화사업단체 혹자는 출판사 간의 협력을 통해 중국 전적의 번역 출판이 가능하다. 외국의 전문가를 초청해 중국에서 번역을 진행한 후 중국에서 출판할 수도 있고 지원금을 지급하는 방식으로 국외 출판기구들의 중국 전적 출판과 발행을 지원할 수도 있다. 이는 서로가 윈-윈 하는 방식이다. 예컨대, 전에 중국에서 출간된 『옥스퍼드 영한 이중 해석 사전(牛津英漢雙解詞典)』이 국외 출판사가 중국의 '배'를 빌려 중국 '해역'에 들어온 것이라면, 우리는 같은 방식으로 중국문화의 전적을 서구에 수출할 수 있다.

2) 중국 역자와 외국 전문가의 협력을 통해 중국의 전적을 번역할 수 있다. 중국의 전문가들이 초벌 번역을 마친 후 국외의 전문가들이 감수를 맡고, 양자가 함께 탈고함으로써 번역본의 정확도와 가독성을 높일 수 있다. 이 방법은 외문국(外文局)에서도 시도한 바 있다. 중화인민공화국 설립 이후, 시드니 샤피로(Sidney Shapiro, 沙博理), 글래디스 테일러(Gladys B. Tayler, 戴乃迭) 등 서양의 번역가들이 중국에 남아 영역 번역을 전개했지만 번역가가 적어 번역 작업이 크게 규모화 되지는 못했다. 대외 교류가 날로 빈번해지면서 전적 번역에 대한 수요 또한 날로 늘어나고 있는 현재, 외자 도입에 쏟는 열성만큼 서구 학자들을 중국 전적의 번역 작업에 불러들여야 한다.

전적 번역에서 간과해서는 안 될 부분은 바로 대외 번역에서 옛것보다는 현재의 것을 더욱 중요시하는 '후금박고(厚今薄古)'의 원칙을 지키는 것이다. 당대의 문학과 예술, 사회와 문화를 반영한 작품을 중심으로 번역 작업을 전개해야 한다. 국가와 관련 기구는 장기적이고 체계적인 계획을 세우고 인력과 물력 투입을 통해 최대의 성과를 이룩하도록 해야 한다. 자원의 배분에서 정부 차원의 지원 외에도 일부 문화재단과 관련 재단, 대학교들이 번역 프로젝트에 출자하도록 장려할 수도 있다. 이러한 노력들을 통해 서방에서 중국 전적과 경전에 관심을 갖고 중국의 경전을 연구하고 번역하도록 함으로써 중국문화와 서구문화의 매끄러운 대화를 추진할 수 있다.

6. 맺는 말

중국의 전적 번역은 21세기 이래 양호한 발전의 기회를 맞이하는 동시에 거대한 도전에도 직면하고 있다. 기회를 포착하고 도전에 맞서면서 양질의 전적 번역본을 출간하는 것은 우리 모든 번역가들에게 주어진 힘든 과제이다. 하지만 전적 번역 사업에 일생을 바쳐 온 전문가, 학자들과 후세대 번역가들의 노력으로 우리의 전적 번역이 꼭 백화제방(百花齊放: 온각 꽃이 일시에 핀다)의 날을 맞이하게 될 것임을 믿어 의심치 않는다.

제 3 절

문화적 기억과 번역 연구

1. 이끄는 말

최근 몇 년 학계에 떠오른 핫 키워드 중 하나가 바로 문화적 기억이다. 저널리즘, 문학과 문화비평, 사회학, 인류학, 심리학, 역사학, 경제학 등 학과를 아우르는 문화적 기억 이론이 학계에서 부상하게 된 원인은 높은 융합력과 다학제성으로, 이는 학자들이 흔히 간과하게 되는, 그러나 새로운 연구 시각을 제공해 준다.

기억에 관한 최초의 연구로 프랑스 학자 모리스 알박스(Maurice Halbwachs)와 독일 학자 아비 바르부르크(Aby Warburg)가 제기한 집단 기억과 사회적 기억 개념은 기억을 개인적인 현상으로만 보던 기존의 시신을 바꾸어 놓았다. 그들에 따르면, 모든 기억은 사회적 특성을 지닌다. 기억의 사회적 특성은 "두 가지 의미를 갖는다. 우선, 기억은 집단 속에서 구성되고 또 집단을 만들어 낸다. 다음, 개인의 기억은 집단 기억에 속하며, 사람들은 홀로 살아가는 것이 아니라 타인과의 관계 속에서 기억을 되살리며, 개인의 기억은 수많은 사회적 기억들이 교차되면서 이루어진다."[01] 그러나 문화적 기억에 관한 연구가 이론적 틀을 갖춘 것은 20세기 말 독일의 얀 아스만(Jan Assmann)과 알라이다 아스만(Aleida Assmann) 부부에 의해서다.

얀 아스만은 문화 연구의 두 과제로 '조화성(調和性)'과 '지속 가능성'을 꼽았다. 조화성은 하나의 부호 체계를 구축하여 기술적 및 개념적 차원에서 참여자들에게 교류의 장을 마련해 주는 것을 말한다. 이 의미에서 말하면 조화성은 공시(共時)적이다. 지속 가능성은 문화의 과제가 공시(共時)에서 통시(通時)에로 전환할 것을 요구하며 이 임무는 기억을 통해 완성된다. 기억은 "코드화와 번식의 원리를 바탕으로 재생산되며 이 원리는 문화의 모델이 지속 가능하게 한다."[02] 이로써 기억은 문화 연구의 초점과 키워드가 된다. "『문화적 기억』에서 얀 아스만은 소통적 기억과 문화적 기억에 관해 자세히 구분한다. 그에 따르면, 전자는 일상의 상호 행위를 통해 나타나는 비교적 가까운 시대적 지평에 의존하기 때문에 수많은 개인적 생애의 틀 속에서 역사 경험과 관계되며, 그 형식이 모호하고 개체의 기억과 경험을 매개체로 한다. 동시대 사람들이 갖고 있는 소통적 기억은 3,4세대에 이르는 80~100년 동안 지속되며, 오래된 소통적 기억은 끊임없이 새로운 소통적 기억으로 대체된다. 후자의 내용은 신화적 색채를 띤 역사적 기원을 갖고 있는 절대적 과거의 사건에 속한다. 이는 강한 형식성을 지닌, 의례로서의 커뮤니케이션으로 만들어진 명절 축제로 표현되며, 또한 고착화된 물질적

---

01   阿斯特莉特·埃爾·馮亞琳 編, 『文化記憶理論讀本』, 北京: 北京大學出版社, 2012, 23쪽.

02   阿斯特莉特·埃爾·馮亞琳 編, 『文化記憶理論讀本』, 北京: 北京大學出版社, 2012, 20~21쪽.

매체가 있는데, 바로 신화나 이미지, 무용 등으로 코드화/제식(制式)화된 전통적이고 상징적인 연출이다. 문화적 기억은 특정의 전통적 형식이 있으며 그 시간은 절대적 과거로, 신화적 색채를 띤 원초의 시대이다."[03] 이집트학자인 얀 아스만은 고대 문명에서 문화적 기억의 개념을 다루었기에 인류학, 고고학, 사회학적 색채가 다분히 드러나고 있다.

이와는 달리, 문학 연구자인 알라이다 아스만의 문화적 기억 이론은 비교적 후세 혹은 근대에 시선을 두고 있다. 알라이다 아스만은 문화적 기억 이론을 "크게 확장시켜 복잡한 개념 체계를 구축했으며 이를 근현대 문학과 그 배후의 문화적 및 역사적 내포를 분석하는 데 사용하고자 했다. 그는 기억의 공간(緯度)을 신경학적 공간, 사회적 공간, 문화적 공간으로 나눈다. 그가 논하고자 하는 주요 문제는 문화적 기억의 생성, 구성, 능동과 수동, 기억과 망각의 관계이며 특히 기억과 망각을 토대로 문화적 기억을 기능 기억과 저장 기억으로 나누어 설명한다. 그는 이 두 기능을 박물관의 전시품과 비전시품으로 비유하는데, 기능 기억은 일종의 활성 기억으로서 집단, 제도 혹은 개인 등과 같은 특정한 기억 보유자와 결부되어 있으며 특정한 기억 보유자의 기억 구축에 영향을 미친다. 기능 기억은 의미를 담고 있는 요소들을 통해 응집력 있는 서사 혹은 스토리로 만들어질 수 있으며 기억 공간이 한정적이어서 엄격한 기준에 의해 선정된 기억들만 이 공간에 들어가는데, 이것이 바로 경전화(經典化)의 과정이다. 이러한 기억들은 자발적 기억으로 언제나 모든 사람들에게 잘 알려져 있다. 저장 기억은 현재와의 생생한

---

03   王建, 「從文化的記憶理論談起: 試析文論的傳播與利植」, 『學習與探索』, 2012년 제11호, 132쪽 재인용.

관계를 잃어버린 비활성 기억으로, 구속력이 없고 정돈되지 않은 의미 중립적인 요소들의 무정형 덩어리로 볼 수 있다. 저장 기억은 기억 공간이 비교적 넓고 기준이 느슨해서 타인에게 알려지지 않은 수동적 기억이다. 그러나 한편으로 양자의 구분이 모호해서 상호 전환될 수도 있다."[04]

문학 연구에서의 문화적 기억은 이후 안스가 뉘닝(Ansgar Nünning), 아스트리드 얼(Astrid Erll), 올리브 사이딘, 도로세 베이커 등 학자들을 통해 발전된 모습을 보인다. 아스트리드 얼과 안스가 뉘닝은 「문학 연구에서의 기억 지침: 개요(A Companion to Cultural Memory Studies, 文學硏究的記憶綱領: 槪述)」에서 문학 연구의 다섯 가지 지침으로 문학적 기억, 기억 저장소로서의 문학 장르, 문학과 사회의 기구화(機構化) 기억으로서의 경전과 문학사, 기억의 모방, 역사적 기억 문화에서 집단 기억 매체로서의 문학 등을 꼽았다. 이 글은 이후 문학의 문화적 기억 연구에 중요한 지침이 되었다.

상호 텍스트성도 문화적 기억 연구의 한 구성 부분이다. 이 이론은 문학 작품이 다른 텍스트의 언급, 연상, 환기 등을 통해 의미를 생성하며 모든 텍스트는 다른 텍스트들에 대한 기억을 총동원한다는 것을 전제로 하고 있다. 문학적 기억의 개입으로 상호 텍스트성의 공시성과 통시성에 대한 연구는 더욱 중요해졌다. 상호 텍스트성의 기억 구상은 미하일 바흐친의 대화성 개념, 문화와 기호를 동일시하는 포스트구조주의의 이론, 문학 연구 방법으로서의 상호 텍스트성, 상호 텍스트성과

---

04   王建, 「從文化的記憶理論談起: 試析文論的傳播與利植」, 『學習與探索』, 2012년 제11호, 132쪽 재인용.

문화 기호학 등 네 가지 이론이 포함된다.[05]

상기의 개념들은 모두 번역 연구와 연관되어 있으며 이식 가능성을 갖는다. 번역 연구자들은 학제간 연구에서 새로운 연구 시각을 얻을 수 있다.

2. 문화적 기억과 번역의 관계

문화적 기억과 번역은 공생 관계를 이루며 번역 텍스트는 집단 기억에 의해 완성된다. 예컨대, 셰익스피어의 작품을 번역할 때 역자는 작품 그 자체뿐 아니라 전(前) 텍스트, 의미장(場), 사회적 관습, 비평 등과 같이 작품 배후에 숨어 있는 형형색색의 요소들과 대면하게 된다. 또한 역자는 목표어의 사회적 및 문화적 요소와 기존 역본, 목표언어 독자의 문화적 기대심리 등도 간과해서는 안 된다. 번역 자체가 문화 전파의 한 종류이므로 필연적으로 텍스트의 조화와 지속 가능성을 염두에 두지 않을 수 없다. 번역이라는 활동이 번역 경전을 만들어 내지 못한다면 집단 기억 속에 살아남을 수 없으며 의례와 축제 그리고 고착화 된 매개체로 정착하지 못하고 기억 저편으로 잊혀지고 버림받게 된다. 그러므로 번역은 문화저이며, 공시적 협조와 통시적 지속 가능성의 역할을 한다.

문화 전파와 문화적 기억은 밀접히 연관된다. 전파는 흔히 번역이라는 방식으로 시공간적 확장을 이루고 이로써 전파된 정보가 이역(異域)에서 일시적으로 저장되고 진일보 전파된다. 전파된 이 정보는 저장

---

05   阿斯特莉特·埃爾·馮亞琳 編, 『文化記憶理論讀本』, 北京: 北京大學出版社, 2012, 269~273쪽 참조.

물, 즉 역본으로 표현되고 역본은 읽기를 통해 다시 정보로 전환된다. 정보의 이러한 다중의 저장과 이역(異域)에서의 이시(異時)적 재현이 바로 아스만이 말하는 기억과 회상이다. 번역 텍스트는 때로는 전파를 통해 원작을 넘어서는 평가를 받기도 한다. 예컨대, 페르시아 시인 우마르 하이얌(Omar Khayyam)의 『루바이야트』는 영역본이 『노튼 영문학 개관 (The Norton Anthology of English Literature)』에 영어 경전으로 올랐고[06] 황극손 (黃克孫: 중국 현대 유명한 과학가이며 번역가-역자 주)에 의한 중문 번역본도 원작보다도 널리 알려지는[07] 등 '탈태환골'을 했다.

위에서 얀 아스만의 소통적 기억과 문화적 기억[08]을 언급한 바 있다. 전자는 단기 기억이고 후자는 장기 기억에 속한다. 이 이론은 번역에서도 적용 가능하다. 예컨대, 번역의 사교성의 단기 기억이 ①역자 인터뷰(단기 기억) ②내용(역자 생애와 번역 경험 연구) ③형식(역자에 대한 비공식 인터뷰와 이메일 교류 등) ④코드(인체 기관의 기억 중 번역 관련 기억과 경험 혹은 풍문) ⑤시간 구조(3~4세대) ⑥기능〔문화적 기억의 누적과 성형(成型)의 번역 및 번역 기사의 오류 수정〕 ⑦매체(일반 번역 기사의 목격자) 등으로 표현되는 반면, 번역의 문화적 기억은 ①전적 번역(장기 기억) ②내용(전고, 경전, 신화와 전슬 등) ③형식〔만들어진 구조와 높은 성형(成型度)의 구조〕 ④코드와 저장(고착화 된 문자와 이미지, 비문, 암벽화 등) ⑤시간 구조(원고의 신화 시도로 추적 가능) ⑥기능〔수상, 축제, 가송, 입율(立律) 등에 유익〕 ⑦매

06 Stephen Greenblatt et al, eds., *The Norton Anthology of British Literature*, New York: W. W. Norton, 2006 참조.

07 奧瑪珈音, 『魯拜集』, 黃克孫 譯, 臺北: 書林出版有限公司, 2003.

08 阿斯特莉特·埃爾·馮亞琳 編, 『文化記憶理論讀本』, 北京: 北京大學出版社, 2012, 24~25쪽 참조.

체(특수한 전통 매체) 등으로 표현된다.

얀 아스만의 문화적 기억 연구에서 기능 기억과 저장 기억에 관한 논의도 번역 연구, 학술 연구와 연관을 맺는다. 기능 기억의 세 가지 계기로 합법화, 비합법화, 오마주(hommage) 세 가지가 있다.[09] 오늘날의 학계와 번역 연구에서도 이러한 기억의 계기가 존재한다. 합법화는 대체로 정부 및 정치적 기억과 관련된다. 일부 그다지 중요하지 않은 번역 이론(기타 이론도 마찬가지다)이 일부 중요한 학술 기구나 영향력을 갖춘 학자들의 주창으로 높은 위상을 차지하고 합법화를 획득함으로써 주류 이론이 되는가 하면, 모종의 압력 행사(行使)로 약자적, 미개적 상태에 있는 수용 집단이 이에 영합함으로써 상기의 번역 이론들이 한동안 합법화와 권위화를 얻는다. 비합법화는 변두리에 있는 이론에 대한 권력 중심부의 주류적 이론의 통치와 압박으로 출현하는 동시에, 다른 한편으로 변두리 이론은 현실에 안주하지 않고 끊임없이 다양한 방식의 회상을 통해 자신의 본래 모습을 되찾고자 변두리에서 중심부에로 향한 노력을 경주한다. 오마주(hommage)의 계기는 과거를 이용하여 어느 한 이론을 사회적 기억으로 고착화시키는 것으로, 이러한 효과는 흔히 축제와 의례를 통해 이루어진다. 예컨대, 남경(南京) 대학살 기념관의 설립은 일본 침략군의 중국인 학살을 기호(문자, 이미지, 문서의 표현 형식)로 고착화함으로써 역사적인 집단 기억으로 남게 한다. 2012년 모옌(莫言)이 노벨상 수상식에 Howard Goldblatt(葛浩文) 등 역자를 초청한 것은 역자에게 경의를 표하고 저자와 역자, 작품과 역본을 두드러지게 함으로

---

09   阿斯特莉特·埃爾·馮亞琳 編, 『文化記憶理論讀本』, 北京: 北京大學出版社, 2012, 28~33쪽 참조.

써 집단적 동질감을 드러낸 상징적 표현 방식의 하나가 되었다.

저장 기억은 정치적 주장과 관련되며 거리두기, 이중 시간성, 개체성을 그 특징으로 한다. 중국 당태종(唐太宗) 시기에 불교가 비약적으로 발전하여 합법적인 대우를 받았을 뿐더러 불경 번역도 전성기를 맞이했다. "현장(玄奘)은 기원 644년에 불경 657부 외에 불상 여러 점을 지니고 돌아왔는데 이들은 모두 대안탑(大雁塔)에 소장되었다. 현장(玄奘)은 귀국한 후 54권 1천 335장에 달하는 역서를 번역했으며 또『대당서역기(大唐西域記)』라는 세계적인 명작을 저술했다."[10] 그러나 당무종(唐武宗) 시기에 종교 탄압이 시작되면서 불교와 도교도 그 운명에서 벗어나지 못했다. "4천 600개가 넘는 사원이 훼손되었고 환속한 승려가 2만 6천 500명에 달했다. 몰수된 사원 부지는 수십 만 경(頃, 1경은 100市무畝, 1市畝는 약 666.7제곱미터임-역자 주)에 달했다."[11] 불경 번역도 유례없는 박해 속에서 저조기와 휴면기에 들어섰다. 이 시기의 문화적 기억은 거리화(Social Distanciation, 거리두기)된 것이다. 저장 기억은 분수령과도 같은 기능이 있어 과거와 현재를 구분해 주고 기억의 거리두기를 통해 후세에 경종을 울려 준다. 이 경우 긍정적인 면은 "저장 기억이 여러 기능 기억에 외적인 시각을 제공해 준다는 점이다. 이 외적인 시각으로부터 과거의 좁은 시각에 대한 상대화와 비판이 가능해지고, 특히 그에 대한 변화가 가능해진다."[12] 그러므로 저장 기억은 기능 기억의 수정기(修正器)가 되기도 한다. 기능 기억과 저장 기억의 분계선에는 높은 침투성이 있어

10   王樹英, 『中印文化交流』, 北京: 中國社會科學出版社, 2013, 37쪽.

11   王樹英, 『中印文化交流』, 北京: 中國社會科學出版社, 2013, 37쪽.

12   阿斯特莉特·埃爾·馮亞琳 編, 『文化記憶理論讀本』, 北京: 北京大學出版社, 2012, 33쪽.

양자가 지속적으로 갱신될 수 있게 해 준다.

중국에서의 번역이론 연구는 현재 문화적 기억, 즉 개인에 대한 초월과 언어 및 텍스트에 대한 초월 수준에 이르지 못하고 여전히 얀 아스만이 말하는 소통적 기억, 즉 개인 기억이 어떻게 집단적 소통에서 실현되는가 하는 데 머물러 있다. 이는 결국 거시적인 문화적 기억이 결여된 것으로, 중국 당대의 지식인들의 사상적 경지와 맞닿아 있다. 현시대 지식인들 중에는 눈앞의 성공과 이익에만 급급해 번역과 번역 연구의 본질적 특성을 꿰뚫고 번역을 통한 문화적 전파의 통시적 기능을 알지 못하는 데서 번역을 단순 복제로 치부하고 부차적이고 차등한 것으로 치부하는 경향이 있다. 사실 번역의 기능은 일반적인 기술적인 학문들과 구별된다. 사상적 분야에서도 번역은 선두적인 학과에 속한다. 20세기 말 이후 번역 연구자들은 흔히 "번역은 원작의 사후의 삶"이라는 발터 벤야민의 말을 인용하지만 벤야민이 말하고자 하는 의미는 이보다도 더 깊다는 점은 인지하지 못하고 있다. 벨라 브로드즈키 (Bella Brodzki)는 그 저서에서 자크 데리다의 말을 인용해 벤야민의 주장을 다음과 같이 보충 해석하고 있다. "번역된 작품은 더욱 긴 생명력을 갖게 될 뿐더러 기존보다 더욱 풍족하고 고아해져 원저자의 생활수준을 넘어선다.(The work does not simply live longer, but lives more and better, beyond the means of its author.)"[13] 이는 번역 이론가의 자기도취가 아니라 문화 학자의 정확한 인식에서 나온 말이다.

유의할 것은, 문화적 기억의 뒷면은 심지어 부정적으로 표현되기

---

13   Bella Brodzki, *Can These Bones Live? Translation, Survival and Cultural Memory*, Stanford; Stanford university Press, 2007, p. 2 참조.

도 한다는 점이다. 어느 한 시기에 정치적 또는 종교적 영향으로 역자는 특정의 번역 방법과 번역 책략을 선택하게 되는데, 시공간의 전환을 거치면서 이러한 문화적 기억들에는 변화가 발생한다. 일례로, 1950년대에 중국에서는 옛 소련문학에 대한 번역이 성행했고 러시아어는 중국인들이 가장 많이 배우는 외국어였다. 그러나 1960년대 초 중소 관계가 어긋나면서 러시아어 번역이 저조기에 들어갔다. 이 시기 영문판 『모택동선집(毛澤東選集)』은 역자를 밝히지 않은 단체 역자의 방식으로 출간되었다. 이러한 특수한 번역 현상은 한 시대의 독특한 문화적 기억이 되었다.

3. 문화적 기억과 번역의 사례 연구

이 부분에서는 문화적 기억에 대한 관련 논의들로 번역 사례를 분석함으로써 문화적 기억 이론이 번역과 번역 이론에서의 실행 가능성을 검토해 볼 것이다. 위에서 언급한 저장 기억의 특징으로는 다음 세 가지가 있다. ①번역의 저장 기억 잔존물은 사회의 관성(慣性)과 지둔(遲鈍)을 초래할 수 있다. ②특정의 번역 요소는 어떤 외적 요소의 영향으로 활성화되기도 한다. ③번역의 저장 기억은 기능 기억의 수정기(修正器)가 될 수 있다.[14]

다음은, 문화적 기억 중 저장 기억의 몇 가지 특징들을 사용해 노신의 '경역'에 대한 사례 분석을 진행하도록 한다.

---

14 阿斯特莉特·埃爾·馮亞琳 編, 『文化記憶理論讀本』, 北京: 北京大學出版社, 2012, 31쪽 참조.

노신은 중국 문화에 대한 개조와 국민을 일깨우기 위한 목적으로 우선 문학에 대한 개조를 시도했다. 중국문학의 개조는 중국어에 대한 개조로부터 착수해야 한다. 그러나 그 시기 중국의 언어(문언문: 文言文)는 어휘량이 풍부하지 못하고 문장 구조가 분명하지 않았던 탓에 노신은 번역을 통해 중국의 언어를 바꾸고자 했으며 그가 사용한 번역 방법이 바로 '경역'이었다. 그러나 노신의 번역 주장은 널리 보급되지 못했고 그의 번역문은 적지 않은 학자들로부터 비판을 받았다. 이는 노신과 동시기의 문인인 조경심, 양실추 등의 번역 관련 논쟁을 통해서도 알 수 있다. 이러한 번역의 저장 기능은 노신 본인의 번역 실천이 오히려 자신이 주장하는 '경역'이란 번역 이론의 불가능성을 증명했다는 그릇된 인식을 갖게 했다. 이러한 기억의 파편은 심지어 번역계의 이론적 관성과 학술 사상의 타성(惰性)을 초래하기도 했다. 그리고 타성(惰性)의 인습은 노신에 대한 외국 학자들의 평가에도 영향을 미쳤다. 예컨대, 로렌스 베누티(Lawrence Venuti)는 노신을 높이 평가하고 또 노신이 국외에서 더욱 잘 수용되도록 추진하는 역할을 했지만 노신 번역본 『역외 소설집』에 대해서는 여전히 기존의 편향적인 평가의 틀에서 벗어나지 못했다. 그는 한 인용문에서 노신이 사용한 문언문(文言文) 번역은 역문에 일본어 가명과 유럽인 음역명이 지나치게 낳나고 지직하면서 노신의 번역본은 1천 500부를 찍었지만 40부 남짓(41) 밖에 팔지 못했다고 밝히고 있다.[15] 중국어를 알지 못하는 베누티는 중국문화의 기억 속에 뿌리박혀 있던, 지둔(遲鈍)한 기억의 파편들에 오도(誤導)되어 그릇된 평

---

15 lawrence Venuti, *The scandals of Translation: Towards an Ethics of Difference,* London: routledge, 1998, p. 186 참조.

가를 내리기에 이른 것이다. 실제로 인명과 지명 번역에서 노신이 선택한 방법은 그 시대의 역자들에 공통으로 존재하던 문제로, 노신은 다만 조금 더 경향성이 짙었을 뿐이었다.

중국문학과 중국문화 발전에서 노신의 혁혁한 공로 때문에 그의 번역 이론과 번역 실천에 대한 학계의 힐난(詰難)은 그나마 치열한 편은 아니다. 그러나 문화적 기억의 시선으로 볼 때, 이미 발표된 노신의 번역과 번역 연구에 관한 논문은 그 수량이 지극히 적어서 노신의 '경역' 이론이 학계에 미친 영향력은 베누티와 견주지도 못한다. 양자의 이론은 학술적으로 매우 비슷한 양상을 보이지만 그 생성 시대와 배경이 다름으로 인해 전혀 다른 결과를 보이고 있는 것이다. '경역' 이론은 노신이 고증을 거친 것으로 동서고금에서 모두 그 이론적 기반을 가지고 있다. 이 이론은 외래의 문화를 수입·소개할 때 지극히 중요한 역할을 하게 되며 이는 자국화 번역으로는 대체할 수 없는 부분이다. 또한 노신이 '경역'을 주창한 것은 당대의 번역계에 우수한 번역가가 매우 적고 자국화 번역의 수준이 매우 낮아 많은 폐단들을 초래했기 때문이기도 했다. '경역'은 생경한 느낌은 있지만 "누군가 조금이라도 흡수할 수 있다면 텅 빈 접시보다는 낫지 않을까 싶다."[16] 노신의 번역 연구에 대한 중국 번역학계의 문화적 기억의 파편은 그릇된 학술적 태도를 보여 준다. 학계는 보다 깊은 차원의 사고가 결여된 채 특정의 문화적 현상이나 학술 사상에 대해 수박 겉핥기식으로 대충 훑을 뿐 중국의 문화적 자원에 대한 심층 발굴을 통해 거대한 문화적 기억을 구축하지 못했기에 이론에서 서구 학자들의 발자취를 좇을 수밖에 없는 것이다.

---

16   魯迅, 「關於飜譯」, 『南腔北調』, 北京: 人民文學出版社, 2006, 96쪽.

베누티가 1998년에 『번역의 윤리: 차이의 미학을 위하여(*The Scandals of Translation: towards an Ethics of Difference*)』를 출간한 이후 중국에서는 자국화 번역이 크게 유행했다. 필자가 CNKI에 수록된 논문들을 통계한 데 따르면, 1999~2005년 사이 '자국화 번역' 관련 논문이 360편에 달한 반면 이 시기 노신의 '경역'에 대한 연구는 30여 편에 불과했다. 그리고 이 30여 편은 1949~1998년 사이 노신의 '경역' 연구 논문을 모두 합친 것보다도 많은 수치이다. 외래의 요소가 노신의 '경역' 연구에 크게 영향을 미쳤고 적지 않은 학자들이 노신의 번역과 번역 관련 논술들을 재조명하기에 이른 것이다.

베누티는 그 저서에서 특별히 한 장 분량으로 노신의 '경역'을 논하고 있는데 이를 통해 노신에 대한 중시와 존중을 보아낼 수 있다. 그러나 노신의 '경역' 이론의 출처에 대해 언급하면서 베누티는 노신이 일본 유학 당시 서구의 번역 이론가 타이틀(Alexander Fraster Tytle), 괴테(Johann Wolfgang von Goethe), 슐라이어마허(Friedrich Daniel Ernst Schleiermacher) 등의 영향을 받고 거기에 중국 고유의 번역 이론을 결합시켜 형성한 것이라고 주장하고 있다.[17] 이 문제에서 베누티는 2차 자료의 한계로 말미암아 편협한 역사관을 보여 주어 사이드가 비판하는 '오리엔탈리즘'으로 돌아가고 있다. 문화적 기억의 구축에서 우리가 해야 할 일은 바로 이러한 그릇된 소통적 기억을 바로잡는 것이다. 왜냐 하면 번역의 저장 기억은 기능 기억의 수정기(修正器)가 될 수 있기 때문이다. 필자는 노

---

17 lawrence Venuti, *The scandals of Translation: Towards an Ethics of Difference*, London: routledge, 1998, p. 184 참조.

신의 장서(藏書)에 관한 연구[18]와 불경 번역 관련 논술들을 통해 노신(魯迅)이 서구의 번역 이론을 모방한 것이 아닌, 2천 년 역사를 지닌 중국의 불경 번역에서 그 이론적 기반을 마련했다는 주장을 편 바 있다. 필자는 또 일본 도요대학이 1981년에 출간한 『노신 문언 어휘 색인(魯迅文言語彙索引)』[19]과 같은 해 홍콩에서 출간된 『노신 일기 속의 인명 색인(魯迅日記中的人名索引)』[20] 두 책을 찾아 봤지만 그 속에서도 타이틀이나 슐라이어마허의 이름을 찾아볼 수 없었다. 다시 말해, 저장 기억의 형식으로 된 사전과 색인들은 노신이 서구 학자들의 번역 이론서를 읽었음을 증명해 주지 못했다. 색인에 괴테의 이름이 나오기는 하지만 이는 노신이 중국의 독자들에게 괴테의 『파우스트』와 관련 문학 작품들을 추천하기 위해 언급한 것으로 번역 이론과는 전혀 무관했다. 국외의 학자들이 중국 학술 문제 담론에서 이와 유사한 왜곡되고 불완전한 문화적 기억은 적지 않다. 문화적 기억 이론으로 이들을 바로잡고 진실한 문화적 기억을 되찾는 것은 우리 그리고 서구의 학자들에게 모두 유익하고도 중요한 일이 아닐 수 없다.

---

18   葉淑穗, 「魯迅藏書槪況」, 北京魯迅博物館魯迅硏究室 編, 『魯迅藏書硏究: 魯迅硏究資料增刊』, 北京: 北京文聯出版公司, 1991, 1~8쪽.

19   丸尾常喜 外編, 『魯迅文言語彙索引』(*An Index to Lu Xun's Lexicon*), 東京: 東洋大學 東洋文化硏究所, 1981 참조.

20   P. L. Chan and T. W. Wang, *An Index to Personal Names in Lu Hsun's Diary*, Hong Kong: University of hong Kong, 1981 참조.

4. 맺는 말

중국은 번역의 역사가 매우 길고 번역 자원 또한 매우 풍부하다. 문화적 기억과 번역 연구의 결합은 중국 번역 연구의 심층적인 발전을 추진하게 된다. 번역 연구에서 문화적 기억은 향후 꾸준히 풀어나가야 할 과제로 중국의 문화가 세계로 나가고 있는 오늘날, 이는 한층 중요해지고 있다. 우리와 세계 모두가 중국문화, 중국의 번역에 대한 진실되고 완전한 기억을 필요로 하기 때문이다.

제 4 절

문화적·언어적 차원의 이국화 번역과 자국화 번역

1. 이끄는 말

최근 몇 년간 중국의 외국어류 학술지들에는 자국화와 이국화에 관한 글들이 적지 않게 실렸다. 이런 글들은 혹자는 문화적 시선으로 직역과 의역을 정의하거나 혹자는 관련성 이론으로 자국화와 이국화의 최상의 연계점을 찾고자 하는 등 서구의 문학비평과 비교문학 이론의 자국화와 이국화를 번역 이론과 실천에 도입시켜 다양한 시선에서 관련 연구의 범위를 확장시켰다.

그러나 자국화와 이국화 번역에 대한 논의에는 여전히 잘못된 인식이 존재하는데, 가장 두드러진 것이 바로 자국화 번역과 이국화 번역을 직역과 의역으로 오해하고 문학적 방법과 문화적 이데올로기를 언어적 방법과 번역 기교로 동일시함으로써 자국화와 이국화 논의를 전통과 경험에 대한 논의에로 되돌리고 있는 것이다. 이는 자국화와 이국화 번역 연구의 발전에 장애가 되고 있다. 『중국번역(中國飜譯)』2002년 제5호에 실린 왕동풍(王東風)과 갈교금(葛校琴) 등의 글은 자국화와 이국화 번역의 연구 방향과 존재하는 문제점들을 모색하고 있는데 이는 자국화와 이국화 번역 연구에서의 새로운 성과라고 할 수 있다. 이 글에서는 문화와 언어의 차원에서 번역의 자국화와 이국화 문제를 논의하고자 한다.

2. 직역과 의역

직역과 의역은 자국화와 이국화 논쟁이 일어나게 된 발원지로, 적지 않은 학자들은 양자를 동일선상에 두고 논의를 펼쳐 왔다. 왕동풍은 「자국화와 이국화: 창과 방패의 겨룸(歸化與異化: 矛與盾的交鋒)」이라는 글에서 양자에 대해 심층 분석하고 있다. 이 글은 "자국화와 이국화 논쟁은 직역과 의역 논쟁의 연속으로 그 유래가 깊다."고 서두를 떼고 있지만 양자를 단순히 한 부류로 취급한 것이 아니라 "자국화와 이국화는 직역과 의역 개념의 연장선으로 볼 수 있지만 직역 및 의역과 완전히 동일시되는 것은 아니다. …직역과 의역이 언어적 차원에서 전개된 논의라면, 자국화와 이국화는 언어적 차원의 논의를 문화적·시학적·정치적 차원에로 끌어올렸다. 다시 말해, 직역과 의역의 논쟁은 의미와 형식의 득실 문제를 표적으로 하고 있지만 자국화와 이국화 논쟁은 의미와 형식의 득실이라는 소용돌이 속의 문화적 신분, 문학성, 내지는 담론권리의 득실 문제를 표적으로 하고 있다."[01] 필자는 위의 주장에 대체로 찬성하는 동시에 직역과 의역, 자국화와 이국화에 대해 약간의 설명을 부연하고자 한다.

직역과 의역에 대해 논의할 때 흔히 영문의 'literal translation'과

---

01   王東風, 「歸化與異化: 矛與盾的交鋒」, 『中國飜譯』, 2002년 제5호, 24~25쪽.

'free translation'을 사용한다. 이 경우 관심의 초점은 언어적 차원의 기술적 처리 문제, 즉 어떻게 기존의 언어 형식을 유지하는 동시에 그 의미도 변형되지 않도록 하는 것이며, 의역은 언어에는 서로 다른 문화적 내포와 표현 방식을 갖고 있으므로 형식이 번역의 장애가 될 때 의역을 선택해야 한다고 주장한다. 혹자는 형합(形合)과 의합(意合)으로 직역과 의역의 대칭 개념으로 사용하고자 하는 학자도 있다. 중국 번역사에서 직역과 의역은 모두 그 추앙자가 있었다. 초기의 불경 번역에서의 '문질설(文質說)', 당나라 현장 스님의 '구진(求眞)'과 '유속(喩俗)'[02], 근대 엄복의 '신달아' 그리고 노신의 '녕신이불순(寧信而不順, 번역의 매끄러움보다는 정확함)', 조경심의 '녕순이불신(寧順而不信, 번역의 정확함보다는 매끄러움)' 등은 모두 직역과 의역의 시선으로 번역에서의 원칙을 논의하고 있다.

직역과 의역, 자국화와 이국화 번역을 함께 놓고 논의하는 것을 부정하는 것은 아니지만, 양자의 차이를 간과해서는 안 된다. 기존에는 자국화/이국화 번역과 직역/의역의 유사성에만 초점을 두고 양자의 차이에 대한 논의는 거의 전개되지 않았다. 직역과 의역은 번역의 두 가지 방식으로 이 둘은 서로 배척하는 것이 아닌, 상호 보완의 관계이다. 한 번역에서 직역과 의역을 모두 사용할 수 있다. 이는 텍스트와 관련이 있는데, 어떤 텍스트의 번역에서는 의역이 더 많이 시용될 수 있고 어떤 텍스트의 번역에서는 직역이 더 많이 사용되기도 한다. 직역과 의역에 대한 논의는 번역 학계에서 기본적으로 인식의 일치를 가져온 상태다. 직역과 의역을 일부가 말하는 '사역(死譯: 억지 번역)'이나 '호

02　문질설(文質說), '구진(求眞)'과 '유속(喩俗)' 등에 대하여 뒤의 제 4장에서 구체적으로 다루게 될 것이니 여기서 부연설명을 하지 않는다. -역자 주

역(胡譯, 얼렁뚱땅 번역, 대충 번역)'과 동일시해서는 안 된다. 노신과 그의 동생 주작인이 직역한 『역외 소설집』은 수많은 비판을 받으며 직역의 대표적 작품으로 치부되어 왔다. 일부 학자들은 노신에 대해 언급할 때 '녕신이불순(寧信而不順)'의 번역 주장만 보고 다른 주장들은 소홀히 하는 경우가 있다. 사실 노신은 『차개정 잡문 이집(且介亭雜文二集)』에 수록된 「'제목미정'의 초고('題未定'草)」에서 직역에 대해 "무릇 번역이라 함은 반드시 두 가지를 겸고(兼顧)해야 하는 바, 하나는 쉽게 이해할 수 있어야 하고 다른 하나는 원작의 품위 잃지 말아야 한다."[03]라고 정의한 바 있다. 이로부터 알 수 있듯이, 노신은 번역의 매끄러움을 추구하지 않은 것이 아니라 정확함과 매끄러움을 모두 얻을 수 없을 때 매끄러움보다는 정확함을 우선 위치에 놓아야 한다고 주장한 것이었다. 노신의 '경역'은 억지 번역이나 기계적인 번역이 아니라, 외국의 진보적인 문학작품을 중국에 소개하는 동시에 그들의 새로운 표현방식으로 중국어의 문장구성 방식과 어휘를 다양하게 하자는 것이었다. '이해(易解: 이해하기 쉬움)'와 '풍자(豐姿: 품위)'야말로 노신이 주장하는 직역의 진정한 의미이다. 그렇다면, 주작인은 직역을 어떻게 보았을까? 그는 1925년 「<타라> 서언(<陀羅>序)」에서 "나는 지금도 여전히 직역법을 믿는다. 그보다 더 마땅한 방법은 없다고 생각하기 때문이다. 다만 그 전제는 직역이 반드시 뜻을 충분히 전달할 수 있어야 한다. 중국어의 능력이 닿는 최대한의 범위 내에서 원문의 풍격을 살리고 원어의 의미를 표현

---

03   魯迅, 「'題未定'草」, 中國翻譯者協會『翻譯通迅』編輯部 編, 『翻譯硏究論文集(1894–1948)』, 北京: 外語敎育與硏究出版社, 1984, 246쪽.

해 내야 한다. 다시 말해, 신과 달이다."[04] 그렇다면 어떤 번역을 '사역'
과 '호역'이라 하는가? 주작인은 재미있는 사례를 들어 설명한다. 영문
'lying on his back'의 경우, 중국어로 '臥在他的背上(그는 그의 등에 누워 있
다)'로 옮기면 사역(死譯)이고, '坦腹高臥(배를 드러내고 편히 눕다)'로 옮기면
호역(胡譯)이 된다는 것이다. 이처럼 노신과 주작인 형제는 직역과 의역
에 대해 분명히 밝히고 있다. 요즘도 직역과 의역을 논하는 글들이 일
부 실리기도 하지만 새로운 견해는 그다지 보이지 않는다.

번역의 자국화와 이국화(domesticating translation and foreignizing translation)
는 미국 학자 로렌스 베누티(Lawrence Venuti)가 1995년에 제기한 개념으
로, 독일 학자 프리드리히 슐라이어마허(Friedrich E. D. Schleiermacher)가
1813년 강연한 논문에서 나온 말이다. 슐라이어마허는 번역과 이해의
불가분의 관계에 대해 설명하면서 번역에는 단 두 가지 방법이 있는데,
번역자가 저자를 제자리에 두고 독자를 최대한 저자 쪽으로 데리고 가
는 방법이 하나요, 번역자가 독자를 제자리에 두고 저자를 최대한 독자
쪽으로 데리고 가는 방법이 다른 하나라고 주장한다. 독자가 저자 쪽
으로 다가가면 이국의 정서를 느낄 수 있다고 하면서 슐라이어마허는
'foreign'이라는 단어를 사용했다.[05] 상기의 두 가지 번역 방법에 따라 슐
라이어마허는 저자를 중심으로 하는 번역법과 독자를 중심으로 하는
번역 방법을 제시하고, 이는 기존의 직역과 의역의 한계를 넘어 후세대
학자들에게 큰 영향을 미쳤다. 베누티의 이국화와 자국화 주장 또한 슐

---

04   周作人, 「〈陀羅〉序」, 羅新璋·陳應年 編, 『翻譯論集』(修訂本), 北京: 商務印書館, 2009,
      472쪽.

05   陳德鴻·張南峰 編, 『西方翻譯理論精選』, 香港: 香港城市大學出版社, 2000 참조.

라이어마허로부터 영감을 받은 것이다. 다만, 슐라이어마허의 이론이 독일의 해석학을 토대로 하는, 번역에 대한 철학적 사고였다면 베누티는 슐라이어마허의 주장을 포스트콜로니얼리즘이라는 담론의 장으로 끌어들여 이국화 번역 주장을 제기했는데 이는 번역에 대한 문화적 사고의 결과라 할 수 있다.

베누티는 왜 이국화 번역을 주장한 것일까? 저서 『번역의 재고찰: 담화, 주관성, 이데올로기』에서 그는 모리스 블랑쇼(Maurice Blanchot)의 명언을 두드러진 위치에 두고 다음과 같이 인용하고 있다. "번역은 순수한 차이의 유희이다. 번역은 언제나 차이와 관련되고 또 차이를 감추려고 하며 이와 동시에 간혹 차이를 드러내거나 심지어 종종 차이를 돋보이게 하기도 한다. 이처럼 번역 자체가 바로 차이의 생생한 화신(化身)이다." 그에 따르면, 번역 과정에 차이가 약화되는 원인은 두 가지가 있다. 우선, 아주 오랫동안 번역에 대한 논의가 은폐되어 오면서 번역은 목적어를 좌표로 하는 가치체계의 변두리에 머물러 있었기에 차이가 생생하게 드러날 수 없었을 뿐더러 번역 과정에 녹아 소멸되었다. 다음, 제2차 세계대전 이후 세계적으로 영어권의 가치기준이 널리 보급되면서 영미 국가의 문화를 주체로 하는 담론의 장이 형성되었다. 이러한 담론의 장 속에서 영미 문화의 이데올로기에 부합하는 외국 텍스트만 수용되고 다른 것은 배제되었다. 이에 따라 자국화 번역은 수용자의 구미에 맞추기 위해 목적어의 특정 정치, 문화, 이데올로기 규범을 기준으로 번역 텍스트를 조정하게 되는데, 약소문화는 영미 문화의 기준에 따라 조정되고 식민지배자가 문화식민주의를 실시하는 도구로 전

락했다.[06]

지난 10년 중국에서 자국화 번역 및 이국화 번역과 관련된 논의는 1987년 『현대외어(現代外語)』에 실린 논문 「자국화: 번역의 갈림길(歸化─翻譯的岐路)」로 시작되었다. 그러나 정작 이 논문의 저자는 이국화와 자국화가 새로운 이론 범주에서 폭넓은 논의를 가져오게 될 줄은 상상도 못했을 것이다. 위에서 언급한 바와 같이, 번역 기교로서의 자국화와 이국화는 상호 보완의 관계에 있지만 서구 학자들은 자국화와 이국화를 흔히 상호 배척하는 관계로 보아 왔다. 미국 학자 베누티는 이국화 번역에 대한 논의에서 자국화 번역 방법을 현 시기 목적어 문화의 주류적 가치관을 지킴으로써 원문에 대한 공공연한 보수적인 동화(同化) 수단을 통해 역문이 현지의 제도와 법규, 출판 경향, 정치의 수요에 부합되도록 하는 것이라고 정의했다. 자국화 번역의 가장 큰 특징은 정통(正統)의 매끄러운 영어로 옮기는 것으로, 이 부류의 번역에서 번역자의 노력은 매끄러운 역문에 숨어들고 역자는 모습을 감추게 된다. 서로 다른 문화 간의 차이가 은폐되고 목적어의 주류적 문화의 가치가 출발어의 문화적 가치관을 대체함으로써 원문의 낯선 느낌이 순화되고 번역 텍스트는 이해하기 쉽고 투명해진다. 이와 달리, 포스트콜로니얼리즘 이론에서 자양분을 섭취한 이국화 번역 방법은 번역을 제국주의적 식민과 정복의 공모자로 인식하고 문화적 헤게모니의 표현으로 간주한다. 그러므로 베누티는 이국화 번역 방법을 주장한다. 이 방법에 따르면, 역자와 번역어 독자는 번역 과정에 강세적 문화로부터 오는 구속에서

---

06   Lawrence Venuti, ed., *Rethinking Translation: Discourse, Subjectivity and Ideology*, london: Routledge, 1992, pp. 11-13.

벗어나고자 한다. 이국화 번역은 단순한 대조 번역이 아니므로 역문의 충실성을 높여주지는 않는다. 포스트콜로니얼리즘 학자인 더글러스 로 빈슨(Douglas Robinson)에 따르면 이국화 번역은 직역, 축자(逐字) 번역과 연관을 가지지만 직역처럼 극단적이지는 않다. 그 원인은 번역 과정에 원문의 문장 구성이나 어순에서 개별적 단어가 갖는 의미를 지나치게 고수하지 않는 대신 원문의 느낌을 살리는 데 역점을 두기 때문이다.[07] 이국화 번역 과정에 새로운 것이 추가됨으로써 역자의 신분을 드러내고 번역의 위상을 높이며 또한 번역의 문화적 헤게모니에 유력한 반격을 가한다.

이로부터 알 수 있듯이, 서양 학자들이 말하는 자국화와 이국화 번역은 정치적 이데올로기의 대립적인 양 끝에 있는 개념으로 담론 권리의 두 극을 이루며 양자 간에는 조화나 타협이 존재하지 않는다. 이는 위에서 언급한 직역, 의역과는 완전히 다른 개념이다. 그럼에도 적지 않은 논의들에서 이들을 대등한 개념으로 취급하고 있는데 이는 이론 상의 오해를 초래하고 실제 번역과 연구에서 곤혹에 빠트릴 수 있다.

3. 영한(英漢) 번역에서의 자국화와 이국화

영어와 중국어에서 이국화와 자국화에 대한 정의는 매우 다양하다. 이는 자국화/이국화와 직역/의역을 논의함에 있어서 꼭 유의해야 할 문제이기도 하다. 베누티는 'domesticating/foreignizing translation'로 자국화/이국화 번역을 가리키고 있는데 이는 기존의 'free translation/

---

07   王東風, 「歸化與異化: 矛與盾的交鋒」, 『中國翻譯』, 2002년 제5호, 26쪽.

literal translation' 담론과 비슷한 점이 없지 않지만 본질적으로 구별된다. 우리가 흔히 말하는 직역/의역과 형합(形合)/의합(意合) 중 전자는 방법이고 후자는 결과이다. 그리고 신사(神似: 이미지와 분위기 측면의 유사함)와 형사(形似: 외형 측면의 유사함)는 이 결과에 대한 서술이다. 포스트콜로니얼리즘의 이론 체계에서 자국화/이국화와 의역/직역은 서로 다른 범주의 개념으로, 이 두 가지를 각각 원에 비유한다면 이들은 변두리 부분만 약간 중첩될 뿐이다. 이국화/자국화 번역의 결과는 형사와 신사로 서술할 수 없다. 이국화와 자국화는 하나의 방법으로, 실천 과정에 직역, 개역(改譯), 증역(增譯) 등 방법을 모두 사용 가능하다. 전문 번역 용어로서의 'foreignizing translation/domesticating translation'는 단지 가장 최근의 영문 학술저작에서 서술되고 있을 뿐이지만 'free translation/literal translation'는 다르다. "자국화 번역과 이국화 번역을 판단하는 기준은 문화형태의 재구성에 있으며 번역은 이 형태속에서 생산되고 판매된다. 자국화 또는 이국화에 대한 판단은 번역어문화의 가치관계를 바꾸는 것을 염두에 둘 때에야 비로소 확정이 가능해진다."[08]

"현재 '자국화' 문제에 대한 인식에서 번역계 동인들은 자국화 번역 방법의 두 가지 전제를 구분할 수 있어야 한다. 하나는 원문 충실을 원칙으로 하는 자국화이고 다른 하나는 원문 비충실을 선제로 하는 사국화이다. 전자는 대체로 규정적이고 후자는 서술적이다. 전자는 '원어중심론'적이고 후자는 번역어와 번역문화에 기울어져 있다."[09] 이러

---

08   Mona Baker, ed., *Routledge Encyclopedia of Translation Studies*, london: Routledge, 1998, p. 243.

09   葛校琴, 「當前歸化/異化策略討論的後殖民視域」, 『中國飜譯』, 2002년 제5호, 33쪽.

한 구분은 대체로 정확한 것이라 말할 수 있다. 다만, 이들의 성격에 대해서도 다음과 같이 구분할 수 있다. 원문 충실을 원칙으로 하는 자국화는 언어적 차원의 것으로 번역의 예술성에 초점을 두는 번역 방법의 하나라고 한다면, 원문 비충실을 전제로 하는 자국화는 문화적 차원의 것으로 번역의 이데올로기에 중점을 두는 번역 책략이다. 지금까지 전개된 번역 연구에서는 두 가지 이국화와 자국화가 논의되어 왔다. 하나는 베누티의 술어로 위에서 이미 언급한 바 있고, 다른 하나는 중국에서 반복적으로 사용되고 있는 자국화/이국화로 영문에서는 흔히 'localization or adaptation'와 'alienation'로 이들을 가리킨다. 이국화와 자국화 번역은 문화적 사고로 표현되며 번역의 이데올로기로 문학 내지는 문화생산의 영향을 바라보므로 문학비평과 철학 범주에 속한다. 포스트콜로니얼리즘의 해체주의적 의미를 갖는 이국화라는 말을 번역에 사용하기 시작한 것은 불과 몇 년 전의 일로, 번역 실천에서는 주로 글쓰기의 기호를 표현방식으로 하는 문학 번역에서 주로 구현된다. 서양의 학자들은 유명한 신학자이자 성서 번역가인 제롬(Jerome)의 서로 다른 성격의 번역에 대한 구분법을 도표로 그린 바 있다.[10] 현재 번역의 자국화/이국화 논의를 토대로 필자 또한 도표로써 그 차이를 구분하고자 한다.

---

10   Mona Baker, ed., *Routledge Encyclopedia of Translation Studies*, london: Routledge, 1998, p. 88 참조.

1) If Translation is carried out on the dimension of linguistics

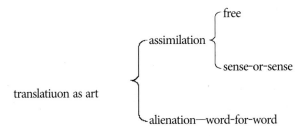

translatiuon as art

- assimilation
  - free
  - sense-or-sense
- alienation—word-for-word

2) If translation is carried out on the dimension of cultural studies

translation as ideology

- domesticating(colonializing)
- foreignizing(decolonializing)

위의 표에서 보듯이, 전통적 의미에서의 이국화/자국화와 현대적 의미에서의 이국화/자국화는 서로 다른 기능과 목적을 갖는다. 중국 어에서는 같은 단어로 이들을 가리키지만 영어에서는 언어적 차원의 자국화/이국화는 'as similation/alienation'로 표시하고 문화적 차원의 자국화/이국화는 'domesticating/foreignizing'로 표시한다. 물론, 우리 는 '문화'라는 단어를 정의할 때와 같이 첫 머리를 내문자로 표기하는 'Domesticating/Foreignizing'로써 문화 책략으로서의 자국화와 이국화 를 가리키고 첫 머리를 소문자로 표기하는 'domesticating/foreignizing' 로 현재 언어 및 문화적 차원에서의 의역/직역을 가리킬 수 있다. 소문 자로 표기한 자국화/이국화는 의역/직역의 연장선과 발전이고, 대문 자로 표기한 자국화/이국화는 의역/직역의 혁명으로 번역 연구의 새 로운 장을 열어놓았다.

4. 자국화와 이국화 이론과 실천

자국화/이국화와 직역/의역 현상을 동일시하는 문제는 갈교금의 글에서 논의되고 있다. 그는 이 두 쌍의 개념을 논의함에 있어서 한 가지 전제를 두고 있는데, 바로 자국화/이국화의 당면의 언어적 환경을 무시한 채 글자 그대로의 의미를 고민하는 것이다.[11] 번역에서의 자국화/이국화라는 두 가지 경향은 번역이 생겨난 이래로 줄곧 논의되던 것으로 20세기에는 노신의 '경역'을 둘러싸고 서양화와 자국화의 논쟁이 전개되었다. 그리고 그 이전 시기에 이루어진 엄복, 임서, 양계초 등의 번역은 모두 자국화 번역으로 간주할 수 있다. "노신의 '경역' 그리고 그의 번역 사상은 그의 '봉건주의를 반대하고 국민성을 개조한다'는 이념에서 나온 것이다. 하지만 노신의 이러한 의도가 잘못 이해되어 '경역' 주장은 결국 떠들썩한 자국화 논쟁에 휘말리게 된다. 후에 부뢰의 '신사'론, 전종서의 '화경'설은 모두 자국화론의 연장선상에 있었다. 이로부터 알 수 있듯이, 모두가 '서양의 맛'을 유지해야 한다는 데 이의가 없었지만 자국화/이국화 논쟁에서는 대체로 자국화가 우위를 차지했다."[12] 갈교금의 글은 중국에서 새로 일어난 자국화/이국화 논쟁에서 "번역에서 이국화를 주장해야 한다는 주장에 편향된" 상황을 염두에 두고 쓴 것이었다.

객관적으로 말하자면, 갈교금의 경고는 전혀 일리가 없는 것이 아니지만 필자는 중국의 자국화/이국화 번역 문제에 대해 변증법적으

---

11   Edwin Gentzler, *Contemporary Translation Theories*, Revised 2nd Ed., Clevedon: multilingual matters, 2001.

12   葛校琴, 「當前歸化/異化策略討論的後殖民視域」, 『中國飜譯』, 2002년 제5호, 33쪽.

로 사고할 필요가 있다고 본다. 우리는 서양의 학자들이 제기한 자국화/이국화 번역 주장에 호응하는 동시에 유럽화 번역, 즉 노신이 주창한, 양실추 등이 힐난하던 '경역'의 위상을 높여준 것이다. 노신은 번역이 새로운 사상을 전달하고 중국어에 새로운 표현방식을 수입함으로써 중국문화에 새로운 피를 주입하고 새로운 생기를 부여할 수 있기를 기대했다. 유감스러운 것은, 20세기의 자국화/이국화 논의에서 자국화가 우위를 차지한 경우가 많았다는 점이다. 현재도 여전히 이론적 오독이 존재하지만 베누티 등 서양 학자들의 주장을 받아들이기 시작했다. 실천 과정에 이런 주장들이 잘못 이해될 때도 있지만 이러한 오해는 결코 나쁜 것만은 아니다. 현재 이국화 주장과 실천은 이국화/직역에 유례없는 기회가 되어 번역 연구가 기존의 언어적 차원에서 문화적 차원으로 업그레이드되고 직역법이 많은 인정을 받기 시작한 것이 바로 그것이다.

5. 맺는 말

두 가지 서로 다른 차원의 이국화와 자국화에 관한 논쟁은 앞으로도 계속될 것이지만 양자는 어느 하나도 다른 하나를 대신할 수는 없다. 중국이라는 특정의 환경에서 우리는 문화적 차원의 이국화/자국화 문제에 더 많은 고민을 해야 할 것이다. 그 원인은 이러한 논의가 번역 연구뿐만 아니라 문화인류학, 사회학, 비교문학 등에 모두 긍정적인 영향을 미치게 될 것이기 때문이다.

제 5 절

문화의 이행과 전승: 셰익스피어 희곡의
중역본(重譯本)「안토니오와 클레오파트라」[01]

1. 이끄는 말

셰익스피어 타계 400주년을 맞는 2016년, 중국 국내외 대학교들과 문화단체, 극장들에서는 이 위대한 작가를 기념하기 위한 다양한 행사를 마련했다. 셰익스피어의 고향인 영국에서는 셰익스피어의 작품을 무대에 올리고 그 정신을 기리는 연극이 적지 않게 공연되었다. 영국의 명문대인 옥스퍼드대, 케임브리지대 등에서는 매년 셰익스피어 연극을 공연하는데 때로는 캠퍼스 내의 노천극장에서 진행되기도 한다. 저 멀리 대양주에 있는 멜버른대에서도 2016년 학교 홈페이지에 '멜버른 셰익스피어 400년'을 주제로 전문가와 힉자들을 초청해 'The Eye Sees Not Itself: Shakespeare and Aristotle on Friendship' 등 강좌를 개설하고 관련 서류 전시 등 행사를 개최했다. 이처럼 문학가 셰익스피어는 과거와 현재 그리고 미래에 영원히 존재하며 이는 바로 문학예술이 갖는 매력이

---

01   이 글은 저자가 주도한 2015년 국가사회과학기금 중점프로젝트 하위프로젝트의 연
       구 성과 중 하나이다.(프로젝트 번호: 15AYY001)

아닐 수 없다.

중국에서도 원나라와 명나라때 관한경(關漢卿), 왕실부(王實甫), 탕현조(湯顯祖) 등 위대한 극작가들이 출현했지만 현시대 중국에서 무대공연은 이미 주류적 지위에서 벗어나 있는 상황이며 인지도에서도 상성(相聲: 만담,재담)이나 소품(小品: 코미디 짧은 연극)에 비해 많이 뒤떨어진다. 셰익스피어 작품의 번역 또는 중역(重譯)은 중국에서 셰익스피어를 기념하는 가장 중요하고 눈에 띄는 방식이다. 위대한 작품은 끊임없이 중역되어야 한다는 것은 국내외에서 모두 인식의 일치를 가져온 부분이다. 또한 셰익스피어 극작품의 중역은 어느 한 권위자의 특허만은 아니다. 엄격한 역자에게 있어서 중역은 즐겁고도 고통스러운 일이다. 이는 3년 전 필자가 셰익스피어의 「안토니오와 클레오파트라」 번역 요청을 받고 번역 작업을 전개하면서 깊이 깨달았던 바다. 영어와 중국어의 문화적 차이와 기존의 기라성과도 같은 역자들의 번역본을 앞에 둔 필자는 근심 걱정이 태산만 같았다. 초조함이 중역 작업 전반에 거쳐 내내 필자를 괴롭혔다.

2. 극본의 특색과 기존 번역본의 참조

「안토니오와 클레오파트라」는 셰익스피어의 5대 비극 작품 중 하나로 유럽과 아시아, 아프리카 3대 대륙에 거쳐 이루어지는 방대한 스토리 전개와 부드럽고 섬세한 정취가 특징적이다. 작품은 로마와 이집트를 주요 배경으로 동서양 문화의 충돌과 융합의 역사적 화폭을 생생하게 그려내고 있다. 이 비극 작품에는 언어유희, 쌍관어, 역사적 전고,

번역과 중국의 근대성

우스운 이야기, 성적 묘사, 풍습, 신화와 전설 그리고 문화 이미지 등으로 가득하여 번역이 여간 어려운 것이 아닌데다 원작의 시어체를 그대로 사용하려면 그 어려움은 더욱 말할 것도 없다. 역자가 된다는 것은 무거운 쇠고랑을 발목에 차고 춤추는 것과도 같은 일이었다.

주생호는 중국에서 셰익스피어 작품 번역의 1인자라고 해도 과언이 아니다. 길지 않은 일생 동안 그는 질병과 가난에 시달리면서도 무서운 의지로 번역 작업에 몰두했다. 그는 번역과 연구를 결부시켜 자신이 갖고 있는 시적 재능과 문화적 소질을 충분히 활용해 번역계와 문화계에 보석과도 같은 번역 작품들을 남겨 놓았다. 물론, 주생호의 역본은 백 프로 완벽한 것은 아니다. 그는 문채가 뛰어나지만 그의 역본은 지나치게 우아한 감이 없지 않고 또 오역과 누락 또한 적지 않다. 때로는 지나치게 독자와 관중을 의식한 나머지 자국화 책략을 사용함으로써 서양 특유의 문화 이미지를 살리지 못하는 경우도 있다.

오역의 경우, 제1막 제5장 씬3의 안토니오가 로마로 돌아간 후 그리움에 찬 클레오파트라 "He shall have every day a several greeting / Or I'll Unpeople Egypt!"[02]라고 고백한다. 주생호는 이 부분을 "그는 매일 편지 한 통을 받게 될 것이오. 그렇지 않으면 내가 이집트의 모든 사람을 죽여 버릴 것이니까."[03]로 번역했는데 이는 'Unpeople'를 잘못 이해한 데서 나온 오역이다. 텍스트 분석을 통해 알 수 있듯이, 이 부분에서

---

02 William Shakespeare, *The Tragedy of Antony and Cleopatra, in William Shakespeare: Complete Works*, edited by jonathan Bate & Eric Rasmussen, Beijing: Foreign Language Teaching and Research press, 2008, p. 2175.

03 莎士比亞, 『莎士比亞悲劇喜劇全集·悲劇Ⅱ·安東尼奧與克莉奧佩特拉』, 朱生豪 譯, 北京: 中國書店, 2013, 179쪽.

는 편지를 전하는 사자를 한 명도 남기지 않고 모조리 보낼 것이라는 의미이지 이집트인을 한 명도 빠짐없이 모조리 죽이겠다는 의미는 아니다. 그러므로 이 부분은 "그는 매일 문안 편지 한 통을 받게 될 것이오. 이집트의 사람을 모조리 보내는 한이 있더라도."[04]로 번역하는 것이 적절하다.

번역 누락된 것은 제3막 제2장 씬10의 안토니오가 말하는 부분이다.

Her tongue will not obey her heart, nor can

her heart inform her tongue—the swan's-down feather,

That stands upon the swell at full of tide,

And neither way inclines.[05]

필자는 이 부분을 다음과 같이 번역했다.

她的舌頭無法聽從她的心兒, (그녀의 혀는 그녀의 마음을 따르지 않고)

她的心兒也讓舌頭打了結兒——她就像一根天鵝絨毛, (마음은 그녀의 혀를 고니의 깃털로 만들었네)

湧起在浪尖兒, (사품치는 저 파도마냥)

---

04 莎士比亞, 『安東尼奧與克莉奧佩特拉』, 羅選民 譯, 北京: 外語教學與研究出版社, 2015, 34쪽.

05 William Shakespeare, *The Tragedy of Antony and Cleopatra, in William Shakespeare: Complete Works*, edited by jonathan Bate & Eric Rasmussen, Beijing: Foreign Language Teaching and Research press, 2008, p. 2195.

不知倒向哪一邊兒。 (어디로 향하는 지 알 수 없네)[06]

이처럼 단락 전체를 누락한 경우뿐만 아니라 제3막 씬4의 제9행과 제10행처럼 일부 단어를 누락한 경우도 적지 않다. 이는 20세기 전반기에 참고로 할 수 있는 자료가 부족했던 탓에 역자가 옮길 때 의도적으로 빼버렸을 것으로 추측된다.

주생호의 '신운(神韻)' 번역 이론과는 달리, 양실추의 번역은 '존진(存眞)'에 역점을 두고 내용의 충실한 전달을 중요시했다. 그는 원문 중의 외설적 언어를 그대로 옮겼을 뿐더러 문장부호의 사용에서도 원작을 따르려고 했다. 또한 주석 등을 통해 셰익스피어 작품 중의 쌍관어, 전고, 풍습, 문화 이미지 등을 그대로 남겼다. 문학 엘리트주의의 의식에 의하여 만들어진 양실추의 번역문은 학술적인 색채가 농후하다. 그래서인지 그의 번역문중에는 적든 많든 유럽화의 흔적이 들어 있고, 어색하고 생경한 언어적 표현뿐만 아니라 시 형식으로 된 희곡의 운율과 리듬을 표현함에 있어서도 부족한 부분이 없지 않다. 이에 대해 필자는 "독서를 단지 소일거리 정도로 간주한다면 양실추의 역본은 읽어도 되고 읽지 않아도 무방하지만, 서양의 문화를 이해하고 셰익스피어 희곡의 정신을 투철하게 알고자 한다면 양실추의 역본은 반드시 읽이야 한다."[07]고 평가한 바 있다. 서양 학자 고란 말름크비스트도 양실추의 번역을 "중국 현대 문단에서 양실추 선생의 대량의 번역은 중국과 서양

---

06   莎士比亞, 『安東尼奧與克莉奧佩特拉』, 羅選民 譯, 北京: 外語敎學與硏究出版社, 2015, 75쪽.

07   羅選民, 「作爲敎育行爲的翻譯: 早期淸華案例硏究, 『淸華大學敎育硏究), 2013년 제5호, 16쪽.

을 이어주는 다리가 되었다. 그가 이 분야에서 한 큰 역할에 대해 나는 아직 그와 견줄 만한 사람을 떠올릴 수 없다. 일반인들은 흔히 번역자를 원작의 노복이라고 생각하고 적지 않은 독자들 또한 우수한 번역의 가치를 충분히 알지 못한다. 그러므로 양 선생이 다른 분야에서의 성취를 찬양하는 대신 나는 그가 이 방면에서 이룩한 업적을 강조하고 싶다."[08]라고 높이 평가했다.

제3막 제2장 씬10에서 에노바르부스는 이렇게 말한다.

Ho! Hearts, tongues, figures, scribes, bards, poets, cannot

Think, speak, cast, write, sing, number, ho,

his love to Anotony.[09]

양실추는 이를 다음과 같이 옮기고 있다.

呼! 他對安東尼的愛, 呼! 可真不是心, 口, 數字, 書記, 歌手, 詩人所能想像, 述說, 計算, 謳唱, 編寫的。 (후! 안토니오를 향한 그의 사랑은, 후! 마음과 입, 숫자, 서기, 가수, 시인이 상상하거나 서술하거나 계산하거나 구가하거나 저술할 수 있는 것이 아니오.)[10]

---

08   嚴曉江, 『梁實秋的創作與翻譯』, 北京: 北京師範大學出版社, 2012, 6쪽.

09   William Shakespeare, *The Tragedy of Antony and Cleopatra, in William Shakespeare: Complete Works*, edited by jonathan Bate & Eric Rasmussen, Beijing: Foreign Language Teaching and Research press, 2008, p. 2194.

10   莎士比亞, 『安東尼奧與克利歐佩特拉』, 梁實秋 譯, 北京: 中國廣播電視出版社遠東圖書公司, 2002, 123쪽.

양실추의 번역은 원문의 의미를 정확하게 전달하고 있지만 무대언어의 서정 기능을 간과한 부분이 없지 않다. 필자는 이 부분을 옮길 때 원문과 마찬가지로 3행으로 구성하는 동시에 일부 단어가 표현하는 정보량을 높여 의미 전달을 도왔다.

呵! 他對安東尼的愛, 可不是內心所能想, (오! 안토니오에 대한 그의 사랑은, 생각한다고 되는 것이 아니오)

言語所能盡, 數字所能計, 文士所能著, (언어로 형언할 수 없고 숫자로 계산할 수 없고 문사가 써낼 수 있는 것도 아니오)

歌手所能吟, 詩人所能編的。(가수도 노래하지 못하고 시인도 지어낼 수 없는 것이오)[11]

그리고 제2막 제6장 씬7에서 폼페이우스는 이렇게 말한다.

… What was't

That moved pale Cassius to conspire? And what

Made the all-honoured, honest Roman, Brutus,

With the armed rest, courtiers of beauteous freedom,

To drench the Capitol, but that they would

have one man but a man?[12]

11   莎士比亞, 『安東尼奧與克莉奧佩特拉』, 羅選民 譯, 北京: 外語教學與硏究出版社, 2015, 73쪽.

12   William Shakespeare, *The Tragedy of Antony and Cleopatra, in William Shakespeare: Complete Works*, edited by jonathan Bate & Eric Rasmussen,

양실추는 이 부분을 다음과 같이 번역했다.

是什麼動機促使那蒼白臉的卡西阿斯陰謀叛變? 什麼使得那大家尊敬的誠實的羅馬人布魯特斯, 率同其他的武裝的酷愛自由的人士, 濺血在廟堂, 除非是他們決心要使一人僅僅是一個人? (무엇이 창백한 얼굴의 카시우스를 변절하게 했는가? 무엇이 뭇사람들이 존경하는 성실한 로마인 브루투스더러 자유를 사랑하는 무장한 이들을 이끌고 묘당을 피로 물들이게 했는가. 그들은 한 사람을 단지 한 사람이 되게 하기 위함인가?)[13]

위의 것은 미사여구가 전혀 없는 질박한 역문이다. 필자는 시어 번역의 특징을 염두에 두고 이 부분을 4행으로 나누고, 매 행의 마지막 글자를 '斯, 士, 是, 子'으로 압운을 했다.

……臉色慘白的卡西烏斯

(……창백한 낯빛의 카시우스는)

為什麼要陰謀作亂? 那受人尊敬, 正直無私的羅馬人布魯特斯,

(왜 음모를 꾸미고 난을 일으켰는가? 모두가 존경하는 정직한 로마인 브루투스와)

和他率領的一群追求自由的武裝人士

(그가 인솔하는 자유를 지향하는 무장 세력은)

為什麼要血濺聖殿? 他們的目的不就是

Beijing: Foreign Language Teaching and Research press, 2008, p. 2187.

13   莎士比亞, 『安東尼奧與克利歐佩特拉』, 梁實秋 譯, 北京: 中國廣播電視出版社遠東圖書公司, 2002, 95쪽.

(왜 성전을 피로 물들였는가?[14] 그들의 목적은 다름 아닌)

要有一位蓋世英雄而不是一個凡夫俗子嗎?

(속세의 범부가 아닌 절세의 영웅을 얻기 위함이라)[1516]

방평(方平)은 셰익스피어 작품의 번역과 연구를 위해 일생을 바친 연구자로 홍콩번역학회로부터 명예회원 칭호를 수여받기도 했다. 그의 번역은 기타 역본들과는 달리 셰익스피어 작품의 시어체 형식을 그대로 옮기고자 노력했는데 그 원인은 '읽기'를 위한 것이 아닌 '무대 공연' 때문이었다. 그는 셰익스피어 희곡을 정확히 이해하기 위해서는 역자 또한 극작가의 시선으로 자신의 작품을 바라보아야 한다고 주장했다. 레제드라마에서 무대 공연 극본으로 나아가야 한다는 주장에 따라 그는 "원작의 장르, 풍격에 보다 근접하는 역문과 새로운 희곡 양식에 현대 셰익스피어 연구 성과를 결부시킨 새로운 이해와 해석을 통해 셰익스피어를 사랑하는 독자들에게 완전히 새로운 느낌을 선사해야 한다."[17]는 혁신적 주장을 제기하기도 했다. 그러나 방평의 역본은 희곡적인 효과에 많은 치중점을 두면서 언어가 지나치게 구두화 된 점이 없지 않아 원작의 매력을 다소 감소시키기도 한다.

---

14   여기서는 로마 원로원이 있는 카피톨리누스 언덕(Capitoline Hill)을 가리킨다. 율리우스 카이사르는 바로 이곳에서 암살되었다.

15   이는 율리우스 카이사르와 같은 범부가 왕이 되는 것을 막고 신에 버금가는 대우를 받음을 의미한다.

16   莎士比亞, 『安東尼奧與克莉奧佩特拉』, 羅選民 譯, 北京: 外語教學與研究出版社, 2015, 59쪽.

17   莎士比亞, 『莎士比亞全集(第五卷)·悲劇·安東尼奧與克莉奧佩特拉』, 方平 譯, 石家庄: 河北教育出版社, 2000, 506쪽.

제1막 제3장에서 안토니오가 클레오파트라에게 말하는 부분을 보기로 한다.

Out separation so abides and flies

That thou, residing here, goes yet with me,

and I, hence fleeting, here remain with thee.[18]

방평은 다음과 같이 옮기고 있다.

我們倆此番別離, (우리 둘의 이 이별은)

又分手, 又團聚: 你的身子留下來,

(헤어지고 또 만나는 것: 그대의 몸은 남아 있지만)

你的心可是跟著我飛越那海洋;

(그대의 마음은 날 따라 저 바다를 날아 넘는 듯)

我走了, 一顆心仍然守在你身旁。

(난 떠나지만 이 마음을 그대의 곁에 남겨두오)[19]

세 마디로 된 원작을 방평은 네 마디로 옮기고 있으며 세 번째 마디와 네 번째 마디에서 압운을 하고 있다. 그는 무대에서의 서술 효과

---

18 William Shakespeare, *The Tragedy of Antony and Cleopatra, in William Shakespeare: Complete Works*, edited by jonathan Bate & Eric Rasmussen, Beijing: Foreign Language Teaching and Research press, 2008, p. 2171.

19 莎士比亞, 『莎士比亞全集(第五卷)·悲劇·安東尼與克莉奧佩特拉』, 方平 譯, 石家庄: 河北教育出版社, 2000, 445쪽.

254   번역과 중국의 근대성

를 위해 한 마디를 추가했는데 이는 오히려 역문이 지루한 느낌을 갖게 했다. 필자는 이 부분의 번역에서 엄격히 원작의 세 마디를 따르면서 두 번째와 세 번째 마디에 압운을 시도했다.

我們雖然分開, 實際並沒有分離;
(우리의 헤어짐은 오히려 이별이 아님을)
你人在這裏, 心卻隨我馳騁疆場;
 (그대는 여기 있지만 마음은 나와 함께 전장을 누비오)
我離開此地, 心卻留下與你做伴。
(난 이곳을 떠나지만 마음은 남아 그대와 함께 하리)[20]

물론, 언제나 번역은 완벽하지 않다 - 이 말은 다음에 시도하게 될 역자들에게도 적용한다. 왜냐하면 번역은 끊임없이 기존 역자의 노력을 토대로 한걸음 더 진보하는 과정이기 때문이다.

3. 역본의 예술적 지향

필자의 역본은 로열 셰익스피어 극단(The Royal Shakespeare Company) 이 2008년에 출간한 『윌리엄 셰익스피어 전집(William Shakespeare: Complete Works)』[21]를 참조로 했다. 번역 과정에 필자는 주생호, 양실추, 방평 등의

---

20   莎士比亞, 『安東尼奧與克莉奧佩特拉』, 羅選民 譯, 北京: 外語教學與硏究出版社, 2015, 26쪽.

21   이 전집은 2008년 12월 중국 外語教學與硏究出版社에 의해 수입 출간된 바 있다.

역본들로부터 적지 않은 도움을 받기도 했지만 필자가 수많은 고민을 거친 끝에 완성한 것이기도 하다. 역문은 엄격히 원문과 대조했으며 원작 자체가 산문체인 것을 제외하고는 최대한 시어체로 옮기고 역문의 정확함과 매끄러움에 역점을 두었다. 독자들이 이 역본을 통해 원작의 정수를 음미하고 독서의 즐거움을 느낄 수 있기를 바란다. 추가로 설명해야 할 부분은, 역자는 이 역본을 굳이 무대 공연을 위한 극본으로 만들고자 하지 않았다는 점이다. 이는 실천과 이론적 근거를 갖고 나온 결단이다.

우선, 역자는 극작가도, 배우도 아니기에 일부러 무대 공연을 위한 역본을 만들고자 하는 것은 가상의 이상적 역본을 만들 수밖에 없기 때문이다. 누군가 어느 역자가 무대 공연을 위해 번역했다고 자부하더라도 감독과 배우들로부터 인정을 받지 못하고 무대 공연을 통해 그 가능성 여부가 판단되지 않는다면, 그의 자부는 헛소리에 지나지 않는다. 다음, 셰익스피어의 작품은 공연보다는 사람들에 의해 읽히는 경우가 더 많다. 이 점에 관해서는 영국 학자 수잔 배스넷(Susan Bassnett)의 주장을 살펴볼 수 있다. 그녀는 한때 희곡 번역의 공연 가능성을 주장[22]하기도 했지만 1985년 이후부터 텍스트의 문자(文字) 번역이 하나의 과정이라면 텍스트를 무대에로 올리는 것은 다른 하나의 과정으로 양자를 동일시해서는 안 된다고 하면서 '공연 가능성'이라는 개념에 반기를 들었다. 그녀는 극본의 언어기호 자체의 중요성을 강조하고 모션 텍스트(動作文本)가 과연 존재하는 것인가, 분별 가능한 것인가에 대해 의문을 제

---

22 Susan Bassnett, *Translation Studies*, London: Methuen & Co. Ltd., 1980, p. 124.

기했다. 배스넷은 공연 가능성의 포기라는 개념을 제기하고 다시 언어 번역으로 돌아와야 한다고 역자들에게 호소했다.[23] 극본의 요소들을 역본에 잘 융합시키는 역자가 없다는 것은 아니지만 다만, 중국 인민예술 극단(人民藝術劇院)의 저명한 감독이자 번역가인 영약성(英若誠)과 같은 이가 과연 몇 명이나 될까.

고작 비극 작품 한 편을 번역하고도 이처럼 곤혹에 빠지는 자신을 보면서 기존 역자들, 특히 셰익스피어 전집 번역자들의 노고에 깊이 공감할 수 있었다. 그러나 다른 한편으로, 필자가 한 편만 번역했기에 많은 시간과 공을 들여 기존의 역본을 읽고 대조하는 가운데 그것들에 존재하는 부족한 부분을 발견하고 이를 자신의 역본에서 지양할 수도 있었다. 중역자(重譯者)가 이러한 노력조차 기울일 수 없다면 그 번역 완성물의 가치는 보지 않아도 뻔한 것이라 생각한다.

모든 역본은 그 시대의 결정체(結晶體)이고 역자 개인 풍격의 구현이다. 필자 이후의 중역자들 또한 자기만의 풍격을 갖추어야 한다. 필자는 「안토니오와 클레오파트라」를 옮기면서, 자신의 역문이 주생호의 것처럼 우아하기를 원했기에 언어의 사용에 각별히 신경을 썼고, 역문이 양실추의 것처럼 원문에 충실하기를 바랐기에 직역을 위주로 역주를 넣는 방식으로 서양의 언어와 문화를 해석하는 데 노력을 기울였고, 또 방평을 본받아 신시체의 형식을 빌어 원작을 구현하는 동시에 언어면에서 보다 매끄러움을 추구하고자 했다.

다음 세 곳의 번역을 사례로 든다.

---

23 Susan Bassnett, "Ways Through the Labyrinth: Strategies and Methods for Translating Theatre Texts", in *The Manipulation of Literature*, edited by Theo hermans, London: Croom Helm Ltd, 1985, p. 98.

제1막 제2장 씬1:

ENOBARBUS This grief is crowned with consolation: your old smock brings forth a new petticoat, and indeed the tears live in an onion that should water this sorrow.[24]

艾諾巴勃斯禍兮福兮: 您的舊衫現在可以換來新衣。 洋蔥頭有的是, 熏下的眼淚就可以將這場悲哀澆熄。 (에노바르부스 이는 화인가 복인가, 낡은 옷을 이젠 새 옷으로 바꿔 입으세요. 양파도 많으니 문질러서 나온 눈물로 이 비극을 끝마칠 수도 있겠지요.)[25]

안토니오가 이집트를 떠나 클레오파트라와의 사랑에 빠져들었을 때 그의 아내가 이탈리아에서 죽었다는 소식이 전해온다. 아내와 불화를 겪던 안토니오는 분위기상 비통함을 보인다. 그러자 옆에 있던 에노바르부스는 익살스런 어투로 안토니오를 조소한다. "화인가 복인가"는 자국화 번역이지만 화자의 의도를 적절하게 표현해 낼 수 있는 말이다. 원삭의 'consolation'는 'con(질)'과 쌍관어이고, '복'에는 '성(性)의 복'이라는 뜻도 내포되어 있다. 독자들은 이 사례를 통해 역자가 셰익스피어 희곡에서 자주 나오는 음란패설을 그대로 살리기에 노력했음을 알

---

24 William Shakespeare, *The Tragedy of Antony and Cleopatra, in William Shakespeare: Complete Works*, edited by jonathan Bate & Eric Rasmussen, Beijing: Foreign Language Teaching and Research press, 2008, p. 2167.

25 莎士比亞, 『安東尼奧與克莉奧佩特拉』, 羅選民 譯, 北京: 外語教學與研究出版社, 2015, 20쪽.

아챌 수 있을 것이다. "낡은 옷을 이젠 새 옷으로 바꿔 입으세요"는 원문 그대로 번역한 것일 뿐더러 중국문화의 맥락과도 잘 조화를 이룬다. 네 마디 중 세 마디를 '兮, 衣, 熄'로 압운을 함으로써 대사의 극적 효과를 높였다. 유의할 점은, 이 부분에서 필자는 극본 전체 번역 중 드물게 자국화 방법을 취하고 있는데, 이는 역문의 리듬감과 함께 원문의 익살스러운 느낌을 살리기 위해서다.

제3막 제7장 씬14

ENOBARBUS Your presence needs must puzzle Antony,

Take from his heart, take from his bain, from's time

What should not then be spared.[26]

艾諾巴勃斯您一上戰場, 安東尼就一定會十分犯難;

(에노바르부스 당신이 전장에 가면 안토니오는 난처해집니다.)

他的心緒被攪亂, 他的大腦被攪渾,

(그의 마음은 복잡해지고 그의 머리는 혼란스러워지고)

他的戰機被攪黃, 而這可不能有半點失閃。

(그의 기회는 빼앗기게 되겠지요. 용납할 수 없는 실수가 생길 것입니다.)[27]

---

26 William Shakespeare, *The Tragedy of Antony and Cleopatra, in William Shakespeare: Complete Works*, edited by jonathan Bate & Eric Rasmussen, Beijing: Foreign Language Teaching and Research press, 2008, p. 2201.

27 莎士比亞, 『安東尼奧與克莉奧佩特拉』, 羅選民 譯, 北京: 外語教學與研究出版社, 2015, 87쪽.

애노바르부스는 「안토니오와 클레오파트라」에 등장하는 총명하고 지혜롭고 익살스럽고 타인을 평가함에 있어서 어느 쪽으로도 기울지 않고 공정한, 생동하고 매력 있는 인물이다. 그는 위의 말로써 안토니오와 카이사르의 해전에 참견하려는 이집트 여왕을 말리지만 클레오파트라는 그의 충고를 듣지 않고 기어코 전장으로 갔다가 참패를 당하는 운명을 면치 못한다. 이 부분의 번역에서 네 번째 마디 외에 다른 마디에서도 '戰場, 犯難, 攪亂, 攪黃, 失散' 등으로 압운을 통해 에노바르부스의 예지(叡智)와 익살을 표현하고자 했다.

제5막 제2장 씬30

CLEOPATRA sir, I will eat no meat, I'll not drink, sir:
if idle talk will once be necessary,
I'll not sleep neither. This mortal house I'll ruin,
Do Caesar what he can. Know, sir, that I
Will not wait pinioned at your master's court,
Nor once be chastised with the sober eye
of dull Octavia.[28]

克莉奧佩特拉 閣下, 我將不吃不喝, 閣下:
(클레오파트라 각하, 저는 식음을 전폐하겠어요, 각하.)

28   William Shakespeare, *The Tragedy of Antony and Cleopatra, in William Shakespeare: Complete Works*, edited by jonathan Bate & Eric Rasmussen, Beijing: Foreign Language Teaching and Research press, 2008, p. 2231.

如果瞎扯閒談能消磨漫漫長夜, 我亦將

(한담이나 잡담이 긴 밤을 지새울 수 있다면, 저는)

不眠不休。讓凱撒儘管使出他的招數,

(잠도 휴식도 않겠어요. 카이사르더러 마음대로 하라고 하지요.)

我定要親手摧毀這血肉之軀。你要知道, 閣下,

(꼭 제 손으로 이 몸을 망가뜨리겠어요. 아시나요, 각하.)

我不會像一只被展翅折翼的鳥兒般,

(저는 날개가 부러진 새가 되어)

跪在你的主人庭上等候發落。那愚笨遲鈍的

(당신의 주인의 정원에서 명령을 기다리지는 않겠어요. 둔하고 굼뜬)

奧克泰維婭也休想用她冰冷的眼神

(옥타비아도 그녀의 차가운 눈길로)

將我羞辱。

(저를 모욕하지는 못할 것이에요.)[29]

  셰익스피어 희곡의 등장인물들 중에서 클레오파트라는 기타 여성 캐릭터와는 다른 특징을 갖고 있다. 고귀함, 오만함, 태연함, 사나움, 신랄함, 교태 등이 그녀에게서 완벽하게 구현된다. 그러므로 필자는 클레오파트라의 말을 옮길 때 그 맥락과 그녀의 어투와 심리를 충분히 파악한 토대 위에 원문의 풍격을 그대로 재현하기에 힘썼다. 위의 인용문은 극본의 말미에 등장하는 것으로, 안토니오는 이미 자결하고 클레오

---

29 莎士比亞, 『安東尼奧與克莉奧佩特拉』, 羅選民 譯, 北京: 外語教學與研究出版社, 2015, 147쪽.

파트라는 연금되어 카이사르의 동정을 구하고 치욕을 안고 사느냐 아니면 죽음으로써 자존심을 지키느냐 하는 두 가지 선택을 앞에 두고 있었다. 이때 클레오파트라는 후자를 선택하는데, 위의 인용문은 바로 그녀의 마음속 목소리로 그녀의 고귀한 지조와 처량하고 비장한 운명을 보여준다. 비극의 숭고함은 바로 여기서 크게 승화를 이룬다. 그러므로 역자는 원작이 갖는 이러한 아름다움을 잘 표현해낼 수 있어야 비로소 독자의 마음을 끌 수 있다.

4. 맺는 말

「안토니오와 클레오파트라」를 옮기는 과정에 매 단어를 곱씹어 다듬고 수많은 자료들을 참조하면서 최대한의 노력을 기울였다. 그러나 필자는 셰익스피어 연구에서 전문가가 아니고 또한 셰익스피어 작품 자체가 갖고 있는 심오함 때문에 번역에서 적절하지 않은 부분도 없지 않으리라 생각된다. 역서는 출간되었지만 필자의 번역작업은 아직 막을 내리지 않았다. 향후 역본에 대한 수정을 위해 독자들과 국내외 전문가들이 소중한 의견과 건의를 기대한디.

프로젝트 차원이든 혹은 출판사의 수요에 의해서든 혹은 개인적인 취미에서든, 셰익스피어 작품의 중역은 앞으로도 계속될 것이다. 중역의 출발점이 같지 않은 것처럼 중역의 효과 또한 다를 것이고 역자마다 서로 다른 생각을 갖고 번역 작업에 임하게 된다. 그렇게 다음 역본이 기존 역본을 초월하게 될 것이다. 중역할 때 우리는 왜 중역이 필요한가, 어떤 것들을 중역해야 하는가, 어떻게 사회적 역량을 빌어 적합한 중역자를 선정할 것인가, 중역에서 간과해서는 안 될 원칙적인 문제들로는 어떤 것이 있는가, 중역의 질을 어떻게 높일 것인가, 문학 명작 중역의 전파 및 평가 시스템을 어떻게 구축할 것인가 하는 등의 문제들을 염두에 두어야 할 것이다. 그리고 이러한 사고들을 토대로 비로소 셰익스피어 작품의 중역본도 더욱 가치를 갖게 될 것이다.

제4장

탐구와 정진(究理探新) :
번역과 학제간(學際間) 연구이론의 구축

서론

"기독교가 발흥하고 성공적으로 전파되면서, 중세기 초기 라틴어 중에 'modernus'라는 형용사가 나타났는데, 이는 'modo'라는 중요한 시간 한정어('현재','지금','방금과 막'의 뜻)로부터 파생된 것이다. ……그러나 시간의 흐름에 따라 '현대(現代)'는 '새로움'을 가리키고, 그 보다 더 중요한 것은 그것이 '새로움을 탐구하는 의지(求新意志)', 즉 '전통을 철저하게 비판함으로써 혁신과 발전을 도모하는 계획, 그리고 과거보다 더 엄격하고 효율적인 방식으로 심미적 수요를 만족시키는 야망'이라는 의미를 가지게 되었다."[01]

근대성과 창신성(創新性)은 칼리니스쿠(Matei Calinescu)를 비롯하여 마틴 앨브로(Martin Albrow), 위르겐 하버마스(Jürgen Habermas) 그리고 앤서니 기든서(Anthony Giddens) 등 많은 학자들의 지향하는 바가 일치한다. 이들은 모두 창신성을 근대성의 기본 정신으로 지목했다.

학제간(學際間: interdisciplinarity)연구는 오늘날 과학 발전의 추세이며 학과의 새롭고 창의적인 발전을 도모하기 위한 내적인 요구이기도 하다. 번역 연구는 근본적으로 간(間)학문적 학과의 성격으로부터 언어학, 문학, 심리학, 사회학, 철학, 역사학, 민족학, 인류학, 고고학, 대중미디어학

---

01 칼리니스쿠(Matei Calinescu) 著, 顧愛彬, 李瑞華譯, 『現代性的五副面孔(Five faces of Modernity)』, 北京: 商務印書館, 2002, 1~2쪽.

및 신학 등 다양한 학문과 서로 용합하고 스며들며 교차함으로써 번역 연구의 공간을 한층 더 넓혀 준다. 번역 연구 자체는 내적으로 창신의 동력을 가지는 학과로서 다른 학과의 도움을 받아 스스로를 풍부하게 할 뿐만 아니라, 또 이론을 짚어보며 새로움을 탐구하고 자신을 매개로 삼아 다른 학과들과 모자이크의 형식으로 서로 소통하고 용화시킴으로써 근대성의 가치 이념을 충분히 구현하고 있다.

번역 연구는 처음에는 언어학을 토대로 발전하기 시작했다. 이런 특성은 번역 연구로 하여금 선험적인 평가에서 벗어나 과학성을 갖추게 하는 결과를 가져왔다. 그리고 텍스트 언어학(text linguistics)이 출현하고 번역 연구와 결합하면서 사람들이 그동안 고수해오던 형식과 내용, 직역 혹은 의역의 시각만으로 번역을 검토하는 데에서 벗어나, 동태(動態)적 기능성 연구를 가능하게 만들었다.

언어와 번역 연구에 있어서 인지 패턴의 연구는 대단히 중요하다. 보그랑데(Beaugrande)와 드레슬러(Dressler)가 언급한 텍스트의 7가지 기준, 즉 결속성(coherence), 결속구조(cohesion), 의도성(intentionality), 용인성(acceptability), 상황성(situationality), 상호텍스트성(intertextuality), 정보성(informativity) 등을 바탕으로 필자는 인간이 서로 교제할 때 가지는 기본 형식의 텍스트 구조 패턴을 제시하면서, 이 패턴이 인간의 교제 활동이 인지(認知)의 주도 아래 상호 활동적·개방적 그리고 끊임없이 순환한다는 것을 나타내기를 희망한다. 이와 같은 하나의 텍스트 인지 패턴은 우리가 번역문 텍스트를 이해하고 구조를 세우는 데에 도움을 줄 뿐만 아니라 번역 활동의 규칙을 더 잘 이해하게 하는 데에 도움을 주는 동시에 글쓰기, 책 읽기 등 다른 작업에도 적극적으로 활용할 수 있다는 데에 의의가 있다.

번역은 언어에 기초를 둔 작업이다. 번역 이론은 당연히 언어학의 이론과 밀접하게 관련되어 있다. 그러나 문학번역은 다른 유형의 번역과 다르다. 언어학 분야의 이론만으로 문학번역을 연구하고 해석하기에는 크게 부족하다. 문학 작품에는 풍부한 예술성과 창의성이 담겨 있으며 한 민족의 지혜와 예술성을 대변하고, 나아가 사회 문화와 민족의 내면을 표현하는 중요한 형식이기도 한다.

전종서 선생의 문학 번역관은 우리나라 번역 비평사에 있어 매우 중요한 위치를 차지하고 있으며, 번역학 분야에 소중한 자원을 제공해 주었다. 그의 번역론은 중국과 서양의 학술 언어 공간을 관통하고 있고, 중국과 서양 문화가 공통적으로 지닌 "시심(詩心)과 문심(文心)"을 돋보이게 하며 농후한 문화 기억의 흔적을 지니고 있다. 그의 문학 번역관은 자신의 방대한 학술 연구 저작들과 잘 융화되고 상호 발전하면서 그의 학술(번역론을 포함) 연구 방법을 계발함으로써, 우리로 하여금 문화적 기초의 시각으로 "'통(通)'을 '사명(職志)'"으로 하는 번역 작업과 중국 근대성의 구조를 생각하게 만든다.

문학작품 번역 가운데 시가(詩歌)의 번역이 가장 어렵다. 그러한 특수성 때문에 시 번역은 예로부터 번역자와 연구자 사이에 가장 활발한 논의가 있어 왔다. 시는 가장 오래되면서도 가장 기본적이며 동시에 가장 예술성을 지닌 문학적 장르라고 할 수 있다. 드라이든(Dryden)이 제시한 번역의 삼분법(三分法), 즉 직역(metaphrase), 의역(paraphrase) 그리고 모방(imitation)은 번역계에 매우 깊은 영향을 끼쳤으며 우리나라 학자들 사이에서도 많이 논의되었다. 필자는 서양의 이론을 수용할 때 역사와 철학 분야의 학제간 연구방법을 동원하여 동·서양의 서로 다른 문화와 언어 환경을 감안하여, 앞에서 제시된 번역 방법의 본질과 차이점을 잘 구별해야 한다고 생각한다. 시는 분위기(意境), 이미지(意象), 음악성(樂感)과 운치(神韻)를 추구하는 문학적 장르이다. 그 번역도 그야말로 최고의 경지에 이른 예술이자 명실상부한 재창작 작업의 하나이다.

시를 번역하는 것은 어렵지만 불가능한 것이 아니다. 시를 번역하는 가장 좋은 방법으로 '연역(衍譯)'[02]보다 더 좋은 것은 없다. 연역은 시 번역의 열반(涅槃)이다. 연역으로 시를 번역할 때는 원문의 고유한 형식을 존중해야 하며, 동시에 번역자로 하여금 자신의 재능을 최대한으로 발휘하게 해야 한다. 번역자는 서로 다른 두 종류의 언어와 문화를 가지고 참조하여 시재(詩才)를 끌어냄으로써 원작이 가지고 있는 정신과 일치하는 번역 텍스트가 되도록 노력해야 한다. '연역'의 방법으로 시를 번역할 때, 번역자는 원작자의 대변인으로서 시의 이치를 잘 이해하고 시의 정수(精髓)를 잘 파악해야 번역을 하면서 자신의 창의력을 마음껏 발휘할 수 있다. '연역'은 단순한 자국화 방식의 번역이 아니라 가장 큰 문화적 호환성(互文性)을 추구하는 것이며 번역문에 원문 텍스트의 정신과 형태를 보존시켜 주고 번역자로 하여금 진심으로 "두 명의 주인을 동시에 섬기는 하인(一仆兩主)"이 되도록 해야 한다. 연역은 번역자로 하여금 자신의 주관적 능동성을 최대한으로 발휘하게 만들 수 있기 때문에 문학 번역과 문학 창작도 더 많은 창의력을 얻을 수 있다. 만약, '연역'을 시 번역의 교수법에 활용한다면 시를 창작하는 학생들의 열정

---

02 '연역(衍譯)'의 개념은 매사추세츠공과대학(Massachusetts Institute of Technology)출신의 유명한 학자 겸 번역자인 황극손(黃克孫)이 Omar Khayyam(1048~1122)의 시집 『Rubaiyat』를 중국어로 번역할 때 사용한 방법이다. 간단히 설명하면, 원문에 지나치게 얽매이지 않고 목적어의 언어적 특성을 더 배려하는 의역의 방법으로 볼 수 있다. 즉, 원문에 충실하되 번역자의 주관적인 능동성을 최대한으로 발휘하여 원문에 대하여 행하는 일종의 재창작이다. ― 역자 주

을 불러일으킬 수 있을 뿐만 아니라 번역 평론까지도 활성화될 수 있을 것이다.

상호텍스트성(Intertextuality) 이론은 1960년대부터 간(間)학문적 학과의 특성을 드러내면서 문학, 철학, 기호학, 문화연구 등 학과의 유익한 부분들을 많이 수용했다. 예일대학(Yale University)의 해체주의학파(Deconstructivism)에 의하여 제기된 상호텍스트성 연구는 문학비평 분야에서 중요한 위치를 차지하는 동시에 번역 연구에도 새로운 시사점을 주었다. 상호텍스트 이론이 번역 연구에 광범위하게 활용되면 번역학 연구의 시야를 넓힐 수 있고 합리적인 번역 비평과 해석의 구성을 촉진시키며 본토 이론 자원의 발굴과 중국과 서양 문학 및 번역 연구를 서로 분명하게 함으로써, 번역 연구로 하여금 보다 더 깊은 방향으로 매진할 수 있도록 해준다.(이는 바로 우리나라 번역 이론 구축 작업에서 부족한 부분이다).

상호텍스트이론은 텍스트의 해독(解讀)을 중요시한다. 그리고 번역 연구는 중국과 서양 문화 소통의 정거장이다. 따라서 상호텍스트의 시각으로 번역연구를 진행하면 원천 언어에 대한 중국학자의 연구 의욕을 한층 더 불러일으켜, 그들로 하여금 텍스트를 중심으로 중국과 서양의 순수한 언어적 사고와 분석에 몰두시킴으로써 중국과 서양 문화의 근본적인 차이점과 공통점을 찾을 수 있도록 할 수 있다. 상호텍스트 이론이 강조하는 원본은 문학 텍스트에만 국한되지 않고 그림,조각,건축, 음악, 영화 및 드라마 등 여러 분야에서 만들어진 텍스트에도 적용된다. 이런 텍스트들 모두 인류의 정신적인 자산을 구성하고 있다. 이런 형태의 번역을 배경으로 한 간학문적 학과의 상호텍스트 연구는 번역 연구를 본래의 모습으로 이끌어줄 뿐만 아니라 인류 문명의 공동 발전에도 시사하는 바가 크다.

종교와 신학(神學)은 근대성 관념이 형성되는 과정에서 핵심적인 역할을 했다."[03] 신학 번역은 번역사에서 매우 오래된 역사를 가지고 있기 때문에 어떤 의미에서는 번역의 기원이라고 할 수 있을 정도로 번역의 발전에 있어 막강한 영향력을 발휘했다. 신학 번역은 신학에 대한 번역이자 해석이다. 따라서 신학 번역 연구는 근대성의 기원을 이해하고 번역학과 자체의 근대성을 구축하며 아울러 원천적으로 중국과 서양 문화의 본질을 이해하는 데에 중요한 의미를 지닌다.

중세 이전에는 『성경』과 같은 신학 분야의 저작은 신성스럽고 신비로운 존재로 간주되었으므로, 이를 번역한 것은 하느님을 대변한다는 혐의에서 자유롭지 못했다. 따라서 이른 바 '불가역론(不可譯論: 즉 '번역할 수 없다'는 주장-역자 주)'이 처음 등장한 것도 신학 번역 분야였다. 중국의 불경 번역사에서도 많은 번역 이론이 제기되었는데, 이러한 이론들 역시 신학의 '불가역론'을 말해주고 있다. 하지만 '가역(可譯)'과 '불가역(不可譯)'은 한계가 뚜렷한 서로 다른 범주가 아니라 끊임없이 서로 '밀고 당기는' 밀접한 관계를 가지고 있다. 그러므로 신학의 번역은 '가역'과 '불가역' 사이에 위치하고 있다.

신학 번역에 관한 논의들은 중국과 서양 번역론의 중요한 자원이다. 중국에서는 불경을 번역하는 과정에서 가장 먼저 일어난 논쟁은 '문(文)'과 '질(質)'에 관한 것이었고 나중에는 '궐중론(厥中論)' 등도 발생했다. 서양의 번역 이론 중에서 초기의 논술을 제외하고 중국에 가장 많은 영향을 준 것은 나이다(Eugene. A. Nida)가 『성경』 번역 실천을 바탕으로 제기한 관련 이론이었다. 신학은 가장 오래된 학과의 하나로

---

03   Gillespie, Michael Allen. 『現代性的神學起源(The Theological Origins of Modernity)·序言』, 張蔔天譯, 長沙: 湖南科學技術出版社, 2012, 3쪽.

서 신학 저작은 이 장에서 중점적으로 분석하게 될 신토마스주의(neo-Thomism)의 대표적인 인물인 프랑스 철학가 자크 마리탱((J. Maritain)과 유명한 천주교 신학 이론가인 발터 카스퍼(Walter Kasper)의 저작에서 볼 수 있듯이 상당히 고차원적인 이론 연구였다. 이와 같은 저작들은 보통 종교와 경제학, 철학, 역사학, 사회학, 언어학, 인류학을 비롯한 여러 학문 분야의 지식을 두루 포괄하고 있다. 따라서 신학 저작의 번역자들도 학문과 수양 면에서 커다란 도전에 직면하게 되었다.

필자는 자신의 번역 실천 경험을 토대로 신학 번역에서 갖추어야 할 기본적인 태도 몇 가지 제시하고자 한다. 먼저, 번역자는 반드시 엄숙하고 성실해야 하며, 신중하고 조심스럽게 두려운 마음으로 단어를 선택해야 하고 뜻을 전달하는 데에 전력을 다해야 한다. 원문을 통독하지 않거나 전문 용어에 익숙하지 않으면 안 될 뿐만 아니라 내용에 대해서도 완벽하게 파악해야 하고, 자료를 충분히 확보하기 전까지는 번역 작업을 시작해서는 안 된다. 이렇게 해야만 비로소 만족스러운 번역문을 세상에 내놓을 수 있다.

오늘날 중국의 근대성을 구축하는데 있어서 번역의 학제간 연구는 19세기 말 20세기 초 중국 언어의 혁신, 문학의 개조 그리고 사회적 변혁에 있어서 번역이 발휘했던 역할처럼 매우 중요하나. 이 장에서 필자는 번역 연구에 관련한 학제간 연구의 그림을 일일이 그려보려고 하지 않는다. 그 대신 근대성의 시각으로 앞으로의 번역 연구자들에게 어느 정도의 시사점을 제시하는 데에 목적을 두고자 한다. 구체적으로 말하면, 필자는 이 책을 통하여 중국 번역이론의 구축에 근대적인 정신과 이념을 주입함으로써 근대성 정신의 핵심에 따라 중국 번역연구의 과거를 되돌아보고 현재를 탐구하며 미래를 바라보고자 한다.

제 1 절

담화(language)의 인지(認知) 패턴과 번역의 텍스트 구축

1. 이끄는 말

담화(language) 연구와 번역 연구에 있어서 '패턴' 연구는 중요한 역할을 했다. 언어학자들과 번역가들은 모두 담화의 형성 과정을 '패턴'으로 해석하여 담화를 묘사하고 재구성하는 방법과 방책을 제시하려고 애쓴다. 담화의 '인지 패턴'에 대한 연구는 대체로 두 가지 유형이 있다. 하나는 할리데이(Halliday)가 제기한 기능문법의 분석 패턴으로서 담화 내부의 메커니즘에 대한 묘사와 해석이고, 다른 하나는 스퍼버(Sperber)와 윌슨(Wilson)이 제기한 관련성 이론(relevance theory)으로서 담화 외부로부터의 판런되는 조건을 더 중시하는 연구이다. 번역 연구에 있어서는 '패턴'에 관련한 연구가 아주 매력적인 것처럼 보인다. 나이다(Eugene. A. Nida)의 "번역 기능 대등의 재구성 패턴", 벨(Bell)의 "심리 언어 패턴", 홈스디(Holmesde)의 이른 바 "구조층 도식 전환 패턴" 등은 그 좋은 예들이다.

이 절에서는 보그란데와 드레슬러(Beaugrande & Dressler)에 의해 제기된 텍스트언어학 연구를 토대로 하여 담화의 '인지 패턴'을 비판적으로 분석하고자 한다. 필자는 이 '패턴'이 갖는 해석력이 읽기, 쓰기, 언어교육은 물론, 특히 번역 연구 등의 학문에 긍정적인 본보기를 제공할 수 있기를 기대한다.

2. 담화(language)의 7가지 기준: 그 특징과 부족함

2.1 담화 연구에 대한 다양한 접근

1981년, 보그란데와 드레슬러가 공동으로 『담화·텍스트 언어학 입문』(*In-trod uciton to Text Linguistics*)이라는 책을 출판하였는데, 이는 세계에서 최초로 영문으로 출간된 담화언어학 분야 관련 전문 학술서였다. 이 책은 목적과 방법론에 있어서 우리가 가끔 토론하는 텍스트어휘 분석(Discourse Analysis)과는 다르다. 이 책은 담화의 텍스트 양식과 구조 측면에 대한 연구보다는, 인류 종족 사이의 커뮤니케이션 시각으로서 담화의 구성을 묘사하고 분석하는 데에 더 중점을 두었다. 두 사람은 텍스트의 구성을 제약하는 요소로서 결속성(cohesion), 일관성(coh erence), 의도성(intentionality), 수용가능성(acceptability), 상황성(situationality), 정보성(informativity), 상호텍스트성 (intertextuality) 등 7가지의 기준이 있다고 생각했다. 그리고 이와 같은 7가지 기준이 결여되면, 인류 사이의 소통은 장애를 초래할 수 있다고 보았다.

보그란데와 드레슬러는 담화를 연구하는 데에 뚜렷한 특징을 가지고 있다. "담화는 하나의 커뮤니케이션 사건으로 정의되며, 그것은 반드시 담화 구성의 7가지 기준에 부합해야 한다. 만약 7가지 기준이 충족되지 않으면 담화는 통하지 않는다."[01] 즉, 보그란데와 드레슬러가 가장 관심을 가진 것은 커뮤니케이션 사건의 형성 과정이며, 그 중에서 가장 핵심은 인지(認知)였음을 알 수 있다. 이것은 담화를 컴퓨터의 언어 자료에 담아 연구하려는 이들의 노력과 무관하지 않다.

그러나 할리데이의 경우는 다르다. 그의 텍스트 분석은 하나의 문법 체계 아래 세워졌으며, 그 기능에 대하여 중점적으로 서술했다. 그는 『기능문법 입문(An introduction to Functional Grammar)』이라는 저서에서 짧은 문장으로부터 시작하여 분석 대상의 메시지, 교환과 표현 등을 체계적으로 분석하고 탐구하였을 뿐만 아니라 그보다 더 작거나 큰 언어 단위에 대해서도 연구했으며, 나아가 짧은 문장과 관련성을 가진 요소들, 이를테면 어조와 박자 등에 이르기까지 함께 검토했다. 마지막으로, 그는 결합(Cohesion)과 담화에 대해서도 검토했는데, 이는 이 책의 텍스트/담화 분석과 가장 밀접한 관련이 있는 부분이다. 그러나 결합의 방법에 대해서는 할리데이와 하산(Hasan)이 공동으로 집필한 『담론의 연결(Cohesion in English)』이라는 책에서 훨씬 더 자세하게 설명하고 있다. 할리데이도 담화를 하나의 '완성품(product)'이며 '과정(process)'이라고 생각했지만, 과정으로서의 텍스트를 비교·분석하기는 어렵다고 했다.[02] 할리데이의 견해가 일리가 없는 것은 아니다. 실제로 할리데이 뿐민 이니라 쿨타트(Coulthard), 브라운과 율(Brown and Yule), 판 다이크(van Dijk) 등과 같은 다른 담화 연구자들도 기본적으로 텍스트를 하나의 '완성품

---

01   R.de Beaugrande & W. Dressler. *Introduction to Text Linguistics*, London: Longman Group. Ltd., 1981, 3쪽.

02   胡壯麟 導讀, 『功能語法導論』, 北京: 外語敎學與硏究出版社, 2000, 18쪽.

(product)'으로 설정하여 테마(theme)의 전개, 담화의 거시적 구조와 미시적 구조, 화제의 전환 등을 연구하고 있다.

한편, 중국학자 양신장(楊信彰)은 담화 연구에 대하여 구조 분석법, 인지 분석법, 사회문화 분석법, 비평 분석법과 종합 분석법 등 다섯 가지의 분석 방법[03]을 제기했다. 이것은 대략적인 구분 방법의 하나이다. 사실 우리는 연구 방법에서 어느 한 사람의 연구를 획일적으로 받아들일 수는 없다. 일반적으로 하나의 방법을 위주로 하지만 다른 방법을 활용할 가능성도 배제하지 않는다. 담화를 분석하면서 서로 다른 연구 방법과 대상을 명확하게 밝히는 것은 매우 중요하다. 그것은 우리에게 분석과 연구 방법을 보다 더 합리적으로 할 수 있게 하며, 연구의 일치성과 체계성을 갖출 수 있도록 도와준다. 이렇게 하면 일부로서 전체를 평가하거나 편협함에 치우치는 위험을 피할 수 있다.

2.2 담화·텍스트 기준에 대한 보그란데와 드레슬러의 해석

보그란데와 드레슬러는 언어학, 인류학, 문체학, 인지과학, 인공지능, 심리학, 문학 등 여러 학과의 연구에서 담화의 7가지 기준을 제시하고, 또 차례로 그것들을 묘사했다. 결속성은 그 가운데 첫 번째 기준으로서 표층화된 담화의 구성 요소, 즉 우리가 듣고 보는 단어들은 하나의 같은 '계열' 속에서 상호 관련이 있음을 말한다. 이러한 표층 성분들은 일정한 문법적 형식과 관습에 의해 상호의존적이므로, 우리는 이를 통해 결속성이 문법적 의존 관계에 기초를 두고 있다고 말할 수 있다. 두 번

---

03   楊信彰, 『話語分析入門: 理論與方法(James Paul Gee)』, 北京: 外語敎學與硏究出版社, 13쪽.

째 기준은 일관성으로, 담화의 세계에서 여러 요소들이 어떻게 서로 영향을 주고 연관되는지를 가리킨다. 담화의 세계는 표층적인 담화의 이면에 숨겨진 개념과 관계의 틀을 말한다.

보그란데와 드레슬러의 개념은 뇌에서 활성화될 수 있는 일치성과 일관성을 가진 지식의 틀을 가리킨다. 그리고 관계는 하나의 담화에서 동시에 나타나는 '개념 사슬(Concept Chain)'을 말한다. 예를 들면, "Jack fell down and broke his leg"와 같은 문장에서, 'fell down'은 다리가 부러진 원인이며 후자가 발생하게 된 필수조건이 된다. 여기에서 접속사 'and'는 병렬관계를 나타내는 것이 아니라 인과관계를 나타낸다. 보그란데와 드레슬러의 견해에 의하면, 결속성보다 일관성이 더 중요하다. "일관성이라는 개념은 이미 담화를 인간의 활동으로 여기는 학과의 실체를 그려내고 있다. 하나의 담화 자체는 별 의미가 없으나, 담화 속에 들어있는 인지와 두뇌 속에 저장된 지식 사이의 상호작용을 통해 세상을 인식한다."[04]

보그란데와 드레슬러는 언어학자는 반드시 인지심리학 학자와 협력하여 언어의 의미와 같은 기본적인 것들을 탐구해야 한다고 단언한다. 그리고 그 방법과 이론도 결정적인 것이 아니라 우연성을 가지고 있다. 바꾸어 말하면, 이와 같은 이론과 방법들은 필연적으로 발생한 것보다는 일반적으로 발생한 것들에 더 주목한다. 결속성과 일관성은 텍스트 연구의 핵심적인 개념으로 그 연구의 대상은 텍스트 재료이

---

04   R.de Beaugrande & W. Dressler. *Introduction to Text Linguistics*, London: Longman Group Ltd., 1981, 6쪽.(김태욱, 이현호 譯, 『담화·텍서트 언어학입문』, 양영각, 1991 참조.-역자 주)

다.[05] 이러한 내용들은 텍스트언어학의 연구 방법과 포인트를 파악하는 데에 큰 도움이 된다.

결속성과 일관성에 이어 보그란데와 드레슬러는 의도성과 수용가능성을 탐구했다. 그들은 이 두 가지 특징을 따로 분석하지 않고 함께 놓고 논의를 진행했다. 하나의 담화에는 반드시 의도가 담겨 있고, 그것은 교제의 과정에서 서로 영향을 일으킨다. 왜냐하면, 진정한 언어 교제에서는 결속성이나 일관성 가운데 어느 것도 '담화(談話)'와 '비담화(非談話)'를 구분하는 절대적인 분계선을 제공할 수 없기 때문이다. 이럴 때, 우리는 말을 하려는 자가 담화를 통하여 자신의 의도를 달성하고자 한다는 것을 알아야 한다.

이어서 보그란데와 드레슬러는 정보성, 상황성과 상호텍스트성에 대하여 토론했다. 정보성은 담화가 이루어지는 사건과 관련이 있다. 즉, 예상되는 담화 사건과 예상하지 못한 담화 상대, 그리고 알고 있는 것과 모르는 것과 관련된다. 어떤 언어 체계에서도 담화의 사건은 반드시 새로운 정보를 제시해야 한다. 상황성은 담화의 사건과 관련된 하나의 언어 환경의 요소를 의미하며, 담화의 연결과 전개 방식에 영향을 미친다. 예컨대, "Slow, Children at Play!"는 운전자에게 "여기는 어린이가 뛰어놀고 있으니 천천히 운전하시오."라는 경고를 주는 것이다. 그런데 이런 번역은 실제적인 언어 환경에 부합하지 않는다. 왜냐 하면, 메시지 접수자의 시간과 주의력에 한계가 있기 때문에, 언어 환경은 상세한 것보다 간단명료한 것이 더 효과적이기 때문이다. 따라서 상황성

---

05   R.de Beaugrande & W. Dressler. *Introduction to Text Linguistics*, London: Longman Group Ltd., 1981.

의 원칙에 따라 위의 문장을 "천천히! 아동보호구역"과 같이 보다 더 간단명료한 문구가 좋다.

상호텍스트성은 담화의 사용이 현재 나타나고 있는 또 다른 담화 또는 그 이상의 담화 속에 들어있는 지적 요소에 의존한다. 담화는 바로 전형적인 형식의 특징을 갖추고 있듯이, 담화의 문체에 대한 상호텍스트성은 이를 상호 조절하는 역할을 수행한다. 일반적으로, 사용 중인 담화와 사용하기 이전에 맞닥뜨린 말 사이의 간격이 크면 클수록 조절도가 높아진다. 이와는 반대로 대답, 반박, 보고, 총결산 등 유형의 담화에서는 조절해야 할 정도가 매우 작다. 담화의 유형은 담화의 행위, 환경과 서로 연관되어 있다. 물론 상호텍스트성은 담화의 인용 등 측면에도 당연히 관계가 있다.

2.3 담화의 7가지 기준: 그 해석력과 부족함

객관적으로 평가하면, 보그란데와 드레슬러에 의하여 제기된 담화의 7가지 기준은 상당히 광범위한 해석력을 지닌다고 할 수 있다. 이 7가지 기준이 가리키는 대상은 하나의 텍스트(語篇)뿐만 아니라 텍스트에서 생성되는 각종 요인들, 예컨대 심리적,정보적,언어 활용론적,미학적 요소 등에 모두 다 관여하고 있다. 또 텍스트의 문장 구성 방식뿐만 아니라 동기의 선택, 세계에 대한 인지, 정보의 저장과 수송, 언어 환경의 제약과 연관, 텍스트의 유형과 상호작용 등을 논하는 것이 저자의 저술 취지에 부합되었다.

1976년 여름, 보그란데와 드레슬러는 유럽 사회언어학회 회의에서 이미 사람들 사이에 널리 받아들여진 기존의 『담화·텍스트 언어학 입문』을 개정하는 데에 힘을 합치겠다고 약속했다. 그러나 연구가 진행하면서 그들은 과거의 약속이 단지 과거의 낡은 연구 목표에 새로운 연구 방법을 조금 더 추가할 뿐이라는 것을 알게 되었다. 왜냐 하면 이미 여러 학과 사이에서 교차 발전 추세가 뚜렷하게 나타나고 있었기 때문이었다. 그래서 그들은 보다 더 심도 있는 연구를 통하여 언어학 발전의 최신 법칙을 반영할 수 있는 저서를 새로 집필하기로 결정했다. 영어판 『담화·텍스트 언어학 개론(In-troduciton to Text Linguistics)』은 바로 이러한 배경에서 출간되었다. 이 책의 머리말에는 다음과 같은 말이 있다.

> "텍스트 과학의 발전이 자신만의 학술 용어와 명칭을 필요로 하고 있는 것은, 그것이 지향하는 목표의 성격 때문이다."[06]

따라서 텍스트언어학은 탐색의 패턴이 결정론적 패턴에 비해 더 충분하고 더 실제적이라고 생각한다. 즉, 구조 생성 프로세스에 대한 동(動)적 분석은 구조 자체의 정(靜)적 묘사보다 더 창조적이라고 보는 것이다. 텍스트언어학자는 규칙이나 법칙이 아닌 확률, 책략, 동기, 선택과 오차를 발견하도록 힘써야 한다. 이러한 주장은 아주 건설적이고 사람을 깊이 깨닫게 하며, 담화 언어학의 수립과 발전에 매우 적극적인 역할을 한다. 그러나 보그란데와 드레슬러의 주장은 기대에 미치지 못했다. 『담화·텍스트 언어학 입문(In-troduciton to Text Linguistics)』이 출판된 지 이미 20년이나 지났지만, 학계에서 주목을 받지도 못하고 재판도 되지 않았다. 그 원인에 대해서 필자는 다음 몇 가지 측면을 지적하고자 한다.

---

06   위의 글, xiv쪽.

(1) 두 학자가 제기한 담화 분석 방법은 인지(認知)와 심리를 기초로 삼아 많은 심리 분석과 실험이 컴퓨터를 통해서만 이루어진다. 그러므로 이러한 기술적 측면의 요구가 더 많은 주목을 받는 데에 지장을 초래했기 때문이다.

(2) 텍스트언어학과 텍스트 담화 분석은 다르다. 후자는 텍스트의 담화 위에 기초를 두는 연구방법이라면, 전자는 담화의 연구를 위한 새로운 학과를 구축하는 데에 목적을 두고 있다. 이는 텍스트언어학이라는 이름에서 저자의 의도를 엿볼 수 있다. 그러므로 이 학과의 연구 발전은 그 범위와 깊이에서 더 많은 지지를 필요로 하고 있으며, 이 학과가 완벽해지는 데에는 더 오랜 시간이 필요하다.

(3) 마지막으로 중요한 점은, 저자가 담화의 7가지 기준을 분석할 때 방법과 기술적으로 미흡하게 처리하여 7가지 항목의 표준 담화 사건에 대한 해석력을 떨어뜨림으로써, 결국 기대했던 효과를 거두지 못했다는 점이다.

3. 담화 패턴의 구축

앞에서 말한 바와 같이, 보그란데와 드레슬러의 의도와 주장은 정확했다. 그러나 그들의 분석 방법은 충분하지 않았다. 비록 그들이 동(動)적인 과정에서 담화에 대한 연구를 전개해야 한다고 주장했음에도 불구하고, 그들의 담화의 7가지 표준 분석은 결코 동적이거나 체계적인 것이 아니었다. 오히려 7가지 기준의 내적인 연계는 잘려나가고 약화되고 말았다.

이 소절(小節)에서 필자는 교제하는 담화에 대한 동태(動態)적 분석을 진행하기 위하여, 하나의 담화 구조 패턴을 제시해 보고자 한다. 패턴은 다음 그림과 같다.

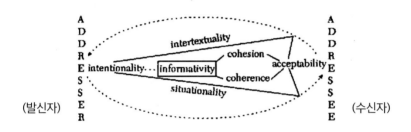

위의 그림에서 볼 수 있듯이, 담화의 7가지 기준 외에도 필자는 로켓 모양 도형의 앞과 뒷부분에 각각 발신자(Addresser)와 수신자(Addressee)라는 두 요소를 추가했다. 이는 인류의 교제 활동이 발신자로부터 시작하여 수신자에 이르러 종료된 다음, 다시 역할을 서로 바꾸어 '재순환'하는 모델을 나타내기 위한 것이다.

이 패턴은 인류 사이에서 일어나고 있는 교제 활동의 기본적인 형식을 나타낸다. 나아가, 인지가 주도하는 사람들의 교제 활동이 상호작용적이고 개방적이며 또한 끊임없이 순환적인 것이라는 것을 보여준다. 필자가 이 7 가지 기준을 로켓 모양의 도형을 통하여 표현하는 이유는 "인류 사이의 소통은 마치 로켓을 발사하는 것과 같다. 위성을 계속해서 예정된 궤도에 보내기 위해서는 로켓을 잘 작동시켜야 비로소 성공할 수 있다."라는 것을 설명하기 위해서다. 우리는 설령 로켓 발사가

번역과 중국의 근대성

100% 정확하지 않다고 하더라도 위성의 궤도 이탈을 허용하지 않는다. 왜냐 하면 담화의 교제 패턴은 로켓의 발사와 같은 원리이기 때문이다.

위의 그림을 보면 맞물림과 연관성이 모두 모형 틀의 내부에 위치하고 있어서, 이 두 요소가 담화 연구의 핵심이자 담화 가치의 구현 형식이라는 것을 나타낸다. 그러나 필자는 그것들을 결코 최우선 순위에 두지는 않는다. 필자가 의도를 로켓의 첨단에 두는 이유는 각각의 담화들이 모두 발신자의 의도를 담고 있고, 그것이 다른 기준들과 상호 작용하기 때문이다. 성공적인 교제의 최소한의 조건은 발신자의 의도를 성공적으로 수신자에게 보낼 수 있느냐 하는 것이다. 예컨대 촘스키(Chomesky)가 만든 "Colorless green ideas sleep furiously."라는 문장은 문법적으로는 맞지만 의도성이 없기 때문에 담화의 교제를 구성할 수 없다.

번역에서도 사정은 마찬가지다. 발신자의 의도가 번역문에서 드러나지 않는다면 그 번역문은 잘 된 것이라고 말하기 어렵다. 보그란데와 드레슬러는 '의도성'에 대해 자세하게 설명하지 않았다. 의도는 정보성을 담아야 한다. '정보성'의 강약(强弱)은 의도한 전송의 성공과 실패를 결정하는 중요한 요소이다. 정보는 접촉에 의하여 얻어지는 형식상의 표현이다.

하나의 담화에는 한 가지 또는 여러 개의 의도기 있을 수 있으며, 이러한 의도는 하나의 실체 또는 하나의 사건, 개념이 필요한 네트워크로서 그 관계의 분포를 나타낼 수 있다. 우리가 "사람은 반드시 죽기 마련이다(人固有一死)"라고 말할 때, 이 말은 정보성을 담지 못한다. 왜냐 하면, 사람은 반드시 한 번 죽는다는 것은 이미 상식이기 때문이다. 그러나 만약 이 말의 뒤에 "죽음은 태산보다 무겁기도 하고, 깃털보다 가벼울 수 있다(或重于泰山, 或輕于鴻毛)"라고 덧붙이게 되면, 이 말은 정보성을 갖추고 새로운 메시지를 만들어 교제하는 가운데 말 뒤에 '후속 행동'을 이끌어낼 수 있다. 물론 의도성과 정보성은 모두 형태적 표현을 갖추지 못했다.

우리는 문자의 개념적(槪念的) 조합을 통해 만들어진 정보 네트워크를 통해 담화를 인식함으로써 교제하려는 의도를 달성한다. 정보성의 기승전결(起承轉結)은 결속성과 연관을 가지고 있다. 그러나 서로 다른 개념을 유기적으로 결합시키는데에는 오히려 일관성이 더 큰 역할을 발휘한다. 패턴의 로켓 외곽 위에는 '상호텍스트성'이 있고, 아래에는 '상황성'이 있어서 이 두 요소의 담화의 맞물림과 연관성은 묘사와 참조의 역할을 하고 있다. 이로써 담화는 논리성과 텍스트로서의 특징을 갖추게 된다. '상호텍스트성'과 '상황성'의 두 요소는 하나의 담화가 가치가 있는지, 그리고 서로 관련성이 있는지를 결정한다. 이 두 요소는 번역에서 특히 중요하다. 이때 텍스트의 상호 간섭과 언어 환경의 참조는 하나의 언어가 아닌 두 가지 언어의 담화 또는 텍스트에서 표현된다. 번역자는 이 순간에 원저자나 독자보다도 훨씬 더 많은 생각을 해야 한다. 접수성은 마지막 기준이라고 할 수 있다.

담화의 교제에서 우리는 항상 모든 담화가 어떤 의도를 가지고 있다고 가정한다. 비록 표면상으로는 관련이 없는 문장임에도 불구하고 언어 환경의 분석을 통해 내재된 연관성을 발견할 수 있다. 그리하여 그것이 수용 가능하다는 것을 증명한다. 담화의 7 가지 기준이 서로 제약되고 서로 연관되어 있으며, 발신자와 수신자의 역할이 바뀔 수 있기 때문에 담화의 교제는 끊임없이 순환된다.

번역과 중국의 근대성

4. 번역 텍스트 구축에 대한 언어 인지 패턴의 역할

비록 우리는 담화의 인지 패턴을 탐구하는 데 비교적 많은 지면을 할애했지만, 이 토론은 번역된 텍스트에 대한 우리의 이해와 구조를 만드는 데 도움이 되었다. 그 구체적인 이유는 다음과 같다.

(1) 번역은 문장에 대한 이해가 전제되어야 한다. 담화의 의미를 완전하게 파악하기 위해서는 충분한 이해가 필수적이다. 그리고 그 이해는 인지에 의하여 결정된다. 담화의 인지패턴은 인지의 중요성을 드러낸다. 그것은 번역자로 하여금 가끔 부분적인 이해에만 만족하지 말고 담화의 의도를 바탕으로 전체의 문장을 충분히 살펴본 다음, 담화의 7가지 기준에 의거하여 번역문을 만들어야 한다는 것을 깨우쳐 주고 있다.

(2) 번역 활동은 상호 작용하는 담화 교제를 놓고 생각해야 하며, 인지를 번역 활동의 시발점으로 삼아야 한다. 그래야 원문 텍스트에 대한 충실성이 강조되는 동시에 번역자의 주관적 능동성도 강조된다. 이 점은 아마도 담화 번역과 전통적인 번역관의 분수령이 될 것이다. 왕굉인(王宏印)은 『홍루몽(紅樓夢)』의 가사 곡부(曲賦)의 번역을 분석할 때, 한 가지 예를 들어 문제를 아주 잘 설명했다.[07]

원문:

桂靄桐陰坐擧觴, 長安涎口盼重陽。

眼前道路無經緯, 皮裏春秋空黑黃。

酒未敵腥還用菊, 性防積冷定須姜。

---

07   王宏印, 『'紅樓夢'詩詞曲賦英譯比較研究』, 西安: 陝西師範大學出版社, 2001, 154~157쪽.

于今落釜成何益? 月浦空餘禾黍香。[08]

양헌익(楊憲益)의 번역:

We sit, cups raised, in the shades of osmanthus and Wu-tong;

Mouths watering, for the Double Ninth we pine:

It crawls sidewise because the ways of the world are crooked,

And, white and yellow, harbours a dark design.

Wine won't purge the smell without chrysanthemums,

And ginger is needed dyspepsia to prevent;

What can it do now, fallen into the cauldrom?

On the moonlit bank all that remains is the millet;s scent.

혹스(Hawkes)의 번역:

With winecups in hand, as the autumn day ends.

And with watering mouths, we wait our small friends.

A straightforward breed you are certainly not,

---

08 "계화 향기 오동 그늘에 앉아 술잔을 드니,
장안 사람 침흘리며 중양절을 기다리네.
눈앞의 길은 가로 세로 분별이 없고,
딱지 속 창자는 검은락 누를락.
술맛조차 비릿하니 국화를 띄워보고
냉적을 막는 데는 생강이 제격이라
이제야 가마에 떨어진들 무슨 소용이랴
달 비치는 물가에 벼 향기만 가득하네."

조설근, 《홍루몽》, 안의운, 김광렬 번역, 청계출판사, 2007, 209쪽.

번역과 중국의 근대성

And the goodness inside you has all gone to pot-

For your cold humours, ginger; to cut out your smell

We've got wine and chrysanthemum petals as well.

As you hiss in your pot, crabs, d'ye look back with pain

On that calm moonlit cove and the fields of fat grain?

이 시는 게를 먹는 장면을 묘사하는 것인데, 시어 중에는 조롱과 풍자의 의미가 담겨져 있다. 양헌익의 번역문 가운데 제 1연은 원문에 충실하게 직역했는데, 다만 계화(桂花)를 'osmanthus'로 의역하는 대신, 오동(梧桐)은 'Wu-tung'이라고 음역하여 서로 조화가 맞지 않는 문제가 있다. 이에 비하여 혹스는 제1연 전체를 의역으로 번역했는데, 의역의 선택은 의미면에서는 다소 부족함이 있지만 논리적으로는 가능하다는 평가를 받을 만하다. 제 2연의 경우는 두 번역자가 모두 비교적 만족스럽게 번역하였으므로 각자 장점이 있다고 할 수 있다. 제 3연의 '酒未'와 '性冷'이라는 두 문장의 번역에서, 두 사람 모두 '還用菊'이 '菊花酒'를 가리키는 것을 이해하지 못하는 바람에, 양헌익은 "국화 없는 술은 게 비린내를 없애지 못한다."라고, 혹스는 "게의 비린내를 없애기 위하여 술과 국화를 준비했다."라고 각자 오역을 했다. 또, 양헌익는 '性防積冷'을 '소화불량(dyspepsia)'으로, 혹스는 '당신의 냉혈성(for your cold humours)'으로 보다 더 의미심장하게 번역했다. 마지막 연의 경우, 양헌익는 '禾黍'을 '좁쌀(millet)'로 대체한 부분을 제외하고는 형식면에서 거의 완벽하게 번역했다. 이에 비하여 혹스는 두 구절을 한 구절로 만들어 게에게 질문하는 방식을 통해서 원작에 담겨있는 풍자와 조롱의 뉘앙스를 생생하게 표현함으로써 아주 신선하고 기발한 번역문을 만들어 냈다. 왕굉인은 양헌익의 번역에서 1인칭 복수 'we'와 3인칭의 'it'가 같은 시 속에 등장했는데도 오히려 서로 관련이 없다고 생각했다. 이 것은 번역자가 제1연은 '사람', 제2연은 '게', 제3연은 다시 '사람', 제4 연은 다시 '게'를 묘사하는 원작의 시행(詩行)과 시구(詩句)의 구분에 얽 매임으로써 시 전체의 통일성에 주의하지 못했다고 지적했다. 혹스의 경우는 다르다. 그는 2인칭을 과감하게 구사하면서 거기에 crabs, our small friends 등의 호칭과 상황어를 더해 1인칭과의 '대화'를 만들어 시 전체를 혼연일체(渾然一體)로 만들어 흥미진진하고 극적인 현장감의 효 과를 냈다. 이와 같은 효과는 번역자가 원작자와 정서적으로 서로 '소 통'을 해야만 비로소 얻어낼 수 있는 것이다.

(3) 과거 우리는 번역 연구를 할 때 항상 결과 분석이나 번역문의 형식과 구조를 분석하는 데에만 만족했다. 그러나 담화 인지 패턴은 독 자에게 역동적으로 담화를 해석할 것을 요구하고 서로 다른 번역본에 대해 어떤 번역이 최선인지를 생각하도록 요구한다. 뿐만 아니라 왜 이 사람은 이렇게 번역하고, 저 사람은 그렇지 않은 지에 대해서도 생각 해 보아야 한다. 이때, 우리는 유일한 정답을 찾는 것이 아니라 가장 합 리적인 설명을 찾아낸다. 똑같은 책 『율리시스(Ulysses)』를 번역하면서도 번역자에 따라 각각 다르게 처리된다. 이를테면, 소간(蕭乾: 중국 현대 유명 한 번역가, 작가-역자 주)은 번역본의 가독성을 더 중시한 반면에, 진시(金隄: 중국 현대 유명한 번역가, 학자-역자 주)는 번역본의 정보성에 더 많은 신경을 썼던 것이다.

(4) 번역 작업은 담화의 측면에서 생각해야 한다. 번역할 때 우리는 어떻게 번역문의 담화가 원문의 담화와 가장 잘 관련될 수 있는지, 담 화의 7 가지 기준을 가장 잘 충족시킬 수 있는지를 생각해야 한다. 그렇

게 함으로써 단어나 문장의 형식이 아니라 담화의 차원에 있어서 원문의 담화와 같은 효과를 낼 수 있다. 이러한 점은 혹스가 『홍루몽』을 번역할 때 왜 같은 단어라도 그때그때 상황에 따라 다르게 처리했는지를 설명할 수 있다. 예컨대, 책 제목을 번역할 때 원작의 다른 제목인 『石頭記』를 따서 "The Story of the Stone"로 번역하였지만, '紅樓夢'이라는 단어가 시어로 등장할 때는 또 다르게 번역했다.

다음의 예를 보자.

趁着这奈何天, 傷懷日, 寂寥時, 試遣愚衷。

因此上, 演出这懷金悼玉 的『紅樓夢』。

(『紅樓夢』十二支曲引子)[09]

혹스는 이 시의 마지막 구절을 다음과 같이 번역했다.

And so perform

This Dream of Golden Days.

---

09 "천지만물이 생겨날제
　　그 누가 애정의 씨 심었던가
　　풍월의 깊은 정 서려만 가네
　　하염없는 이 세상
　　서러운 날
　　쓸쓸한 때에
　　마음속의 이 회포 풀어보려고
　　그래서 불러 보는
　　금과 옥의 슬픈 사연 홍루몽."
조설근, 〈〈홍루몽〉〉, 안의운, 김광렬 번역, 청계출판사, 2007, 158쪽.

And all my grief for my lost loves disclose,

(Prelude: A Dream of Golden Days)

번역문을 보면 분명히 혹스는 담화의 관점에서 번역했음을 알 수 있다. 즉『紅樓夢』을 직역하지 않고 "This Dream of Golden Days"로 번역한 것은, 소제목 "A Dream of Golden Days"와는 조금 다르게 번역한 것이다. 이런 식으로 혹스는 단어와 구(句)의 차원을 넘어 담화의 관점에서 번역의 구조를 고려했음을 알 수 있다.

(5) 담화의 인지 패턴은 번역을 위한 인지와 관련한 패턴을 확충할 수 있으며, 번역 텍스트의 완전한 구축뿐만 아니라 번역 활동의 규칙을 더욱 잘 드러낼 수 있다. 지면이 제한되어 있기 때문에 필자는 이 부분에 대하여 별도의 글에서 상술할 계획이다.

5. 맺는 말

담화의 인지 패턴은 하나의 순수한 이성적인 패턴으로서 글쓰기, 읽기, 번역 모두에 긍정적인 지도의 의미를 갖는다. 일곱 가지 기준을 번역 작업의 기준으로 삼으면, 우리가 역동적이고 묘사적인 시각에서 담화를 분석할 수 있게 된다. 번역할 때 우리는 담화의 인지적 패턴을 고수하여 분석하고 원어 용어를 해체하면서 번역 용어를 구성한다. 담화의 인지 패턴은 우리로 하여금 담화를 더 잘 이해할 수 있도록 도와줄 뿐만 아니라 담화의 측면에서 번역 연구를 할 수 있고, 또 다른 측면에서 텍스트언어학 연구를 발전시켜 나갈 수 있을 것이다.

제 2 절

전종서(錢鍾書)의 문학번역론

1. 들어가는 말

전종서(錢鍾書, 1910~1998)[01]의 '화경론(化境論)'은 중국 번역이론사에서 중요한 위치를 차지하고 있고, 번역학계에서도 그의 번역론에 대한 논의가 끊이지 않으며 해마다 많은 글들이 발표되고 있다. 현재 번역학계에서는 전종서의 번역관에 대하여 학자에 따라 서로 다른 견해도 있는데, 특히 '화경론'에 대해서는 여러 가지 해석이 나와 있어 의견이 분분하다. 요컨대 '화경론'의 미학적 가치를 칭찬하는 사람이 있는가 하면, 너무 허무하고 실속이 없다고 비판하는 사람도 있다. 또 내부에 숨어있는 중국 전통 사상 근원을 탐구해 보려는 사람이 있는가 하면, 서양의 번역이론과 결합시켜 현대적으로 해석하고 전환시키려는 사람도 있다. 전종서가 제기한 이 '화(化)'자는 겉으로 볼 때 쉬운 것 같지만 사실은 훨씬 더 깊고 심층적인 의미가 내포되어 있다. 필자는 '화경(化境)'을 제대로 이해하려면 '화경'과 「임서의 번역(林纾的飜譯)」이라는 글의 구체

---

01   여기에서는 원문의 표기에 따라 '전종서(錢鍾書)'나 '전 선생', '전종서(錢鍾書) 선생' 등 호칭을 그대로 쓴다. - 역자 주

적인 언어 환경과 떼어놓을 수 없다고 생각한다. 이 절에서는 '신(信)'에
서 '불격(不隔)', 나아가 '화경'에 이르기까지, 칭찬할 것은 칭찬하고 버
릴 것은 버리는 방식으로, 중국의 문학론과 일맥상통하는 전종서의 문
학번역관을 총체적인 관점에서 재해석하고자 한다.

2. 전종서의 번역 실천

2006년, 필자는 양강(楊絳, 1911~2016) 선생(전종서의 부인-역자 주)을 방
문한 적이 있었는데, 그때 '전종서 번역상(錢鍾書飜譯賞)'을 만들고 싶다
고 말씀을 드렸다. 그러나 필자의 제의에 대한 그녀의 대답은 뜻밖에도
"전 선생은 번역을 하지 않는다."라는 것이었다. 이 때문에 전종서가 번
역을 했는가, 아니면 하지 않았는가 하는 것을 분명하게 밝혀야 하는
것이 첫 번째 문제가 되었다. 왜냐하면 전종서가 서명한 번역서를 도서
관에서 찾기가 쉽지 않기 때문이다. 그러나 만약 그가 번역을 하지 않
는다면, 번역에 관한 그의 논술들은 납득하기 어렵다. 전종서는 과연
번역을 하지 않았는가?

일찍이 섭우군(聶友军)은 『중국비교문학(中国比较文學)』에서 '전종서
번역 실천론(錢鍾書飜譯實踐論)'을 저술한 바 있다. 그러나 번역 사례 분석
은 전종서의 학술 논저인 『관추편(管錐編)』에 국한되어 있는데, 주로 여
러 개의 논설을 번역하거나 사자성어의 번역을 분석했다. 만약 이를 가
지고 전종서가 번역작업을 했다는 것을 주장한다면 그것은 분명히 설
득력이 떨어진다. 이를 보완하기 위해 필자는 관련 자료를 조사·연구
하고 검색을 진행하는 과정에서 전 선생이 꽤 많은 번역작업을 한 적이
있음을 발견했다.

이미 알려진 바와 같이 전종서는 신중국(新中國) 건국 이후 『모택동선집(毛澤東選集)』과 『모택동의 시와 사(毛澤東詩詞)』 번역작업에 참여한 것으로 알려져 있다. 1950년 8월, 전종서는 '중공중앙 『모택동선집』 영역 위원회(中共中央毛澤東選集英譯委員會)'로 발령을 받아 번역사업에 참여하게 되었고, 『모택동선집』의 1권부터 4권까지 번역하는데 심혈을 기울였다.[02] 통계에 따르면, 그가 번역을 책임진 부분은 「星星之火, 可以燎原(성성지화, 가이요원: 한 점의 불꽃이 들판 전체를 태운다)」, 「政治問題及邊界黨的任務(정치적 문제 및 변계당의 임무)」, 「爲動員一切力量爭取抗戰勝利而鬪爭(모든 세력을 동원하여 항일전쟁의 승리를 쟁취함)」이고, 교정을 맡은 글은 「'湖南農民問題考察報告' 發刊詞("호남농문문제고찰"발간사)」, 「改造我們的學習(우리의 학습을 개조함)」, 「中國革命与中國共産黨(중국 혁명과 중국 공산당)」, 「關與糾正黨內非無産階級的不正確傾向問題(당내 비무산계급의 그릇된 경향 바로잡기」, 「上海太原失陷以後抗日民族革命戰爭形勢與任務(상해,태원이 함락된 후 항일민족전쟁의 형세와 임무)」와 「紅色邊區的經濟建設(적색변구의 경제건설)」 등이었다.[03]

1950년대 초반 그 특정한 시대에 위대한 지도자의 선집을 번역하는 것은 마치 『성경』을 번역하는 것에 못지 않아야 했다. 이를테면 최고 지도자의 언사를 번역하면 권위있는 판본은 필수였다. 그러나 원문이 갖는 의미에 대한 최종 해석과 번역문의 최종본을 탈고하는 것은 가끔 개인이 혼자서 감당할 수 있는 일이 아니다. 『모택동선집』과 같은 강한 정치성을 가지는 저작을 번역할 때는 더더욱 그러했다. 따라서 이

---

02   吳學昭, 『聽楊绛談往事』, 北京: 生活·讀書·新知三聯書店, 2008, 251~252쪽.

03   王冰, 「錢鍾書英譯 '毛選'」, 『炎黃春秋』, 2002年 第9期, 75쪽.

런 경우에는 보통 팀워크의 형식으로 공동 번역과 탈고가 이루어진다.

필자는 일찍이 베이징 시정부의 "북경의 정신: 애국·창신·포용·후덕(北京精神: 愛國,創新,包容,厚德)" 번역 탈고 토론에 전문가로서 초청을 받아, '창신(創新)'을 'creativeness'로 아니면 'innovation'으로 번역할 것인지, 또 '후덕(厚德)'을 'virtue'와 'moral' 가운데 어떤 용어를 채택할 것인가에 대한 토론에 참여한 바 있다. 비록 여덟 글자에 불과했지만 번역은 쉽지 않았다. 20여 명의 전문가들이 오후 내내 토론을 벌였으나 끝내 의견의 일치를 보지 못했다. 이때, 필자는 엄복이 『천연론·번역범례』에서 "하나의 단어를 번역하기 위하여 몇 달 동안 고민한다(一名之立, 旬月踟躕)"라고 했던 말을 떠올리며 깊은 감동을 받은 바 있다. 번역은 "나라를 다스리는 큰 사업(經國之偉業)"이라고 해도 결코 과장된 말이 아니다. 그것은 사소한 실수도 용납하지 않는다. 특히 중국의 국가 이미지와 관련된 번역은 더욱 성실하고 진지하며 꼼꼼해야 잘 해낼 수 있다.

나중에 발족한 『모택동의 시와 사』의 교정 그룹도 역시 여러 명으로 구성되었으며 번역 기간도 매우 길었다. 전종서도 그 구성원 가운데 한 명이었다. 엽군건(葉君健: 중국 현대 유명한 작가-역자 주)의 회고에 따르면, 1960년에 만들어진 '『모택동의 시와 사』 영어 번역 그룹'은 원수파(袁水拍: 중국 현대 유명한 시인-역자 주)가 조장을 맡고 교관화(喬冠華: 중국 현대 유명한 정치가-역자 주), 엽군건 그리고 전종서가 구성원으로서 텍스트를 수정하거나 재번역한 다음에 단행본을 출판하는 것이었다. 여기에서 엽군건과 전종서가 맡은 주요 임무는 곧 번역을 하여 그 번역문을 윤색하는 것이었다.[04] 이 번역본은 마침내 1976년에 외문출판사(外文出版社)에 의해

---

04   葉君健, 『毛澤東詩詞的飜譯--一段回憶』, 『中國飜譯』 1994년 4호, 7쪽, 이 글에 따르

출판되었고, 나중에 프랑스어 버전, 독일어 버전, 일본어 버전, 스페인 어 버전 그리고 에스페란토어 버전 등으로 출판될 때 원본으로 사용되었다. 따라서 전종서는 그 특수한 시기에 국가의 요청에 따라 많은 번역 실행을 하여 큰 공헌을 해왔음을 알 수 있다. 다만 팀워크 작업으로 이루어졌기 때문에 그의 업적과 이름이 외부에 알려지지 않았을 뿐이었다.

물론 이외에도 전종서가 여러 잡지나 신문에 번역 작품을 발표한 적이 있다. 그 가운데 비교적 완전한 번역문으로는 하인리히 하이네 (Heinrich Heine)의 'Hardback 『돈키호테』 머리말'[05], 에밀 졸라(Emile Zola)가 1870년 5월 13일 『Le Rappel』에 등재한 『발자크에 관하여』[06]라는 짧막한 글 등이다. 그리고 1962년 8월 15일의 『문휘보(文匯報)』에도 전종서가 발췌·번역한 『Francesco De Sanctis (文論三則)』[07]이 실렸다. 1979년 중국 사회과학출판사에서 출판된 『외국 이론가·작가의 형상에 대한 사유(外國理論家作家論形象思維)』에서는 상편(上篇)에 나오는 '고전 이론 비평가와 작가' 부분은 전종서, 양강, 유명구(柳鳴九: 중국 현대 번역가-역자 주)와 류약 단(劉若端)이 공동 번역자로 되어 있고, 하편(下篇) 가운데 '서구 및 미국

면 나중에 구성원으로 趙朴初도 영입하고, 번역문의 윤색을 위하여 영국 전문가 Sur Adler도 특별히 초청했다.

05   번역문은 人民文學出版社가 출판한 『文學硏究集刊』(1956년 1월호)에 등재되어 있다.

06   번역문은 人民文學出版社가 출판한 『古典文藝理論譯丛』(1957년 2집)에 등재되어 있다.

07   그 중에서 『論但丁』은 L.Russo가 편집한 『意大利作家論』(上)에 실린 De Sanctis의 『意大利作家論』, 『論Alessandro Manzoni』는 L.Russo가 편집한 『意大利作家論』(下) 에 실린 De Sanctis의 『十九世記意大利文學史』, 『論Giacomo Leopardi』는 W.Bini 가 편집한 『歷代批評家對여意大利精典作家의 評價』 제2권에서 인용한 De Sanctis의 『叔本華與來歐巴地』라는 글 중에서 발췌한 것이다.

현대 이론가와 작가' 부분은 전종서와 양강이 공동번역자로 되어 있다.

이밖에도, 우리는 전종서의 학술 저술 가운데에 산재해 있는 영국, 프랑스, 독일, 이태리 등 수많은 외국어로 된 번역문을 찾아낼 수 있다. 예를 들면 『관추편』에서는 영어,프랑스어, 독일어,이태리어,라틴어,스페인어를 포함한 총 6개 외국어로 번역한 1700여 종의 명언 경구를 인용했는데, 그 출처는 천여 명 작가의 작품들이다. 그런데 대부분 명언 경구는 다 완벽한 문언어로 번역되어 있어 어느 것이 외국어 원본에 의해 번역된 것인지 거의 분간이 어려울 정도이다.

마지막으로, 그는 스스로 번역한 것 외에도 다른 사람의 번역문을 교정해 주기도 했다. 예를 들어, 양강이 번역한 『吉尔·布拉斯(The Adventures of Gil Blas of Santillane)』와 양비(楊必: 중국 현대 유명한 번역가-역자 주)가 번역한 『剝削世家(Castle Rackrent)』의 교정 작업은 모두 다 그가 맡았다.

그렇다면 전종서는 도대체 번역 작업을 한 적이 있는가 아니면 없는가? 이 문제에 대해 필자는 그가 스스로 고백한 진술을 근거로 삼을 수 있다고 생각한다. 라신장(羅新璋: 중국 현대 유명한 번역학 학자-역자 주)의 회고에 의하면 그가 전종서 선생을 방문했을 때 자신이 17년 동안 외문국(外文局)에서 번역을 했지만 결과적으로 여전히 유쾌하지 않다고 말하자 전 선생은 "나도 17년 간 번역일을 해 봤다(문화혁명 발생 전의 17년을 가리킨다)"고 말한 바 있다고 했다.[08] 이렇게 볼 때, "전종서는 번역을 하지 않는다."라는 양강의 말을 깊이 생각해 보면, 필자는 그녀가 아주 엄격하고 높은 잣대로 전 선생을 평가하여 말한 것이라고 생각한다. 그녀는 번역을 하는 학자는 반드시 번역작품이 방대해야 하며 자신의 많은 시

---

08   金聖華,『認識翻譯眞面目』, 香港: 天地圖書有限公司, 2002, 107쪽 재인용.

간을 문학 번역에 쏟아 부어야 한다고 생각하고 있었다. 이런 시각에서 보면 전종서는 확실히 이와 같은 '조건'들을 가지지 못한 게 사실이다. 왜냐하면 그는 '부득이 할 때'만 번역을 했기 때문이다. 예컨대 국가의 요청으로 『모택동선집』이나 『모택동의 시와 사』를 번역하거나 자신이 관련 연구를 전개할 땐 '필요에 따라' 번역을 했다. 후자의 경우 구체적으로 이론의 필요성 때문에 번역을 한 것과 자신의 학술연구에서 인용할 필요가 있을 때 번역을 한 사례들을 가리킨다. 이 때문에 그의 번역은 전반적으로 편역(編譯)과 발췌 번역(摘譯)이 비교적 많다.

번역에 대한 전종서의 논술이 학계에서 '경전'으로 읽히는 것은 결코 우연이 아니다. 그의 번역문은 번역론과 마찬가지로 산발적이긴 하지만 우리가 잘 정리하고 연구해야 할 충분한 가치가 있다. 라신장이 말한 것처럼, 그의 번역론과 번역문은 '하나를 보면 열을 알 수 있다(擧一反三)'는 성어처럼 우리가 진지하게 연구할만한 가치가 있다.[09]

3. 전종서 문학 번역관을 둘러싼 논쟁들

中國知網(https://www.cnki.net)의 통계에 의하면, 2015년 6월 25일 현재 "전종서 번역(錢鍾書翻譯)"을 주제어로 검색된 논문의 수량은 148편에 달한다. 이를 통하여 그의 번역론의 영향이 매우 크다는 것을 알 수 있다. 전종서의 번역론에 대한 학계의 연구는 주로 1979년에 작성한 「임서의 번역」에 집중되어 있는데, 이 글에 대한 논의는 대부분 그가 제기한 '화경' 설에 그치고 있다. 그러나 '화경'에 대한 번역계의 이해는 줄곧 사

---

09   羅新璋, 『譯艺發端』, 長沙: 湖南人民出版社, 2013, 80쪽.

람마다 이해가 다르고 여러 해석에 대해서도 논의가 분분하다.

먼저 '화경'은 번역할 때 지켜야 할 기준인가 아니면 번역에 있어서 이르지 못할 이상에 불과한가? 어떤 학자는 '화경'를 번역할 때 반드시 따라야 하는 기준으로 본다. 예를 들면, 담건향(譚建香), 당술종(唐述宗)은 '화경'을 번역의 최고 이상으로 정한 것은 일정한 시대적 한계가 있다고 보고, '화경'은 단지 엄복의 '신, 달, 아' 설에 이은 또 하나의 새로운 번역 기준일 뿐이라고 생각했다.[10] 그러나 일부 학자들은 '화경'은 결코 번역의 기준이 될 수 없다고 주장했다. 예컨대 진복강(陳福康)은 '화(化)'를 번역 예술의 극치로 꼽았지만, 이를 번역의 기준과 원칙으로 삼을 수는 없을 것 같다고 했다.[11] 심지어 채신락(蔡新樂)은 전종서의 '화경사상'을 맹목적으로 받아들일 수 없다면서, '화경론'은 일종의 자기 기만일 뿐 번역 행위 자체에 대한 부정이라고 경고했다.[12] 그리고 황한평(黃漢平)은 많은 사람이 전종서의 속임수에 걸렸다고 지적하면서, 사실 '화경'은 '바라볼 수는 있지만 도달할 수 없는(可望而不可及)' 이상이자 비현실적인 환상에 불과하다고 말했다.[13] 이 문제에 대해서 필자는 전종서가 이미 1985년에 답을 했다고 생각한다. 그해 그가 「임서의 번역」을 수정할 때 이미 원문 중에 있었던 "문학 번역의 최고 표준(標準)은 '化'라는 문구에서 '표준'을 '이상'으로 바꾸었다. 뿐만 아니라, 글 가운데에서도 철저함과 일체의 '화'는 실현이 불가능한 이상임을 거듭 강조

---

10 譚建香, 述宗, 『錢鐘書先生"化境"說之我見』, 『語言與翻譯』, 2010년 1호, 50~53쪽.

11 陳福康, 『中國譯學理論史稿(修訂本)』, 上海: 上海外語教育出版社, 2000, 419쪽.

12 蔡新樂, 『文學翻譯的藝術哲學』, 開封: 河南大學出版社, 2001, 참조.

13 黃漢平, 『文學翻譯"刪節"和"增補"原作現象的文化透視-兼論錢鐘書《林紓的翻譯》』, 『中國翻譯』, 2003년 4호, 28쪽.

했다.

학계의 또 다른 쟁점은 '화경'과 전통 번역론의 관계에 관한 것이다. '화경'을 중국 전통번역 사상의 연장선상으로 보는 학자가 있는가 하면 '화경'론이 실제로는 전통 '충신(忠信)'론에 대한 반란으로 보는 학자도 있다. 라신장은 자신의 저서『우리 나라의 체계적인 번역이론(我國自成體系的翻譯理論)』에서 중국의 전통적인 번역사상을 '안본·구신·신사·화경(案本-求信-神似-化境)'으로 정리하면서, '화'가 '신, 달, 아'에 대한 일종의 초월이고 '譯事三難(번역에는 세 가지 어려움이 있다)'이란 말이 남긴 여운에 대한 발전이기 때문에, '화경'론은 전통 번역론의 일부분이라고 인정했다.[14] 풍세칙(馮世則)도 전종서의 「역사삼난」을 해독하면서, 그가 엄복 번역론에 이의를 제기하면서도 '신'이 번역의 유일한 원칙으로 규정하는 것에 동의했다고 인정했다.[15] 주지유(朱志瑜)도 부뢰(傅雷)와 전종서가 각각 제기한 '신사(神似)'와 '화경(化境)'설로 중국 번역이론 발전사에서의 변천과정을 회고하면서, 두 학자의 학설을 '신화(神話)'라고 불렀다.[16]

그러나 최근 몇 년 사이에 많은 학자들이 이를 다르게 보고 있는 듯하다. 예를 들면, 정해령(鄭海凌)은 '화경'설이 번역자의 창의성을 강조함으로써 전통 번역론에서 '구신(求信-충실성을 구하다)'의 미학적 원칙을 수정했다고 생각한다.[17] 장패요(張佩瑤)도 '화경'설이 충·신(忠·信)에 기초한 번역관을 뒤집을 정도로 무궁무진한 담화의 에너지를 지니고 있다

---

14   羅新璋,『譯艺發端』, 長沙: 湖南人民出版社, 2013, 49쪽.

15   馮世則,『解讀嚴複魯迅錢鍾書三家言: 信達雅』,『清華大學學報(哲學社會科學版)』, 2001
     년 2호, 95~100쪽.

16   朱志瑜,『中國傳統翻譯思想: 神話說(前期)』,『中國翻譯』, 2001년 2호, 3~8쪽.

17   鄭海凌,『錢鍾書'化境說'的創新意識』,『北京師範大學學報』, 2001년 3호, 70~76쪽.

고 생각한다. 다만 좀 더 좋은 방법은 그의 사상에서 무궁한 에너지를 방출시켜, 그의 글을 충·신 외의 번역관에 대한 긍정적인 시각으로 보고 번역의 개념을 확장시켰다.[18] 최영락(崔永祿)은 전종서가 '화경' 번역 이론을 제시했지만, 그것은 다만 바랄 수는 있지만 도달할 수 없는 이상이란 것을 인식하고 있었다고 했다. 그리고 임서의 번역을 비롯한 수많은 번역에서는 원문과의 괴리가 많았으므로, 이것은 원문의 핵심 내용에 충실하는 중국 전통 번역론에 균열이 생긴 것을 의미한다고 생각했다.[19]

그래서 많은 학자들은 '화경'설을 서양의 여러 번역이론 및 사상과 결합시켜 현대적 의미로 해석하고 전환하기 시작했다. 어떤 학자는 전종서의 번역관을 서양의 번역이론가인 유진 나이다(Eugene A.Nida)와 비교하면서, '화경'설이 나이다의 '동태적 등가'설과 같은 시기에 제기된 것은 아니지만 오히려 묘하게도 일맥상통하다고 평가했다.[20] 또 전종서의 번역학 이론을 자크 델리다(Jacques Derrida)와 마틴 하이데거(Martin Heidegger)와 같은 서양 철학사상과 접목시킨 학자도 적지 않다. 즉 전종서의 번역사상은 근본적으로는 반전통적이며 서양의 델리다로 대표되는 구조주의학파보다 앞서 일종의 중국식 구조 전환 번역사상을 형성했다고 주장했다.[21] 그리고 황한평(黃漢平)은 전종서가 「임서의 번역」에

---

18 張佩瑤, 『錢鍾書對翻譯槪念的闡釋及其對翻譯硏究的啟示』, 『中國翻譯』, 2009년 5호, 28쪽.

19 崔永祿, 『傳統的斷裂-圍繞錢鍾書先生"化境"理論的思考』, 『外語與外語敎學』, 2006년 3호, 48쪽.

20 朱宏淸, 『從"林紓的翻譯"看錢鍾書先生的翻譯觀』, 『東南大學學報』, 2001년 2호, 103~105쪽.

21 黃漢平, 『文學翻譯"刪節"和"增補"原作現象的文化透視-兼論錢鍾書《林紓的翻譯》』,

서 제기한 번역사상이 '다중체계(Polysystem)론'과 일맥상통하는 부분이 많다고 하였고, 심지어 그의 '화경'설이 슐라이어마허(Schleier macher)의 '자국화'와 동일시하는 학자도 있다.[22]

그러면 전종서의 '화경'설은 과연 중국 전통 번역론에서 어떤 위치에 있는가? 전통의 연장선상에 있는 것인가, 아니면 전통에 대한 철저한 반란인가? 분명한 것은 그가 「역사삼난」을 쓸 때, 적어도 '신'이란 번역의 원칙을 지지하는 태도를 가지고 있었다는 점이다, 하지만 앞서 「임서의 번역」에서는 오히려 "어느 정도의 '와(訛, 불충실성―역자 주)'가 있는 것은 피할 수 없는 문제"라는 말로 임서 번역에서 누락과 오역의 책임을 회피하다. 심지어 임서의 적극성과 창의력을 칭찬하면서 임서번역문에서 나타난 '와(訛)', 즉 원문에 대한 불충실한 현상은 번역자가 일부러 '저지른 잘못'으로 임서번역의 가장 큰 특징으로 꼽으면서, 바로 이러한 부분이야말로 번역문의 '방부제'의 역할을 발휘했다고 역설했다.

그렇다면 과연 전종서의 관점이 앞뒤가 맞지 않는 모순일까, 아니면 '신', 즉 충실성에 대한 그의 태도가 근본적으로 바뀐 것일까? 만약 그의 '화경'론이 '신'을 반대하는 것이라면, 왜 그는 그 후에 발표한 「역사삼난」이란 글 중에서 다시 '신'의 원칙을 긍정했는가? 이 의문들을 풀려면 다시 텍스트의 언어 환경으로 되돌아가 그의 번역 관련 논술에서부터 시작하여 그의 문학 번역관을 전체적으로 살펴보고 그 자신의

『中國翻譯』, 2003년 4호, 26~29쪽; 蔡新樂. 『讓詩意進入翻譯理論研究―從海德格爾的"非對象性的思"看錢鍾書的"不隔"說』, 『中南大學學報』, 2005년 5호, 563~571쪽.

22 崔永祿, 『傳統的斷裂-圍繞錢鍾書先生"化境"理論的思考』, 『外語與外語教學』, 2006년 3호, 46~48쪽; 葛中俊, 『"失本成譯"和譯之"化境": 錢鍾書的翻譯文本觀』, 『同濟大學學報(社會科學版)』, 2012년 4호, 88~96쪽.

논술에서 답을 찾아야 한다. 따라서 「임서의 번역」에 대해 고찰할 때는 이 글의 배경과 동기뿐만 아니라, 이 글과 그의 다른 번역론과의 관계를 고려해야 하고 그의 세계적인 시야도 고려해야 한다. 또 그의 중국 전통사상 뿌리를 고려하여 전통적인 요소를 무조건 부정하거나 외국의 이론과 억지로 묶는 태도를 피해야 한다.

예를 들면, 전종서와 자크 델리다 두 사람 모두 번역문이 원문 텍스트를 대체할 수 없는 독립적인 존재로서, 번역문은 원문텍스트에 의존하는 것이 아니라 상호보완적인 것이라는 입장을 고수하고 있다. 발터 벤자민(Walter Benjamin)은 '사후의 생명(the after life)'에 비유하여 번역했고, 전종서는 불교 용어의 '환생(還生)'을 빌려 번역했는데 두 사람의 번역이 아주 비슷하다. 그러나 해체주의는 번역에서 문자의 차이를 강조하고, 그 차이는 무한히 지속하기 때문에 번역의 충실성은 더 이상 존재하지 않는다고 주장한다. 이런 점에서 전종서는 해체주의와는 분명히 다르다. 비록 그는 절대적인 충실함을 인정하지는 않지만, '신' 즉 충실성은 번역의 기본적인 요구이고 번역문이 원문텍스트의 '취지'와 '품격'에 의해 전달되는 것은 '신'의 필요조건이라고 생각한다.

4. 전종서 문학 번역관에 대한 전반적 해석

번역에 관한 전종서의 문헌들은 크게 네 가지 유형으로 나눌 수 있다. 즉 논문, 번역단편, 번역을 언급한 일부 서문 및 번역에 관한 저작 등이다. 그 가운데 번역에 관한 글로는 1934년에 발표한 「불격을 논함(論不隔)」(『學文』, 1934), 영문으로 발표한 「A Chapter in the History of Chinese Translation」(『The Chinese Critic』, 1934)[23]와 「An Early Chinese Version of Longfellow's 'Psalm of Life'」(『Philobiblon』, 1948)[24] 등이 있고 1948년에 출판한 학술저작 『담예론』에서도 번역에 대한 언급이 여러 번 나타난다. 이외에도 1964년에 발표한 「임서의 번역을 논함」(『文學研究集刊』, 1964)[25], 1979년에 출판한 저작 『관추편』 가운데 수록되어 있는 「역사삼난」, 「번역기술의 요령(翻譯術開宗明義)」, 「시의 번역(譯詩)」, 「음역의 이해와 오해(譯音字望文穿鑿)」 등 여러 편의 글이 있다. 이외에 번역에 대한 그의 명철한 견해는 그의 시와 저작의 서문 가운데에도 나타나 있다. 그는 규모가 방대한 대작으로 번역을 논의하지는 않았지만, 번역에 관한 중요한 문제들에 대해서는 독자적이고 날카롭고 통찰력이 있는 논술을 갖고 있다. 동서양의 학문을 두루 섭렵한 그는 예지적이고 과학적으로 외래사상을 참고하고 수용하는 지혜로운 통찰력을 보였다. 따라서 그의 번역관은 서양의 영향을 받으면서도 중국 전통적인 면을 상당히 많이 계승하고 이를 개선·보완했다. 그의 「임서의 번역」이란 유명한 글도 중국의 고전 경전 『설문해자(說文解字)』에 대한 해석으로부터 시작했다. 우선 그는 번역의 '와(訛)'설은 南北朝 시기 불경을 번역한 스님 석도안(釋道安, 312~385)이 제기했던 '오실본'(五失本: 도착어 중심의 번역 원칙—역자 주)설에서 유래한 것이라고 서술했다. 이에 입각하여 그는 '실본'성역

---

23 글 중에서 중국 청나라 말기 가장 중요한 번역가 엄복(嚴複)를 언급했다. 이 글에 나타난 기본적인 관점은 이후의 『管錐編』에서도 그대로 반영되었다.

24 1982년 전종서는 장룡계(張隆溪)의 요청으로 이 글을 중국어로 다시 번역·정리하여 『최초의 한역 영문시 "Psnlm of life"에 관한 일화들(漢譯第一首英語詩"人生頌"及有關二三事)』라는 제목으로 홍콩에서 발행하는 잡지 『두수(抖擻)』 제 1호에 발표한 바 있다.

25 나중에 이를 수정해서 『七綴集』에 수록했다.

(失本成譯)'이란 원칙을 제기하면서 "원문 텍스트 가운데 번역이 불가능한 부분을 없애지 않으면 번역이 이루어질 수 없다"고 주장했다. 그가 제시한 번역의 '매(媒), 유(誘)' 기능도, 중국 전통 번역이론에서 말하는 '통(通), 달(達)'설과 일맥상통한다. 심지어는 '화경'설 자체도 '신, 불격(不隔)'을 계승하면서 발전한 것이다.

4.1 '신, 불격'에서 '화'까지: 번역의 이상

「임서의 번역」의 서두에서 전종서는 동한(東漢) 시기 문자학자 허심(許慎, 58추정~147추정)의 고서의 자구(字句) 해석에서 출발하여 중국 고대 철학의 '화'의 정수를 취하고 고전적(典籍) 미학과 전통 문론(文論) 가운데 '의경(意境)'과 '경지(境界)' 두 개념을 거울삼아 번역의 최고 경지와 이상이 바로 '化'에 있다고 했다. 이 글은 번역 논술과 관련된 그의 대표적인 논문으로 중국 번역사에서 매우 중요한 위치를 차지하고 있다. '경지'는 중국 고전 중의 개념이다. 왕국유(王國維)는 『인간사을고서(人間詞乙稿序)』에서 일찍이 "문학 작품이 정교한 가 아닌가 하는 것은 주로 의경(意境)의 유무와 깊이로 볼 뿐이다(文學之工不工, 亦視其意境之有無與其深淺而已)"라고 했다.[26]

문학 예술에서 '경지'라는 개념은 객관적으로 볼 수 있는 사물이나 환경이 아니라 철저하게 깨닫고 마음 속 깊이 심어주는 어떤 품격인데 이러한 품격은 직감과 반복하여 사고하고 탐구하는 것을 통해서만 달성할 수 있다. '화'의 가장 높은 경지는 '확 트이고, 세밀하며 사물 속에 내가 있고, 내 속에 사물이 있으며, (나와 사물이) 서로 스며들어 융합되(豁

---

26   王國維, 『人間詞話』, 北京: 中國人民大學出版社, 2011, 44쪽.

然開朗 洞察入微 物中有我 我中有物 互相融化)'는 상태로 나타난다. 따라서 '화경'은 단순한 번역 기준이 아니라 전종서가 생각하는 문학예술과 번역의 최고의 이상이다. '화경론'은 그가 일찍이 제기했던 '불격설'과 일맥상통한 것이고 '신'에 대한 그의 태도와도 일치한다. 즉, '불격'과 '화경'의 가장 기본적인 조건은 바로 '신'이라는 것이다. 그가 생각하는 진정한 '신'은 만고불변한 기준이 아니라, '마음이 내키는대로 해도 법도에서 어긋나지 않는다(从心所欲不逾矩)'라는 경지이다. 다시 말하면, '경지설(境界說)'은 그의 문학 번역사상의 핵심으로서, 이는 '신', '불격'과 '화'를 함께 관통하는 것이다.

1934년, 전종서는 월간지 『學文』에 「불격을 논함」이라는 글을 발표하면서, 왕국유의 '불격설'을 차용하여 '좋은 번역'과 '좋은 문예작품'을 평가하는 기준으로 삼았다. 그는 "번역학에서는 '불격'의 앞면이 바로 '달'이며, 엄복은 『'천연론'서문』에서 내세운 이른 바 '신, 달, 아' 중의 '달', 그리고 번역학에서의 '달'의 기준을 모든 예술 영역으로 일반화시키면 미학에서 말하는 이른 바 '전달설(傳達說: theory of communication)'로 발전된다. 저자는 자신이 느낀 경험, 인식한 가치를 언어 문자 혹은 다른 매개체를 통하여 독자에게 전달한다."고 말했다.[27] 그러므로 '불격'은 번역과 문학창작 두 가지 측면을 모두 포함하는데, 하나는 '예술화된 번역'이고 다른 하나는 '번역화된 예술'이다. '예술화된 번역'에서는 "'불격'은 원문의 품격과는 거리가 없다", "'불격'은 깊은 것을 이해하기 쉽게 쓰는 것이 아니라, 원래 알기 쉽게 쓰인 것은 여전히 알기

---

27   錢鐘書, 『論不隔』, 『寫在人生邊上.寫在人生邊上的邊上.石語』, 北京: 生活.讀書.新知三聯書店, 2002, 111쪽.

쉽게, 원래 깊이 있게 쓰인 것은 독자로 하여금 그것의 깊이를 보여준다. 심지어는 원래 애매한 부분도 독자로 하여금 그 애매함을 분명하게 볼 수 있도록 표현해야 한다."[28]는 것이다. 그래서 "좋은 번역문은 독자에게 원문을 읽는 듯한 느낌을 주어야 한다."[29] 번역이 원문 텍스트와의 사이에 절대적으로 투명하고 절대적으로 다르다는 점을 강조하는 이런 관점은 우리나라에서 전통적으로 '신'을 바탕으로 하는 번역 관념과 기본적으로 일치한다.

전종서는 이후 한 나라의 문자를 다른 나라의 문자로 바꿔 썼다는 '화경설'에서도 번역자에게 원문에 충실할 것을 주문했다. 그는 "어문 습관의 차이로 인해 딱딱하고 억지스러운 흔적을 드러내지 않고 원작의 색채를 그대로 보존할 수 있다면, '화경'의 경지에 이르렀다고 할 수 있다. 다시 말해서 번역본은 읽을 때 번역문 같지 않을 정도로 원문에 충실해야 한다."라고 말했다.[30] 이렇게 보면, '화'의 원칙으로 이루어진 번역문도 똑같이 원문에 대한 충실성과 투명성을 강조한 것으로 보인다. '신'이 '불격'과 '화'의 첫 번째 요소로서 '불격'이나 '화'의 경지에 이르려면 먼저 반드시 원문에 충실해야 한다.

그러나 '신'이나 '불격'이 '화경'으로 이어지는 것은 번역이 지켜야 할 기준이 아니라 추구해야 할 이상적인 경지다. 전종서는 엄복이 '신, 달, 아'를 번역의 기준으로 삼으려는 것이 아니라, 오히려 『천연론』을 번역할 때 번역문이 당시의 사대부 계층이 번역문을 받아들이도록 하

---

28   위의 책, 98쪽.

29   위의 책, 113쪽.

30   錢鐘書, 『林紓的翻譯』, 『中國飜譯』, 1985년 11호, 2쪽.

기 위하여 일부러 원문을 충실하게 번역하지 않았다고 지적했다. 『'천연론'서문』에서 분명하게 밝힌 바와 같이, "번역하는 일에는 세 가지 어려운 점이 있는데 바로 충실성(信), 순창성(達), 문학성(雅)이다. 그 가운데 '신'을 구하는 것이 가장 어렵다. 돌아보건대, 비록 충실하게 번역하지만 번역문이 매끄럽지 않으면 차라리 번역하지 않은 것만 못하다. 그러므로 '달' 또한 매우 중요하다."[31] 원문에 대한 완벽한 '신'은 사실상 불가능하다. 그래서 엄복은 『'천연론'서문』에서 "나의 번역문이 번역보다 의미 전달 혹은 해석이라고 해야겠다. 내가 번역할 때, 본인이 알아서 자유롭게 옮긴 부분이 많았으므로 사실 정확한 방법이 아니다. 옛날에 쿠마라지바(鳩摩羅什)(334~413)가 '나를 따라 배우는 자는 나중에 실수할 것이다.'라고 했는데, 마찬가지로 앞으로 나의 번역 방식을 따라 배우는 수많은 사람들이 이 책을 핑계를 삼지 않았으면 한다(題曰達恉, 不雲筆譯. 取便發揮, 實非正法. 什法師 '學我者病'. 來者方多. 幸勿以是書為口實也.)[32] 라고 강조했다. 번역학계에서는 그동안 엄복이 자신이 제시한 '신, 달, 아' 기준을 따르지 않은 것을 지적했는데, 이는 아마도 후세 사람들이 엄복의 의도를 무리하게 해석해서 일어난 탓으로 보인다.

전종서는 '신'에 대해 "원문이 의미하는 바를 그대로 전달해야 할 뿐만 아니라 원문의 품격까지도 잘 재현해야 하는 것"이라고 정의하고, "'신'은 반드시 득의망언(得意忘言: 뜻을 얻으면 말은 잊어라)의 경지에 도달해야 하는 것인데, 하지만 이 사리를 아는 사람을 찾기가 어렵다(解人

---

31   嚴複, 『天演论』譯例言, 載王拭編, 『嚴複集』(第五冊), 北京: 中華書局, 1986, 1321쪽.

32   위의 글, 1321쪽.

難索)."[33]고 강조했다. 다시 말하면 번역할 때 '득의망언(得意忘言)'에 이르는 것은 전종서가 바라는 이상적인 경지였다.

전종서는 강서(江西)성 출신의 선배 여동래(呂東萊)가 한 말, "시를 배우려면 당연히 '활법(活法)'을 알아야 한다. 이른 바 '활법'이란 규칙이 갖추어진 것이지만 능히 그 원칙에서 벗어날 수 있어야 한다. 그러면서 그 변화가 아무리 많더라도 (이러한 변화는) 원칙에서 벗어나지 않는 것이다(學詩當識活法。活法者, 規矩具備, 而出於規矩之外, 變化不測, 而不背於規矩)."[34]을 인용하면서 예술의 특징을 설명한 바 있다. 정말로 '마음이 내키는 대로 하여도 법도에 어긋남이 없는 것(從心所欲不逾矩)'의 상태에 도달해야만 비로소 번역의 최고 경지에 이를 수 있다. 마찬가지로, 그가 말하는 '좋은 번역'의 기준인 '불격'도 한 가지 기준으로 간주할 수는 없다. 그는 "'불격'은 하나의 사물이나 경지가 아니라 일종의 상태(state), 말하자면 투명하고 맑은 상태, 즉 비유컨대 대명천지의 밝고 순결한 공명(空明) 상태를 말한다. 이런 상태에 있어야 작가가 묘사한 사물과 표현한 경지가 적나라하게 독자의 앞에 드러나게 된다."라고 했다.[35] '경지설'은 그가 제기한 '화경설'에 의하여 지속적으로 새로운 단계로 발전했다. 그가 강조한 바와 같이 '화경'은 번역의 최고 이상인 것이다.

'화'는 중국 고대의 철학적 개념이기도 하다. 『장자·제물론(莊子·齊

---

33   錢鐘書, 『一零一全三國文卷七五譯事三難—"漱石枕流"』, 『管錐編』(第三冊), 北京: 中華書局, 1979, 1101쪽.

34   周振甫, 冀勤編著, 『钱锺书'谈艺录'读本』, 北京: 中央编译出版社, 2013, 291쪽 재인용.

35   錢鐘書, 『論不隔』, 『寫在人生邊上.寫在人生邊上的邊上.石語』, 北京: 生活.讀書.新知三聯書店, 2002, 113~114쪽.

物論)』[36]에서는 '물화(物化)'란 '물(物)'과 '나' 사이의 경계선이 없어져 세상 만물이 하나로 용합되는 것을 가리킨다고 했다. 『순자·정명(荀子·正名)』에는 "외형은 변했으나 실체와 차이가 없고 단지 이름만 달리하는 것'을 '화'라고 한다. 변화는 있으나 실제의 구별은 없는 것을 일러 하나의 실체라고 한다(狀變而實無別而為異者, 謂之化: 有化而無別, 謂之一實)."[37]라는 말이 있다. 번역에 있어서 '화'는 원문에 기초한 '상변(狀變: 즉 외형의 변화)'에 불과하고, 실체(즉 원문)와 별반 차이가 없는 것(實無別)이다. 즉 번역문이 잃어버린 것은 원래 보존할 수 없는 것들이고, 대신 원문의 내용과 알맹이가 보존되었다. '신'에 기초한 전통적인 번역관에 비해, '화'는 '신'과 어느 정도 관련성이 있지만 서로 다른 특징을 보여준다. 따라서 '화경설'은 '신'의 변주곡으로 볼 수 있다. 다른 점은, 전종서가 비록 '화경'을 번역의 이상으로 생각했지만, 그는 결코 이것을 절대적인 기준으로 삼지 않았다. 왜냐 하면, 철저한 '화'는 실현 불가능한 이상이기 때문이다.

전종서는 17세기 영국인 조지 사빌(GeorgeSavile)의 '환생(投胎轉世, the transmitration of souls)'을 비유로 '화경'을 해석했다. 즉, "육체는 바뀌었지만, 정신은 그대로 있다."[38]는 것이다. 이와 같은 '환생'은 황극손이 번역한 『魯拜集(The Rubáiyát of Omar Khayyám)』에서 나타난다. 전종서는 이 번역문의 서평에서 "황 선생의 번역문이 충실하면서도 아름답고 우아하여 미국 에드워드 피츠제럴드(Edward Fitzgerald)의 번역문에 견줄만하다.

---

36   莊子,『齊物論』, 刘英, 刘旭注译, 北京: 中国社会科学出版社, 2004, 15~31쪽.

37   荀况,『荀子』, 北京: 中國華僑出版社, 2002, 159쪽.

38   錢鐘書,『林紓的翻譯』,『中國飜譯』, 1985년 11호, 2쪽.

Fitzgerald 서찰에는 번역에 관한 이야기가 자주 나온다. '살아 있는 참새가 될지언정 죽은 매'(better a live sparrow than a dead eagle)는 되지 않는다고 했는데, 하물며 살아있는 매임에랴?"라고 말한 바 있다.[39] 번역할 때 자기 주관 없이 글자를 구구절절 해석하고 단지 원문에 맞추기 위해 급급하는 태도로는 곧 '죽은 매'가 될 뿐이다. 그리고 원문의 의미를 최대한 살리면서도 형식이나 스타일 면에서는 약간의 미흡한 점이 나타나는 경우도 있다. 그렇게 얻은 번역문은 비록 '산 매'는 되지 못하더라도 '산 참새'가 된다고 할 수 있다. 물론 딱딱하고 억지스럽게 옮긴 흔적을 보이지 않으면서 원문의 '풍미'를 고스란히 살려줄 수 있다면, 그야말로 '살아 있는 매'로서 '화경'의 경지에 이르렀다고 할 것이다. 이런 경지에 이른 사례는 극히 드물다. 전종서의 시각에는 황극손이 번역한 『魯拜集(The Rubáiyát of Omar Khayyám)』이 바로 그런 경지에 오른 사례로 간주된다.

4.2 '실본성역(失本成譯)'에서 '와(訛)'까지: 번역의 본질

'화경'론에서는 '와(訛)'와 '역(譯: 번역)'은 뗄 수 없는 관계로서 '와'는 번역의 본질이다. "한 나라의 문자는 다른 나라의 문자와 필연적으로 차이가 있을 수밖에 없다. 번역자가 이해한 내용과 표현 방식은 원작의 내용과 형식에서 차이가 없을 수 없다. 뿐만 아니라, 번역자 개개인의 경험과 표현 능력에도 차이가 존재하기 마련이다."[40] "따라서 번역문은 항상 사실과 달리 변형된 부분이 있기 마련이며, 의미나 말투에서 원문

---

39 자세한 내용은 臺北書林出版有限公司에서 출판한 『魯拜集』(2003) 뒷표지 참조.

40 錢鐘書, 『林紓的翻譯』, 『中國飜譯』, 1985년 11호, 2쪽.

에 정확하게 맞아 떨어지지 않는다."[41] 이것은 바로 '와'이다. 전종서는 어느 정도의 '와'는 피할 수 없는 결점이라고 지적한다.

'와'에 관한 논의는 그가 먼저 제기한 것이 아니다. 적어도 스님 석도안(釋道安)이 『마가벌라약파라밀경초서(摩訶鉢羅若波羅蜜經鈔序)』에서 제기한 "譯梵爲秦, 五失本, 三不易(범문을 한어로 번역할 때 원문에 대한 충실성을 버려야 하는 다섯 가지 경우와, 번역하지 않은 세 가지 경우가 있다) "로 거슬러 올라간다. 전종서는 『관추편』 제4권 「번역기술의 요령(翻譯術開宗明義)」에서 이 글을 몹시 추종하고, "우리나라 번역술의 기초를 닦아준 글의 첫머리로 이 글을 꼽아야 한다."고 하면서 '오실본(五失本)'에 대해 상세하게 검토했다.

'오실본' 중의 첫 번째 원칙으로는 "범문의 어순이 한어와 반대라 번역할 땐 한어의 어순에 따라야 한다"는 것이다. 또 『비파사서(鞞婆沙序)』중에서 "원문의 단어나 글자를 훼손시키지 않게 충실하게 번역하고 전파시켰는데 가끔 어순만 바꿀 뿐 나머지 부분은 모두 다 원문을 그대로 옮겼다"고 했다. 그리고 또 『비구대계서(比丘大戒序)』에서 "그리하여 범문 문서를 번역하는데 어순이 거꾸로 되었을 때 한어의 이순에 따를 수밖에 없다"고 했다. 이상의 내용을 보면 소위의 '본(本)', 즉 '원문에 대한 충실성'을 부득이하게 버릴 수밖에 없는 경우가 많은데, 그렇지 않으면 번역작업이 이루어지지 않는다……
어순을 바꾸면 범문의 '본(本)'을 잃어버리고, 목적어의 어순에 따르지 않으면 한어의 '본'을 잃어버리게 된다…… 즉 범문은 자신의

---

41   위의 글, 3쪽.

'아(雅: 즉 문학성)'와 '문(文: 즉 문체)이 있는데 역자가 번역할 때 한어의 문학성을 추구하기 위하여 원문(즉 범문)에 많은 윤색의 작업을 가하거나, 번역문(즉 한어)의 충실성을 추구하기 위하여 원문(즉 범문)의 문학성을 훼손시키는 것은 모두 다 '실본(失本: 즉 충실성을 잃어버림)'에 해당된다……번역자로서는 어찌할 수 없는 일이다. ("五失本"之一曰: "梵語盡倒,而使從秦"; 而安<鞞婆沙序>曰: "遂案本而傳,不合有損言遊字;時改倒句,餘盡實錄也",又<比丘大戒序>曰: "於是案梵文書,惟有言倒時從順耳."故知"本"有非"失"不可者,此"本"不"失",便不成翻譯. …"改倒"失梵語之本,而不"從順"又失秦之"本". …則梵自有其"雅"與"文",譯者以梵之"質"潤色而為秦之"文",自是"失本", 以梵之"文"損色而為秦之"質",亦"失本"耳. …真譯者無可奈何之事."[42]

모든 언어는 그 나름의 특징을 가지고 있고, 각 나라마다 각각의 문체 스타일이 있다. 전종서는 원문에 충실한 번역 작품을 반대하는 것이 아니라 원문에 충실하기 위하여 지나치게 원문에 얽매이는 번역 작품을 반대하는 것이다. 그의 이념에서는 '충실'한 것이 번역의 좋고 나쁨을 가리는 유일한 기준이 아니라, '실(失: 잃어버림)'은 상시적이어서 모든 번역작업에는 '실'이 있기 마련이다. 그러므로 '실'은 곧 번역된 텍스트의 고유한 속성이다.

그러나 '와'는 피할 수 없는 결함이지만, 목이 메었다고 해서 음식을 먹지 않을 수 없는 것처럼, 불가역이라고 해서 번역이 불가능한 것은 아니다. 어떤 텍스트는 번역할 수 없다고 하더라도 우리는 여전히

---

42   錢鐘書, 『一六一全三晉文卷一五八"有待"——飜譯術開宗明義』, 『管錐編』(第四冊), 北京: 中華書局, 1979, 1263~1264쪽.

(그것을) 번역할 수 있다. 번역이 가능한 이유는 바로 '와'를 통해서 우리의 목적을 달성할 수 있기 때문이다. 예를 들면 전종서는 『번역기술의 요령』라는 글에서 많은 동서고금의 번역에 대한 비유를 열거했다. 서양의 속담으로는 "번역자가 곧 반역자이다(Traduttore traditore)"와 세르반테스(Miguel de Cervantes Saavedra)가 말했던 "번역은 꽃무늬 양탄자를 뒤집는 것과 같다. 단지 등만 볼 수 있을 뿐이다", 쇼펜하우어(Arthur Schopenhauer)의 "번역은 원래 다른 악기로 연주해야 하는 곡조를 이런 악기로 연주하는 것과 같다", 볼테르(Voltaire)가 말했던 "번역이 복제된 판화 속에서 원래 그림의 색채를 보는 것이다", 쿠마라지바가 말했던 "번역은 씹었던 밥을 다른 사람에게 건네주는 일이다", 송나라의 승려 찬녕(贊寧: 919~1002)이 말한 "번역은 마치 비단 같아서, 등 뒤에는 모두 꽃이지만 그 꽃 좌우로는 다른 귀가 있다", 그리고 이밖에도 "포도주 물 되기", "우유에 물 타기", "낙타에 사자 가죽 덮어씌우기", "끓는 물에 삶은 딸기" 등등의 비유들이 있다.[43]

전종서가 번역에 관한 많은 비유를 이렇게 열거한 것은 번역 작업의 복잡성과 번역자가 처하는 처지를 설명하기 위한 것이다. 그러나 그렇다고 해서 원문을 등지고 자유롭게 원문을 왜곡하는 행위를 인정하자는 뜻은 아니다. 번역에서 '와'는 피할 수 없지만 번역자는 번역의 임무를 성실히 수행하고 번역의 '와'를 최대한 극복하여, 번역의 '화'를 끊임없이 추구해야 한다. 이것이 바로 그가 주장하는 바의 핵심이다.

전종서의 분석에 따르면, '와'는 대체적으로 네 가지로 분류할 수 있다. 첫째, 꼼꼼하지 않아서 생긴 것, 둘째, 무책임한 태도에 인하여 생

---

43   위의 책, 1261~1266쪽.

긴 것, 셋째, 부득이하게 하는 것, 넷째, 의도적으로 하는 것이다. 그의 견해에 의하면 첫 번째와 두 번째 것은 피할 수 있을 뿐만 아니라 또 반드시 피해야 하는 것들이지만, 세 번째 것은 피할 수 없는 이유가 있다. 왜 그런가? 먼저 두 나라의 언어, 문화 그리고 관습에 차이가 있기 때문이다. 둘째, 번역은 문학연구와 같지 않은 특징 때문이다. 그는 "원작에서는 한 글자도 어물쩍 넘어가서는 안 되고, 한 군데도 주제와 무관하게 얼렁뚱땅 얼버무릴 수 없다"[44]고 말했다. 그가 언급한 네 번째 '와'는 주로 타고난 자질을 가진 번역자가 많이 범하였는데, 임서가 바로 가장 전형적인 사례이다. 그는 "임서가 변역할 때 본인이 원작 가운데 부족하거나 문제가 된다고 판단한 부분을 보면 손이 간질간질해져서 원저자의 팬을 빼앗아 대신 창작하려는 욕망을 억제할 수 없었다."[45]고 지적했다. 여기서 한 가지 짚고 넘어가야 하는 것은, 이런 유형의 번역자는 보통 불세출의 천재들이기 때문에 우리는 이런 상황을 일반적인 기준으로 삼아서는 안 된다. 게다가 '와'는 일반적으로 문학 번역에만 나타나는데, 우리는 그것을 모든 번역 범주에 확산시킬 수 없다. 이것들은 우리가 전종서의 문학 번역 이론을 배울 때 주의해야 할 부분이다.

'와'는 번역 작업에서 적지 않은 간섭을 하기 때문에 이 문제를 어떻게 논증하여 볼 것인가가 매우 중요하다. 전종서는 한편으로는 번역을 할 때 이와 같은 첨가나 삭제의 전략을 원칙으로 삼으면 안 된다고 하면서도 다른 한편으로는 수사학과 작문의 시각으로 볼 때 적당한 '와'는 독자로 하여금 사색하게 하고 지혜를 계발하도록 해줄 수 있다고 생

---

44   錢鐘書, 『林紓的翻譯』, 『中國翻譯』, 1985년 11호, 7쪽.

45   위의 글, 5쪽.

각했다.[46] 그가 기존의 연구자와 다른 점은, '와'를 변증적으로 볼 수 있다는 점이다. 이전의 학계에서는 번역의 '실본(失本)'을 언급할 때 비판적이거나 안타까울 정도로 부정적 태도가 압도적이었다. 그러나 전종서는 다르다. 그는 '와'를 '피할 수 있는 것'과 '피할 수 없는 것'으로 변증적으로 분류할 뿐만 아니라, '와'가 가져올 수 있는 몇몇 긍정적인 효과를 일일이 '매(媒)와 유(誘: 매개와 유도, 즉 외국문학을 소개해 독자의 관심을 유발하는 번역의 중개자 역할을 함축적으로 표현하는 것-역자 주)'로 도출해냈다.

전종서는 한편으로는 '화경'론을 번역의 가장 높은 이상으로 제시하면서도 다른 한편에서는 전체적으로 '화'를 실현할 수 없다고 생각했다. 그는 "'소위의 의(義: 의미)'라고 불리는 것은 분명하게 드러나지 않더라도 이동할 수 있고. '고(詁: 현대말로 고대의 언어를 해석하는 것-역자 주)'는 원래 정해진 것이 없으며, 이는 마치 사리(舍利)는 사람에 따라 색(色)이 다르게 보이고, 소동파(蘇東坡)가 '가로로 보면 고개요, 옆으로 보면 봉우리로다.'라고 읊은 것과 같다(蓋謂'義'不顯露而亦可遊移, '詁'不'通'達'而亦無定準, 如舍利珠之隨人見色, 如廬山之'橫看成嶺側成峰')."[47]고 자신의 견해를 설명한 적이 있다. 이렇게 보면, 서로 다른 독자의 텍스트 해독이 워낙 천차만별이어서, '화경'의 경지에 이른다는 것이 말처럼 그렇게 쉽지는 않다.

그러나 전송서의 '화경'론을 면밀히 분석하고, 그리고 '와'에 대한 그가 제시한 여러 분석들도 자세히 검토해 보면, 우리는 번역본에 대한 그의 평가기준을 '등화(等化)', '결화(欠化)', '초화(超化)' 등의 세 가지로 나눌 수 있다.

---

46   錢鍾書,『林紓的翻譯』,『中國飜譯』, 1985년 11호, 5쪽.

47   錢鍾書,『談藝錄』, 北京: 中華書局, 1984, 610쪽.

먼저, '등화'란 그가 말한 바와 같이, 완벽하게 이룬 '화', 즉 딱딱하고 억지스러운 흔적도 없고 원작의 풍미도 그대로 보존할 수 있는 번역 작품을 말한다. 이러한 '등화'가 결코 없다고는 할 수 없지만 대부분의 상황에서는 실현 불가능한 이상일 뿐이다.

그 다음으로 '결화'는 번역본의 일반적인 형태이며, 그의 말처럼 언어 사이의 차이 때문에 '와'를 피할 수 없어서 완전한 '화'는 실현 불가능하다. 그러므로 대부분의 번역본은 모두 '결화'일 수밖에 없다.(이것은 '번역이 불가능하다'고 주장하는 논자들의 핵심 논거이기도 하다.) 전종서는 '결화' 번역이 비록 원작에는 미치지 못하지만 '매(媒)'와 '유(誘)', 즉 매개와 유도의 역할을 할 수 있다고 생각한다. 이처럼 '隔物看花(안개 속에서 꽃구경하기)'와 같은 번역은 흔히 독자들에게 외국어를 공부하고 원문텍스트를 읽도록 하며, 나아가 문학과 인연을 맺도록 유도할 수 있다는 것이다.

마지막으로 '초화'는 번역본의 비상시적인 형식, 즉 바로 전종서가 지칭한 원작을 뛰어넘는 번역본으로서, 임서가 번역문에 대하여 뻔히 알면서도 일부러 첨가하거나 개작하는 행위가 바로 그런 예에 속한다. 그러나 이와 같은 "어린아이의 천진함과 장난" 같은 것도 가끔만 할 수 있는 것이다. 왜냐하면 번역은 어린아이들이 하는 장난 짓이 아니라 사회적인 도의와 책임을 지는 행위이기 때문이다.

전종서는 임서가 번역할 때 개작의 충동을 느끼게 된 이유를 객관적으로 분석하였는데, 중국에서 전통적으로 창작을 중시하고 번역을 경시해온 분위기를 그 원인으로 결론지었다. 이 때문에 임서가 중시한 것은 번역할 때 '古文'(문언문)으로 글을 쓰는 것이지 번역 자체가 아니다. 심지어 그는 사람들에게 '번역의 귀재'라고 불리는 것을 달가워하지 않았다. 번역할 때 자꾸 개작의 충동이 일어나는 것은 "창작을 중시

번역과 중국의 근대성

하고 번역을 가볍게 여기는" 자신의 속내를 못 이겨내기 때문이었다. 홍미로운 것은 학계와 후세 학자들이 모두 임서의 번역을 가장 추앙하고 있다는 점이다.

임서의 번역에 대한 전종서의 평가는 매우 객관적이고 적절하다. 이런 종류의 창조적인 번역에 대해 다소 관대한 태도를 취하고 있기는 하지만, 그러나 그는 번역자들에게 이렇게 권고하고 있다: "번역의 성격을 정확히 인식하고 번역의 임무를 성실히 수행하면, 글을 쓸 수 있는 번역자도 자제할 수 있고 나아가 부적절한 글쓰기 충동을 억제할 수 있다."[48]

4.3 '통(通)', '달(達)'에서 '매(媒)', '유(誘)'까지: 번역의 기능

번역의 기능에 대하여, 일찍이 《예지·왕제(禮記·王制)》에 다음과 같은 기록이 있다.

"천하 백성들은 언어가 통하지 않고, 욕구도 같지 않다. 그 뜻에 이르고, 그 욕구가 통하게 하는 것을 동방에서는 기(寄), 남방에서는 상(象), 서방에서는 적(狄), 북방에서는 역(译)이라고 부른다.(五方之民, 言語不通, 嗜欲不同, 達其志, 通其欲, 東方曰寄, 南方曰象, 西方曰狄鞮, 北方曰譯.)"[49]

그러나 당시만 해도 번역 기능에 대한 인식이 언어와 의미의 측면에만 머물러 있었으므로 번역의 가장 중요한 역할은 "達其志, 通其欲(다

---

48 錢鍾書, 『林紓的翻譯』, 『中國飜譯』, 1985년 11호, 5쪽.

49 陳澔注, 『禮記』, 上海: 上海古籍出版社, 1987, 74쪽.

른 지역의 언어를 모르기 때문에 중간에서 전달해 주는 번역자를 통하여 서로 소통하고 교제하는 것)"이었다. 그러나 다른 지역의 말은 통하지 않아서 번역자가 이를 전달해서 서로 이해하게 만들었지만, 문화 교류 차원에서 번역자의 역할은 일찍이 고려되지 않았다. 전종서는 원문 텍스트와 대조하는 언어의 득실에 얽매이지 않고 문화교류 차원에서 임서번역의 의미를 객관적으로 평가함으로써 번역의 기능을 문화교류사의 차원으로 끌어올렸다. 이것이 바로 그가 말한 "매, 유"설이 번역학 분야에 기여한 것이다. "철저하고 일괄적인 '화'는 실현 불가능한 이상으로서, 어떤 면에서는 어느 정도의 '와' 또한 피할 수 없는 결점이 있으므로, 이로 인해 '매'와 '유'가 새로운 의미를 지니게 된다."[50]

번역의 중요한 기능은 '중매'에 있다. "번역은 중매자이자 연락책으로 사람들에게 외국 작품을 소개해주고 외국 작품을 좋아하도록 유도하여 마치 중매라도 하듯이 여러 국가로 하여금 '문학적 인연'을 맺도록 만들었다."[51] 인연을 맺는 것은 어느 한 작가나 독자 사이의 친밀한 교류가 아니라 나라와 나라, 문화와 문화 사이의 교류와 이해를 중시했다. 이것이 바로 전종서의 특출하게 뛰어난 부분이다.

번역은 단순히 문자를 전환하는 것에 그치는 것이 아니라 일종의 사회와 문화적 행위이며 문화 전파의 교량이자 나라의 흥쇠(興衰)를 좌우하는 큰 사업이다. 2000년대 초반부터 시작하여 오늘날 전세계에서 번역에 대한 연구가 날로 활발해지면서 중국에서 번역학이 가장 뜨거운 학문 중의 하나로 부상된 사실은 바로 이러한 점을 입증해 주고 있

---

50 錢鐘書,『林紓的翻譯』,『中國飜譯』, 1985년 11호, 3쪽.

51 위의 글.

다. 반면, 오늘날 세계는 서로 다른 언어 사용자들 사이에서 이데올로기의 차이, 경제적 이익의 갈등, 종교적 신념의 차이, 군사력의 현격함 등 여러 가지 요소 때문에 분쟁이 발생하고 심지어 전쟁까지 일어나고 있다. 태평양 전역에 도사리고 있는 위기가 바로 그 많은 예 중의 하나다. 바로 이러한 상황들은 전종서의 영명(英明)함을 증명해 주고 있다. 그는 번역이 "나라 간에 맺는 '인연' 가운데 반목과 갈등이 가장 최소화된 형태"라고[52] 평가한바 있다.

'좋은 번역'의 역할은 자신을 없애고 독자들의 호기심을 유발시켜 그들로 하여금 외국어를 배우게 하고, 번역본을 버리고 원문 텍스트를 읽도록 '중개'의 역할을 한다. 반대로 '나쁜 번역'은 독자를 '이간시켜' 원문 텍스트에 대한 흥미를 무너뜨려 결국 번역본과 원문이 함께 버림을 받게 만든다. 원문에서 번역문에 이르기까지 전체의 '화(化)'는 단지 이상으로서 그것을 향해 다가갈 수 있을 뿐 영원히 미칠 수는 없다. 이것이 바로 같은 작품이 끊임없이 재번역되는 이유이다.

번역문은 원문 텍스트의 '사후의 생명(the after life)'으로서, 이러한 재탄생은 일반적으로 '와'를 통해서만 이루어질 수 있다. 문학 번역의 창조성은 바로 여기에서 드러난다. 문학 번역이 형식에 치우치고 주관이 없으면, 그 결과는 독자를 멀어시게 할 수밖에 없을 것이다. 그러나 만약 번역자가 번역의 기능을 충분히 인식하고 '통', '달'의 경지에서 '매'와 유'의 역할에 충실하여 창조적인 문학 번역을 진행한다면, 이때 번역자가 '이간자(離間者)'가 아니라 '居間者(중간 매개자-역자 주)'로 될 수 있다. 왜냐하면 그의 번역작품은 번역문을 읽는 독자에게 감동을 줄 수

---

52   위의 글.

있을 뿐만 아니라, 그들로 하여금 직접 원문을 찾아서 읽는 충동도 생기게 하기 때문이다. 이런 번역문이 바로 전종서가 말하는 경지, 즉 "언어 습관의 차이로 딱딱하고 억지스러운 흔적을 드러내지 않으면서도 원문의 맛을 최대한으로 살리는" 최고 경지에 이른 것이다. 바이런 (George Gordon Byron)의 시 「She walks in Beauty(그녀는 예쁘게 걸어요)」를 그 예로 들어보자.

번역문:

她走在美的光彩中, 像夜晚

皎潔無雲而且繁星滿天

明與暗的最美妙的色澤

在她的儀容和秋波裏呈現

耀目的白天只嫌光線過強

它比那光亮柔和且幽暗

　　　　　　　- 사량쟁(查良錚) 번역[53]

원문:

She walks in beauty, like the night　　(그녀는 예쁘게 걸어요. 구름 한 점 없이)

Of cloudless climes and starry skies;　　(별 총총한 밤하늘처럼)

And all that's best of dark and bright　　(어둠과 빛의 그중 나은 것들이)

Meet in her aspect and her eyes;　　(그네 얼굴 그네 눈에서 만나)

Thus mellow'd to that tender lignt　　(부드러운 빛으로 무르익어요)

53　拜倫, '她走在美的光輝中', 查良錚譯, 『拜倫詩選』, 上海: 上海譯文出版社, 1982, 45쪽.

Which heaven to gaudy day denies.　(난(亂)한 낮에는 보이지 않는)

(George Gordon Byron)[54]

　불과 몇 줄의 번역문만으로도 확실하게 '중개자'의 역할을 훌륭하게 발휘할 수 있고 독자로 하여금 원문을 찾아 읽고 싶은 충동이 생기게 만든다. 더 나아가 중국과 외국 문학의 인연을 맺게 하고, '통', '달'의 경지에서 '매', '유'에 이르는 문학예술의 아름다움을 충분히 느끼게 하고 있다.

　중국의 문화와 문학의 포용성은 강하다. 20세기, 특히 전반기에 중국 최고의 지식인들, 예컨대 라념생(羅念生: 중국 현대 유명한 학자, 번역가-역자 주), 사량쟁(査良錚: 중국 현대 유명한 시인, 번역가-역자 주), 양실추, 부뢰, 양헌익, 양강 등 번역계의 거장들이 외국 문학의 번역을 자신의 소임으로 삼고 열심히 번역작업을 전개함으로써, 우수한 번역작품이 그야말로 대성황을 이루었다. 그들은 외국 문학을 풍부하게 하면서도 중국 문학을 살찌웠다.

　필자는 단언컨대 오늘날 중국의 저명 작가들 중에서 이들이 번역한 훌륭한 외국 문학작품 번역본을 읽고 거기에서 영향을 받지 않은 작가는 거의 찾을 수 없다. 모옌의 노벨상 수상도 그가 청소년 시절에 이들이 번역한 세계 명작 번역본을 많이 읽은 것과 무관하지 않다. 최근 몇 년 동안 중국 문학의 외국어 번역도 왕성하게 발전하는 추세를 보여 왔는데, 이들 번역서 중에는 '중개자' 역할을 잘하는 것들이 있는가

54　Percy Bysshe Shelley, Baron George Gordon Byron & John Keats, *Poems of Byron, Keats and Shelley*, Elliott Coleman, ed. New York: Garden City Doubleday, 1967, 13쪽.

하면, '이간자'로서 부정적인 역할을 하고 있는 사례도 나타나고 있다. 번역에서의 '와'의 정도를 어떻게 파악하고 어떻게 합리적인 '매, 유'를 통하여 통달한 번역본을 '화경'의 경지로 이끌어 가도록 할 것인가 하는 것은 우리가 연구해야 할 과제이며 노력해야 할 목표이다. 전종서의 통찰력 있는 예리한 논술은 틀림없이 우리에게 중요한 깨우침을 주는 역할을 할 것이다.

동서고금을 막론하고 '중개자' 역할을 하는 좋은 번역본은 헤아릴 수 없을 정도로 많다. 그러나 우리는 좋은 번역본으로 가면을 쓴 엉터리 번역본들을 경계해야 한다. 이런 번역본들은 문화의 교류에 오해를 불러일으켜 문화 사이에 의사소통이 원활하지 못하게 하는 사태를 초래한다. 최근 인터넷에서는 삼불장군(三不將軍)으로 조롱을 받던 중화민국 초기 군벌 장종창(張宗昌, 1881~1932)의 시에 대하여 네티즌들 사이에 열띤 토론이 있었다.[55] 사연을 들어보면, 중국어와 중국 음식, 시가를 매우 좋아한다는 한 외국인 친구가 공자의 고향 출신인 중국 근대 애국시인 '장중선(莊重禪)'을 언급하면서 즉흥적으로 중국어로 다음의 시 한 수를 읊었다고 한다.

遙遠的泰山, 展現出陰暗的身影

(아득히 먼 태산에는 어두운 그림자가 드리워져 있다)

厚重的基礎, 支撐起淺薄的高層

(무거운 터전은 얇은 고층건물을 지탱해 주고 있다)

---

[55] http://bbs.tianya,cn/post-worldlook-606428-1.shtml?event=share/share-douban, 검색 시간은 2015년 6월 19일.

假如某一天, 有人將那乾坤顛倒

(어느 날에 누군가가 천지건곤을 뒤집어 놓으면)

陳舊的傳統, 必將遭逢地裂山崩。

(낡아빠진 전통은 필히 산산조각이 될 것이다)

그는 이 시가 영역문에서 중국어로 재번역((back-translation) 된 것이라고 소개하면서, 비록 원문은 아니지만 뜻은 거의 비슷할 것 같고 매우 깊은 함축된 의미를 담고 있다고 말했다. 그 시가의 영역문은 다음과 같다.

Seen from afar, the gollmy Mount Tai is

narrow on the top and wider on the bottom,

If we turn the Mount Tai upside down,

the top will become wider and the bottom narrower.

인터넷에 글을 올린 네티즌은 이 외국인 친구의 설명을 토대로 그 시인을 검증한 결과는 아주 충격적이었다. 이 시는 '混世魔王(세상을 어지럽히고 사람들에게 해를 끼치는 말썽꾼-역자 주)'으로 불리는 군벌 장종창(張宗昌)이 지은 것으로, '습작'에도 미치지 못하는 수준으로 너무나 졸렬하여 시라고 할 것도 없었기 때문이다. 원문은 다음과 같다.

遊泰山　　　　　　(태산 관광기)

遠看泰山黑糊糊,　　(멀리서 태산을 바라보니 어두컴컴하다.)

上頭細來下頭粗。 (위는 가늘고 아래는 굵다.)

有朝一日倒過來, (언젠가는 거꾸로 본다면)

下頭細來上頭粗。 (아래는 가늘고 위는 굵어 보일 걸)

필자는 독자들이 여기까지 읽고 경악을 금치 못할 것이라고 생각한다. 만약 이런 시가 중국 현대문학을 대표하는 좋은 작품으로 소개된다면, 세계를 향해 뻗어나가려는 중국문화를 어떻게 말해야 할까? 비록 이 사례처럼 번역문의 수준을 모두 탓할 수는 없지만, 우리에게 큰 충격을 준 것은 깊이 생각해 볼 일이다. 분명히 이 서양학자의 '번역법(즉 깊이 탐구하지 않고 글자만 보고 잘못된 해석을 내리는 번역방법-역자 주)'은 문화를 전송하는 과정에서 일부 외국 독자들로부터 관심과 찬사를 받을 수는 있겠지만 그의 번역문은 진정한 중국, 진정한 중국 문화를 표현한 것이 아닐 뿐만 아니라 원문도 아니기 때문에 절대로 바람직한 것이 아니다. 중국 문화의 대외 전송은 방대한 시스템 프로젝트에 의해 이루어져야 하며 조금이라도 거짓이 있어서는 안 된다. 그러므로 전종서가 제기한 번역의 '통, 달'과 '매, 유' 기능의 진정한 실현은 번역 그 자체 외에도 진정한 중국문화에 대한 서양 독자들의 이해력도 강화시켜야 한다. 그리고 반드시 번역과 다른 학문 분야(예를 들면 미디어학, 서사학, 기호학 등)의 '인연'을 만들어 주는 데에 주력해야 한다. 이러한 '인연'은 장차 번역이라는 매개를 통하여 서양문화와의 '인연 맺기'를 위한 부스터와 촉매제가 될 것이다.

번역과 중국의 근대성

5. 맺는 말

전종서의 번역론은 중국 번역론의 중요한 부분을 차지하고 있다. 그의 번역논술은 비록 산발적이기는 하지만 깊이 있고 정곡을 찌르면서 서로 어울려 빛을 발하고 있다. 또 그의 방대한 학술 저작들과 하나가 되어 자신만의 독특한 번역 텍스트의 공간을 만들었다. 그는 일찍이 『관추편』에서 "이른 바 '번역'은 '통사(通事)'라고도 한다. 특히 '통'은 번역 작업의 사명이다(夫'譯'一名'通事', 尤以'通'謂職志)[56]"라고 한 바 있다. '통'은 언어의 장벽을 허물고 서로 다른 문화 사이의 소통을 원활하게 할 수 있다. 그는 번역의 기능을 문화교류사의 높은 수준으로 이끌었다. 그가 '역', '유', '매', '와', '화'를 번역의 기능이요, 본질과 이상이라고 정의한 것은 그야말로 주옥같은 견해로서 매우 의미심장하다. 전종서 번역론의 깊은 뜻은 " '동해'와 '서해'의 '마음'은 같고, '남학(南學)'과 '북학(北學)'의 '학술연구'는 갈라지지 않았다(東海西海, 心理攸同; 南學北學, 道術未裂)[57]"라는 그 본인의 생각에 함축되어 있다. 그의 번역론에는 우리가 근원을 탐구하고 끊임없이 발굴할 가치가 있다.

---

56 錢鐘書, 『管錐編(一)』, 北京: 生活.讀書.新知三聯書店, 2001, 1쪽.

57 전종서는 자신의 저작 『담예록(談藝錄)』에서 서로 다른 국가와 민족 사이의 학문에 존재하는 유사성 현상 내지 유사성 연구의 절박성을 이렇게 지적한 바 있다.: "東海西海,心理攸同;南學北學, 道術未裂", 錢鐘書, 『談藝錄(上卷)』, 北京: 生活.讀書.新知三聯書店, 2001, 1쪽.

제 3 절

연역(衍譯): 시 번역에서의 열반(涅槃)

1. 이끄는 말

번역은 어려운 작업이다. 그 중에서도 시가의 번역이 가장 어렵다. 19세기 영국의 시인 셰일리(Percy Bysshe Shelle)는 「A Defence of Poetry(시의 변호)」라는 글에서 다음과 같이 말했다.

"시인의 언어는 언제나 소리의 어떤 일치와 조화의 재현에 관련되는데, 만약 이것이 재현되지 않았다면 시(詩)도 시로 만들어지지 않았을 것이다. ……이런 재현은 어구(語句) 자체 못지않게 중요하다. 그러므로 시를 번역하는 것은 쓸데없는 짓이다."[01]

심지어 그는 이런 비유도 제시했다.

"만약, 스툭의 아름다움을 발견하려고 그것을 용광로에 던지는 행위가 현명하다면, 시인의 창작을 한 언어에서 다른 언어로 옮겨보

---

01   伍蠡甫編, 『西方文論選』, 上海: 上海譯文出版社, 1979, 54쪽 참조.

는 것도 영리한 방법이 될 것이다."[02]

20세기 미국의 시인 프로스트(Robert Frost)도 "시는 번역하는 과정에서 잃어버리는 것"이라고 공공연하게 말했다.[03]

만약 시 번역이 어렵다면, 시 번역을 논술하는 것도 결코 쉬운 일이 아니다. 보통 시인과 번역가를 한 몸에 모아야 이 화제를 의논할 자격이 있다. 그러나 외국어에 능통하면서 시의 체제를 잘 아는 사람은 드물다. 설령 있다고 하더라도 시 번역을 논의하며 애만 쓰고 좋은 소리 못 듣는 일을 원하지 않는다. 그래서 중국은 근현대 이래 시 번역 분야의 뛰어난 논자들로 주상, 문일다, 곽말약, 양종대(梁宗岱), 왕좌량(王佐良), 도안(屠安), 허연충(許淵沖), 강풍(江楓) 등을 제외하고는 결코 그다지 많지 않다.

하지만, 시 번역이 불가능한 일이라고 해서 전혀 번역할 수 없는 것은 아니다. 노자(老子)는 『도덕경(道德經)』에서 "말로 도를 논하면 진짜 도가 아니다(道可道, 非常道),말로 이름을 붙이면 진짜 이름이 아니다(名可名,非常名)."[04]라고 했다. 이 말을 빌어서 번역을 논하면 "역가역, 비상역(譯可譯, 非常譯)", 즉 번역은 불가능한 것도 아니고 그렇게 쉽게 생각하는 것도 아니라고 할 수 있다. 원문 텍스트가 '1'이면, '1'에서 '2'가 생겨나고, '2'에서 '3'이 생겨나면서 끊임없이 변화하고 발전한다. 시가 다른 언어로 복제되기를 바라는 생각은 순진하고 어리석다. 사람과 마찬가

02   René Wellek. 『近代文學批評史』, 楊自伍譯, 上海: 上海譯文出版社, 1997, 157쪽.

03   錢鐘書, 『七缀集』, 北京: 生活.讀書.新知三聯書店, 2002, 143쪽에서 재인용.

04   『老子』, 長沙: 湖南出版社, 1994, 2쪽.

지로, 어떤 번역이라도 모두 결함이 있을 수 있다. 그러나 이런 결함은 그것이 추구하는 진·선·미(眞·善·美: 진실함·선량함·아름다움)의 경지를 방해하지 않는다. 마치 불법(佛法)에서 말하는 "꽃 하나가 하나의 세계요, 나무 한 그루도 하나의 덧없는 삶(一花一世界, 一木一浮生)"과 같은 것이다.

하나의 시를 번역하는 것은 모두 원작의 연속이면서 동시에 이전의 번역본을 버리는 것이다. 에즈라 파운드(Ezra Pound)의 유명한 시(詩) 『지하철 정거장에서(In a Station of the Metro)』는 단 두 줄(The apparition of these faces in the crowd /Petals on a wet ,black bough)[05]로 되어 있지만, 오히려 정민(鄭敏),안원숙(顔元叔),여광중(餘光中),류사하(流沙河),조의형(趙毅衡),구소룡(裘小龍) 등 수많은 번역자들을 끌어들여 다수의 번역본이 나와 있다. 이런 번역본들은 각각 다른 해석과 예술 표현이 있는데 독일 학자 발터 벤야민(Walter Benjamin)의 말을 빌면, 모두 다 "원작 사후의 삶"이다.[06]

2. '연역' 번역 방법의 제출

시를 어떻게 번역하는가? 이 문제에 관하여 영국 학자 드라이든(Dryden)이 제안한 번역의 세 가지 방법, 즉 직역(metaphrase), 의역(paraphrase), 모작(模作, imitation)이 있다. 그의 관점은 1680년 「Ovid's

---

05 "군중 속에서 유령처럼 나타나는 얼굴들, 까맣게 젖은 나뭇가지 위의 꽃잎들. "C.Altieri. *The Art of Twentieth-Century American Poetry: Modernism and After.* Oxford: Blackwell, 2006, 31쪽.

06 Walter Benjamin. The Task of the Translator, in Hannah, Arendt, ed., Harry Zohn, trans,.*Iluminations: Essays and Reflections.* New York: Schocken Books, 1969, 69~82쪽.

Epistles」란 글에서 발표되었다. 이 글에서 그는 극작가 벤 존슨(Ben Johnson)의『시의 예술』을 '직역 불가능(直譯不可)'의 사례로 인용하고, 또 카울리(Cowley)가 핀다로스(Pindar)의「찬송가」를 번역한 사례를 인용하여 모작(模作, imitation)과 같이 자유롭게 삭제하거나 첨가하는 방식으로 시를 번역할 수는 있지만, 이는 아주 뛰어난 번역자만 도달할 수 있는 경지라는 견해를 제기했다. 그는 원문을 기계적, 일대일 식으로 직역하거나 함부로 개작하는 '모작'의 방법을 피하기 위하여 일종의 절충적인 선택으로 의역의 번역 방법을 주장했다. 그의 이런 주장은 '직역인가, 의역인가'와 같은 문제를 둘러쌓고 끈질기게 벌여왔던 기존의 논쟁에 대하여 참신한 해결책을 제시했다.[07] 이 논평은 영국 문학의 현실에 비교적 부합한다.

드라이든은 의역을 선호하고 직역에 대해서는 유보적이며 모작에 대해서는 반대하는 태도를 취했다. 그가 보기에 모작은 원문에 충실하지 않은 번역방법이므로 재능이 아주 뛰어난 번역자라야만 자신이 뜻에 따라 임의로 첨삭을 가하여 원문의 부족함을 보완할 수 있기 때문이다. 그러나 일반적으로 모작은 평판이 좋지 않은 방법이다.[08]

드라이든이 모작에 대하여 신중한 태도를 취한 이유는 그가 처하고 있던 시대적 배경과 관련이 있다. 중세 유럽에서는 사람들이 고전을 숭상하고 선현에 대해서는 맹목적으로 숭배하는 경향이 있었다. 이런 심리는 여성의 정조, 관료의 충성심과도 비교될 정도로, 번역 기준이 거의 도덕적 기준과 동등하게 간주되었다. 헤라클레이토스(Heraclitus)가

---

07   陳德鴻, 張南峰編,『西方翻譯理論精選』, 香港: 香港城市大學出版社, 2000, 1쪽.

08   위의 책, 3쪽.

일찍이 "한 사람이 같은 강에 두 번 발을 들여놓을 수는 없다."[09]라고 말했듯이, 번역과 언어의 전환 또한 어찌 그렇지 않겠는가.

시를 번역하는 작업은 두 개의 서로 다른 문화와 지혜로부터 제약을 받기 때문에 원문을 맹목적으로 따라서는 안 된다. 그러므로 번역본은 더 이상 원본이 아니다. 20세기의 새로운 비평의 해석법이나 상호텍스트성 이론, 해체주의적 사상은 이런 점을 더욱 증명해주고 있다. 이러한 논술들은 드라이든의 이론에 강력한 충격을 주고 있는 게 사실이다.

자세히 분석해 보면 드라이든의 세 가지 번역 방법 가운데 '직역'은 중국의 번역학에서 논의되고 있던 직역이 아니라 일종의 '억지 번역(死譯)'과 '딱딱한 번역(硬譯)'이라는 것을 발견하기란 그다지 어렵지 않다. 주작인은 일찍이 예문을 통해 '사역'과 '경역'을 설명한 적이 있었다. 즉, 예를 들어 'He is lying on his back'이라는 문장을 "그가 그의 등에 누웠다.(他躺在他的背上)" 또는 "그가 가슴을 펴고 눕는다(他坦腹高臥)"로 번역한다면, 전자는 '사역'이고 후자는 '경역'에 해당한다는 것이다.[10] 그리고 드라이든가 말하는 모작은 '개작(改作)'을 뜻하는데, 번역학계에서는 그다지 환영을 받지 못하는 방법이다. 이렇게 보면 의역은 필연적인 선택이 될 수밖에 없다.

드라이든이 제기한 번역 방법을 그대로 중국에 접목시키면 시가 번역의 문제를 해결할 수 있을까? 아니다. 중국에서는 불경 번역을 시작할 때부터 '직역'과 '의역'에 대한 논쟁이 끊임없이 벌어졌고, 한편으

---

09   馮契 編,『哲學大辭典』, 上海: 上海辭書出版社, 1992, 1698쪽.

10   周作人,『陀螺』序, 載羅新璋, 陳應年編,『翻譯論集』(修訂本), 北京: 商務印書館, 2009, 472쪽.

로는 두 가지 번역 방법을 같이 사용하기도 했다. 이런 점에서 서양과 중국은 다르다. 서양의 의역에는 한 가지 기본적인 특징이 있는데, 이 것이 바로 드라이든 본인도 말한 바대로 "다른 방식으로 서술"하는 것이다. 서양에서는 의역의 동의어가 바로 'paraphrase'라는 단어이다. 이렇게 해서 나온 번역문은 항상 원문이 표현한 내용에 비해 그 범위가 넓고 크다. 그러나 이런 번역문들은 시가를 구성하는 요소에 어긋나기 때문에 시인이 모두 받아들일 수 없는 것이다.

필자는 중국의 언어 환경에서 번역의 세 가지 방법을 논의할 때, '직역·의역·연역'으로 서술하기를 희망한다. 여기서 말하는 '직역'은 기계적으로 글자 하나하나를 그대로 번역하는 것이 아니라 가능한 한 원문의 기본적인 문장 스타일을 유지하는 것을 의미한다. 즉 번역자는 원작자의 뒤에 숨어서 글자나 문장을 되도록 원문에 따르는 번역 방식을 기본으로 채택함으로써 원작의 형식과 의미를 최대한 살리려고 노력하는 것이다. 그리고 '의역'의 경우, 번역자는 원작자와 어깨를 나란히 하고 원문의 기본적인 내용에 충실히 따른다는 전제 하에 문장의 구조 변화와 단어의 뜻에 대해 첨삭을 허용한다. 마지막으로 드라이든이 제기한 모작은 담재희(譚載喜: 현대 중국 유명한 번역학자-역자 주)에 의하여 '의작(擬作: 모방 창작-역자 주)'으로 번역되었다.[11] 그가 이렇게 번역한 것은 아마도 이런 번역 방법이 창작과 상당히 비슷하다고 판단했기 때문일 것이다. 그러나 비록 서로 비슷하다고 하더라도 그것은 결코 창작이 아니며 본질적으로 번역에 속한다. 그래서 필자는 '의작'이라는 용어보다는 '연역'이라는 용어를 더 선호한다. '연역'에서는 번역자가 원저자의

---

11   譚載喜, 『西方翻譯簡史』, 北京: 商務印書館, 1991, 154쪽.

대변인으로서 '시의 이치(詩道)'에 통달하고 시의 정수를 잘 파악을 하여 번역을 하면서 자신의 창의력을 마음대로 발휘할 수 있다. 이와 같이 세 가지 번역 방법에 대한 새로운 해석과 논의는 우리가 시가번역 문제를 검토하는 데 도움이 될 것이다.

세 가지 번역 방법을 대하는 문제에 있어서, 필자의 관점은 직역이 우선이고 의역은 그 다음이다. 왜냐 하면 오직 '직역'만이 원어의 '이질적인' 요소와 원문의 정신을 최대한 보존할 수 있고 나아가 원문에 담긴 문화를 전파할 수 있기 때문이다. 물론 필자가 말하는 '직역'은 절대적인 것이 아니라 '직역'을 위주로 하는 번역을 말한다. 일반적으로 모든 번역문은 직역 중에 의역이 있고, 의역 중에도 직역이 있을 것이다.

그러나 시가와 같은 특수한 장르를 번역할 때 우리는 '연역'의 방법을 채택할 필요가 있다. 왜냐하면 시의 번역은 예술의 한 종류로서 상당 부분 재창작이기 때문이다. 만약 원문에 얽매여 기계적으로 번역하다 보면, 결과는 거꾸로 갈 수밖에 없다. 영국 시인 겸 번역가인 피츠제럴드(Edward Fitzgerald)도 번역을 하면서 "차라리 살아있는 참새가 될지언정 죽은 매가 되지는 않겠다(better a live sparrow than a dead egale).[12]라고 하지 않았는가. 그러나 필자가 말하는 '연역'은 결코 시의 형식까지 버리는 것이 아니다. 왜냐 하면 시의 구조는 일정 부분 시를 구성하는 중요한 부분이므로, 만약 이를 고려하지 않으면 '연역'은 정도를 벗어난 것으로서 시 번역이 유명무실해지는 문제를 초래할 수 있기 때문이다.

그렇다면 독자들께서 "'의역'과 '연역'은 어떤 차이점이 있는가?"

12 　　Omar Khayyam. 『魯拜集(*The Rubáiyát of Omar Khayyám*)』, 황극손(黃克孫)譯, 臺北: 書林出版有限公司, 2003.

라고 질문할 수도 있을 것이다. '의역'은 주로 번역문의 내용이 원문과 일치하도록 표현되고, 다만 구조적인 면에서 원칙적으로 조정과 변화를 가하는 것이다. 하지만 '연역'은 다르다. 이 방법은 기본적으로 원문의 고유한 형식을 최대한 존중하여 번역문과 원문이 작가가 추구하는 의도와 일치하도록 힘쓰는 것이다. '직역'이든 '의역'이든 일반적인 개념으로 의미의 전달에 목적을 두기 때문에 번역문의 충실함과 매끄러운 문장을 더 중요시하는 반면, '연역'은 주로 문학 작품의 예술성에 초점을 맞추기 때문에 의미의 전달에 주된 목적을 두면서도 이미지와 전종서가 주장하는 '화경'의 효과를 추구한다. 자연과학 저작물, 사회과학 저작물 등은 모두 직역과 의역 방법을 채택할 수 있다. 그러나 시가 번역은 '연역'을 위주로 하고 '직역'을 보조로 채택해야 한다.

그렇다면 독자들은 이어서 질문할 것이다. "왜 '의역'은 권장되지 않는가?" '의역'은 영어로 'paraphrase', 즉 '재표현(重述)'이다. '재표현'이라는 것은 흔히 익숙한 말로 새로운 사물을 설명하는 방식인데, 이런 방식을 채택하면 시의 신선함과 역동성은 모두 사라질 것이다. 물론, 만약 번역 텍스트가 메시지 기능을 필요로 한다면 의역은 받아들여질 수 있고 심지어 권장되어야 할 것이다. 그러나 번역 텍스트에 필요한 것이 시의 예술적인 기능이라면 '연역'이 최상의 선택임에는 의심의 여지가 없다.[13]

---

13 메시지 기능(訊息功能), 시적 기능(詩性功能). 이 두 가지 술어는 러시아 형식주의 대표적 인물인 로만 야콥슨 (Roman Jakobson)에 의하여 제시되었다. Roman Jakobson. On Linguistic Aspects of Translation, in Lawrence Venuti, ed, *The Translation Studies Reader*, 2nd Ed, London: Routledge. 2004.

3. 시가의 '연역'

번역에 대한 필자의 주장은 "직역은 우선이고 의역은 그 다음이다."라는 것인데 굳이 시 번역에서 '연역'을 채택할 것을 권장하는 이유는, 시의 번역은 다른 유형의 번역과는 달리 형식도 그것을 구성하는 중요한 요소이기 때문이다. 시는 무엇보다도 '경지(意境), 이미지(意象), 음악성(樂感), 운치(神韻)'를 추구한다. 시의 번역은 오로지 최고의 경지에 이르는 예술이기 때문에 하나의 "재창조"라고 부르는 것은 매우 적절한 표현이라 하겠다. 이것이 바로 필자가 시 번역에서 '연역'의 전략을 채택해야 한다고 주장하는 중요한 이유이다.

시의 '연역'은 원작 고유의 형식을 존중한다는 전제 하에 번역자가 시인으로서의 재능을 충분히 발휘하여 두 개의 서로 다른 언어와 문화 사이에 점차 스며들어 새로운 시를 탄생시킨다는 것이다. 이렇게 얻은 번역작품은 정신적으로 원작과 일치하지만, 이미 환골탈태되어 번역하면서 '몸부림치던 흔적'이 남아 있지 않게 된 것이다. 이것이 바로 전종서가 말한 바 있는 '화경'의 경지에 이른 것이다.

시 번역에 대한 기존의 논의 가운데 대부분은 형식적 측면에 집중되어 있다. 예를 들어 정형시(定型詩)는 정형시로, 자유시(自由詩)는 정형시로, 정형시는 자유시로 번역한다는 것들이다. 흔히 자유시는 자유시로 번역하는 것이 바람직하다. 만약 다르다면, 그것은 번역자의 개인적인 스타일이나 시대적인 한계, 또는 어떤 특정한 목적에 의해 야기된 것이 틀림없다. 이런 유형의 번역은 하나의 특별한 케이스로 연구될 수는 있어도 시 번역의 보편적인 기준이 될 수는 없다.

그리고 동일한 시에 대하여 여러 가지 번역 방법을 사용할 수 있다.

예컨대 예이츠 (William Butler Yeats)의 『The Coming Wisdom with Time(지혜는 시간과 더불어 오다)』과 같은 작품은 영국의 철리시(哲理詩)이지만, 형식으로 보면 중국 고대 한시 형식의 일종인 사행칠언시(四行七言詩)와 매우 비슷하다. 그래서 필자는 일찍이 '직역'과 '연역'의 두 가지 방법으로 이 시를 번역한 적이 있다.

원문:

The Coming of Wisdom with Time[14]

Though leaves are many, the root is one;

(잎은 많지만 뿌리는 하나)

Through all the lying days of my youth,

(내 청춘의 거짓된 허구헌 나날 내내)

I swayed my leaves and flowers in the sun;

(햇빛 속의 잎과 꽃들을 흔들었네)

Now I may wither into the truth.

(이제 진실 속으로 시들 수 있으리)

---

14   W.B.Yeats. *The Green Helmet and Other Poems*, Dublin: The Cuala Press. 1910, 7쪽.

번역문1:

雖然葉茂, 根只有一個,

青春伴著虛僞和謊言度過。

陽光下迎風婆娑的花葉,

在真理的獲取中慢慢凋落。

번역문2:

一根之上萬葉青,

映陽紅花舞繽紛。

歲月似水鉛華盡。

榮去枯來顯本真。

　　원문은 철리시로, 겉으로는 소박하고 수수해 보이는 것 같지만 실제로는 예술적 경지가 깊고 의미가 심장하여 깊이 새겨볼 만하다. 어떤 거창한 문구도 거의 보이지 않은 이 시에는 단지 'lying'이라는 단어가 다중적인 의미를 가지고 있어 번역할 때 퍽 신경을 써야 했다. 'lying'은 '젊고 승부욕이 강해 자꾸 마음에 없는 말을 한다'는 것을 뜻하기 때문에 '虛僞(위선)'로 표현하였고, 또 '젊었을 때 나태하여 허송세월을 보낸다'는 의미도 있다. 필자는 이 시의 전체적인 함의에 따라 번역문 첫 번째 의미에 맞춰서 'lying'을 '虛僞'라는 단어로 번역했다.

　　예이츠의 시는 4행이고 각 행의 길이가 꽤 길기 때문에 '번역문2'의 번역은 중국 한시의 칠언(七言)시 형식을 빌려 이루어진 것이다. 이

것은 비록 내용 면에서는 완전한 충실함을 이루지 못했지만 장르[15]면에
서는 '상호텍스트성'을 얻었다고 할 수 있다. 그러나 만약 원시가 다른
서양 특유의 형식을 가지고 있다면 우리는 번역할 때 가능한 한 원래
의 형식을 유지해야 한다. 이를 설명하기 위해 프랑스 시인 아폴리네르
(Guillaume Apollinaire)의 유명한 작품 「Le Pont Mirabeau(미라보 다리)」 두 절
에 대한 두 가지 번역을 예로 들어, 번역 작업에서 '연역'이 어떻게 기
능을 더 잘 발휘할 수 있는지 알아보자.

Le pont Mirabeau

Sous le pont Mirabeau coule la Seine

Et nos amours

Faut-il qu'il m'en souvienne

La joie venait toujours apres la peine.

Vienne la nuit sonne l'heure

Les jours s'en vont je demeure

Les mains'dans les mains restons face a face

Tandis que sous

---

15 '장르'의 정의에 대하여 B.Hatim. Intertextual Intrusions: Toward a Framework
    for Harnessing the Power of the Absent Text in Translation, in K. Simmes
    ed., *Translating Sensitive Texts: Linguistic Aspect*, Amsterdam: Rodopi. 1997.
    35쪽 참조 바람.

Le pont de nos bras passe

Des eternels regards l'onde si lasse

Vienne la nuit sonne l'heure

Les jours s'en vont je demeure[16]

(Guilaume Apollinaire)

미라보 다리

미라보 다리 아래 센 강은 흐르고

우리들 사랑도 흘러간다

내 마음속 깊이 기억하리

기쁨은 언제나 고통 뒤에 오는 것

밤이여 오라, 종이여 울려라

세월이 흐르고 나는 여기 머문다

손에 손을 맞잡고, 얼굴을 마주보자

우리의 팔 아래 다리 밑으로

영원한 눈길의 나른한 물결

흘러가는 동안

---

16   錢培鑫, 陳偉譯注, 『法國文學大手筆』, 上海: 上海譯文出版社, 2002, 147쪽.

밤이여 오라, 종이여 울려라

세월은 흐르고 나는 여기 머문다

(아폴리네르)

이 시의 번역본은 매우 많은데, 가장 유명한 번역자로는 라대강(羅
大岡)과 심보기(沈寶基)가 있다. 라대강의 번역은 기본적으로 직역 위주
로 되어 있으며 형식과 이미지 면에서는 원래의 스타일을 그대로 유지
하고 있는 반면에 심보기는 '연역'의 기법을 채택하여 형식 면에서는
원작에 최대한 맞추면서도 이미지 면에서는 중국 고전 한시에 가깝게
옮김으로써 중국과 프랑스 두 문화 사이에서 최대한 상호 보완해주는
효과를 모색했다. 다음은 두 사람의 번역문이다.

번역문1:

彌拉波橋下塞納河滔滔滾滾

象河水一樣流過我們的愛情

往事又何必回首,

為了歡樂總得吃盡苦頭

時間已到, 夜幕沉沉

日月如梭, 照我孤影

我們手牽手, 面對面

永恆的目光在注視

手臂挽成的橋下面

疲乏的波紋在流逝

時間已到, 夜幕沉沉

日月如梭, 照我孤影 [17]

번역문2:

橋下塞納水悠悠剪不斷

舊時歡愛

何苦縈縈記胸懷

苦盡畢竟有甘來

一任它日落暮鐘殘

年華雖逝身尚在

你我手攜手面對面

交臂似橋心相連

多時凝視橋下水

水中人面情脈脈意綿綿

一任它日落暮鐘殘

年華雖逝身尚在[18]

---

17   이 시는 『蜜臘波橋』(聞家駟譯), 『密拉波橋』(戴望舒譯), 『米拉波橋』(鄭克魯譯), 『米拉博橋』(沈
      寶基譯) 등 다수의 번역본이 있다. 여기서는 羅大岡의 번역문을 예로 들었다.

18   佘協斌, 張森寬選編, 沈寶基譯詩譯文選, 合肥: 安徽文藝出版社, 2003, 530~531쪽.

아폴리네르(Guillaume Apollinaire)는 프랑스 모더니즘의 대표적인 시인이자 시단(詩壇)의 혁신자로 유명한 인물이다. 그는 시가 창작에서 구두점을 없애고 '계단식(階段式)' 시체(時體)를 만들었다. 위의 시는 그의 대표작으로 많은 사랑을 받아 왔다. 류명구(柳鳴九)는 심지어 그의 프랑스 유학을 기념하는 산문집의 제목을 이 시의 첫 구절을 따서 『米拉波橋下的流水(미라보다리 밑에서 흐로는 물)』로 명명하면서, "세월의 흐름을 표현하는 프랑스 사람들의 문구 중에서 가장 아름답고 시적인 정취가 담긴 비유"라고 극찬했다.[19]

아폴리네르의 시는 의미가 심오하고 여운이 강하며 사람의 심금을 울리는 힘을 가지고 있다. 이와 같은 특징이 번역문에서 유지되지 않는다면 번역문이 아무리 아름다워도 합격된 번역이라고 할 수 없다. 형식을 따진다는 점에서 심보기의 번역은 라대강의 번역보다 훨씬 뛰어나다. 라대강은 '번역문1'의 마지막 부분에서 원문의 한 구절을 두 개로 나누어 옮긴 반면에 심보기의 '번역문2'는 여전히 한 구절로 처리하고 있다.

두 가지 번역 방식은 형식적인 측면에서는 서양식 문체의 효과를 유지했다. 압운(押韻)의 측면을 보면, 1절은 두 사람 모두 비교적 자유롭게 옮기는 방식을 취했지만, 2절에서는 '번역문1'은 원문에 맞추어 'abababcc'의 운(韻)을 취했으나, '번역문2'는 약간의 변화를 가하여 'abaacd' 운을 채택했다. 그리고 이미지(意象)를 처리하는 면에서는 '번역문2'가 '연역'의 방식을 사용하고 있음이 뚜렷하게 나타난다. 예컨대 원작의 제목에 있는 다리의 이름(Mirabeau)을 생략하고 직접 "橋下塞納

---

19   柳鳴九, 『米拉波橋下的流水』, 北京: 中國電影出版社, 2001, 1쪽.

水悠悠(다리 아래 세느 강물이 유유히 흐르네)"라고 직설적으로 표현하고, "剪不斷(끊으려야 끊을 수 없네)"과 같은 중국 고전 시 속의 명구를 빌려 연인과의 진지한 사랑을 형상화했다. 즉 중국 고전 시의 이미지를 서양의 시에 교묘하게 융합시켜 뜻밖의 상호텍스트 효과를 얻어낸 것이다.

심보기는 시의 이미지를 전달하기 위하여 은유의 수사법을 많이 사용함으로써 시적인 언어로 이루어진 번역문을 만들었다. 이에 비하여 라대강은 기본적으로 직유(直喻)를 채택하고 있는데 언어가 너무 직설적이어서 시적인 맛을 살리는 데에 역부족인 느낌을 준다. 특히 "日落暮鐘殘"으로 세월의 흐름을 비유하는 것은 중국의 고전에서 말하는 "득어망전(得魚忘筌), 득의망언(得意忘言)", 즉 "뜻을 이루면 그 뜻을 이루기 위해 사용한 수단은 버리게 된다"는 경지에 이르렀다고 할 수 있다. 필자는 바로 이런 번역의 상호텍스트를 통해 프랑스 시인과 중국 번역자가 시공을 초월하여 지음(知音)이 되어 지기(知己)가 될 수 있는 것이라고 생각한다.

4. 『루바이야트(魯拜集: The Rubáiyát of Omar Khayyám)』: 연역과 창작

'연역'은 시 번역의 열반(涅槃)이다. '연역'은 번역자의 주관적인 능동성을 최대한 발휘할 수 있게 함으로써, 문학 번역과 문학 창작도 이로 인해 더 풍부하고 창의성을 얻게 한다. 이 점에 대해서 우리는 『루바이야트(The Rubáiyát of Omar Khayyám)』의 중국어 번역문을 통해서 입증할 수 있다. 『루바이야트(The Rubáiyát of Omar Khayyám)』은 11세기 페르시아의 천재 시인 우마르 하이얌(Omar Khayyam)의 시집이다. 그는 시인인 동시에 유명한 천문학자이자 수학자였기 때문에, 그의 천재적인 창작 재능은 자신의 눈부신 과학적 성취에 가려져 크게 주목을 받지 못했다.

4행시의 형식을 취한 『루바이야트(The Rubáiyát of Omar Khayyám)』은 시인이 한가한 시간을 이용해 창작한 것으로 생기발랄하고 창의력이 넘치는 작품이지만, 종교적 관점에 따라 억압을 받아 그가 살아있을 때는 물론 사후에도 오랫동안 알려지지 않았다. 그 후 700여 년이 지나 영국 시인 피츠제럴드(Edward Fitzgerald)에 의해 영어로 번역되어 알려지면서 세계 문단을 뒤흔들었다. 뒤늦게 페르시아 시인의 천재적인 재능은 인정을 받았고, 번역자인 피츠제럴드 또한 신들린 번역으로 전 세계에 이름을 날렸다. 그의 영문 번역본은 이후 세계 85개 언어로 번역될 때의 '원전'으로 되었다.[20]

여러 국가의 언어로 번역된 『루바이야트(The Rubáiyát of Omar Khayyám)』는 그 번역본의 수량이 『성경』에 견줄 만할 정도로 많다. 영어 번역자인 피츠제럴드는 흩어져 있던 4행시의 원본을 한 데 엮어 연속적이고 혼연일체가 된 아름다운 시집을 새로 만들었다. 총 101편으로 구성되어 있는 시집은 한 작품 한 작품 서로 긴밀하게 연결되어 "술탄(sultan) 성벽의 아름다운 아침 햇살에서 페르시아 초원에 떨어지는 달빛까지" 생생하고 충실하게 페르시아 문학의 '혼(魂)'을 고스란히 재현하고 있다. 그 번역문의 아름다움은 통상적인 관례를 깨고 『The Norton Anthology of English Literature』[21]에 실리게 됨으로써, 마침내 영국 문학

---

20   邵斌, 『詩歌創意翻譯研究: 以'魯拜集'翻譯為個案』, 杭州: 浙江大學出版社, 2011, 머리말.

21   Stephen Greenblatt et al., *The North Anthology of English Literature*, Vol.2.

의 신성한 전당의 반열에 올랐다.

영문판 『루바이야트(The Rubáiyát of Omar Khayyám)』는 중국 학자들이 가장 많이 번역한 시집 가운데 하나로서 호적, 곽말략, 이제야(李霽野), 양실추 등 저명한 학자들이 모두 일찍이 이 책을 번역한 것으로 알려져 있다. 뿐만 아니라 유명한 시인인 문일다는 이 시집의 번역 문제를 다룬 논문 『우마르 하이얌의 절창(莪默伽亞謨之絶句)』[22]을 집필했다. 한마디로 말하자면 중국의 외국문학 연구자 가운데 『루바이야트(The Rubáiyát of Omar Khayyám)』를 모르는 사람은 없다고 해도 과언이 아니다.

1950년대 초, 한 말레이시아 출신의 중국계 청년이 배를 타고 바다를 건너 미국의 매사추세츠 공과대학에 유학을 갔다. 미국으로 가는 여객선에서 그는 피츠제럴드가 번역한 영어판 『루바이야트(The Rubáiyát of Omar Khayyám)』를 읽게 되었는데, 읽는 내내 그의 마음은 마치 세차게 물결치는 파도처럼 출렁이면서 이 책을 꼭 번역해야겠다는 강한 의욕이 생겼다. 이 청년의 이름은 황극손으로, 당시 매사추세츠 공과대학에서 이론물리학 박사과정을 밟고 있었다. 그는 3년도 채 걸리지 않아 물리학 박사 학위를 받았다. 그리고 그 기간 동안 그는 칠언절구(七言絶句)의 형식으로 『루바이야트(The Rubáiyát of Omar Khayyám)』을 번역했다. 번역된 시집은 유인(油印)본으로 만들어져 중국 유학생 사이에서 널리 읽히면서 각광을 받았다.[23] 이 시집은 1956년 계명서국(啓明書局)에서 출판되었

New York: W.W. Norton. 2006.

22 聞一多, 『莪默伽亞謨之絶句』, 翻译通讯编辑部编, 『翻译研究论文集(1894~1948)』, 北京: 外语教学与研究出版社, 1984.

23 필자는 황극손 선생으로부터 직접 받은 유인본과 臺灣에서 출판된 판본을 가지고 있다. 2004년과 2007년, 황 선생은 양젠녕(楊振寧) 교수의 초청을 받아 방문학자로 청화

지만 곧 절판되었다.

필자는 2003년 국립대만사범대학에 객원교수로 있으면서 서림출판유한공사 소정륭(蘇正隆) 회장과 가깝게 지냈다. 그의 말에 의하면, 그는 몇 차례 우여곡절 끝에 당시 매사추세츠 공과 대학에서 교편을 잡고 있는 황극손 교수와 연락을 취하는 데 성공하였고 마침내 2003년에 황 교수가 중국어로 번역한 중국어판 『루바이야트(The Rubáiyát of Omar Khayyám)』이 세상에 나오게 되었다.

『루바이야트(The Rubáiyát of Omar Khayyám)』의 저자 하이얌처럼 황극손도 유명한 과학자이다.[24] 그의 번역은 중국어권의 여러 나라에서 큰 반향을 일으키며 호평을 받았다. 대만담강대학(臺灣淡江大學) 외국어학과의 송미화(宋美璍) 교수는 "두 언어에 대한 번역자의 이해와 구사 능력이 참으로 감탄스럽다. ……더욱이 신(神)이 내린 붓을 가지고 있어 외국의 시적 정서를 중화의 색채로 장식할 수 있었다. 그의 작품은 곧 문학의 윤회(輪回) 재생이다."라고 평했다.

전종서도 다음과 같은 찬사를 보냈다. "황 선생의 번역문은 피츠제럴드의 번역문에 견줄만하다. 피츠제럴드는 번역을 논할 때 '살아 있는 참새가 되느니 차라리 죽은 매가 되리라(better a live sparrow than a dead egale).'라고 했는데, 하물며 살아 있는 매임에랴?[25]" 전종서의 극찬까지 받은 것으로 보면 황극손의 번역문이 얼마나 뛰어난 지 짐작할 수 있다.

대학에 두 번 왔었다. 덕분에 우리 학과 학생들은 영광스럽게도 황 선생으로부터 시 번역에 대한 특강을 들었다.

24 황극손 선생은 1950년대에 박사 학위를 취득하고 프린스턴고등연구소(Institute for Advanced Study)에서 양진녕(楊振寧) 교수와 함께 연구 활동을 했다.

25 관련 내용은 臺北書林出版有限公司에서 출판한 『魯拜集』(2003) 뒷표지 참조.

필자는 여기에서 『루바이야트(The Rubáiyát of Omar Khayyám)』 가운데 9번째 작품을 통하여 이미 비범한 경지에 오른 그의 번역문을 살펴 보고자 한다.

Each morn a thousand Roses brings, you say:

Yes, but where leaves the Rose of Yesterday?

And this first Sunmmer month that brings the Rose

Shall take Jamshyd and Kaikobad away.[26]

(Omar Khayyam, The Rubaiyat)

聞道新紅又吐葩,

昨霄玫瑰落誰家。

瀟瀟風信瀟瀟雨,

帶得花來又葬花。

(黃克孫譯)[27]

원문에서 Jamshyd, 일명 Jamshid는 고대 페르시아 왕을 가리킨다. 그리고 Kaikobad는 페르시아 제2왕국의 건국자이다. 황극손은 하나의 왕조가 바뀌고 정권의 흥망성쇠를 꽃이 피고 지는 것에 비유하였는데,

---

26 시의 내용은 다음과 같다: 매일 아침 천 송이의 장미가 가져다 줄 때마다 당신은 이렇게 묻는다: "네, 하지만 어제의 장미는 어디 있죠?"그리고 장미를 데려오는 첫 번째 선머 달은 잠수드와 카이코바드를 데려가야 한다. - 역자 주

27 Omar Khayyam. 『魯拜集(The Rubáiyát of Omar Khayyám)』, 黃克孫 譯, 臺北: 書林出版有限公司, 2003.

마치 『홍루몽』에서 여주인공인 대옥(黛玉)이 '떨어진 꽃잎을 땅에 묻는 (葬花)' 방식을 통하여 세월의 무상함을 한탄하는 것과 같은 맥락으로서 강렬한 상호 텍스트의 효과를 얻었다. 만약 페르시아어로 된 단어를 그대로 번역문에 사용한다면, 시는 앞뒤가 서로 호응하지 않을 뿐만 아니라 시적 운치도 거의 사라질 것이다.

필자는 번역 수업을 할 때 항상 "먼저 직역한 다음에 의역을 하라. 직역과 의역은 병행해야 한다."는 원칙을 철저하게 지킨다. 시, 연극 등 예술성이 강한 장르를 강의할 때는 항상 학생들에게 '연역'의 번역 방법을 장려하고, 심지어 번역 기초를 닦는다는 전제 하에 시를 창작하도록 유도하기도 한다. 왜냐 하면 '연역'은 번역과 창작의 경계선에 위치하기 때문이다.

필자가 이렇게 하는 이유는 20세기 전반기 중국의 유명한 작가나 시인들은 거의 대부분 모두 번역과 창작을 병행하였기 때문이다. 청화 대 외국어학원의 예를 들어 보면, 양실추, 손대우(孫大雨), 주상, 전종서, 양강, 조우(曹禺), 목단(穆旦), 왕좌량(王佐良) 등이 있다. 그러나 오늘날 중국의 외국어대학은 거의 하나의 '수단과 방법'만을 가르치는 대학으로 전락된 것 같다. 문학은 더 이상 청년들의 취미가 아니며 교사들도 번역의 기술을 전수하는 것이 자기의 책무라고 생각하고 있다. 외국어대학 출신의 학자들은 번역을 하더라도 번역을 궁극적인 목표로 삼을 뿐, 말하자면 단순히 번역만을 위해서 번역하고, 후속 작업으로서의 평론과 비평은 하지 않는다. 물론 창작은 더 말할 필요도 없다.

이처럼 중국어와 외국어가 양장피(兩張皮)처럼 단순하게 서로 다른 두 개의 언어로 취급 받는 것은 바람직하지 않다. 이런 실태는 특히 일부 명문 종합 대학들의 경우 더욱 심각하다. 번역가와 문학가를 양성하

번역과 중국의 근대성

는 것도 외국어대학의 목표이자 책무일 것이다. 필자는 외국어 학과의 교사들이 수업을 하면서 언어와 문학을 사랑하고, 번역과 창작을 좋아하는 일부 학생들을 찾아내 그들로 하여금 번역과 글쓰기가 그들의 미래 삶에서 중요한 부분이 될 수 있도록 유도하기를 바란다.

필자는 번역 수업을 할 때 학생들에게 먼저 중국의 고전 시와 현대시를 읽어야 하며, 영미 문학과 서양문화 등의 강의도 수강할 것을 요구한다. 물론 중국어와 영어 두 언어에 모두 능통해야 하는 것은 기본이다. 그리고 구체적으로 시가 번역 수업을 할 때는 상호텍스트성을 중심으로 강의를 한다. 우리가 완성한 번역문은 중국 독자들에게 읽혀지게 되는데, 좋은 번역문으로서 마치 예쁘고 잘 생긴 '혼혈아'처럼 독자들에게 참신한 느낌을 줄 수 있어야 한다. 이런 점에서 '상호텍스트성'은 많은 역할을 한다. '상호텍스트성'에 유의한다면 번역자가 원천 텍스트와 번역 텍스트를 똑같이 중요시하게 되고, 이로써 무턱대고 모국어의 특징을 살리는 데에만 급급하여 원문의 특징을 소홀히 취급하는 시행착오를 피할 수 있게 된다. 또 번역자로 하여금 원문으로부터의 구속에서 벗어나게 하여 주관 없는 졸렬한 번역을 피할 수 있도록 도와준다.

다음은 필자가 학생들을 지도하여 얻은 『루바이야트(The Rubáiyát of Omar Khayyám)』 시 번역의 몇 가지 예문으로, 시가 번역 수업의 실험적인 성과라고 할 수 있다. 여러분들의 많은 지도를 바란다.

원문:

For "Is" and "Is not" with rule and line.
And "Up' and "Down" by logic I define,
Of all that one should care to fathom,

Was never deep in anything but wine.

(Omar Khayyam, The Rubaiyat)²⁸

번역문1:

孰是孰非唯尺諾,

吾辯涇渭理中說。

縱有千紅君細品,

金樽美酒最堪酌。

번역문2:

莫論是與非,

不計短與長。

人生圖一醉,

莫為俗世忙。

번역문3:

循規蹈矩理自清,

何須事事苦辨明?

笑看眾人惹塵埃,

---

28   원문은 황극손이 번역한 『魯拜集』 제56편을 텍스트로 삼는다.(臺北: 書林出版有限公司,
     2003). 이 부분에 대한 황극손(黄克孫)의 번역문은 다음과 같다. "是非原在有無中, 竭想
     窮思總是空. 借問一心何所好, 滿杯春酒漾嬌紅." 시의 내용은 다음과 같다: "규칙과
     선이 있는 'Is'와 'Is not'의 경우. 그리고 '위'와 '아래'는 내가 정의하는 논리이다. 그
     많은 것들 중에서, 와인 말고는 어떤 것도 깊게 먹어본 적이 없다.- 역자 주

我自美酒杯中尋。

번역문4:

是是非非皆有定,

碌碌終生求正名。

且當愁思雲中影,

笑傲江湖酒一瓶。

번역문5:

規矩方圓論是非,

上下求索探真僞。

路遙旨深力卑微,

唯戀美酒金樽杯。

번역문6:

是是非非, 規規矩矩;

沉沉浮浮, 吾欲罷還休;

尋尋覓覓, 悲悲戚戚,

世間萬物, 酒中見分明。

위의 번역문들은 학생들의 번역 습작 중에서 고른 예문들이다. 학생들은 제각기 원문에 대한 이해를 달리하기 때문에 이처럼 다양한 스타일의 번역문이 등장하는 것은 당연한 일이다. 번역을 본격적으로 시작하기 전에 필자는 모든 학생이 원문을 읽으면서 각자의 지식과 상식들을 모두 동원하라고 요구했다. 학생들은 거기에 자신의 이해와 생각까지 덧붙여 원문과 융화시킴으로써 위와 같이 각자 스타일이 다른 번역문을 만들어냈다. 그러나 번역문의 우수성은 가려낼 수 있다. 예컨대, '번역문1'은 원문에 대한 이해와 자신의 감정을 표현하는 부분에서는 비교적 양호한 편이다. '孰是'와 '孰非'로 'is'와 'is not'를 옮긴 것은 음운에 딱 들어맞는다. '理'로 'logic'을 옮긴 것도 일반적으로 많이 사용되는 '邏輯'이라는 단어보다 훨씬 더 적절하다. 또, '涇渭'로 'up and down', '千紅(차잎의 종류)'로 'all that'을 옮긴 것도 아주 교묘한 번역이다. 'fathom(패덤)'은 보통 물의 깊이를 측량하는 것을 가리키는 용어인데, 번역자가 사용한 '細品'과는 뜻이 맞아떨어진다. 다만 중국 시의 언어 환경에서는 '千紅'과 같은 차를 자세히 맛보지 않았다면 그 맛을 알 수 없을 것이다. 이에 비하여 '번역문6'을 만든 학생은 번역 과정에서 조금 지나친 면이 있다. 만약 이 학생이 창작에 종사하고 있다면 이는 장려할 수 있다. 하지만 번역이라면 삼가야 할 부분이다. 나머지 번역문들은 부분적으로는 약간의 부족함이 보이지만 전체적으로 볼 때는 비교적 괜찮은 편이다.

한 가지 흥미로운 점은 학생들의 번역 연습을 지도할 때 필자는 보통 학생들에게 텍스트만 주고 작품의 출처와 배경과 같은 보조자료를 밝히지 않는다는 것이다. 이렇게 하면 학생들은 언어 기호와 단어의 표기에 의존해 번역을 생각할 수밖에 없으므로, 서로 다른 번역 텍스트를 얻을 수 있게 된다. 그리고 확인할 수 있는 것은 학생들의 번역문 사이에 차이가 있을 뿐만 아니라, 학생들의 번역문을 가지고 황극손의 번역문과 대조해 보면 역시 크게 다르다는 것이다. 이것은 바로 필자가 바

번역과 중국의 근대성

라는 결과이다. 왜냐하면 이런 상황이 인문학이 자연과학, 사회과학 등 다른 학문 사이의 차이점을 잘 보여주기 때문이다. 바로 이러한 텍스트의 이질성으로 인해 시를 비롯한 문학작품이 사람들 사이에 회자되고 매력이 넘치는 예술형식으로 인식되어, 번역작업도 '환생'의 경지에 도달하게 된다.

5. 맺는 말

시의 '연역'은 원작 고유의 형식을 존중하여 번역자로 하여금 그 재능을 충분히 발휘할 수 있는 공간을 갖도록 하고 두 개의 서로 다른 언어와 문화를 참조하여 원작자가 담고 있는 시재(詩才)들을 끄집어냄으로써, 번역 작품이 그 의미에 있어서 원작과 일치하도록 힘써야 한다. 이렇게 하는 것이 결코 쉽지 않기 때문에 번역자에게는 우선적으로 정확한 번역 전략이 요구되고 나아가 빈틈없고 치밀한 번역 수법, 더욱 완벽함을 추구하려는 태도가 필요하다. 이렇게 해야 비로소 '입신(入神: 신들린다)'의 경지에 도달하는 번역문이 나올 수 있다. 이렇게 이루어진 번역 시에는 원문은 이미 환골탈태되어 번역하는 과정의 '몸부림 흔적'이 남아있지 않게 된다. 이것이 바로 전종서가 말하는 '화경'의 경지이다. 훌륭한 '연역'은 시가 번역에서 원시와 번역된 시 사이의 '차이점'을 유지하는 동시, 이로 인해 생긴 '갈등'도 완화시켜 주고, 번역에 대한 평론 작업을 활성화시켜 주며, 나아가 예술의 생명까지도 젊음을 되찾게 해줄 것이다.

제 4 절

예일대 해체주의 학파의
상호 텍스트성 연구와 번역에 대한 시사점

1. 이끄는 말

이·쿠즈웰(Kurzwell, Edith)은 "시기 불문하고 사물마다 기타의 것들과 연관되어 있고, 모든 사상적 연상(聯想)과 전통은 합법적으로 한 텍스트의 부분이 될 수 있다. 그리고 텍스트마다 새로운 독서경험을 통해 다른 연상이 생긴다. 다시 말해 텍스트들은 모두 연결되어 있다."[01] 라고 말한 바가 있다. 여기서 말하는 독서경험은 상호 텍스트성을 지니는데 이는 전통 텍스트가 갖고 있는 고유의 질서를 전복 또는 소거했다. 이 책략은 해체주의 사상과 궤를 같이하고 있다. 상호 텍스트성 독서에 대해 이미 프링스힉파기 철학 영역으로부터 문학 이론에 걸쳐 소상하게 소개·평가를 한 바 있다. 이에 비하여 예일학파[02]의 연구는 독특한 점을

---

01 이·쿠즈웰(Kurzwell, Edith), 『구조주의시대 - 클로드 레비 스트로스 (Claude Levi Strauss)로부터 미셸 푸코 (Michel Foucault)까지』, 尹大貽 譯, 上海: 上海譯文出版社, 1988, 155쪽.

02 예일 학파는 또한 예일 "4인방"으로도 불리는데 통상적으로 드망, 브론, 하트만과 밀레를 가리킨다. 하지만 하트만은 필자와의 한차례 대담에서 데리다도 예일 학파의 일원이어야 한다고 했다. 羅選民, 楊小濱 "超越批評之批評(下)—傑弗里·哈特曼教授訪談錄", 『中國比較文學』 1(1998): 105~106쪽.

가지고 있다. 뿐만 아니라 문학비평 분야에서 예일학파가 차지하는 위치 또한 중요하다. 하지만 국내외의 수많은 학술 저서에서는 이 학파에 대해 그저 간략히 소개만 할 뿐 집중적으로 논의하지는 않았다. 이러한 점을 감안하여 이 절은 데리다(Derrida), 드망(Paul de Man), 브룸[03], 밀러(J.Hillis Miller)등의 상호 텍스트성 연구 및 그것이 번역에 가져다준 시사점에 대해 중점적으로 검토하고자 한다.

2. 차연(la différance): 철학에서 문학비평까지

프랑스학자인 데리다는 예일대학의 해체주의 비평가 4명과 밀접한 학술적 교류를 유지했다. 까닭에 하트만은 억지로 공연히 예일 4인방에 불가분의 한 사람—데리다를 추가하려고까지 하였기 때문이다. 따라서 예일 학파의 상호 텍스트성 연구를 논의할 때 데리다를 빼놓을 수가 없다.

데리다는 철학과 글쓰기를 통해 상호 텍스트성 연구를 진행하였는데 '차연'이라는 아주 중요한 개념을 제기했다. 그는 '차연'을 일종의 해체전략 및 글쓰기 활동으로 보고 이를 기반으로 서방의 확고한 로고스 중심주의를 전복하고자 했다. 그는 소쉬르(Saussure)의 구조주의 언어학에서 아래와 같은 시사점을 받았다. 즉 기호가 임의성을 갖고 있는 이상, 이 기호로 이룬 시스템은 고정적인 대응 시스템이 아니다. 기호 내부에 통일성이 존재하지 않는 이상, 중심도 당연히 존재하지 않는다. 따라서 문자의 본질은 '차연'의 다름 아니고, 이러한 과정은 끊임없

---

03   Harold Bloom, 예일 해체주의 학파의 대표적인 인물이다.

이 진행된다. 그 결과 문자 시니피앙의 무한 상이성으로 말미암아 말마다 표현의 교착물로 될 수 있다. 예컨대 중국 동진(東晉)시기의 시인 도연명(陶淵明)의 한시 "동쪽 울타리에서 국화를 꺾다 남산이 유유히 눈에 안겨왔다(采菊東籬下,悠悠現南山)."에서 "국화"와 "동쪽 울타리"는 속세를 멀리하고자 하는 고상한 품격을 말한다. 청나라때 문인 정판교(鄭板橋)는 『畵菊與某官留別(국화 그려 모 친구에게 남겨준다)』라는 시에서 "우리 집도 도연명이 읊었던 국화를 심었는데 추풍과 한기를 견딜 수 있다(吾家頗有東籬菊,歸去秋風耐歲寒)"라는 구절을 적었는데 역시 같은 맥락이라고 할 수 있다. 표현이 "차연"될 수 있기 때문에 "동쪽의 울타리"와 "국화"의 경우 한 단어만 사용해도 고상한 정신을 추구하고자 하는 행위와 더불어 속세에 합류하지 않겠다는 분위기를 표현할 수 있다. 뿐만 아니라, "서풍이 모자를 스쳐 지나고 동쪽 울타리에서 술을 갖고 같이 마시며 즐기자(西風吹帽,東籬攜酒,共結歡游)"[04]라는 송나라때 문인 류영(柳永)의 시구도, "당신인 고상한 사람이고 가난을 즐길 줄 알았는데 이런 시정아치 같은 말을 하노니 국화를 모욕한다(僕以君風流高士, 當能安貧; 今作是論, 則以東籬爲市井, 有辱黃花矣)[05]"라는 청나라 문인 포송령(蒲松齡)의 말도 같은 경우라고 할 수 있다. 이러한 현상들은 서방의 문학작품에서도 낯설지 않다. 세익스피어의 희곡작품 『맥베스』의 경우 시구 "And all of our yesterdays lighted fools/ The way to dusty death. Out, out, brief candle"[06]로 인생의 짧음을 표현했다. 프로스트(Robert Frost, 1874-1963)는

---

04 柳永, 玉蝴蝶·重陽, 康圭璋編, 『全宋詞』, 北京: 中華書局, 1999, 52쪽.

05 蒲松林, 『聊齋志異』, 上海: 上海古籍出版社, 2011, 1447쪽.

06 Walter Cohen et al,eds., *The Norton Shakespere*, New York: W.W.Norton, 1997, 541쪽.

"brief candle"라는 구절 대신 "Out, out"를 시가의 표제로 삼았는데 마찬가지로 인생의 짧음을 표현했다[07]. 데리다는 "일단 모종의 기호가 생기기 시작하면 자아 반복을 하게 된다. 그렇지 않으면 기호는 물론이고 지칭하는 바가 되지 못한다."[08]라고 했다. 요컨대 데리다는 이렇게 전통적인 구조주의의 시니피앙과 시니피에 사이의 종(縱)적인 관계를 변화시켜 시니피앙으로 하여금 다시 의미를 반영하거나 구속하지 못하고, 그리하여 자신 이외의 사물과 관계를 맺지 않는 대신 기타의 시니피앙을 지향할 수 있었다. 말하자면 일종의 횡(橫)적 관계에서 생성한 의미의 과정이라고 볼 수 있다. 당연히 '차연'은 단어 또는 개념적인 차원의 해석에만 머물러 있어야 하는 것이 아니라 일종의 의미를 부여한 글쓰기 활동으로 보는 것이 더욱 타당할 것이다. 이는 어느 측면에서 보자면 서구의 로고스 중심주의, 로고스 음성 중심론을 전복했다. 이제 기호는 중복 가능성을 가지고 있어 글쓰기는 더이상 음성의 종속물이 아니고 더이상 소극적이고 부정적으로 취급되지 않게 되었다.

　　데리다의 '차연'과 상관된 나머지 두 개의 중요한 학술개념으로 '흔적(trace)'과 '대리보충(supplement)'을 들 수 있다. '흔적'은 텍스트 활동의 최소단위인데 환원 불가하고 본질 이전의 것이며 자아 은폐성을 가지고 있다. 기호 사이의 활동은 끊임없는 것이고 "차이가 존재하는 운동 속에서 시간의 간격으로 말미암아 사물 및 기타 요소는 완전히 표현되지 못하고 기타 요소의 견제와 침투를 받게 된다. 뿐만 아니라 기타

07　　Ronald Gottesman et al, eds, *The Norton Anthology of American Literature*, New York: W.W.Norton, 1979, 19.

08　　德里達:《書寫與差異》, 張寧譯。北京: 三聯書店, 2001, 530쪽.

의 사물과 요소에도 침투되어 일종의 상호보완적인 교착과정으로 나타낸다."[09] 여기서 말하는 '대리보충'은 기호 차연의 과정 중 필요한 것이고 데리다 글쓰기 이론을 구성하는 중요한 요소이다. 물론 데리다도, 드망도 글을 써서 변역 문제를 논의한 바가 있다. 그들의 이론은 모종 의미에서 보자면 모두 벤야민의 영향을 받았다. 「번역자의 과제(The Task of a Translator)」라는 글에서 벤야민은 번역자의 임무는 의미의 복제가 아니라 언어 사이에 존재하는 차이를 이용하여 해체와 더불어 재구성을 하여 원문에서 표현할 수 없는 의미를 목적어에서 새로운 형색으로 표현하는 것이라고[10] 지적한 바가 있다. 데리다의 관련 논술에 대해 칼레(Culler)의 저작 『해체주의: 구조주의 이후의 이론과 실천』(1989)에서는 뛰어난 해석이 있다.

'차연-흔적-대리보충'에 대한 데리다의 이론은 철학적인 차원에서 상호 텍스트성을 검토하는데 일정한 도움이 있다. 그의 이론은 전통 번역 이론에서의 '대등', '충실'이라는 신조를 전복하였고 혁신적인 번역 이념 및 번역 주체의 주체성 발휘에도 적극적인 영향을 미쳤다. 하지만 지적해야 할 것은 번역 연구에 있어서 그의 이론은 묘연하고 현혹스럽고 복잡하여 간단히 그대로 받아들이기에는 어려운 면이 없지 않다. 그리하여 그 합리적인 핵심을 수용하고 (그것을) 직절히 번용하어아만 학제간적 이식(移植)이 가능해진다.

---

09   張沛, 「德里達解構主義的開拓」, 『北京師大學報』, 1991년 제6기, 102쪽.

10   Walter Benjamin, The Task of Translator, in Hannah, Arendt, ed., Harry Zohn, trans., *Illuminations: Essays and Reflections*, New York: Schochen Books, 1969, 69~82쪽.

3. 수사(修辭)의 상호 텍스트성 전략

과거 학자들이 서구의 상호 텍스트성을 연구할 때 흔히 폴 드망 (Paul de Man)을 간과하는 경우가 많았다. 비록 그가 예일 해체학파의 선두 자임에도 불구하고 말이다. 이러한 사실은 아래와 같은 사실에서도 찾 아볼 수가 있다. 몇 권에 지나지 않는 상호 텍스트성에 관한 영문 및 불 문으로 된 전문 저서에는 모두 그를 거론한 적이 없었다.[11] 오히려 중국 학자 황념연(黃念然)의 경우 상호 텍스트성을 논술할 때 전문적으로 한 단락의 글에 할애하면서 드망의 상호 텍스트성 전략을 토론한 바가 있 었다. "폴·드망의 수사학 독서이론에 따르면 수사성(修辭性) 은 언어의 근본적인 특징으로서 언어의 탄생 시초부터 허구성, 기만성, 불확실성 을 갖고 있다. 문학 텍스트의 언어는 이러한 수사성으로 인해 문법과 수사, 문자의미와 비유의미, 은유와 환유 등 그들 사이에서 영원히 자 아 해체적인 운동 속에 처해 있다…… 이는 사실상 언어 수사적 차원에 서 문학과 비문학, 소설 언어와 추론적 언어 사이의 경계를 철저히 소 거했다. 그리하여 모든 텍스트는 언어의 수사성(修辭性) 으로 인해 상호 텍스트성적인 특징이 드러나게 되었다."[12]

데리다는 드망의 상호 텍스트성에 관한 연구를 잊지 않은 몇몇 안

---

11   서구의 몇 안 되는 상호 텍스트성에 관한 저서에서도 폴 드망에 대해 아주 간략히, 심 지어 생략했다. 예컨대 워통과 스틸의 『상호 텍스트성』이라는 책에서는 폴 드망의 이 름은 몇 개의 주석에 나타날 뿐이다. Plett가 편찬한 『상호 텍스트성』이라는 책의 저 자 색인에서도 폴 드망의 이름이 없었다. N.Piegay-Gros의 불문판 『상호 텍스트성 입문』이라는 책에서도 아리스토텔레스, 바흐친은 찾을 수 있어도 폴 드망은 없었다. 蒂費納·薩摩瓦約《互文性硏究》(天津: 天津人民出版社, 2002.)에서도 폴 드망을 언급한 적 이 없다.

12   위의 책, 18~19쪽.

되는 서구 학자중의 한 명이다. 드망에 대한 그의 깊은 이해는 『기억들-폴 드망을 위하여』(Memoires: Pour paul de Man)라는 단행본에서 찾아볼 수 있다. 이 책은 그가 드망을 기념하기 위해 쓴 저서이다. 드망을 스승이자 친구로 여긴 데리다는 드망의 연구에 대하여 아래와 같은 평가를 남겼다. "그는 문학 이론이라는 영역으로 하여금 일종의 새로운 해석, 독서 및 수업방식을 받아들이게 하는 동시에 다차원적 대화(polylogue)와 여러 언어에 능통해야 하는 필요성도 받아들이게 했다."[13] 데리다는 또 다른 글에서 아래와 같이 말했다. "아래 폴·드망의 언어, 정확히 말하자면 그의 '해체' 스타일에 대해 알아보자. 그의 언어 및 '해체' 스타일은 하이데거(Martin Heidegger)의 것도, 오스틴(Jane Austen)의 것도 아닌, 이 두 가지 전통을 모두 드높인 것이다. 뿐만 아니라 그는 그것들을 이동·교차·이탈하게 했다."[14]여기서 말하는 "교차, 이동"은 의심할 바 없이 상호 텍스트성의 표징을 가리키고 새로운 독서 형식 및 전략과 관련된다.

드망은 독서의 방식에 대하여 "독서와 연관된 것은 해석방법의 선택이 아니다. 반대로 독자들은 (이 과정에서) 자신들의 통찰과 이해가 거듭 소거되는 것을 발견할 수 있다. 이와 같은 정독(精讀)의 방식에 인하여 모순이 발견되고 프로그램화된 논리는 끊임없이 파괴당한다. 그리하여 독서의 과정속에서 어떤 이해 방식이 가장 납득할 만한 것인지 제시되지 못하고, 독자들은 하나의 곤경 또는 '막다른 골목'(aporia)에 빠질

13　《多義的記憶—為保羅·德曼而作》, 蔣梓華譯。北京: 中央編譯出版社, 1999, 6쪽.

14　위의 책, 127쪽.

수밖에 없다."[15]라고 말한 바 있다. 이렇게 보면 상호 '텍스트성적' 방식의 독서는 이러한 막다른 골목에서 빠져나오는 필연적인 선택인 듯하다. 드망은 수사성 독서의 불안정성 및 파괴성에 누구보다도 더 주목을 하고, 나아가 시니피앙의 속성과 시니피에의 속성을 혼동하면 문제가 심각해진다는 것을 깨달았다. 그의 이러한 수사성 독서는 문학 작품 기존의 경전(經典)적 의미를 와해시켰고 텍스트 사이의 상호 관련성을 확대시켰다. 말하자면 드망과 데리다는 함께 상호 텍스트성 이론의 발전에 중요한 역할을 발휘했다.

상호 텍스트성에 관한 드망의 관점은 「벤야민의 '번역자의 과제'를 논함」이라는 글에서 보다 명확히 드러난다. 드망은 벤야민(Benjamin)이 무엇 때문에 작가와 독자가 아닌 번역자에 관해 논하는지를 통해 의미 구성에 대한 자신의 인식을 피력했다. 즉 의미가 소거된 상황 속에 번역자가 강박적으로 재생할 수 없는 원문의 의미를 찾게 된 것은 완성할 수 없는 과제였다. 왜냐하면 번역은 철학과 유사하여 모두 비판적인 성질을 겸하고 있기 때문이다. 번역은 언어 내부의 사건이어서 원문과 다르다. 이들과 원문의 관계는 원문과 언어의 그것과 비슷하다. 게다가 원문은 이러한 관계 속에서 지리멸렬하다. 원문은 시종일관 만유(漫遊)하고 떠돌아다니며 심지어 영구적으로 '추방'당하는 '활동'의 상태에 처해 있다. 이러한 떠돌이 생활은 돌아갈 곳이 없고 그 시작점 또한 없다. 문학 작품은 순수언어의 파편이고 번역은 이러한 파편이 다시 반사(反射)를 거쳐 생긴 새로운 파편의 다름 아니다. 이러한 반사는 무한한 것이어서 기점이 존재하지 않는다. 매번의 반사는 원작 그 이후의

---

15   陳德鴻 張南峰:《西方翻譯理論精選》。香港: 香港城市大學出版社, 2000, 210쪽.

생명의 다름 아니다. 때문에 번역이 원하는 것은 언어가 언어를 번역하는 것이지 언어 밖의 의미를 번역하여 복제하고 해석하며 모의하는 것이 아니다. 번역의 역할은 원문의 형태를 고정하여 사람들이 주목하지 못했지만 원문에 존재하는 파워와 불안정성을 드러내는 것이다. 이러한 번역이야말로 전범(典範)이라고 할 수 있다.[16]

4. 해독(解讀)과 상호 지시성(互指性)

드망에 비하여 또 다른 예일 해체학파의 거장 하놀드·브론(Harold Bloom)은 상당히 행운스럽다고 할 수 있다. 왜냐하면 상호 텍스트성에 관한 그의 견해가 학계에서 꾸준히 언급·인용되어 왔기 때문이다. 브론은 상호 텍스트성의 보편성과 중요성이 독서 과정 중에서 아주 선명하게 드러났다고 생각했다. 그는 이점을 글쓰기에 활용하여 글쓰기로 하여금 암시와 인용으로 충만하게 했다. 인용은 그의 글쓰기의 중요한 특징이다. 그가 보기에 해석이론은 영향성 초조를 방어하는 최종의 형식이고, 모든 시가 선배에 대한 시인의 오독에 기초하고 있다. 그는 「시와 억압」이라는 글에서 명확히 지적했다. "'상식성(常識性)'이라는 관념보다 소기하기 어려운 관념은 이 세상에 없는 것이다. 이러한 '상식성'에 따르면 '시'라는 텍스트는 자족적이어서 일종의 확인할 수 있는, 또는 기타 시 텍스트의 각종 의미에 연연되지 않는 의미가 있다. …… 하지만 불행하게도 시는 물품이 아닌 기타의 단어를 지칭하는 단어이다. 따라

---

16   See Paul De Man "Conclusions: Walter Benjamin's "The Task of the Translator." *Resistance to Theory*,(London: U of Minnesota P, 1986) 73~105.

서 시는 문학 언어의 '인구 과다 밀집'지역에 처하고 있다고 할 수 있다. 그 어느 한 수의 시도 상호 지시적인 시(inter-reading)이고, 한 수의 시에 대한 그 어떤 해독도 일종의 상호 지시적인 해독(inter-reading)이다."[17]

　　브론은 비범한 기억력과 언어 감화력을 갖고 있는데 이는 상호 텍스트성 연구함에 있어서 선천적인 조건이라고 할 수 있다. 이에 대해 하트만은 일찍 아래와 같이 말한 바가 있다. "브론에게 있어서 해독은 곧 양호한 음감과 비범한 기억력을 구비해야 함을 의미한다. 왜냐하면 일단 이런 조건을 구비하면 한 작가가 다른 작가로부터 양분을 공급받고, 그것을 개조하여 변형시킨 것을 매우 쉽게 변별할 수 있기 때문이다."[18] 사실 이러한 상호 텍스트적인 분석 및 구성 능력은 모두 브론의 저서에서 남김없이 드러낸 바가 있다. 그는 세익스피어 작품 속의 섞임과 차용을 진지하게 해독하여 글쓰기에서 늘 전고(典故)와 모작을 학술적인 용어로 변화시킨다. 브론은 이렇게 말했다. "시는 얼마의 단어에 불과한데 이런 단어들은 기타 얼마의 단어를 지향하고, 이 기타 얼마의 단어들은 또다시 기타 얼마의 단어를 지향한다. 이렇게 유추하여 문학 언어라는 저 무한히 조밀한 세계에 닿는 것이다. 그 어느 시도 기타의 시와 상호 텍스트성을 갖고 있는데 ……시는 창작이 아닌, 재창작이다."[19] 즉 시는 더 이상 창작이 아니라 번역과 마찬가지로 재창작의 범주에 속한다는 것이다. 가장 중요한 것은 브론은 여기서 시의 상호 텍스트적 성질을 첫머리에 요지를 밝힌 것이다. 시에 관한 우리의 독서경

17　程錫麟: "互文性理論槪述",《外國文學》1(1996), 76쪽.

18　羅選民 楊小濱: "超越批評之批評"(下),《中國比較文學》1(1998), 105쪽.

19　Bloom, Harold. *A Map of Misreading*. New York: Oxford UP, 1975, 3.

험은 과거 시에 대한 기억과 이해에 그 바탕을 두고 있다. 까닭에 우리는 엘리어트의 시에서 단테, 세익스피어를 발견하고 이태백의 시에서 굴원(屈原)과 최호(崔顥)를 발견할 수 있다.

비록 매 텍스트의 경우 모두 전체 텍스트에 대한 흡수와 전환이지만 상호 텍스트성과 영향성 연구는 명확한 차이가 존재한다. 영향연구는 역사적 실증관계와 더불어 역사 자료와 어학 자료의 고증을 중시하고 과거를 지향한다. 까닭에 일종의 선(線)적인 구조에 가깝고 과거 텍스트에 대한 현존 텍스트의 의존관계를 강조한다. 때문에 작가는 텍스트의 중심이 된다. 하지만 상호 텍스트성은 비록 과거를 관통하지만 동시 미래를 지향하기도 한다. 과거의 텍스트는 오로지 현존의 텍스트 속에서 부화(孵化)의 작용만 일으킬 뿐, 둘의 관계는 상호 지시적이고, 그 의미는 방사(放射)되고 무한히 연장되고 변이된다. 이런 상호 텍스트적인 특성은 브론의 영향연구와 여러모로 유사한 점을 갖고 있다. 이는 브론이 영향연구에 있어서 전통적인 구조주의 방법을 버리고 새로운 길을 개척하여 해체주의 독서의 기본특징을 보여주었음을 의미한다.

『영향과 초조』라는 저서에서 브론은 우리에게 전혀 다른 영향관(影響觀)을 제시했다. 브론의 '영향설'은 동(動)적이고, 역사적이며 전복적인 것이다. 이는 용감한 행동인데 자아와 다른 '하느님'을 받아들이는 것을 거부하기 위해 철저히 아무것도 하지 않는다. 이는 하나의 대담한 선언으로서, 사탄처럼 모든 파워를 모아 저 전지전능적인 하느님과 결사적으로 투쟁한다. 이러한 의미에서 본다면 상토 텍스트성에 대한 브론의 견해는 크리스티바(kristeva)보다 더욱 전복적인 의미를 갖고 있다.

5. 소설과 중복

예일대 해체학파의 히리스·밀러(Hillis Miller)의 경우 상호 텍스트성에 관한 논술은 기타 예일 학파의 성원과 궤를 같이 한다. 다만 다른 점이라면 시각의 차이일 뿐이다. 드망은 수사성(修辭性) 독서에 입각하였고, 브론은 해석의 각도에 입각하여 영향과 초조를 투시하였지만 밀러는 '소설과 중복'이라는 각도에 입각하여 문학예술의 표현문제를 논의했다. 하지만 그럼에도 불구하고 그들은 모두 언어의 시니피앙 관계, 의식의 동일성 그리고 텍스트의 이질성 문제에 주목했다. 그들은 모두 예외 없이 정독법을 빌려 작품 언어 속에서 텍스트 구성과 상호 텍스트적인 교차 활동을 발견하고 느꼈으며 체험했다. 이러한 활동은 논리적·화합적·선(線)적·고립적인 것이 아닌, 비논리적·대항적·약진적·대중화적인 것이다.

밀러가 보기에 문학비평은 의식 위의 의식에 기초하고 있어 모순적이고 독자(獨自)적이다. 독자와 비평가의 의식 측면에서의 대화는 작가 의식에 대한 재의식이다. 소설 텍스트가 갖고 있는 이러한 다중 교착성은 의미의 다중성, 모호성, 불확실성을 결정했다. 따라서 텍스트는 이로 인해 상호 중첩되는 네트워크를 구성하였는데 네트워크의 노드마다 상호 제약·전복하여 소설 그 자체가 "각종 상호 연관된 사상의식이 교착되어 형성된 복잡한 그림으로 되었다. 그 중에는 그 어느 의식도 다른 어느 의식을 판단할 수 있는 참조의 점으로 될 수 없다." 밀러의 이러한 '중복관(重複觀)'은 '모방설(模倣說)'을 맹목적으로 받아들이지 않고, 또 '모방설'을 기초로 한 플라톤(Platon)식의 중복(重複)을 버리지도 않는데에 의미가 있다. 더 나아가 그는 모방설을 자신 관념의 범주 속

에 받아드림으로써 이를 텍스트 의미가 불확실성이 생기게 하는 중요한 요소로 되게 했다.[20]

밀러의 이러한 견해는 본인이 번역을 논할 시에도 나타난다. 그는 『독서와 윤리』라는 저서에서 작가의 내면에는 모두 "나 스스로 반드시"라는 책임감이 있다고 했다. 바로 이러한 책임감 때문에 각종의 글쓰기 작업과 문학비평이 생긴 것이다. 연역적으로 볼 때 이런 책임감으로 인해 여러 번역 활동 및 번역 비평이 생기는 것이다. 때문에 번역의 문제와 윤리의 문제는 별개의 것이 아니다. 밀러의 경우 번역이 큰 결손을 일으키지 않는 상황에서 자연히 진행될 수 있음을 확신했다. 따라서 그가 보기에 이론은 번역 가능할 수도, 불가능할 수도 있는 것이다. 번역 가능하다고 하는 것은 어느 정도에서 이론이 추상적이고 보편적인 사물과 관련되기 때문이다. 번역 불가능하다고 하는 것은 이론이 영원히 원어 본래의 특징을 재현할 수 없기 때문이다. 밀러는 일찍 이론이 새로운 언어 속에서 제아무리 자세하고 충실한 번역을 거치더라도, 어느 정도의 왜곡은 불가피하다는 언급을 했다.[21] 이러한 점에서 전종서는 일찍 "한 나라의 언어와 다른 나라의 언어 사이에는 필히 거리가 존재하고, 역자의 이해와 스타일이 원작의 내용과 형식 사이에는 거리가 없지 않을 수 없으며, 역자의 감수와 표현 능력 사이에도 늘 거리가 존재한다. …… 따라서 번역된 문장은 늘 어긋남과 변형된 곳이 있고 의미 혹은 말투에서 원문과 일치하지 않은 점이 있다. 그것이 바로 '속

---

20 王鳳: "希利斯·米勒的"重複"觀察讀",《重慶郵電大學學報(社會科學版)》6(2010), 103쪽.

21 Miller, Hillis. *The Ethics of Reading*. New York: Columbia University Press, 1987, 8~12.

임'인데 서양 속담에서 소위 말하는 '번역자 즉 반역자(Traduttore traditore)'라는 말에 해당된다."고 말한 바가 있다. 중국 고대인도 번역의 "번(翻)"자 경우, 자수 방직품의 정면을 '번져' 그 반대 면을 보여주는 것과 같다고 했다.[22]

6. 예일대 해체주의 학파가 번역에 준 시사점

해체주의의 상호 '텍스트성'적 독서는 로고스 중심주의를 전복·해체하여 기호의 시니피앙과 시니피에의 관계를 원래의 역사적·종(縱)적 관계로부터 공시적 횡(橫)적 관계로 변모시켜 문학과 비문학, 소설 언어와 추론(推論)적 언어 사이의 경계를 타파했다. 그리하여 텍스트의 가동성(可動性)을 대대적으로 활성화시켰고 이로 말미암아 텍스트의 상호 작용 및 의미의 생성(生成)이 가능해진다. 사람들은 언어의 허상에 회의를 품기 시작하였고 더 이상 언어라는 감옥 속에 갇히지 않고 언어 기호 그 이후의 무한한 가능성을 추구하기 시작했다. 단언컨대 해체주의는 상호 텍스트성 연구의 발전을 조장했다고 할 수 있다.

물론, 모든 서구의 학자가 해체주의를 반가운 시선으로 본 것은 아니다. 예컨대 리콜(Ricoeur)은 데리다와 마찬가지로 내포와 참조의 문제에서 언어와 글쓰기를 구별시켜야 한다고 주장했다. 하지만 "그의 목적은 글쓰기를 오로지 언담의 파생물로 보지는 않았다. 그는 글쓰기의 자율성을 고수하며 글쓰기가 전에 한 말에 대한 반성이 아니라, 그렇다고 언어 행위 또는 언어 의도의 번역도 아니다. 정확히 말하자면 이는 하

---

22   錢鐘書: "林紓的翻譯",《七綴集》(北京: 三聯書店, 2002), 77~114쪽.

나의 독특한 현상이자 직접 기록의 결과물이다."[23] 하지만 중국의 학자도 아래와 같은 의문을 제기했다. "푸코(Foucault)와 데리다는 문학성이라는 신화를 해체하여 문학으로 하여금 갈수록 언어구조의 역사적 산물로 취급받게 했다. 하여 안정적이고 불변하는 문학 본체와 확고부동한 문학성은 존재하지 않는다. 포스터 모더니즘이라는 반(反) 본질적, 중심 소거주의적 다차원적인 상대론으로 보았을 때, 야콥슨의 유명한 발언, 즉 '문학성은 바로 특정 작품으로 하여금 문학 작품으로 되게 하는 그 무엇'이라는 기존의 견해는 더 이상 유동적(流動的)인 성질을 가진 문학성의 참된 의미를 짚어내지 못하게 되었다. 문학은 정의가 필요 없는 혼돈의 산물로 인식되거나, 아니면 '텍스트'(문자를 고정시키는 임의의 언어형식)라는 용어로 그것을 대체하는 지칭어로 삼을 것이다."[24]

언어 기호의 차이성은 객관적으로 존재하고, 언어의 소거와 의미의 불확실성은 실질적으로 하나의 오래된 과제이다. 이는 중국의 선진(先秦)시기 저서에서도 많이 논술된 바가 있다. 이러한 논술들은 언어의 맑고 청명한 경지를 드러냄으로써 독자로 하여금 거기서 혜택을 받을 수 있게 한다. 갈조광(葛兆光)은 공자, 묵자, 노자의 언어관에 대해 아래와 같이 개괄했다. "만약 공자가 언어의 조율성(調律性)을 고집했다면 묵자는 언어의 초경험성을 고집했다. 그렇다면 노자가 고집한 것은 오로지 직감의 초경험성인데 그는 언어와 경험에 대해 모두 회의를 표명했다."[25] 그는 또한 출토한 전국 시기의 초간(草簡)을 언급하면서 특별히

---

23   霍埃:《批評的循環》, 蘭金仁譯。沈陽: 遼寧人民出版社, 1987, 107쪽.

24   蔡志成: "漂移的邊界: 從文學性到文本性",《福建師範大學學報》4(2005), 41쪽.

25   葛兆光:《中國思想史: 七世紀前中國的知識,信仰與信仰世界》(第一卷)。上海: 復旦大學出版社, 2001, 294쪽.

불확실한 존재 (혹)과 확실한 존재 (또), 생명의 존재(생), 어음(음), 어구(언), 사물(물) 사이의 관련성, 심지어 "음비음, 무외(위)음, 언비언, 무외(위)언, 명비명, 무외(위)명(音非音,無畏(謂)音, 言非言, 無畏(謂)言, 名非名, 無畏(謂)名: 음은 음이 아니고 '음'이라고 칭할 필요도 없다. 언어는 언어가 아니고, '언어'라고 칭할 필요도 없다. 명칭도 명칭이 아니고, '명칭'이라고 할 필요가 없다.)"이라는 유명한 변증적인 사고방식으로 당시의 사상 세계에서 '언어'와 '세계'의 문제는 이미 하나의 매우 핫한 화제임을 증명했다.[26]

장자는 『천도(天道)』편에서 불확실한 존재에 대해 뛰어난 논술을 했다. "세상 사람들이 중시하는 도(道)는 책 위에 기술되어 있다. 책의 내용은 원래의 언어를 초과할 수 없고 언어는 그 자체로서 중요한 곳이 있다. 언어에서 가장 중요한 것은 의미이고 의미가 추수(追隨)하는 것이 바로 도이다. 하지만 의미가 추수하는 도는 언어로 전달할 수 없다. 하지만 세상 사람들은 언어의 중요성을 중시하여 책으로 도를 전파한다. 세상 사람들은 비록 책에 기술한 내용을 중시하지만 나는 그래도 그것이 그렇게 중요하다고 생각하지 않는다. 따라서 시력을 통해 확보한 것은 외적인 형태와 색채이고 청력을 통해 확보한 것은 명칭과 소리뿐이다. 가엽노라! 세상 사람들은 모두 형태, 색채, 명칭, 소리를 통해 도를 획득할 수 있다고 생각하지만 형태, 색채, 명칭, 소리는 도의 실질을 표현할 수가 없다. 그리하여 도를 깨우친 사람은 말할 수가 없고 말할 수 있는 사람은 깨우치지 못하니 세상 사람들은 또 어찌 알 수 있을까?(世之所貴道者書也, 書不過語, 語有貴也。語之所貴者意也, 意有所隨。意之所隨者, 不可言傳

---

26 위의 책, 295쪽.

也, 而世因貴言傳書. 世雖貴之, 我猶不足貴也, 爲其貴非其貴也. 故視而可見者, 形與色也; 聽而可聞者, 名與聲也. 悲夫, 世人以形色名聲爲足以得彼之情! 夫形色名聲果不足以得彼之情, 則知者不言, 言者不知, 而世豈識之哉?)" 장자는 세상 사람들이 모두 책을 중요시하는 것에 한탄하는 데 그 원인은 바로 책이 언어를 초월할 수 없다는 데에서 비롯된다. 후자의 귀한 점은 의미에 있고 의미의 출처는 언어로 전달할 수 없다. 아는 것을 말할 수 없고 말할 수 있는 것은 아는 것이 아니다. 장자가 보기에 이는 세상을 통하는 도리이다. 따라서 장자는 일찍 기계적으로 독서하는 사람들을 비웃기를 "옛 사람은 본인이 말로 전달할 수 없는 도리와 함께 죽었으니 군이 읽은 책은 그 옛사람의 조박(糟粕)이 아닌가!"[27] 사실 기계적으로 책을 읽는 사람은 모종의 의미에서 언어의 감옥에 갇힌 자나 다름이 없어 시니피에가 시공간으로 인해 유동과 도약이 생기는 것을 이해할 수 없다. 갈조광은 아래와 같이 말했다: "'명(名)'이 '실(實)'에 대한 확정과 확인은 늘 이러한 확실성을 강박적인 보편성으로 변하게 하여 마치 정설이 된 듯 타인의 회의를 불허하게 했다. 심지어 월권하여 사람들 마음속에서 사물 및 현상 그 자체를 대신하여 사람들로 하여금 '융통성이 없는' 가소로운 지경에 이르게 한다."[28] 하지만 아쉽게도 '명실(名實)'에 대한 논변(論辯)은 지속적으로 진행되지 못하고, 순사(荀子)의 극단적으로 명석하고 이지적인 현실주의가 등장한 이후 중국의 사상사에서 점차 종적을 감추었다.

우리는 응당 언어에 대한 중국인들의 사색과 분석에 바탕을 두고, 동서양 언어의 동질성과 차이점을 찾아 봐야 한다. 그리고 해체주의의

---

27   郭慶藩撰:《莊子集釋》(北京: 中華書局,1961조), 457~492쪽.

28   葛兆光, 앞의 책, 308쪽.

상호 텍스트성 학설에서 해체 및 상호 텍스트성의 진리를 짚어내고 중국 학자로 하여금 원어를 탐구하고 연구하도록 노력해야 한다. 그리하여 긴 시간 아래 뿌리 박힌 언어의 공리주의적 사상관(현세만 주목하고 형이상적 사고를 홀시하는 사상관)을 변화시켜야 한다. 우리는 번역작업을 할 때 당연히 대등과 충실성을 추구해야 한다. 하지만 이러한 대등과 충실성은 기계적이고 융통성이 없는 것이 아니라 문화, 예술 효과, 언어 형식, 언의의 파생 등 모든 면에서 균형적으로 참조할 수 있는 시스템이어야 한다.

7. 맺는 말

해체주의 방법은 어느 측면에서 우리에게 시사점과 참조물을 제공할 수 있다는 점은 두말할 나위가 없다. 그리고 우리가 앞에서도 이 방법의 적극적인 의미에 대해 진술했다. 하지만 우리는 또한 해체주의 학설 및 사상의 남용을 경계하고, 반드시 텍스트의 해독에 신경 많이 써야 한다. "문학의 가치 및 의미는 문학 텍스트의 존재에 있다. 이러한 존재가 있기 때문에 우리는 그 속에서 가치와 의미의 기초를 발견할 수가 있었고 이러한 발견이 필요하는 기본적인 방법이 바로 독서, 깨달음과 이해이지 ……간단한 학술적 용어로 문학 작품에 꼬리표를 붙이는 행위는 아니다."[29]번역을 놓고 말하자면 그 자체로서 규칙을 갖고 있다. 만약 그 본질적인 것을 불구하고 언어환경의 제약 등 요소를 제치고 해체주의를 거론한다면 억지로 끼워 맞추는 격이나 다름없다. 따라서 우

---

29 聶珍釗: "劍橋學術傳統與研究方法: 從利維斯談起",《外國文學研究》6 (2004), 10쪽.

리는 비판적으로 서구의 이론을 수용하되 정수를 취하고 찌꺼기를 버려야 한다. 이렇게 해야만 학술의 발전에 유익하다.

제 5 절

신학 번역:
번역의 가능성과 불가능성 사이에서

1. 이끄는 말

신학 번역은 번역사 가운데 오래된 역사를 가지고 있다. 넓은 의미로 말하면, 서양 최초의 번역 작품은 기원전 3세기에서 2세기 사이에 72명의 유태인 학자가 이집트 알렉산더성에서 공동으로 번역한 『구약성경』, 즉 『Septuagint』이다. 중국의 경우, 동한 환제(桓帝) 때부터 대규모 조직적으로 불경 번역의 작업을 시작했는데, 오늘날 하남성 낙양시(河南省洛陽市)에 위치한 백마사(白馬寺)는 바로 당시 중요한 번역 도량이었으며, 여기에서 발간된 『불설사십이장경(佛說四十二章經)』은 중국 최초의 한어(漢語)로 번역된 불경으로 알려져 있다. 여기에서 알 수 있듯이 신학 번역은 번역 사업의 기원으로서 번역 사업의 발전에 지대한 역할을 했다. 본격적으로 논의를 전개하기 전에 먼저 신학 번역의 정의와 범위를 짚어낼 필요가 있다. 신학 번역이란 불교,기독교를 비롯한 모든 종교에 관련된 모든 번역 활동을 가리킨다.

2. 즐거움과 답답함: 신학의 번역 기준

신학 번역은 신학에 대한 번역이자 해석의 작업이다. 그러므로 번역 작업 과정에서는 필연적으로 즐거울 때도 있고 어찌할 바를 몰라 답답할 때가 있게 된다. 신학 사상을 문자로 전달하려면 어휘의 배치에 주의하여 용어와 표현의 가볍고 경박함을 피하기 위하여 각별히 조심해야 한다. 신학 번역의 기준을 논의할 때, 먼저 각 언어의 개성과 언어 사이의 공통점을 연구·토론할 필요가 있다. 그래서 이 문제를 논의하기 위하여 우리는 훔볼트(Wilhelm von Humboldt)의 관점을 알아볼 필요가 있다.

훔볼트[01]에 의하면, 언어와 관련된 각각 민족의 세계관이 천차만별로 서로 다르기 때문에, 언어와 언어 사이에 실질적인 차이가 존재한다. 이런 차이는 번역 작업에서 '가능한 번역(可譯)'과 '불가능한 번역(不可譯)'의 문제를 좌우한다. 그러나 '가능한 번역'과 '불가능한 번역'은 일종의 변증적인 관계이다. 훔볼트는 '계통(系統)'으로서의 언어와 '조작과정(操作過程)'으로서의 언어, 이 두 가지 개념을 통일적으로 연계시켜 상대적인 시각으로 언어의 번역 불가능성을 바라보았다. 그는 언어 사이에는 각각의 개성이 있고 또 공통점도 함께 가지고 있다고 생각한다. 따라서 모든 언어는 서로 번역할 수 있다고 생각한다.

언어가 가진 개성과 공통성에 대한 훔볼트의 견해는 가장 대표성을 가지고 있다고 할 수 있다. 이와 같은 그의 '이원론적' 언어관은 번역의 기준에 반영되어, 번역계의 '직역'과 '의역', 그리고 '사역(死譯: 억지

---

01   Wilhelm von Humboldt. 『論人類語言結構的差異及其對人類精神發展的影響』, 姚小平譯, 北京: 商務印書館, 1997.

번역)’과 ‘활역(活譯: 융통성 있는 번역)’에 대한 논쟁에 관련되어 있다. 중국과 외국 학자 모두 이 구분을 가지고 각자 자신의 번역 기준을 제기하였는데, 그것들은 서로 연계성이 있으면서도 모두가 다 같은 것은 아니다. 중국의 경우, 엄복의 ‘신·달·아’, 노신의 ‘寧信而不順(유창성보다 충실성을 추구함)’, ‘力求保存原作的丰姿(원작의 풍채를 최대한으로 보존함)’ 그리고 부뢰의 ‘重神似不重形似(외형보다 정신의 전달을 더 중요시함)’ 등이 있다. 서양에서는 18세기 프랑스 철학자 바퇴(CharlesBatteux)의 “원저자는 주인이고 번역자는 하인으로, 번역문에는 첨가,삭제,수정의 흔적이 없어야 한다.”와 영국의 번역가 태트럭(A·F·Tytle)의 ‘번역 3원칙’ 등이 있다. 아무튼 번역의 기준에 대하여 학자마다 주장이 다르므로 일치된 결론을 내리기가 어려운 게 사실이다. 그러나 신학 번역의 기준을 논한다면 필자는 “旣得意而不忘形”, 즉 “의미를 전달하면서도 ‘외형’을 버리지 않는다”와 같은 번역 원칙이 가장 적절하다고 생각한다.

신학 번역의 본질은 기타 일반 번역과 별로 차이가 없지만, 자신만이 가지고 있는 모종의 특징이 바로 신학 번역의 독특한 점을 결정하고 있다. 같은 이치로, 신학 번역의 기준도 일반 번역과 비슷하면서도 동시에 자기만의 특징을 가지고 있다. 아래에서 우리는 중국의 불경 번역 사례를 통하여 신학 번역의 기준에 대해 깊이 있게 논의해 보자.

2.1 최초의 ‘문(文)’, ‘질(質)’ 에 관한 논쟁

지천(支謙)과 위지난(維祇難)은 이른 바 ‘문’파와 ‘질’파 두 파(派)를 대표하는 인물이다. 지천은 일명 ‘월(越)’이며, 자(字)는 ‘공명(恭明)’으로 원래 월지국(月支國, 오늘날 티벳 지역에 있던 국가로 일명 月氏國-역자 주) 사람이다. 그의 조부가 동한 영제(靈帝) 때 수백 명을 데리고 중국으로 들어와 정착했다. 그는 어릴 적부터 중국어를 배우며 6개 국어에 능통했다. 삼국 시기 오나라의 왕인 손권(孫權)이 그의 재능을 알아보고 그를 박사(博士)로 모시었다. 지천은 불경을 꽤 많이 번역했다. 그가 번역한 『법구서경(法句經序)』[02]에서는 그의 불교 번역 사상이 집중적으로 나타난다. 『법구서경』에는 번역 방법에 대하여 당시 불경 번역 작업에 참여한 번역자들 사이에 벌어진 토론 장면이 기록되어 있다.

먼저, 지천은 "名物不同, 傳實不易(이름과 사물이 서로 같지 않아 사실 그대로를 전하기가 쉽지 않다)"[03]라는 말로 번역의 어려움을 호소했다. 이어서 그는 축장염(竺將炎,支謙보다 먼저 維祇難과 같이 『법구경(法句經)』을 공역한 인물)의 번역문이 아름답지 못하다고 하면서, "축장염이 비록 천축 말을 잘하긴 했지만, 한문(漢文)에 밝지 못해서 그가 번역한 말 중에 어떤 범어(梵語)를 만나면 혹은 뜻으로 풀어 번역하기도 하고 혹은 음을 그대로 쓰기도 하여 그 내용이 질박(質樸)하다."[04]라고 지적했다. 지천 본인이 문장의 아름다움과 간결함에 신경을 많이 쓰고 화려하고 우아한 문장을 좋아한 반면, 위지난은 '질', 즉 쉽고 소박한 번역문을 더 선호했다. 때문에 위지난는 그 자리에서 "부처님의 말씀은 그 뜻을 중요하게 여기시고 수식은 중요하게 여기지 않으셨으며, 그 법(法)만을 취하셨지 엄숙함을 원하시지 않으셨습니다. 그러니 경(經)을 번역하는 자는 사람들로

---

02 여기서 참고로 삼은 텍스트는 『出三藏記集』 중에 수록된 『法句經序第十三』이다. (梁)釋僧佑撰. 蘇晉仁. 蕭鍊子點校(北京: 中华书局, 1995) 책에서는 저자를 밝혀 주지 않았지만, 釋僧佑의 『出三藏記集·嚴佛調傳』을 통해 支謙이 쓴 글임을 알 수 있다.

03 支謙, 위의 글, 273쪽.

04 "雖善天竺語, 未備曉漢, 其傳所言, 或得胡語, 或以義出音, 近於質直." 『法句經序』

하여금 알기 쉽게 해서 그 뜻을 잃지 않으면 그것이 최선입니다."[05]라고 지천의 비판에 반발했다. 이에 좌중에 있는 번역자들이 모두 말하기를, "노씨(老氏: 老子)는 '아름다운 말은 믿음이 안 가고 믿을 만한 말은 아름답지 않다'고 하였고, 중니(仲尼: 孔子)도 또한 '글로는 말의 의미를 다 전달할 수 없고, 말로는 마음을 다 전달할 수 없다'고 하였으니, 성인의 뜻을 밝히기에는 그 의미가 너무도 깊고 깊어서 다할 수 없으나 지금 범어(梵語)의 뜻을 해석하는데 진실로 알기 쉽게 전달하는 것은 최선이다"라고 했다."[06] 이상과 같이, 『법구경서(法句經序)』에 기록되어 있는 논쟁 결과는 최종적으로 '질', 즉 쉽고 소박한 번역문을 선호한 사람들의 승리로 끝났다.

사실, 이 기록은 당시 불경 번역에서 주장이 다른 두 파(派) 사이에 벌어졌던 의견 차이와 이를 둘러싼 논쟁을 기록한 것이다. 바로 중국학자 김계유(任繼愈)가 지적한 "중국 불경 번역사에서 '질박(質樸)'과 '문려(文麗)', 즉 '쉽고 소박한 문장인가, 아니면 아름답고 우아한 문장인가'라는 논쟁이 시종 존재했다."라는 것을 가리키는 것이다.[07] 그러나 이 논쟁에서 "비록 질박을 주장한 측이 '승리'를 거두었지만, 실제 책으로 만들어진 것은 오히려 '문려'를 주장한 측의 번역문이었다."[08] 이렇게 보면, 중국의 불경 번역 역사상 '문'과 '질'에 대한 논쟁은 매우 오래된 것임을 알 수 있다.

05　佛言, '依其義不用飾, 取其法不以嚴'. 其傳經者, 當令易曉, 勿失厥義, 是則未善, 『法句經序』

06　"座中鹹曰: "老氏稱 '美言不信, 信言不美';仲尼亦雲 '書不盡言, 言不盡意'. 明聖人意深邃無極。今傳胡義, 實宜徑達)", 『法句經序』

07　馬祖毅, 『中國翻譯簡史: 五四以前部分』, 北京: 中國對外翻譯出版公司, 1984. 22쪽.

08　위의 글.

2.2 직역과 의역에 관한 논쟁

중국의 불경 번역 사업이 점점 번창해 지면서, 지천 등 초기 번역자들의 번역문에 대하여 사람들의 불만도 갈수록 늘어났다. 기존 번역문의 문제점에 대하여 진(晉)나라때의 승려 지민도(支敏度)는 "혹은 어휘가 원문과 차이가 나서 앞뒤가 같지 아니하고, 혹은 다른 이름의 유무가 많고 적음이 각각 다르며, 혹은 방언과 자구의 해석이 같거나 다르고, 혹은 그 문장에 범어가 넘쳐 이치 또한 맞지 않으며, 혹은 그 문장의 뜻이 혼잡스러워 의문스러운 것이 많다"[09]라고 구체적으로 지적했다. 바로 이와 같은 이유 때문에 관련 학자들이 "불경의 진실한 모습을 탐구하는 의욕이 갈수록 강해져, 이로 인하여 '직역'을 선호하는 담론들이 점점 주목을 받기 시작했다(求真之念驟熾, 而尊尚直譯之論起)."[10]

동진(東晉)과 전진(前秦) 시기의 고승 석도안(釋道安)은 '직역'파의 대표적인 인물이다. 그는 번역할 때 가장 두려워해야 할 것은 "실시(失實)", 즉 본래의 모습을 잃어버리는 것이라고 하면서, 번역자가 원문의 의미를 그대로 전달해야 읽는 자가 잘 이해할 수 있다고 주장한다. 따라서 그는 불경 번역에서 임의로 삭제하거나 원문을 간략하게 줄이는 것을 반대하고, 특히 문장의 화려함을 선호하는 지천의 번역 방식을 비판했다. 그는 "그런데 『시경』은 어렵고 『상서(尙書)』는 질박하다. 그래서 마음대로 첨삭을 가하면 이는 곧 마융(馬融, 79~166)과 정현(鄭玄, 127~200)

---

09   『合維摩詰經序』, 梁啓超의 『翻譯文學與佛典』에서 재인용.(張曼濤編. 『佛教與中國文學』. 臺北: 大乘文化出版社, 1978, 364쪽. "或辭句出入, 先後不同; 或有無離名, 多少各異;或方言訓詁, 字乖趣同; 或其文梵越, 其理亦乖; 或文義混雜, 在疑似之間"

10   陳福康, 『中國譯學理論史稿』, 上海: 上海外語教育出版社, 1992, 17쪽.

등으로부터 많은 비난을 받을 것이다."[11]라는 말로 원문에 충실하지 않은 번역자들을 비판했다. 그러나 석도안과 달리 후진(後秦) 시기의 스님 쿠마라지바는 '의역'을 선호하였는데, 양혜교(梁慧皎)의 『고승전(高僧傳)』에 이런 사실을 증명할 수 있는 자료가 들어 있다. 근대 시기 유명한 학자인 진인각은 쿠마라지바가 번역한 『대장엄론경(大莊嚴論經)』을 범문 원본과 서로 대조해 본 결과, 그가 번역할 때 원문에 있는 복잡하고 난해한 내용을 자주 삭제했을 뿐만 아니라 원문의 형식을 벗어나 개작과 변화를 많이 주었음을 발견했다. 그러나 쿠마라지바가 비록 의역에 치중했지만, 그 처리 수법은 아주 능수능란한 경지에 도달했다.

송나라 때 스님 찬녕(贊寧)은 쿠마라지바가 번역한 『법화경(法華經)』을 가리켜 "서역(西域) 언어의 정취를 그대로 전달했다(天然西域之語趣)."라고 칭찬한 바 있다. 호적도 "과도기인 당시에는 쿠마라지바의 번역 전략이 가장 적절한 것이라고 할 수 있다. 그의 번역문이 1500여 년 동안 전승되어 오면서 '명작'으로 인정받고 있는 것은, 곧 그의 번역 실력이 뛰어난 것뿐만 아니라 중국어로 잘 번역해냈다는 것을 증명하는 것이다."[12]라고 평가했다.

이와 같이 의역과 직역, 어느 것이 더 바람직한 방법인가? 라는 문제는 판정하기가 쉽지 않다. 오늘날 학자들 사이에서도 이 두 가지 방법이 모두 각각 장단점을 가지고 있다는 의견들이다. 양계초는 쿠마라지바의 번역이 원문에 비해 삭제하거나 첨부한 경우가 많은 원인으로

---

11 釋道安, 摩訶鉢羅若波羅蜜經抄序第一, 載(梁)釋僧佑撰, 蘇普仁, 蕭鏈子點校, 『出三藏記集』, 北京: 中華書局, 1995, 290쪽. "若夫以《詩》爲煩重, 以《尚書》爲質樸, 而刪令合今, 則馬, 鄭所深恨者也."

12 陳鵬翔編, 『翻譯史翻譯論』, 臺北: 弘道文化事業有限公司, 1975, 75쪽.

는 형식보다 원문의 의미를 전달하는 데에 목적을 두었기 때문이라고
했고, 석도안은 원문의 문장과 용어를 거의 빠짐없이 그대로 옮겼는데,
그 이유는 그가 범문(梵文)에 능통하지 않았으므로 오히려 원문의 실체
를 훼손시킬까봐 전전긍긍하는 마음으로 번역했기 때문이라고 지적[13]
했다.

2.3 궐중론(厥中論)

동진(東晉)의 고승 혜원(慧遠)은 기존의 '문'과 '질'에 대한 논쟁을 겨
냥하여 '궐중론'을 주장했다. 그는 『이법도(二法度)』의 서문에서 '문'을
선호하는 사람들을 가리켜 "문과기의(文過其意)", 즉 의역으로 인하여 원
문의 의미가 손실되었다고 지적하면서, 이 때문에 마땅히 "문불해의(文
不害意: 원문의 뜻을 해치지 말아야 한다는 것을 가리킴-역자 주)"의 경지에 달해야
한다고 했다. 그리고 '질'을 주장하는 사람들에 대해서는 "이승기사(理
勝其辭)", 즉 직역으로 생긴 번역문의 부자연스러움을 지적하고, 이 때문
에 마땅히 "무존기본(務存其本: 원문 본래의 맛을 보존해야 한다)"의 경지에 달
해야 한다고 했다. 또, 『대지논초서(大智論抄序)』에서도 그는 비슷한 견해
를 내놓았다.[14] 우선 그는 번역할 때 맹목적으로 충실성만 강조하고 문
장의 아름다움을 잃어버리면 성공적인 번역이라고 할 수 없다고 지적
하면서 직역파의 부드럽지 못한 점을 비판했다. 이어서 그는 번역문의
화려함만 추구하면 불경의 의미를 모호하게 전달하여 심각한 혼란을

---

13 梁啓超, 『翻譯文學與佛典』, 張曼濤編, 『佛教與中國文學』, 臺北: 大乘文化出版社,
    1978, 367쪽.

14 釋慧遠, 『大智論抄序』第二十一, 載(梁)釋僧佑撰, 蘇晉仁, 蕭鏈子點校, 『出三藏記集』,
    北京: 中華書局, 1995, 388~398쪽.

조성할 위험이 있다고 의역파의 문제점도 지적했다. 따라서 문으로써 질에 대응할 수도 없고 질로써 문에 대응할 수도 없기 때문에 두 가지 번역 방법을 모두 파악하여 일정한 거리를 두고 적당하게 활용하여 서로 보완하도록 해야 한다고 주장했다.

제(齊), 양(梁) 시기의 고승 승우(僧祐)도 혜원처럼 변증적인 절충의 견해를 내놓았다. 그는 불경 번역의 핵심은 "존경묘리,팀연상조(尊經妙理, 湛然常照)"[15], 즉 "경전의 오묘한 이치를 존중하고 맑고 깊게 항상 비춘다."라는 데에 있으므로 원문에 충실해야 한다고 주장하면서, "그러나 문이 과하면 아름다움이 상하고, 질이 심하면 거칠게 된다. 거칠게 하거나 과도하게 미화하는 것은 모두 경전의 본 모습을 잃는 것이다.(然文過則傷豔, 質甚則患野, 野豔為弊, 同失經體)"[16]라고 말했다.

불경 번역 이론과 실천의 두 측면에서 '문'과 '질', 그리고 '직역'과 '의역'을 조화롭게 처리한 번역자는 바로 '삼장법사(三藏法師)'로 잘 알려진 당나라의 유명한 스님 현장(玄奘)이다. 그가 번역한 불교 경전은 불경이 한자로 번역되기 시작한 이래 최고의 수준에 이르러, 중국 불경번역사에서 새로운 장을 개척했다. 그는 경전 번역에서 "기수구진, 우수유속(既須求真, 又須喩俗)"와 같은 여덟 자(字)를 원칙으로 삼아 번역 작업을 진행했다. '구진(求真)'은 곧 '질'을 구한다는 뜻으로 "원문에 충실"히 다는 의미이며, '유속(喩俗)'은 곧 '문장의 꾸밈'을 말하는 것으로 "통속적인 것을 수용"한다는 의미이다. 그는 첨삭이 많거나 난해하고 어려

---

15   釋僧佑, 胡漢譯經文字音義同異記第四, 載(梁)釋僧佑撰, 蘇普仁, 蕭鏈子點校, 『出三藏記集』, 北京: 中華書局, 1995, 15쪽.

16   위의 글, 14쪽.

운 부분이 있는 기존의 번역문을 모두 자신의 번역 원칙에 따라 재번역
했다. 그는 자신의 원칙을 엄격하게 지키기 위하여 '보충,생략,순서 바
꾸기,나누기와 합치기,명칭의 차용, 대명사 환원' 등 다양한 번역 수법
들을 활용했다. 그는 음역할 때는 "신비로운 단어는 번역하지 않고(秘
密故),뜻이 많은 단어는 번역하지 않으며(多義故),중국에 없는 물건의 이
름은 번역하지 않고(此無故). 오래 전부터 통용되어 오는 古音은 번역하
지 않으며(順古故), 그리고 불교의 필요성을 선전하는 장소는 번역하지
않는다(生善故)." 등, 이른 바 '五不翻(번역하지 않은 다섯 가지 경우)'의 원칙을
고수했다. [17]

   이상의 논의들을 종합해 보면, 불경의 번역 기준은 줄곧 '문'과
'잘', '직역'과 '의역' 사이에서 배회하지만 궁극적으로는 둘 사이의 취
사선택의 문제가 아니라, 둘 사이의 조화를 잘 이루어 변화무쌍하게 모
두가 잘 통하도록 하는 것이라고 할 수 있다.

3. 번역문과 번역 작품: 나이다와 『성경』의 번역

   나이다(Eugene. A. Nida)는 미국의 저명한 번역이론가로서, 오랫동안
『성경』 번역 작업에 종사해왔다. 그는 일찍이 『Good News Bible』 번역
사업의 책임자로서 1968년 미국언어학회의 주석으로 선출되었고, 미
국 『성경』 협회에 들어가 번역부 집행 비서로 있었다. 중요한 저작으로
는 『번역의 과학으로(Toward a Science of Translat ing)』(1964), 『번역의 이론과
실천(The Theory and Practice of Translation)』(19 69), 『한 가지 언어에서 다른 언

---

17   陳福康, 『中國譯學理論史稿』(修訂本), 上海: 上海外語教育出版社, 2000, 33쪽.

어로(*From One Language to Another*)』(1975), 『언어, 문화 그리고 번역(*Language, Culture and Translating*)』(2001)등이 있다. 그의 저작들을 통해서 우리는 나이다의 번역 실천, 특히 『성경』의 번역에서 그가 가졌던 번역 이론과 원칙 등을 알 수 있다. 아래에서는 세 가지 측면에서 그의 『성경』 번역을 살펴보고자 한다.

3.1 번역 언어관

나이다는 모든 언어가 각자의 장점, 예컨대 특수한 단어 구성, 어순, 어구의 연결 및 문장 짓기, 언어의 표기와 독특한 표현 방식 등이 있기 때문에, 번역할 때 번역자는 반드시 그 언어가 지니고 있는 특징을 존중해야 한다고 지적했다. 만약 번역하는 언어로 표현하면서 어떤 부족함이 있다면, 즉, 완전히 똑같은 어휘나 표현 방식, 문장구조 등이 없을 경우에 번역자는 반드시 그 언어가 지니고 있는 특징을 존중하여 원래 단어나 어휘의 표현을 기초로, 가능한 한 그 잠재된 표현을 발굴하여 그것을 주석에 더하는 방식으로 부족한 부분을 보완해야 한다고 지적했다.

동시에, 그는 언어의 공통점을 강조하여 인류의 모든 언어가 다 동등한 표현력을 지니기 때문에 다 똑같이 사상을 표현할 수 있고 객관적 세계를 묘사할 수 있으며 사람과 사람 사이의 소통을 이룰 수 있다고 생각했다. 따라서 그는 『성경』의 원어, 즉 히브리어와 희랍어를 너무 우러러 볼 필요가 없다고 했다. 실제로 이 두 언어도 인류 사회에 존재하는 수많은 언어 가운데 하나에 불과하고, 다른 언어와 마찬가지로 장단점을 가지고 있으므로, 그 두 언어가 완전무결하고 가장 이상적이며 가장 아름다운 언어로 생각할 필요가 없다는 것이다.

총괄적으로 말하면, 모든 언어 사이에는 공통점과 개성이 서로 대립하고 있으므로, 번역자는 이와 같은 언어의 공통점에 입각하여 각 언어의 개성을 충분히 발휘하고 적절한 보조 수단까지 동원함으로써 언어 사이의 효율적인 소통이 이루어지도록 노력해야 한다.

3.2 번역의 요구

나이다에 의하면, 번역은 당연히 독자들의 반응을 고려해야 하므로 독자들의 반응을 번역문 평가의 기준으로 삼아야 한다고 주장한다. 그는 번역의 마지막 관문은 독자들의 반응, 즉 독자들이 어떻게 받아들이고, 활용하며, 감상하는가를 확인하는 것이라고 했다. 만약, 번역문의 표현 방식이 독자들이 감상할만한 가치가 있다고 받아들이면, 그것은 성공한 번역문이라는 것이다. 그러나 독자 반응의 요소 중에는 정보의 전달만 있는 것이 아니라, 언어 사이의 다섯 가지 교제 기능도 포함된다. 따라서 번역자가 언어 사이의 교제기능을 잘 파악해야 독자들로 하여금 정보의 양(量)을 파악할 뿐만 아니라, 그 정도까지 파악함으로써 메시지가 담겨있는 표면적인 의미와 심층적인 의미를 전면적으로 이해하게 할 수 있다는 것이다.

물론, 독자 반응의 요소 중에는 문체의 스타일도 고려된다. 나이다는 문체 스타일의 대응성을 강조한다. 그는 문체의 스타일은 가끔 독자들이 번역문을 받아들이는 데에 결정적인 역할을 한다고 생각한다. 그러나 그는 실제로 번역 작업에서 수많은 문체와 관련된 요소들, 예를 들어 『성경』 가운데 시의 율격, 압운, 이합 등의 요소들에 부딪쳤는데, 이러한 요소는 거의 대부분 번역할 수 없는 것들이었다. 그는 이런 문제를 어떻게 해결하면 좋은 지에 대해, "단순하게 문체적 형식에만 주목하면 가치가 비슷한 문체를 번역해낼 수 없다. 내용이 좋든 문체가 좋든 상관없이 우리는 반드시 역동적 등가(dynamic equivalent)를 요구해야 한다."[18]고 말했다. 그러나 그는 이른 바 역동적 등가(dynamic equivalent)의 기준은 무엇이고, 또 구체적으로 어떻게 실현해야 하는가에 대해서는 만족할만한 답을 제시하지 못했다. 다만 유일하게 보완할 수 있는 수단은 주석을 달아주는 방식을 통하여 원문 문체의 특수성을 설명함으로써 독자들의 이해를 도와줄 수 있다고 했다.

『성경』번역에 대하여, 나이다는 구체적으로 세 가지 사항을 요구했다. 첫째, 전달하는 정보(informative), 즉 번역문이 정확하고 이해하기 쉬워 지식을 잘 전달해야 한다. 둘째, 생동감이 넘치는 표현(expressive), 즉 번역문은 메시지를 잘 전달해야 할뿐만 아니라, 그 문장 표현도 생동적이고 재미가 있어야 독자들을 사로잡을 수 있다. 셋째, 긴요함 (imperative)으로서, 나이다가 가장 중요하다고 생각하는 점이기도 하다. 그의 관점에 의하면 『성경』은 생활준칙이 가득한 고전 작품으로서 하느님이 세상을 창조하는 등 일련의 활동을 객관적으로 서술할 뿐만 아니라, 더욱 중요한 것은 그것이 사람들이 살아가면서 반드시 지켜야 할 규칙까지 제시하고 있기 때문이다. 『성경』은 예수 그리스도의 입을 빌어 인류에게 삶의 철학과 도리를 가르친다. 거기에 나오는 격언(格言)과 경구(警句)들은 오늘날까지도 현대인들의 일상생활과 행동에 영향을 끼치고 있다. 이상의 논의를 통하여, 우리는 '번역의 가능성'과 '번역의 불가능성'의 문제에 있어서 메시지의 전달과 언어의 기능 두 가지 개념이 완전히 일치한 것이 아니라, 각자의 주안점이 다르다는 것을 알 수 있

---

18   譚載喜, 『奈達論翻譯』, 北京: 中國對外翻譯出版公司, 1984, 12쪽.

다. 즉, 전자가 언어의 개념적 측면의 의미에 치중하는 반면 후자는 언어가 함유하고 있는 내면적인 의미에 더 치중해 있기 때문에, 양자 사이에 충돌이 생긴 경우에 번역자는 어느 한 쪽에 편중하여 거기에 중점을 두는 것이 바람직한 선택이라 할 수 있다.

3.3 번역의 흐름 방향

나이다는 『성경』이 단문으로 구성되어 있는 것이 많고 긴 문장이나 복잡한 문장이 비교적 적지만, 번역할 때는 절대로 단문들을 위주로 일대일식으로 번역하면 안 된다고 강조했다. 그렇게 번역을 하면 각각의 단문 사이에는 어떤 관련성도 없게 되어, 심지어 전체 번역문의 흐름도 유창하지 못하게 될 위험이 있기 때문이다. 이 문제에 대하여 그는 '담화'의 개념을 도입했다. 그는 "전통적인 번역 작업에서는 번역자가 단어의 번역에 주의력을 집중하였는데, 나중에 사람들은 단어를 가지고 번역 단위로 삼기에는 충분하지 않다는 것을 알게 되었다. 이에 따라 '문장'을 새로운 번역 단위로 삼았다. 그러나 얼마 되지 않아 번역가와 언어학자들은 하나의 '문장'으로 번역의 기본 단위로 삼는 것 역시 충분하지 않다는 견해를 제시했다. 그들은 기준점은 반드시 '단락(段落)'이 되어야 하고, 아울러 어느 정도에서는 전체 '담화'가 기준점이 되어야 한다고 주장했다."[19] 이에 따라, 번역자는 번역에서 처리해야 하는 대상은 하나하나의 단어나 문장이 아니라, 바로 '담화'이다. 물론, "Stop!"이라는 단어에서 볼 수 있듯이 하나의 단어나 문장이 '담화'를 이루는 경우도 있지만 이는 어디까지나 개별적인 사례이다. 아무튼

---

19   譚載喜, 위의 책, 82쪽.

담화가 언어 구조 중 가장 높은 차원인만큼 담화의 구성은 복잡한 문장 구조를 분석하는 우선적인 절차이다.

같은 교제 기능을 담당하는 담화를 '담화 유형'으로 통칭할 수 있는데, 예컨대 시가 유형, 과학기술 유형 등이다. 담화의 유형이 다르면 각자가 가리키는 의미와 내면에 포함하고 있는 의미도 다르다. 그리고 문법적 의미, 즉 단어, 문장 짓는 방식도 다르다. 이 때문에 번역자는 담화의 수준에서 시작하여 글 중의 과정성(過程性) 요소, 즉 문장과 문장, 단락과 단락 사이의 결속성 관계를 중시해야 한다. 그래야 번역자로 하여금 텍스트 하나하나의 부분이 다른 부분과 긴밀하게 결합하도록 할 수 있다.

4. 신비(神祕)와 초월(超越): 마리탱(J. Maritan)의 시학(詩學) 번역

마리탱(J. Maritan)은 프랑스 기독교 철학가이자 신학가이면서 동시에 문예 이론가이자 미학가이다. 일찍이 앙리 베르그송(Henri Bergson) 철학을 따르다가 나중에는 아내와 함께 로마 천주교의 신봉자가 되었다. 토마스 아퀴나스(Thomas Aquinas)의 『신학내전』을 징독하며 많은 영향을 받아, 마침내 20세기 종교·철학 분야 여러 파벌 가운데 선두주자로 인정받아 '신토마스주의'의 유명한 이론가이자 지도자가 되었다.

신토마스주의 이론 체계에는 제1철학[20], 인식론,논리학,미학,역사

---

20 제1철학(第一哲學, Prōtē Philosophia, Prīma Philosophia)이라는 개념은 아리스토텔레스가 그의 『형이상학』에서 논술한 '존재론(存在論)'을 이렇게 불렀다. 데카르트는 그의 주저 (主著)를 『신의 존재 및 인간의 영혼과 육체의 구별을 증명하는 제1철학에 관한 성찰』

철학을 비롯한 복잡한 이론들이 포함되는데 그 주요 연구대상은 바로 '하느님'이다. 신토마스주의자들은 세상의 모든 문제 가운데 가장 중요한 것은 하느님의 존재와 창세에 관련된 문제라고 생각했다. 이와 같은 '형이상(形而上)'은 신토마스주의에 의하여 신비화되었다. 마리탱은 '형이상'의 대상은 곧 극단적으로 신비하고 허무한 "존재하는 것을 위해 존재한다", 즉 "하느님의 존재"라고 주장했다. 이를테면, 마리탱은 자신의 철학사상에 신비로운 색채를 덧칠하기 시작한 것이다. 그러면 인간은 어떻게 세계를 인식하는가? 이에 대하여 마리탱은 "우리의 모든 인식은 감각기관으로부터 시작된다."라고 대답했다. 동시에, 그는 감성적 인식과 이성적 인식이 다르다고 지적하며, 이성적인 것은 감성적인 것에서 나오는 것이 아니라 "능동적인 이성" 혹은 "이지의 번뜩임"의 힘을 빌려 나타나는 것이라고 강조했다. 이러한 "이지(理智)의 번뜩임"은 이미지 대상에 투사될 때, 우리의 이해력은 이미 그 내부에 포함되어 있는 모종의 잠재된 것을 뽑아내는 것이다.

그러면 이와 같은 "이지의 번뜩임"은 어디에서 오는가? 마리탱은 그것은 하느님의 직감 혹은 "신과의 만남"에서 나온 것이라고 생각한다. 그는 이러한 '직감'은 신비롭고 포착하기 어려운 것이므로 정확하게 묘사하지 못하고, 다만 비슷하게 묘사하거나 암시를 할 수 있다고 했다. 그는 "신과의 만남은 일종의 개인적이고 타인에게 전달할 수 없는 인식이며, 심지어는 진정한 복(眞福)을 누리는 사람의 영혼도 모두

이라고 명명하고 있는 바와 같이, 사물의 제1의 모든 원인과 제1의 모든 원리를 취급하는 철학 부문을 제1철학이라 말했다. 또, F. 베이컨은 철학의 여러 부문에 공통적인 형식적 원리의 총체를 일러 제1철학이라 불렀다.(『철학사전』, 철학사전편찬위원회, 서울: 중원문화, 2009) - 역자 주

마음속의 언어로 자신을 표현할 수밖에 없다. 이와 같은 "신과의 만남"은 가장 완벽하고 아름답고, 가장 신비로우며, 가장 신성하게 신과 하나로 동화되는 것이다"²¹라고 했다. 그러면 이런 신비로운 직감은 어떻게 얻는가? 마리탱은 하느님의 '총애'를 얻어야 사람의 영혼이 비로소 하느님과 만나고 하느님의 '초대'를 직접 받아 하느님의 마음과 혼연일체가 된다고 했다. 이렇게 하면 곧 '모르는 것이 없는' 경지에 이르러 저절로 "하느님의 존재"도 감지된다고 주장했다. 이와 같이 그의 철학 사상은 농후한 신비주의 색채를 띠고 있다.

　마리탱은 철학의 기본적인 문제에 대하여 자신의 주장을 제시했을 뿐만 아니라, 문학예술에도 많은 관심을 가지고 관련 견해를 발표했다. 저서로는 『예술과 스콜라(Schola) 철학』, 『예술과 시의 창조성 직감』, 『시의 경지와 기타』 등이 있는데, 그 가운데 『예술과 시의 창조성 직감』은 마리탱의 '예술철학'과 '미학'의 대표작으로 공인받고 있다. 이 책에서 마리탱은 평론문이 달리지 않은 많은 시 원문을 인용하면서 직접 번역하고 창작까지 했다. 이런 작업은 의심할 여지없이 그의 신비주의 종교 철학의 영향을 받은 것이고, 그 사상의 신비성을 나타낸 것이다.

　마리탱은 "詩性直感(창의적 직감)", "詩性經驗(시적 경험)", "詩性意義(시적 의미)" 등 몇 가지 중요한 시학(詩學) 개념을 제시했다. 그는 "詩性直感"은 인간 영혼의 최상의 영역에 존재하는 일종의 순수한 정신측면의 활동으로서, 영혼의 어떤 타고난 자유와 상상력, 그리고 타고난 지성의 역량에 의해 결정된다고 했다. "詩性直感"은 지성의 전의식(preconscious) 생명의 깊은 연못에 숨어 있는 일종의 창작 충동으로, 이러한 창작 충동은

21　劉放桐等編, 『現代西方哲學(修訂本)』(下), 北京: 人民出版社, 1990, 480쪽.

영혼 속에 오랫동안 소중하게 보존되어오다가 어느 날 깊은 숙면에서 깨어나면 곧바로 창의적인 창작 활동으로 나타나게 된다.

　"詩性直感"과 더불어 가장 밀접하게 연계되어 있는 "詩性經驗"은 그것과 마찬가지로 영혼의 어떤 상태와 연결되며, 창조적인 세계, 나아가 심오하고 헤아릴 수 없는 곳과 상호의존적인 관계로 연결되어 있다. "詩性經驗"은 수많은 방식을 통하여 신비한 경험과 서로 교차하고 호환(互換)한다. 이들은 정신의 개념 속에 살아있는 생명의 원천에서 탄생하여 영혼의 중심으로 다가간다.

　마리탱이 제기한 또 하나의 중요한 시학 개념은 "詩性意味"로서, 이는 여러 종류의 의미 가운데 내재적 함의를 말한다. 이는 단어와 어구의 개념적 의미, 상상적 의미 그리고 신비로운 의미, 즉 단어와 어구 사이와 그것이 가지는 각종 의의에 내재된 음악 관계 등이다. 사람에게 영혼이 가장 중요한 것처럼, "詩性意味"도 시에게 아주 중요하다. 그것은 시의 내재하고 있는 리듬으로서 독자들은 오직 오랜 시간 꼼꼼하게 읽어야 비로소 자신의 사상과 감각을 활짝 열고 직감으로 깨달음에 이를 수 있다.

　이러한 몇 가지 시학개념은 마리탱의 종교관과 주관적 유심주의 경향을 충분히 드러내고 있다. 이른 바, '직감'이든 '경험'이든, 심지어 '의의'까지도 모두 영혼의 깊은 곳에 숨어 있는 것으로, 만질 수도 없고, 형언할 수도 없고, 익힐 수도 없다. 그러므로 영혼의 타고난 어떤 역량과 본성에 달려 있다. 마리탱은 시가 표현하고자 하는 것은 단순히 시어 중에 드러나 있는 명확한 사물들이 아니라(이것은 단지 하나의 수단일 뿐) 일종의 신비로운 현실적 표상이라고, 독자들은 이 신비로운 것을 어떻게든 포착해야 한다고 지적한다. 그러면 어떻게 해야 그 신비로움을 초월하여 시의 진정한 의미를 얻을 수 있는가? 마리탱은 오직 원초적인 직감을 통해야만 비로소 직접 하느님으로부터 부름을 받는 심령을 가질 수 있게 되어, 마침내 어떤 초개념(超槪念)적인 힘을 획득함으로써 시인의 언어와 음악에 빠질 수 있게 된다고 했다. 이렇게 되면, '번역의 가능성'과 '번역의 불가능성'의 문제는 더욱 중요하다는 것이 확실하게 드러난다.

마리탱은 수많은 시학개념을 제기하였을 뿐만 아니라, 이러한 개념들을 시가를 분석하는 데에 활용했다. 아래에서 우리는 그의 부인 라이사 마리탱의 시 작품 한 수를 가지고 신토마스주의 정신에 입각하여 시문을 번역해보자.

De Profundis (드 프로펀디스)

Dieu mon Dieu la distance entre nous n'est pas tolerable

Montrez-moi le chemin droit et nu et totalement veritable

Le Chemin de mon ame a votre esprit sans aucun

intermediaire

De ce que les hommes ont construit entre le ciel et la terre

Je suis pauvre et depouillee et tout me blesse

Tout est trop dur de ce qui se dit et trop humain pour ma

dentresse

La douleur m'a ravi mon enfance

Je ne suis plus qn'une ame en deuil de sa joie

Dans la terrible et stricte voie

Ou vit a peine l'esperance

Tout juste de quoi lever les yeux vers vous et ma solitude est

totable

Et ces tenebers sont sur moi comme une pierre sacrificielle

et tombale

Comment avoir acces aupres de vous par dela les symboles

Et connaitre san nulle erreur la verite de votre Parole

Tout ce qui se dit de vous est sacrilege

Et ce que vous-meme avez prononce par nos mots un

mystrere infini protege

Tout ce qui se dit de vous est sacrilege

Et ce que vous-meme avez prononce par nos mots un

mystere infini protege

Et pendant que vous enveloppez de toutes ces ombres

Le monde que vous avez fait resplendit de ses etoiles sans

nombre

Et le vertige de l'abime saisit mon ame

Et je crie vers vous mon Dieu

Du fond de l'abime.

心靈深處

上帝啊!我的上帝, 我們無法忍受通向你的遙遠路

指給我, 請指給我一跳坦蕩, 真誠的路

從我的心直達您神靈

天地之間不需任何驛站

我赤貧如洗, 心力交瘁

一切說出的太殘酷, 而我的悲傷太多情

童年沉浸著痛苦

心靈披著憂傷的喪服

恐怖漫漫的路

何處有希望閃爍

抬起雙眼尋覓您

頓然感到一陣陣孤獨

層層黑暗籠罩著我, 恰似那殉葬的墓穴

怎樣穿破象徵與您相聚

聆聽您那充滿真理的話語

圍繞著您聽說的一切都大逆不道

您親口講述的永恆秘密卻予以關照

當您將自己裹藏於這些影子之中

您所創造的世界,早已閃爍著漫天的星辰

空靈的意識縈繞著我的心際

在空靈之深處, 我向您呼喊, 我的上帝![22]

　　이 시는 두려움, 고독과 암흑, 하느님과의 교류에 대한 갈망, 하느
님의 부름에 대한 갈망, 성령의 은총 등의 감정을 표현하고 있다. 번역
문 중의 '恐怖漫漫(무한한 공포)', '孤獨(고독)', '黑暗(어둠)', '永恆秘密(영원한
비밀)'등의 단어는 농후한 신비주의 색채를 띠고 있다. 그리고 '沉浸著痛
苦(고통이 스며들다)', '憂傷的喪服(슬픔의 상복)', '殉葬的墓穴(순장의 무덤)' 등
의 표현은 신비로운 공간에 처하고 있는 화자(話者)가, 자아(自我)와 자신
의 영혼을 인식하지 못하고 더 신비로움에 빠져드는 것을 보여준다. 그
러나 '從我的心直達您神靈(나의 마음으로부터 당신의 신령으로)', '心靈深處呼
喊(마음 깊은 곳에서의 외침)'은 바로 시인의 자아주관(自我主觀)의 철저한 깨
우침을 의미한다. 그는 신비롭고 고요한 밤에 일종의 직감적인 정감을
얻어, 본능적으로 하느님을 찾아 하느님과의 교류를 간절하게 바라고
있다.

　　마리탱이 보기에, 시는 단지 시인의 직감적인 정감이 은밀한 세계

22　중국어 번역문은 이 책의 저자가 번역한 것이다. 시의 주요 내용은 한국어로 해석하
　　면 다음과 같다: "하느님! 나의 하나님, 저희는 당신에게 가는 먼 길을 참을 수 없습니
　　다./저에게 가리켜 주세요, 저에게 진실한 길을 가르쳐 주십시오./저의 마음으로부터
　　당신의 신령(神靈)으로 직행할 수 있게./하늘과 땅 사이에는 어떠한 역(驛)도 필요 없습
　　니다./저는 몹시 가난하여 심신 또한 피로합니다./저의 어린 시절은 고통으로 가득했
　　습니다./저의 마음이 슬픔의 상복을 걸치고 있습니다./무한한 공포에 질린 길에는 희
　　망은 있을까요?/고개를 들어 당신을 찾다가 문득 외로움을 느끼게 되었습니다./끝없
　　는 어둠이 나를 휩싸고, 마치 순장의 무덤과 같습니다./어떻게 상징(象徵)을 뚫고 당신
　　을 만나, 당신의 지혜로운 가르침을 들을 수 있을까요?/당신이 이 그림자들에 자신을
　　감싸줄 때,/당신이 창조한 세계는 이미 하늘에 별이 총총히 빛나고 있습니다./영롱한
　　의식이 내 마음속을 맴돌고 있습니다./ 마음 깊은 곳에서 저는 당신을 향해 외칩니다:
　　나의 하나님이여!" - 역자 주

로부터 현실에서 언뜻 나타나는 개념화되지 않은 것을 잡아내서 그것을 은은하게 표현하는 것이다. 따라서 시를 번역하는 것은 더 큰 자유를 향유하는 것이다. 시인의 주관적인 정신세계라는 측면에서 보면, 마리탱이 말하는 시가는 거의 번역이 불가능하다. 그러나 만약 우리가 주관적인 정신 측면을 잘 파악하고 꼼꼼하게 잘 해석한다면, 번역은 가능해질 것이다. 그러므로 번역자가 시의 신비성을 충분히 체험하고 이런 신비성을 자신의 주관적 느낌으로 함께 전환시킨다면, 원작이 지닌 고유의 표현 형식을 초월하여 독자들에게 원작 시인의 취지와 의도를 충분히 전달할 수 있게 될 것이다.

5. 심견(審見)과 예지(睿智): 카스퍼의 신학 번역

발터 카스퍼(Walter Kasper)는 1933년 독일의 하이덴하임(Heidenheim)에서 태어나 1952년부터 1956년까지 튀빙겐대학교와 뮌헨대학교에서 철학 및 천주교 신학을 공부하고, 1961년부터 1964년까지 튀빙겐대학교에서 박사과정을 마치고 신학박사 학위를 받았다. 그는 일찍이 튀빙겐대학교 천주교신학과 주임, 미국천주교대학 교수, 로텐부르크-슈투트가르트 교구장을 역임했다. 그는 독일 천주교 주교단의 중요한 구성원으로서 교무 활동과 사회 활동에서 큰 역할을 발휘했다. 동시에 그는 저명한 천주교 신학 이론가로서 대표 저작으로 1962년의 『로마학파의 전통학설』로부터 1992년 『기업, 정치와 교회 사이에서의 천주교 행동』에 이르기까지 총 30여 권의 저작을 출판했다. 『예수그리스도의 하느님(The God of Jesus Christ)』은 카스퍼가 1982년에 발표한 저서로서 하느님에 관련된 제반 문제를 심층적으로 다루고 있다.

그는 "하느님에 관련된 문제는 신의 기본적인 문제이다."라고 말했다. 이 문제는 결코 우리가 회피할 수 없는 문제이다. 왜냐 하면, 우리가 "하느님은 과연 존재하는가?"라는 문제를 제기할 때, 먼저 '하느님'과 같은 내적으로 풍부한 의미를 가진 단어가 무엇을 나타내고 있는가를 명확하게 밝혀야 하기 때문이다. '하느님'에 대하여 여러 신학가들이 제기한 개념들을 분석한 후에, 카스퍼는 하느님에 대한 자신의 견해를 내놓았다. 그에 의하면, 하느님은 다른 진실과 대등한 것도 아니고 그보다 높은 범주도 아니며, 나아가 질문을 받거나 인지되어야 하는 대상도 아니다. 하느님은 모든 문제 가운데 문제에 대한 대답이고, 인간과 세상의 문제에 대한 절대적인 대답이다. 그는 신앙은 오직 '예수 그리스도의 하느님'이므로 기독교 신앙의 참된 모습을 보존할 수 있다고 지적했다.

그가 보기에는 예수 그리스도와 하느님은 불가분의 관계이고 이것이 바로 이른 바 '성부(聖父), 성자(聖子), 성령(聖靈)'의 삼위일체(三位一體)론의 핵심이다. 현대과학이 급속도로 발전하고 있지만 인간의 신앙생활이 갈수록 위험한 상태에 빠지고 있다. 따라서 그는 사람들에게 진리를 찾아줄 필요가 있다고 생각했다. 구체적으로 말하면 그는 사람들이 쉽게 이해할 수 있는 방식으로 하느님 삼위일체의 오묘하고 깊은 의미를 선전하고, 불안정한 삶에서 확실한 신앙의 세계를 구축해야 한다고 주장했다. 그리고 오직 예수 그리스도의 하느님에 대한 신앙의 세계를 다시 세워야, 비로소 사람들로 하여금 하느님의 모습이 눈앞에 나타나는 것을 깨닫게 할 수 있다는 것이다.

카스퍼는 당대 천주교 신학에서 원칙을 지키면서도 퍽 융통성이 있는 인물이었다. 그는 한편으로는 기독교 신앙을 흔들림 없이 지키면서도, 다른 한편으로는 시기와 형세를 잘 살펴서 신학의 개방적인 변화, 예컨대 신학사(神學史), 보조학과로서의 언어철학, 사회학, 심리학 등 인문 및 사회학과가 기존의 흐름을 대체하는 형이상학에 대하여 긍정적 또는 인정하는 태도를 보였다. 그는 자신의 저서 『예수 그리스도의 하느님(The God of Jesus Christ)』에서 신학의 기본 원리를 새롭게 분석하고, 이를 통해 다시 새롭게 신학의 기본 체계를 구축했다.

문학작품은 각종 문학적인 방법을 통하여 삶을 재현하고, 독자의 감성을 불러일으켜 그들로부터 공감을 끌어내는 데에 목적을 둔다. 신학 저작들은 간단한 설교가 아닌 고차원적인 이론 연구이다. 따라서 그 목적은 인간의 비위에 맞추는 데에 있지 않고 관점을 서술하고 이치와 이론을 가르치는 데에 있다. 문학작품과 신학 관련 저작이 본질적으로 다르므로, 신학 저작 번역 또한 문학작품을 번역하는 것과는 다르다.

카스퍼는 대학자로서 예수 그리스도의 본원적인 문제를 논의할 때 종교학·경제학·철학·역사학·사회학·언어학·인류학 등 여러 학문 분야의 어마어마한 데이터와 자료를 동원하여, 이성과 학술적 시각으로 신에 대한 여러 가지 질의와 비평들에 응대(應對)했다. 따라서 그의 저작을 번역하는 것은 번역자에게 커다란 도전일 것이다. 그러면 번역자가 그의 신학 저작들을 어떻게 처리해야 그의 신학사상을 생생하게 잘 전달할 수 있을까? 아래 글에서 우리는 『예수 그리스도의 하느님(The God of Jesus Christ)』 영역본을 기본 텍스트로 삼아, 영역(英譯)에서 마땅히 주의해야 할 문제점들을 짚어보기로 하자.

우선 단어(詞) 방면의 번역을 보자. 신학 저작 중의 어휘는 일반 어휘와 전문 용어, 즉 신학에 관련한 술어, 전고(典故), 인명, 지명 등을 모두 포함하는데, 그 가운데 후자가 차지하는 비중이 훨씬 크다. 왜냐 하면, 전문용어는 신학이라는 학문 분야의 체계와 술어 자체가 지닌 특정한 의미와 관련된 것으로 아주 복잡한 문제이기 때문이다. 따라서 번역할 때 조심해서 가부(可否)나 취사(取捨)를 선택해야 한다. 예를 들면, 인명(人名)의 경우 중국 사람들에게 대부분 익숙하지 않으므로, 사전과 기타 자료들을 잘 찾아 참고하며 이미 잘 알려진 이름을 사용해야 한다. 번역자가 특별히 주의해야 할 것은, 신학적인 의미를 가진 상용 어휘의 번역이다. 즉, 잘 알려지기는 했지만 신학 분야에서는 오히려 특수한 의미나 해석을 가진 단어들이 있다. 번역자가 만약 이런 점을 간과하면 번역할 때 흔히 '마차를 엉뚱한 곳으로 몰다가, 원래의 의도를 많이 잃어버리는(南轅北轍 大失其意)' 실수를 할 수 있기 때문이다. 예를 들면, 'reality'는 보통 '현실(現實)'로 번역하지만 신학 번역에서는 '실체(實體)'로 번역해야 뜻이 더 잘 전달된다. 마찬가지로, 'tradition'은 '전통(傳統)'이 아니라 '법전(法典)'으로, 'formula'는 '공식(公式)'이 아니라 '신조(信條)'로, 'economy'는 '경제(經濟)'가 아니라 '創造拯救之天法(구원의 천법을 창조하기)'로, 'personality'는 '개성(個性)'이 아니라 '품격성(位格性)'으로 번역해야 한다. 그리고 'Judgment'는 '심판(審判)'으로, 'mediation'는 '묵상(默想)'으로, 'Hellenism'은 '희랍문화(希臘文化)'로, 'Christology incarnation'는 '도성육신(道成肉身)'으로 번역해야 한다.

앞에서 언급했듯이, 문학 작품의 경우 원문이든 번역문이든 단어, 즉 화려한 용어든 아니면 소박한 용어든 상관없이 모두 하나의 특징을 가지는 것을 선택하는 것이 중요하다. 그러나 신학 저작들은 보통 직설적이고 이해하기 쉬운 용어들로 이론을 논증하는 것이므로, 번역자는 신학 저작의 스타일에 주의하여, 번역하면서 지나치게 화려하거나 강렬한 감정적인 경향을 띠는 단어를 사용해서는 안 된다. 아니면 원문

텍스트의 관점과 내용은 번역하는 과정에서 잃어버리게 될 수 있다.

다음으로 문장과 단락 부분의 번역을 보자. 신학 저작은 보통 내용이 심오하고 어렵다. 술어가 비교적 많은 것을 제외하고도 긴 문장이 많고 짧은 문장이 적다. 구절 사이에 어법 관계가 비교적 복잡한 여러 단문으로 이루어진 복합문이 많이 등장한다. 특히 이러한 복합문을 번역할 때 자칫 잘못하면 각 단문 사이의 논리적인 관계를 혼란스럽게 만들어 결국 전체 텍스트의 의미 전달에 부정적인 영향을 끼칠 수 있다. 다음의 예를 보자.

> "A doctrine of the Trinity, as distinct from a Trinitarian confession, appears when ther is not only the confession of the same shared divine dignity of Father, Son and Spirit, but aslo reflection on the relation between faith in one God and this trinity of persons and on the ralation of Father, Son and Spirit among themselves."[23]

이 문장의 주절(主節)은 간단하지만 시간 종속절이 너무 길기 때문에, 원문의 구조에 따라 일일이 번역하면 문장의 중심이 안정감을 잃고 균형을 잃어버리는 현상이 나타난다. 따라서 번역을 할 때 각 종속절의 논리적인 관계를 잘 파악하여 순서를 조절해야 서양식 번역을 피할 수

---

23 Walter Kasper. *The God of Jesus Christ,* Matthew J, O'Connell, trans., New York ; The Crossroad Publishing, 1986, 251쪽. 이 문장은 한국어로 해석하면 다음과 같다: 삼위일체 신앙고백과 달리 삼위일체 교의(敎義)의 출현은 동일한 신성한 존엄을 지닌 성부, 성자, 성령에 대한 믿음이면서도 하나님을 믿는 믿음과 이 삼위일체와의 관계, 그리고 그들 사이에 성부, 성자와 성령이 맺어지는 관계에 대한 깊은 반성이기도 한다. - 역자 주

있다. 다음은 이렇게 해서 얻은 예문이다.

"與三一論認信不同, 三一論教義的出現不僅是對擁有共同神聖尊榮的
聖父, 聖子, 聖靈的認信, 而且更深對一神信仰與三個位格的關係的反
思, 以及對聖父, 聖子, 聖靈之間的關係的反思。"[24]

마찬가지로, 설령 구조가 아주 간단한 문장을 번역할 때도, 중국어
의 언어 습관에 부합하는 단어를 사용하여 표현해야 한다. 예를 들어,
원문 가운데 제1장의 제목"God as a problem"을 우리는 "作為問題的上
帝(문제로서의 하느님)"로 번역할 수 있다. 그러나 읽을 때 오히려 어색하
고 부자연스럽기 때문에 이를 약간 조정해서 "上帝: 一個難題(하느님: 하
나의 난제)"로 수정하면 훨씬 더 자연스럽게 된다.

신학 저작의 번역은 원작자의 사상을 독자들에게 최대한 빠짐없이
전달해야 한다. 그러나 신학 저작의 번역은 일반 자연과학 저작의 번역
과 달리, 정확성을 따지는 동시에 원작의 스타일과 신비롭고 고상한 운
치를 될 수 있는 대로 최대한 잘 유지해야 한다.

다음의 두 예문을 들어 이 문제를 설명해 보자.

예문1:

According to Nietzsche, the illusion of an absolu—te truth reaches
its high point and ultimate concentration in the ieda of God, God
is our 'most enduring lie', it is 'invention , poetic pre-tension'; it is

---

24   卡斯培(Walter Kasper), 『耶穌基督的上帝』, 羅選民譯, 香港: 道風書社, 2005, 384쪽.

the 'counter-concept of life' and an expression of resentment against life, Nietzsche was therefore compelled to make the death of God the central content of his thinking. The death of God was, for him, the highest expression of the death of metaphysics.[25]

번역문:

按照尼采的觀點, 絕對真理的幻覺在上帝的思想中達到極致。 上帝是我們"最經久不變的謊言", 它是"虛構, 富有詩意的矯飾"; 是"生命的相反概念"和對生活的憤懣之表達。尼采因而不得不把上帝之死作為他思想的中心內容。對於他來說, 上帝之死是形而上學之死的最高表達。[26]

예문2:

For, as M. Buber says in an ofter quoted passage, God, is the most heavy-laden of all human words. None has become so soiled, so

---

25 Walter Kasper. *The God of Jesus Christ*, Matthew J, O'Connell, trans., New York; The Crossroad Publishing, 1986, 40쪽. 원문 가운데 4개 주석은 여기에서 열거하지 않았다. 이 문장은 한국어로 해석하면 다음과 같다: 니체에 따르면, 절대적 진리의 환상은 신의 사상 속에 최고점에 도달하고 궁극적인 집중에 도달한다. 하느님은 우리의 '가장 오래 지속되는 거짓말'이며, '허구, 시적 장식'이다. 그것은 '삶의 역개념'이며 삶에 대한 원망의 표현이다. 따라서 니체는 신의 죽음을 자신 사상의 중심 내용으로 삼아야만 했다. 신의 죽음은 그에게 형이상학의 죽음을 가장 높게 표현한 것이었다.- 역자 주

26 卡斯培(Walter Kasper), 『耶穌基督的上帝』, 羅選民譯, 香港: 道風書社, 2005, 70쪽.

mutilated... Generations of men have laid the burden or their anxious lives upon this word and weighed it to ghe ground; it lies in the dust and bears their whole burden. The raes of men with their religious factions have torn the word to pieces; they have killed for it and died for it, and it bears their fingermarks and their blood...[27]

번역문:

正如布伯(M.buber)在一段常被引用的話中所說, "上帝"是人類所有詞語中負載最重的一個詞。再沒有哪個詞像它這般備受玷污和損毀……一代代芸芸眾生莫不將其煩惱人生壓諸該詞之上, 使之匍匐於地, 承認人類全部負載而陷於泥淖。各個種族的人們以其形形色色的宗教教派已將"上帝"這個詞撕成碎片; 他們為之殺戮, 捐軀, 致使這個詞語印下了人們的條條指印, 斑斑血跡……[28]

---

27 Walter Kasper. 앞의 책, 3~4쪽. 이 문장은 한국어로 해석하면 다음과 같다: M. 버버는 종종 인용된 구절에서 "'하느님'이라는 단어는 인간의 모든 말 중 가장 무게감이 있다"고 말한다. 인류의 말 중에는 이렇게 더럽혀지고, 훼손된 단어는 어디서도 찾을 수 없는 것이다. 대대로 사람들이 이 말 위에 무거운 짐과 그들의 근심스러운 삶을 얹고, 그것을 땅에 저울질하여 놓았습니다. 그것은 먼지 속에 누워 그들의 모든 짐을 짊어지고 있다. 여러 종족의 사람들은 형형색색의 종교로 '하느님'이라는 단어를 갈기갈기 찢었다. 그들은 이 단어를 위해 타인을 죽이고, 그 말을 위해 자신의 목숨을 희생시킨다. 따라서 이 말에는 인간의 손가락 자국과 그들의 피가 묻어 있다.- 역자

28 卡斯培(Walter Kasper), 『耶穌基督的上帝』, 羅選民譯, 香港: 道風書社, 2005, 7쪽.

번역과 중국의 근대성

6. 맺는 말

'불가역론'은 신학 번역에서 가장 먼저 제기된 관점이다. 중세 이전에는 『성경』과 같은 신학 저작은 신성하고 신비로운 것이었으므로, 이를 번역하는 것은 마치 하느님을 대변한다는 혐의를 면하지 못했다. 이 때문에 『성경』을 비롯한 신학 저작을 한 가지 언어로부터 다른 언어로 바꾸는 것은 일종의 사악한 행위로 간주되었다. 『고린도후서 (Corinthians)』에는 "번역은 신성 모독이다(Translation would be blasphemy)"[29]라는 말이 기재되어 있다. 중국 불경 번역사의 많은 논의 중에도 역시 신학 번역의 '불가능성'이 제기되었다. 『출삼장기집(出三藏記集)』 14권 『쿠마라지바 전기 1(鳩摩羅什傳第一)』에도 번역에 대한 쿠마라지바의 평론이 다음과 같이 기재되어 있다.

"천축의 말을 중국의 말로 옮기면 그 문사의 아름다움을 잃으니, 대체적인 뜻은 얻어도 문체가 달라서 마치 밥을 씹어서 남에게 주는 것과 같으니, 맛이 사라질 뿐 아니라 구토를 유발한다."[30]

번역하는 과정에서 원작이 주는 메시지를 잃어버리거나 왜곡되는 것을 피할 수는 없지만, 그렇다고 해서 '번역 가능'과 '번역 불가능'은 같은 개념이 아니다. 자크 데리다 (Jacques Derrida)는 「The Tower of

---

29   科納, 『「哥林多前後書」釋義』, 郜元寶譯, 上海: 華東師範大學出版社, 2010.

30   釋慧遠, 『鳩摩羅什傳第一』, 載(梁)釋僧佑撰, 蘇普仁, 蕭鍊子點校, 『出三藏記集』, 北京: 中華書局, 1995, 534쪽. "但改梵為秦, 失其藻蔚, 雖得大意, 殊隔文體. 有似嚼飯與人, 非徒失味, 乃令嘔噦也."

Babe(베이브의 탑)」이라는 글에서 "그(하느님)는 계보를 사방으로 분산시키고 혈통 관계의 세습을 차단시키며, 인류에게 강제로 번역을 하도록 시키면서도 동시에 번역을 금지시킨다."[31]고 했다. 이와 같은 역설은 번역의 '불가능성'을 암시하며 또, 필요성도 함께 의미하고 있다.

이와 같이 신학 번역은 바로 '번역 가능'과 '번역 불가능' 사이에 위치한다. 이 두 명제의 관계는 그 옳고 그름의 경계가 절대적으로 분명하지 않다. 이 두 명제 사이에 존재하는 긴장감은 서로 쉬지 않고 움직이며 끌어당기고 있다. 사람들이 주목할 만한 가치가 있는 것은 바로 이렇게 역동적인 변증적인 관계라는 점이다.

신학 경전 번역의 중요성은 불교 경전 번역이 중국문학 발전에 영향을 끼친 것과, 성경 번역이 유럽문학 발전에 끼친 영향에서 충분히 엿볼 수 있다. 만약 신학 경전의 번역이 없다면 신학 사상의 전파를 논하는 것은 부질없는 일이다. 구체적인 번역 실천을 통하여 필자는 다음과 같은 소감을 얻었다.

그것은 바로 "번역자는 반드시 엄숙하고 성실해야 하며, 신중하고 조심스럽게 전전긍긍한 마음으로 단어를 선택해야 하고 뜻을 전달하는 데에 전력을 다해야 한다. 원문을 통독하지 않거나 전문 용어에 익숙하지 않고 언어 환경이 분명하지 않으며 자료를 충분히 확보하기 전까지는 번역 작업을 해서는 안 된다. 이렇게 해야만 비로소 만족스러운 번역문을 세상에 내놓을 수 있다."라는 것이다.

---

31 Jacques Derrida. 「The Tower of Babe(巴別塔之旅)」, 陳浪譯, 謝天振編, 『當代國外翻譯理論導讀』, 天津: 南開大學出版社, 2008, 341쪽.

阿斯特莉特·埃尔, 冯亚琳编. 2012. 文化记忆理论读本. 北京: 北京大学出版社.

阿英. 1980. 晚清小说史. 北京: 人民文学出版社.

奥玛珈音. 2003. 鲁拜集. 黄克孙译. 台北: 书林出版有限公司.

拜伦. 1982. 她走在美的光辉中. 查良铮译. 拜伦诗选. 上海: 上海译文出版社. 第45 页.

蔡新乐. 2001. 文学翻译的艺术哲学. 开封: 河南大学出版社.

蔡新乐. 2005. 让诗意进入翻译理论研究——从海德格尔的"非对象性的思"看钱锺书的
　　　　"不隔"说. 中南大学学报 5: 563-571.

蔡志诚. 2005. 漂移的边界: 从文学性到文本性. 福建师范大学学报 4: 41-44.

曹禺. 2001. 雷雨. 王佐良, 巴恩斯译. 北京: 外文出版社.

陈伯吹. 2006. 蹩脚的"自画像". 中共上海市宝山区委党史研究室等编. 陈伯吹. 北京:
　　　　中共党史出版社. 第 7-36 页.

陈德鸿, 张南峰编. 2000. 西方翻译理论精选. 香港: 香港城市大学出版社.

陈福康. 1992. 中国译学理论史稿. 上海: 上海外语教育出版社.

陈福康. 2000. 中国译学理论史稿(修订本). 上海: 上海外语教育出版社.

陈澔注. 1987. 礼记. 上海: 上海古籍出版社.

陈龙. 2002. 现代大众传播学. 苏州: 苏州大学出版社.

陈鹏翔编. 1975. 翻译史翻译论. 台北: 弘道文化事业有限公司.

陈平原. 1989. 20 世纪中国小说史(第一卷). 北京: 北京大学出版社. 第 37-49 页.

陈平原, 夏晓虹编. 1989. 二十世纪中国小说理论资料. 北京: 北京大学出版社.

陈青之. 2008. 中国教育史. 北京: 东方出版社.

陈寅恪. 1932. 莲花色尼出家因缘跋. 清华学报 7(1): 39-45.

陈寅恪. 2001. 几何原本满文译文跋. 陈美延编. 金明馆丛稿二编. 北京: 生活·读书·新知三联书店. 第 106-108 页.

陈原. 2008. 陈原序跋文录. 北京: 商务印书馆.

程锡麟. 1996. 互文性理论概述. 外国文学 1: 72-78.

崔永禄. 2006. 传统的断裂——围绕钱锺书先生"化境"理论的思考. 外语与外语教学 3: 46-48.

德里达. 1999. 多义的记忆——为保罗·德曼而作. 蒋梓骅译. 北京: 中央编译出版社.

德里达. 2001. 书写与差异. 张宁译. 北京: 生活·读书·新知三联书店.

德里达. 2008. 巴别塔之旅. 陈浪译. 谢天振编. 当代国外翻译理论导读. 天津: 南开大学出版社. 第 333-347 页.

方梦之等编. 2005. 译学词典. 上海: 上海外语教育出版社.

方平. 2000. 新莎士比亚全集·后记(十二). 石家庄: 河北教育出版社.

方梓勋. 2002. 被殖民者的话语再探——钟景辉与 60 年代初期的香港翻译剧. 贵州大学学报(艺术版)4: 5-15.

费孝通. 2007. 费孝通论文化与文化自觉. 北京: 群言出版社.

冯契编. 1992. 哲学大辞典. 上海: 上海辞书出版社.

冯世则. 2001. 解读严复、鲁迅、钱锺书三家言: "信、达、雅". 清华大学学报(哲学社会科学版)2: 95-100.

弗朗索瓦兹等编. 2002. 法国文学大手笔. 钱培鑫, 陈伟译注. 上海译文出版社.

傅璇琮. 1991. 陈寅恪文化心态与学术品位的考察. 社会科学战线 3: 233-243.

高桥哲哉. 2011. 反·哲学入门. 何慈毅, 郭敏译. 南京: 南京大学出版社.

葛校琴. 2002. 当前归化／异化策略讨论的后殖民视阈. 中国翻译 5: 32-35.

葛兆光. 1998. 中国思想史: 七世纪前中国的知识、思想与信仰世界(第一卷). 上海: 复旦大学出版社.

葛中俊. 2012. "失本成译"和译之"化境": 钱锺书的翻译文本观. 同济大学学报(社会科学

版)4: 88-96.

郭庆藩. 1961. 庄子集释. 北京: 中华书局.

赫胥黎. 1986. 天演论. 严复译. 王栻编. 严复集(第五册). 北京: 中华书局. 第 1317-1476 页.

何兆武, 柳卸林. 2001. 中国印象. 桂林: 广西师范大学出版社.

洪堡特. 1997. 论人类语言结构的差异及其对人类精神发展的影响. 姚小平译. 北京: 商务印书馆.

胡适. 1998. 胡适文集 1. 欧阳哲生编. 北京: 北京大学出版社.

胡适. 2001. 胡适日记(第 6 卷). 曹伯言整理. 合肥: 安徽教育出版社.

胡适. 2003. 胡适全集(第 23 卷). 合肥: 安徽教育出版社.

胡适. 2006. 白话文学史. 合肥: 安徽教育出版社.

胡适. 2012. 胡适书信选. 耿云志, 宋广波编. 北京: 外语教学与研究出版社.

胡壮麟. 2000. 导读. 功能语法导论. 北京: 外语教学与研究出版社.

黄汉平. 2003. 文学翻译"删节"和"增补"原作现象的文化透视——兼论钱锺书《林纾的翻译》. 中国翻译 4: 28-31.

黄念然. 1999. 当代西方文论中的互文性理论. 外国文学研究 1: 15-21.

霍埃. 1987. 批评的循环. 兰金仁译. 沈阳: 辽宁人民出版社.

加乐尔. 1947. 阿丽思漫游奇境记. 赵元任译. 北京: 商务印书馆.

蒋英豪. 1997. 梁启超与中国近代新旧文学的过渡. 南开大学学报 5: 22-30.

金圣华. 2002. 认识翻译真面目. 香港: 天地图书有限公司.

卡斯培. 2005. 耶稣基督的上帝. 罗选民译. 香港: 道风书社.

康有为. 1992. 日本书目志. 康有为全集(第三册). 上海: 上海古籍出版社. 第581-1219页.

科纳. 2010.《哥林多前后书》释义. 郜元宝译. 上海: 华东师范大学出版社.

赖光临. 1968. 梁启超与现代报业. 台北: 商务印书馆.

劳陇. 1990. "殊途同归"——试论严复、奈达和纽马克翻译理论的一致性. 外国语 5:

50-52, 62.

劳陇. 1996. 意译论——学习梁启超先生翻译理论的一点体会. 外国语 4: 59-64.

老聃. 1994. 老子. 长沙: 湖南出版社.

老舍. 1999. 茶馆. 英若诚译. 北京: 中国对外翻译出版公司.

雷蒙·威廉斯. 2005. 关键词. 刘建基译. 北京: 生活·读书·新知三联书店.

雷纳·韦勒克. 1997. 近代文学批评史. 杨自伍译. 上海: 上海译文出版社.

李广荣, 郭建中. 2008.《翻译研究中的转向面面观》述介. 中国科技翻译 3: 62-65.

李伟. 1998. 梁启超与日译西学的传入. 山东师范大学学报 4: 48-51.

李伟舫. 2011. 梁实秋莎评研究. 北京: 商务印书馆.

李月. 2012. 吴宓的著译与翻译观. 兰台世界 2 月上旬: 57-58.

李运博. 2003. 流入到近代中国的日语借词——梁启超作品中的日语借词. 天津外国语学
    院学报 4: 37-40.

李泽厚. 1979. 中国近代思想史论. 北京: 人民出版社.

梁立坚. 1997. 各凭才情, 赋予生机: 论"达旨式"的翻译. 国立师范大学翻译研究所编.
    展望二十一世纪翻译理论.

梁启超. 1978. 翻译文学与佛典. 张曼涛编. 佛教与中国文学. 台北: 大乘文化出版社. 第
    345-382 页.

梁启超. 1984. 论译书. 中国翻译者协会《翻译通讯》编辑部编. 翻译研究论文集(1894-
    1948). 北京: 外语教学与研究出版社. 第 8-20 页.

梁启超. 1989. 十五小豪杰. 饮冰室合集(专集九十四). 北京: 中华书局. 第 1-46 页梁

启超. 1989. 新中国未来记. 饮冰室合集(专集八十九). 北京: 中华书局. 第 1-57 页。梁

启超. 2001. 大同译书局叙例. 饮冰室文集点校(第一册). 昆明: 云南教育出版社. 第 147-
    148 页.

梁启超. 2001. 论小说与群治之关系. 饮冰室文集点校(第一册). 昆明: 云南教育出版社. 第
    758-760 页.

梁启超. 2001. 新民说. 饮冰室文集点校(第一册). 昆明: 云南教育出版社. 第547-650 页.

梁启超. 2001. 译印政治小说序. 饮冰室文集点校(第一册). 昆明: 云南教育出版社. 第 153 页.

梁实秋. 1989. 梁实秋散文全集. 台北: 光夏文艺出版社.

廖七一. 2006. 胡适诗歌研究. 北京: 清华大学出版社.

林煌天编. 1997. 中国翻译辞典. 武汉: 湖北教育出版社.

林俊义. 1984. 科技文明的反省. 台北县: 帕米尔书店. 第 19 页.

林纾. 1914. 贼史序. 迭更司著. 贼史. 林纾, 魏易译. 上海: 商务印书馆. 第 1-2 页.

刘炳善. 2009. 为了莎士比亚. 开封: 河南大学出版社.

刘禾. 2002. 跨语际实践——文学, 民族文化与被译介的现代性(中国, 1900-1937). 宋伟杰等译. 北京: 生活·读书·新知三联书店.

柳鸣九. 2001. 米拉波桥下的流水. 北京: 中国电影出版社.

刘绪源. 2009. 儿童文学的三大母题. 上海: 华东师范大学出版社.

刘绪源. 2013. 中国儿童文学史略 1916—1977. 上海: 少年儿童出版社. 第 42-53 页.

柳永. 1999. 玉蝴蝶·重阳. 康圭璋编. 全宋词. 北京: 中华书局.

鲁迅. 1981a. 我们现在怎样做父亲. 鲁迅全集(第一卷). 北京: 人民文学出版社. 第 135 页.

鲁迅. 1981b. 杂忆. 鲁迅全集(第一卷). 北京: 人民文学出版社. 第 220-230 页.

鲁迅. 1981c. 文学的阶级性. 鲁迅全集(第四卷). 北京: 人民文学出版社. 第125-128 页.

鲁迅. 1981d. "硬译"与"文学的阶级性". 鲁迅全集（第四卷）. 北京: 人民文学出版社. 第 195-222 页.

鲁迅. 1984. 关于翻译——给瞿秋白的回信. 中国翻译工作者协会《翻译通讯》编辑部编. 翻译研究论文集 (1894—1948). 北京: 外语教学与研究出版社. 第 223-228 页.

鲁迅. 1984. "题未定"草. 中国翻译者协会《翻译通讯》编辑部编. 翻译研究论文集(1894-1948). 北京: 外语教学与研究出版社. 第 244-250 页.

鲁迅. 1989. 翻译与我. 张玉法, 张瑞德编. 鲁迅自传. 台北: 龙文出版社.

鲁迅. 1991. "Having Nothing to Do With?". 杨宪益, 戴乃迭编. 鲁迅作品全集(第四册). 北京: 人民文学出版社. 第 346-347 页.

鲁迅. 1997. 我怎么做起小说来. 吴福辉编. 二十世纪中国小说理论资料(第三卷). 北京: 北京大学出版社. 第 211-214 页.

鲁迅. 2006. 坟. 北京: 人民文学出版社.

鲁迅. 2006. 关于翻译. 南腔北调集. 北京: 人民文学出版社. 第 95-96 页.

鲁迅博物馆鲁迅研究室.1981. 鲁迅诞辰百年纪念集. 长沙: 湖南人民出版社.

罗念生编. 1983. 朱湘书信集. 上海: 上海书店.

罗新璋. 2013. 译艺发端. 长沙: 湖南人民出版社.

罗选民. 1990. 话语层翻译标准初探. 中国翻译 2:1-7.

罗选民. 1992. 论翻译的转换单位. 外语教学与研究 4:32-37.

罗选民, 杨小滨. 1998. 超越批评之批评(下)——杰弗里·哈特曼教授访谈录. 中国比较文学 1: 105-117.

罗选民编. 2006. 中华翻译文摘: 2002— 2003 年卷. 北京: 清华大学出版社.

罗选民. 2011. 翻译理论研究综述. 结构·解构·建构——翻译理论研究. 上海: 上海外语教育出版社. 第 1-10 页.

罗选民. 2012. 关于翻译与中国现代性的思考. 中国外语 2:1,6.

罗选民. 2013. 作为教育行为的翻译: 早期清华案例研究. 清华大学教育研究 5:16-24.

马利坦. 1991. 艺术与诗中的创造性直觉. 刘有元, 罗选民等译. 北京: 生活·读书·新知三联书店.

马泰·卡林内斯库. 2002. 现代性的五副面孔. 顾爱彬, 李瑞华译. 北京: 商务印书馆.

马祖毅. 1984. 中国翻译简史: 五四以前部分. 北京: 中国对外翻译出版公司.

孟宪承, 陈学恂. 教育通论. 福州: 福建教育出版社. 第 87 页.

米歇尔·艾伦·吉莱斯皮. 现代性的神学起源·序言. 张卜天译. 长沙: 湖南科学技术出版社.

聂友军. 2008. 钱钟书翻译实践论. 中国比较文学 3: 33-46.

聂珍钊. 2004. 剑桥学术传统与研究方法: 从利维斯谈起. 外国文学研究 6: 6-12.

潘懋元, 朱国仁. 1995. 高等教育的基本功能: 文化选择与创造. 高等教育研究 1:1-9.

彭定安. 2011. 鲁迅学导论. 北京: 中国社会科学出版社.

蒲松龄. 2011. 聊斋志异. 上海: 上海古籍出版社.

齐家莹编. 1999. 清华人文学科年谱. 北京: 清华大学出版社.

钱理群. 2002. 鲁迅: 远行以后 (1949—2001)(之四). 文艺争鸣 4:4-8.

钱理群. 2006. "鲁迅"的"现在价值". 社会科学辑刊 1:178-181.

钱锺书. 1979. 一○一 全三国文卷七五译事三难——"漱石枕流". 管锥编(第三册). 北京: 中华书局. 第 1101-1103 页。

钱锺书. 1979. 一六一 全晋文卷一五八"有待"——翻译术开宗明义. 管锥编(第四册). 北京: 中华书局. 第 1263-1264 页.

钱锺书. 1984. 谈艺录. 北京: 中华书局.

钱锺书. 1985. 林纾的翻译. 中国翻译 11: 2-10.

钱锺书. 2001. 钱锺书集·谈艺录(上卷). 北京: 生活·读书·新知三联书店.

钱锺书. 2002. 论不隔. 写在人生边上·写在人生边上的边上·石语. 北京: 生活·读书·新知三联书店. 第 110-115 页.

钱钟书. 2002. 七缀集. 北京: 生活·读书·新知三联书店.

钱锺书. 2007. 钱锺书集·管锥编(一). 北京: 生活·读书·新知三联书店.

瞿秋白. 1984. 关于翻译——给鲁迅的信. 中国翻译工作者协会《翻译通讯》编辑部编. 翻译研究论文集 (1894—1948). 北京: 外语教学与研究出版社. 第 215-222 页.

瞿秋白, 鲁迅. 2009. 关于翻译的通信. 罗新璋, 陈应年编. 翻译论集. 北京: 商务印书馆. 第 335-350 页.

全灵. 1980. 从"硬译"说起. 鲁迅研究文丛第一辑. 长沙: 湖南人民出版社. 第319-323 页.

塞缪尔·亨廷顿. 2002. 文明的冲突与世界秩序的重建. 周琪等译. 北京: 新华出版社.

莎士比亚. 2000. 新莎士比亚全集(第五卷)·悲剧·安东尼与克莉奥佩特拉. 方平译. 石家庄: 河北教育出版社. 第 397-637 页.

莎士比亚. 2002. 安东尼与克利欧佩特拉. 梁实秋译. 北京: 中国广播电视出版社远东图

书公司.

莎士比亚. 2013. 莎士比亚悲剧喜剧全集·悲剧 II· 安东尼与克莉奥佩特拉. 朱生豪译. 北京: 中国书店. 第 161-257 页.

莎士比亚. 2015. 安东尼与克莉奥佩特拉. 罗选民译. 北京: 外语教学与研究出版社.

上海鲁迅纪念馆. 1993. 鲁迅诞辰一百一十周年纪念论文集. 上海: 百家出版社.

邵斌. 2011. 诗歌创意翻译研究: 以《鲁拜集》翻译为个案. 杭州: 浙江大学出版社.

畲协斌, 张森宽编. 2003. 沈宝基译诗译文选. 合肥: 安徽文艺出版社.

释道安. 1995. 摩诃钵罗若波罗蜜经抄序第一. 释僧佑撰. 苏晋仁, 萧錬子点校. 出三藏记集. 北京: 中华书局. 第 289-291 页.

释慧远. 1995. 大智论抄序第二十一. 释僧佑撰. 苏晋仁, 萧錬子点校. 出三藏记集. 北京: 中华书局. 第 388-398 页.

释僧佑. 1995. 胡汉译经文字音义同异记第四. 释僧佑撰. 苏晋仁, 萧錬子点校. 出三藏记集. 北京: 中华书局. 第 12-15 页.

释僧祐. 1995. 鸠摩罗什传第一. 释僧祐撰. 苏晋仁, 萧錬子点校. 出三藏记集. 北京: 中华书局. 第 530-535 页.

舒新城. 2006. 教育通论. 福州: 福建教育出版社. 第 68 页.

苏金智. 2012. 赵元任传: 科学、语言、艺术与人生. 南京: 江苏文艺出版社.

苏正隆. 2003. 鲁拜集·序. 奥玛珈音. 鲁拜集. 黄克孙译. 台北: 书林出版有限公司.

谭建香, 唐述宗. 2010. 钱锺书先生"化境"说之我见. 语言与翻译 1: 50-53.

谭载喜. 1984. 奈达论翻译. 北京: 中国对外翻译出版公司.

谭载喜. 1991. 西方翻译理论简史. 北京: 商务印书馆.

谭载喜. 1999. 新编奈达论翻译. 北京: 中国对外翻译出版公司.

丸尾常喜等编. 1981. 鲁迅文言语汇索引 (*An Index to Lu Xun's Lexicon*). 东京: 东洋大学东洋文化研究所.

王冰. 2002. 钱钟书英译"毛选". 炎黄春秋 9: 75.

王处辉. 2009. 高等教育社会学. 北京: 高等教育出版社.

王东风. 2002. 归化与异化: 矛与盾的交锋. 中国翻译 5: 24-26.

王凤. 2010. 希利斯·米勒的"重复"观解读. 重庆邮电大学学报(社会科学版) 6: 100-104, 125.

王国维. 1997. 论新学语之输入. 姚淦铭, 王燕编. 王国维文集(第三卷). 北京: 中国文史出版社. 第 40-43 页。

王国维. 2011. 人间词话. 北京: 中国人民大学出版社.

王宏志. 1996. "专欲发表区区政见": 梁启超和晚清政治小说的翻译与创作. 文艺理论研究 6: 8-18.

王宏志. 1999. 重释信达雅: 二十世纪中国翻译研究. 上海: 东方出版中心.

王宏印. 2001.《红楼梦》诗词曲赋英译比较研究. 西安: 陕西师范大学出版社.

王宏志. 2007. 重释"信、达、雅"—— 20 世纪中国翻译研究. 北京: 清华大学出版社.

王建. 2012. 从文化记忆理论谈起——试析文论的传播与移植. 学习与探索11: 130-134.

王宁. 2002. 翻译文学与中国文化现代性. 清华大学学报S1:84-89.

王栻. 1982. 严复与严译名著. 商务印书馆编辑部编. 论严复与严译名著. 北京: 商务印书馆. 第 1-21 页.

王树英. 2013. 中印文化交流. 北京: 中国社会科学出版社.

王志松. 1999. 文体的选择与创造——论梁启超的小说翻译文体对清末翻译界的影响. 国外文学 1: 82-86.

王中江. 1997. 严复. 台北: 东大图书公司.

王宗炎编. 1988. 英汉应用语言学词典. 长沙: 湖南教育出版社.

王佐良. 1989. 翻译: 思考与试笔. 北京: 外语教学与研究出版社.

闻一多. 1984. 莪默伽亚谟之绝句. 中国翻译者协会《翻译通讯》编辑部编. 翻译研究论文集(1894–1948). 北京: 外语教学与研究出版社. 第 181-193 页.

吴汝伦. 1986.《天演论》序. 王栻编. 严复集(第五册). 北京: 中华书局. 第1317-1319 页.

吴学昭. 2008. 听杨绛谈往事. 北京: 生活·读书·新知三联书店.

伍蠡甫编. 1979. 西方文论选. 上海: 上海译文出版社.

夏晓虹. 1991. 觉世与传世——梁启超的文学道路. 上海: 上海人民出版社.

肖建安. 2000. 论民族文化心理因素对英汉语词汇感情色彩的影响. 罗选民编. 英汉文化交际与跨文化交际. 沈阳: 辽宁人民出版社. 第 245-251 页.

徐百柯. 2011. 民国风度. 北京: 九州出版社.

徐志啸. 2000. 近代中外文学关系. 上海: 华东师范大学出版社.

荀况. 2002. 荀子. 北京: 中国华侨出版社.

严复. 1986.《天演论》导言一: 察变. 王栻编. 严复集(第五册). 北京: 中华书局. 第 1323-1326 页.

严复. 1986.《天演论》译例言. 王栻编. 严复集(第五册). 北京: 中华书局. 第 1321-1323 页.

严复. 1986. 严复在《国闻报》上发表了哪些论文. 王栻编. 严复集(第二册). 北京: 中华书局. 第 421-452 页.

严复. 1986. 与曹典球书(十二封). 王栻编. 严复集(第三册). 北京: 中华书局. 第 565-575 页.

严晓江. 2012. 梁实秋的创作与翻译. 北京: 北京师范大学出版社.

杨伯峻译注. 1980. 论语译注. 北京: 中华书局.

杨匡汉. 1998. 深文隐秀的梦里家园——《雅舍文集》总序. 梁实秋著. 雅舍小品. 北京: 文化艺术出版社. 第 1-8 页。

杨信彰. 2000. 导读. 话语分析入门: 理论与方法 (James Paul Gee). 北京: 外语教学与研究出版社.

杨义. 1988. 文化冲突与审美选择. 北京: 人民文学出版社.

叶君健. 1994. 毛泽东诗词的翻译—— 一段回忆. 中国翻译 4: 7-9.

叶淑穗. 1991. 鲁迅藏书概况. 北京鲁迅博物馆鲁迅研究室编. 鲁迅藏书研究: 鲁迅研究资料增刊. 北京: 中国文联出版公司.

叶维廉. 1994. 破"信、达、雅": 翻译后起的生命. 中外文学 4: 74-86.

伊·库兹韦尔. 1988. 结构主义时代———从莱维- 斯特劳斯到福柯. 尹大贻译. 上海: 上海译文出版社.

易社强. 2012. 战争与革命中的西南联大. 饶桂荣译. 北京: 九州出版社.

余冠英译. 1978. 诗经选译. 北京: 人民文学出版社.

曾小逸. 1985. 走向世界文学中国现代作家与外国文学. 长沙: 湖南人民出版社. 第 297 页.

张美芳, 黄国文. 2002. 语篇语言学与翻译. 杨自俭主编. 译学新探. 青岛: 青岛出版社.

张沛. 1991. 德里达解构主义的开拓. 北京师范大学学报 6: 100-105.

张佩瑶. 2004. 对中国译学理论建设的几点建议. 中国翻译 5: 3-9.

张佩瑶. 2009. 钱钟书对翻译概念的阐释及其对翻译研究的启示. 中国翻译 5: 27-32.

张伟. 2001. 晚清译介的三种特色小说. 中华读书报 2 月 7 日.

张永芳. 2000. 中西文化交流与大众传播媒介的产物——试论梁启超的散文创作. 社会科学辑刊 6: 143-145.

张永健. 2006. 20 世纪中国儿童文学史. 沈阳: 辽宁少年儿童出版社.

张之洞. 2002. 广译第五. 劝学篇. 北京: 华夏出版社. 第 101-104 页.

赵家璧. 1934. 使我对文学发生兴趣的第一部书. 郑振铎, 傅东华主编. 我与文学. 上海: 上海生活书店. 第 105-107 页.

赵连元. 1993. 吴宓——中国比较文学之父. 学习与探索 3:111-115.

赵新那. 1996. 我的父亲赵元任. 全国政协文史资料委员会编. 中华文史资料文库(第 16 辑). 北京: 中国文史出版社. 第 66-74 页.

赵新那 1998 赵元仟年谱. 黄培云编. 北京: 商务印书馆.

赵新那. 2012. 我的父亲赵元任. 陈小滢, 高艳华编著. 乐山纪念册 1936—1946. 北京: 商务印书馆. 第 96-115 页.

赵英. 1991. 鲁迅与灿烂的佛教文化. 鲁迅藏书研究. 北京: 中国文联出版社. 第 34-52 页.

赵元任. 1947. 译者序. 刘易斯·卡罗尔著. 阿丽思漫游奇境记(第五版). 北京: 商务印书馆. 第 1-12 页.

赵元任. 2002. 中国语言的问题. 赵世开译. 吴宗济, 赵新那编. 赵元任语言学论文集. 北京: 商务印书馆. 第 668-712 页.

郑海凌. 2001. 钱锺书"化境说"的创新意识. 北京师范大学学报 3: 70-76.

支谦. 1995. 法句经序第十三. 释僧佑撰. 苏晋仁, 萧錬子点校. 出三藏记集. 北京: 中华书局. 第 272-274 页.

周邦道. 1962. 儿童的文学之研究. 本社编. 1913— 1949 儿童文学论文选集. 上海: 少年儿童出版社. 第 448-451 页.

周红. 2006. 也谈胡适与莎士比亚戏剧. 中华读书报 3月 22日.

周振甫, 冀勤. 2013. 钱锺书《谈艺录》读本. 北京: 中央编译出版社.

周作人. 1962. 儿童的文学. 本社编. 1913— 1949 儿童文学论文选集. 上海: 少年儿童出版社. 第 439-447 页.

周作人. 1980. 知堂回想录. 香港: 三育图书有限公司.

周作人. 1998. 自己的园地. 北京: 人民文学出版社.

周作人. 2009.《陀螺》序. 罗新璋, 陈应年编. 翻译论集(修订本). 北京: 商务印书馆. 第472-473 页.

朱宏清. 2001. 从《林纾的翻译》看钱锺书先生的翻译观. 东南大学学报 2: 103-105.

竹内郁郎. 1989. 大众传播社会学. 张国良译. 上海: 复旦大学出版社. 朱志瑜. 2001. 中国传统翻译思想: 神话说(前期). 中国翻译 2: 3-8. 朱自清. 2012. 桨声灯影里的秦淮河. 武汉: 长江文艺出版社.

庄晓东编. 2003. 文化传播: 历史、理论与现实. 北京: 人民出版社.

庄子. 2004. 庄子. 刘英, 刘旭注释. 北京: 中国社会科学出版社.

邹振环. 1996. 影响中国近代社会的一百种译作. 北京: 中国对外翻译出版公司.

Altieri, C. 2006. *The Art of Twentieth-Century American Poetry: Modernism and After*. Oxford: Blackwell.

Baker, Mona, ed. 1998. *Routledge Encyclopaedia of Translation Studies*. London: Routledge.

Bassnett, Susan. 1980. *Translation Studies*. London: Methuen & Co. Ltd.

Bassnett, Susan. 1985. Ways Through the Labyrinth: Strategies and Methods for Translating Theatre Texts. In Theo Hermans, ed. *The Manipulation of Literature*. London: Croom Helm Ltd. pp.98-101.

Beaugrande, R. D. and W. U. Dressler. 1981. *Introduction to Text Linguistics*. London and New York: Longman Group Ltd.

Beaugrande, R. D., Abdulla Shunnaq and Mohamed Helmy Heliel. 1992. *Language, Discourse and Translation in the West and Middle East*. Amsterdam and Philadelphia: John Benjamins Publishing Company.

Benjamin, Walter. 1969. The Task of the Translator. In Hannah Arendt, ed. Harry Zohn, trans. *Illuminations: Essays and Reflections*. New York: Schochen Books. pp. 69-82.

Bloom, Harold. 1975. *A Map of Misreading*. New York: Oxford University Press.

Brodzki, Bella. 2007. *Can These Bones Live? Translation, Survival and Cultural Memory*. Stanford: Stanford University Press.

Brown, G. and George Yule. 1982. *Discourse Analysis*. London and New York: Longman Group Ltd.

Carroll, Lewis. 1974. *Alice's Adventures in Wonderland & Through the Looking-Glass*. New York: Nelson Doubleday.

Carroll, L. 2015. *Alice's Adventures in Wonderland*. Princeton and Oxford: Princeton University Press.

Catford, J. C. 1965. *A Linguistic Theory of Translation*. Oxford: Oxford University Press.

Chan, P. L., and T. W. Wang. 1981. *An Index to Personal Names in Lu Hsun's Diary*. Hong Kong: University of Hong Kong.

Chang, Eileen, Stephen Soong, and Song Kuang Wenmei. 2011. *The Private Letters ofEileen Chang*. Roland Soong, ed. Beijing: Beijing Shiyue Wenyi Press.

Chao, Yuanren. 1967. Dimensions of Fidelity in Translation, with Special Reference to Chinese. In *Aspects of Chinese Sociolinguistics*. Stanford: Stanford University Press. pp. 1-18.

Chen, Guo-Ming, and W. Starosta. 2007. *Foundations of Intercultural Communication*. Shanghai: Shanghai Foreign Language Education Press.

Cheung, Dominic. 1995. Eileen Chang, 74, Chinese Writer Revered Outside the Mainland. *The New York Times* Sept. 13.

Chimombo, M. and R. L. Roseberry. 1998. *The Power of Discourse: An Introduction of Discourse Analysis*. London: Lawrence Erlbaum Associates, Publishers.

Cohen, Walter, et al, eds. 1997. *The Norton Shakespeare*. Now York: W. W. Norton.

Culler, Jonathan. 1989. *On Deconstruction: Theory and Criticism After Structuralism*. London: Routledge & Kegan Paul.

Fan, Shouyi. 1987. Fuzzy Set Theory and Evaluation of Literary Translation. *Chinese Translators Journal* 4: 2-9;

Fan, Shouyi. 1990. A Statistical Method for Translation Quality Assessment. Target 2(1): 43-67. Gentzler, Edwin. 2001. *Contemporary Translation Theories*, Revised 2nd Ed. Clevedon: Multilingual Matters.

Goldman, Merle, and Leo Ou-Fan Lee. 2002. *An Intellectual History of Modern China*. Cambridge: Cambridge University Press.

Gottesman, Ronald, et al, eds. 1979. *The Norton Anthology of American Literature*. New York: W. W. Norton.

Hall, E. T., and W. F. Whyte. 1963. Intercultural Communication: A Guide to Men of Action. *Practical Anthropology* 9: 83-108.

Halliday, M. A. K. 1994. *An Introduction to Functional Grammar*. London: Edward Arnold Ltd.

Hatim, Basil. 1997. Intertextual Intrusions: Toward a Framework for Harnessing the Power of the Absent Text in Translation. In K. Simmes, ed. *Translating Sensitive Texts: Linguistic Aspect*. Amsterdam: Rodopi. pp. 29-45.

Hecht, M. L., M. V. Sedano, and S. R. Ribeau. 1993. Understanding Culture, Communication, and Research: Applications to Chicanos and Mexican Americans. *International Journal of Intercultural Relations* 17: 157-166.

Hugo, Victor. 1992. Extract from the preface he wrote for the Shakespeare translations published by his Son, François-Victor, in 1865. In Lefevere, André, ed. *Translation/History/Culture: A Sourcebook*. London and New York: Routledge. p.18.

Huxley, T. H. 1901. *Prolegomena I, Evolution & Ethics and Other Essays*. London: Macmillan.

Jakobson, Roman, and Kristeva Pomorska. 1983. Dialogues. Cambridge: Cambridge University Press & The MIT Press.

Jespersen, Otto. 1924. *The Philosophy of Grammar*. London: George Allen & Unwin.

Kasper, Walter. 1986. *The God of Jesus Christ*. Matthew J. O'Connell, trans. New York: The Crossroad Publishing.

Lin, Yutang. 1984. On Translation. In Translators Association of China, Editorial Office of *Translators' Notes*, eds. *A Collection of Papers for Translation Studies*. Beijing: Foreign Language Teaching and Research Press. pp. 259-272.

Liu, Lydia H. 1995. *Translingual Practice: Literature, National Culture, and Translated Modernity—China: 1900-1937*. Stanford: Stanford University Press.

Luo, Xuanmin. 1994. A Textual Analysis for Literary Translation. *Force of Vision*, Vol. 6. Tokyo: University of Tokyo Press.

Luo, Xuanmin. 1994. Word, Sentence and Text— A Linguistic Tendency in Literary Translating. In Yue Daiyun and Zhang Tiefu, eds. *Literature in a Multicultural Context*. Changsha: Hunan Press of Literatures and Arts. pp. 322-328.

Luo, Xuanmin. 1997. A Textual Model for Literary Translation. Paper presented at International Symposium on Translation Interpretation, Macao, (Unpublished).

Luo, Xuanmin. 1999. *Linguistic Contribution to the Development of Translation Studies in China*. META, Vol. 44. pp.101-109.

Luo, Xuanmin. 2002. A Textual-Cognitive Model for Translation. *Foreign Languages and Their Teaching* 7: 11-14.

Luo, Xuanmin. 2007. Translation as Violence: On Lu Xun's Idea of Yi Jie. *Amerasia*, Vol. 33. 3: 41-54.

Luo, Xuanmin. 2009. Translation as Education: A Case Study of Tsinghua University in the Early 20th Century China. *Interpreting and Translation Studies* 13(1): 245-256.

Lü, Jun. 1992. Sentence Group as a Unit of Translation. *Shandong Foreign language Teaching Journal* 1-2: 32-35.

Man, Paul. 1986. Conclusions: Walter Benjamin's "The Task of the Translator". In *The Resistance to Theory*. Minneapolis: University of Minnesota Press. pp. 73-105.

Meiland, J. W. 1970. *The Nature of Intention*. London: Richard Clay Ltd.

Miller, Hillis. 1987. *The Ethics of Reading*. New York: Columbia University Press. Muschard, Jutta. 1996. *Relevant Translations: History, Presentation, Criticism, Application*. Frankfurt am Main: Peter Lang.

Nida, E. A. 1984. Approaches to Translating in the Western World. *Foreign Languages and Research* 2: 9-15.

O'Sullivan, E. 2010. *Historical Dictionary of Children's Literature*. Lanham, MD: Scarecrow Press.

Papegaaij, Bart and Klaus Schubert. 1988. *Text Coherence in Translation*. Dordrecht: Foris Publications.

Robinson, Douglas. 2006. *Western Translation Theories: From Herodotus to Nietzsche*. Beijing: Foreign Language Teaching and Research Press.

Said, Edward. 1978. *Orientalism*. London: Routledge & Kegan Paul.

Shakespeare, William. 2008. *The Tragedy of Antony and Cleopatra*. In Jonathan Bate and Eric Rasmussen, eds. *William Shakespeare: Complete Work*. Beijing: Foreign Language Teaching and Research Press. pp.2158-2239.

Shelley, Percy Bysshe, Baron George Gordon Byron, and John Keats. 1967. *Poems of Byron, Keats and Shelley*. Elliott Coleman, ed. New York: Garden City Doubleday.

Sperber, D. and D. Wilson. 1998. Relevance: *Communication & Cognition*, 2nd Ed. Oxford: Blackwell Publishers Inc.

Swingewood, Alan. 1998. *Cultural Theory and the Problem of Modernity*. London: Palgrave Macmillan.

Taba, H. 1962. *Curriculum Development: Theory and Practice*. New York: Harcourt, Brace & World, Inc. p. 22.

Venuti, Lawrence, ed. 1992. *Rethinking Translation: Discourse, Subjectivity and Ideology*. London: Routledge.

Venuti, Lawrence. 1998. *The Scandals of Translation: Towards an Ethics of Difference*. London: Routledge.

Waley, Arthur, trans. 1997. *The Analects*. Beijing: Foreign Language Teaching and Research Press.

Wang, Zongyan. 1991. Linguistics and Translation. *Foreign Language Teaching and Research* 4: 38-43.

Watts, I. *Against Idleness and Mischief* [EB/OL].[2016-07-07].https://en.wikisource.org/ wiki/Against_Idleness_and_Mischief.

Yeats, W. B. 2007. *The Green Helmet and Other Poems*. Whitefish: Kessinger Publishing.

인명 색인 및 인물 정보

임서[林紓: 1852년~1924년]

엄복(嚴復)과 더불어 청(淸)나라 말기의 대표적인 번역가로 평가되어 왔다. 외국어를 몰라 협력자가 말하는 줄거리를 중국의 문언문으로 옮기는 '다시쓰기'의 방식으로 번역작업을 진행하던 그가 1897년부터 문학과 번역에 종사하여 외국소설 약 2백여 부를 번역·출판했다. 그 중 특히 『파려다화녀유사(巴黎茶花女遺事)』(즉 『춘희』)는 베스트셀러가 되어 독자들의 커다란 반응을 불러일으켰다. 근대 중국의 많은 문학가들은 그가 번역한 이른바 '임역소설(林譯小說)'을 통하여 서양 문학을 접했다. 번역 외에 문학가로서 시와 산문 등도 창작했다.

엄복[嚴複: 1854년~1921년]

청말민초의 유명한 교육가, 사상계몽가이자 번역가이다. 주요 업적으로는 서양의 사회학, 정치학, 정치경제학, 철학, 자연과학 등을 중국에 체계적으로 소개한 것이다. 그의 번역서인 『천연론(天演論)』, 『원부(原富)』, 『군학이언(群學肄言)』, 『군기권계론(群己權界論)』, 『사회통전(社會通詮)』, 『법의(法意)』, 『명학천설(名學淺說)』, 『목륵명학(穆勒名學)』 등은 20세기 중국의 주요 계몽서적으로 큰 영향력을 발휘했다. 그리고 그가 제시한 3가지 번역의 원칙, 즉 '신(信)·달(達)·아(雅)'는 중국의 번역학 학계에 지대한 영향을 끼쳤다.

고홍명[辜鴻銘: 1857년~1928년]

청말민초 유명한 교육가, 문학가, 번역가로 가장 먼저 『논어(論語)』, 『중용(中庸)』, 『대학(大學)』을 영어로 번역했다. 동서양 철학에 정통한 그가 중국 고전 철학을 서양에 소개한 일인자일 뿐만 아니라 서양의 학술계에 지대한 영향을 끼쳤던 인물이다. 중국어,영어 등 9개 언어에 능통하고, 받은 박사학위만 13개에 달했다. 북경 대학교의 교수를 역임했다. 저서로는 『The Story of a Chinese Oxford Movement(中國牛津運動故事)』,『The Spirit of the Chinese People(中國人的精神)』등이 있다.

왕국유[王國維: 1877년~1927년]

청말민초의 유명한 국제적 대학자로서 영어, 독일어, 일어 등 여러 언어에 능통했고 문학, 미학, 사학, 철학, 금석학, 갑골문, 고고학 등 다양한 학문 분야에서 탁월한 성취를 이루었다. 1925년 칭화대학교 국학연구원 교수로 초빙되어 경전과 역사, 소학(小學) 등을 강의하고, 한(漢)나라와 위(魏)나라의 석경, 고대 서북(西北) 지리 및 몽골 사료(史料) 등을 연구했다. 양계초(梁啓超), 진인각(陳寅恪), 조원임(趙元任)과 더불어 칭화국학연구원의 '4대 석학 지도교수'로 불리었다. 또 서양의 문학이론으로 중국 구문학(舊文學)을 비평하여 큰 반향을 일으켰다.

진인각 [陳寅恪: 1890년~1969년]

중국 현대 유명한 사학가, 언어학자, 고전문학연구자이다. 13개의 외국어에 능통했으며 여러 학문 분야에서 뛰어난 업적을 남기어 '교수 중의 교수', '불세출의 천재' 등 타이틀을 받을 정도이다. 청화대학교(清華大學), 서남연합대학교(西南聯合大學), 광서대학교(廣西大學), 중산대학교(中山大學)의 교수를 역임했고 저서로는 『唐代政治史述論稿(당대정치사술논고)』·『元白詩箋證稿(원백시전증고)』 등 다수가 있다.

조원임[趙元任: 1892년~1982년]

중국 현대 유명한 언어학자, 음악가이고 '중국현대언어학의 아버지', '중국 현대 음악학의 선구자'로 추앙받았다. 미국 코넬대학교, 하버드 대학교, 중국 청화대학교의 교수를 역임했다. 저서로는 『現代吳語的研究(현대오어연구)』, 『中國話的文法(중국어문법)』, 『國語新詩論(국어신시론)』등 다수가 있고, 세계적인 아동문학 명작인 『Alice's Adventures in Wonderland』를 중국의 백화문으로 번역하여 중국에서 아동문학의 발전 및 백화문의 사용에 크게 이바지하였다.

오복[吳宓: 1894년~1978년]

중국 현대 유명한 서양문학가, 국학가, 시인으로, 청화대학교 국학원을 창건한 사람 중의 한 명이다. 최초로 서양의 비교문학문예이론을 중국에 소개하여 청화대학교에서 비교문학을 가르쳤다. '중국 비교문학 연구의 대부'라는 칭호를 얻은 만큼 중국 비교문학연구의 기초를 닦아준 인물이다. 그리고 신문학을 반대하고 복고적 문예관을 주장한 문예단체 '학형파(学衡派)'의 대표인물이고 『홍루몽』연구'의 개척자이기도 한다. 진인각(陳寅恪), 탕용동(湯用彤)과 함께 '하버드 삼걸(三傑)'로 칭한다. 저서로는 『오복시집(吳宓诗集)』, 『문학과 인생(文学与人生)』, 『오복일기(吳宓日记)』등이 있다.

구추백[瞿秋白: 1899년~1935년]

중국현대의 정치가, 문예평론가이고 중국 공산당 초기의 지도자로서 중국혁명문학의 기초를 닦아준 인물이다. '시월혁명'의 소식을 최초로 중국 국내에 전해주고 마르크스·레닝의 문학예술이론을 체계적으로 소개하며 『국제가(The Internationale)』를 가장 먼저 중국어로 번역하였다. 1935년 상하이에서 국민당의 군대에 체포되어 그 해 6월에 처형되었다. 저서로는 『아향기정(餓鄕紀程)』(1921), 『적도심사(赤都心史)』(1924), 『다여적화(多餘的話)』 등이 있다.

양실추[梁實秋: 1903년~1987년]

중국현대 유명한 학자, 수필가, 비평가, 번역가이고 셰익스피어문학을 체계적으로 연구하고 『셰익스피어희곡전집』을 완역한 인물이다. 청화대학교 영문과를 졸업하였고 미국 하버드대학교 대학원에서 수학한 후 귀국하여 동남대학교(東南大學), 청도대학교(青島大學), 북경대학교에서 영문과 교수를 역임하였다. 문학의 정치성을 반대하고 자유주의 경향을 표방한 그가 노신과 1930년대에 수차례씩 논쟁을 벌였다. 1960년대에는 중국 대만에서 필생의 대작인 『셰익스피어 희곡전집』(1967)을 출간하고, 그 외에 비평집 『노신론(關於魯迅)』, 『문학인연(文學因緣)』, 『양실추문학론(梁實秋文學論)』 등을 집필하였다.

주상[朱湘: 1904년~1933년]

중국 현대 유명한 시인, 교육가이자 1920년대 '청화대학교 4대 학생시인'중의 한 명이다. 동시대 유명한 시인 서지마 (徐志摩), 문일다(聞一多) 등과 함께 격률시 운동에 참가하였다. 1922년『소설월보』에 〈폐원(廢園)〉, 〈낙엽(落葉)〉등의 시를 발표하였다. 서정성이 짙은 시들과 비판적인 성격이 강한 시들로 유명하다. 투신자살로 그의 짧은 생애 32년을 마감하기까지 시집『여름』(1925), 『초망집(草莽集)』(1927), 『석문집(石門集)』(1934), 『영언집(永言集)』 등 4권의 시집에 225편의 시를 남겼다.

부뢰[傅雷: 1908년~1966년]

중국 현대 유명한 번역가, 작가, 문예평론가이다. 프랑스 파리대학에서 유학했다가, 귀국 후 주로 프랑스 문학 번역 및 문예비평 활동을 전개하였다. 일생 동안 발자크, 볼테르, 로맹 롤랑 등 수많은 프랑스 문학가들의 작품들을 번역하는 일에 전념하였고, 중국에서 가장 뛰어난 번역가로 추앙받아 왔다. 그가 제기한 번역원칙, 즉 '신사(神似: 번역하는데 원문의 분위기, 맛을 전달하는 것이 더 중요하다는 주장)론'이 중국의 번역 연구와 번역 실천에 지대한 영향을 끼치기도 한다.

전종서[錢鐘書: 1910년~1998년]

중국 현대 유명한 작가, 학자이다. 청화대학교 외국어학과에 다녔고 1937년에 영국 옥스포드 대학에서 학사 학위를 받았다. 사학, 철학, 문학, 번역학 등 여러 분야에서 심도있는 연구를 진행하고 뛰어난 성과를 취득하여 국내외 학술계에서 높은 명성을 떨쳤다. 유명한 장편소설『포위된 성(圍城)』을 창작하였고 , 학술저작으로는『예술을 논함(談藝錄)』, 『관추편(管錐編)』등이 있다. 시남연합대학교, 청화대학교의 교수, 중국사회과학원 부원장을 역임하였다.

양강[楊絳: 1911년~2016년]

전중서의 부인이며 중국 현대 유명한 작가, 문학번역가, 학자이다. 진단여자문리학원(震旦女子文理學院), 청화대학교의 교수를 역임하였다. 장편소설『목욕(洗澡)』, 산문집『간교6기(幹校六記)』, 『인생의 끝에서-자문자답(走在人生邊上-自問自答)』, 『우리 셋(我們仨)』 등이 있다. 『돈키호테(堂吉訶德)』를 번역한 공로로 스페인에서 '지혜국왕아방소10세십자훈장(智慧国王阿方素10世十字勋章)'을 수여받았다.

주생호[朱生豪: 1912년~1944년]

중국 현대 유명한 번역가이다. 항주지강대학(杭州之江大學) 중국문학학과 및 영문학과를 졸업한 후 상해 세계서국(世界書局)에서 영문편집을 역임하였다. 1936년부터 『셰익스피아희곡전집』을 번역하기 시작했는데 1944년에 폐병으로 별세할 때까지 총 31종의 셰익스피아 희곡을 번역하였다. 중국에서 가장 먼저 셰익스피아 작품을 번역한 번역자 중의 한 명으로, 그의 번역문은 지금까지 학계와 일반 독자들에게 보편적인 인정을 받았다.

양헌익[杨宪益: 1915년~2009년]

중국 현대 유명한 시인, 외국문학연구자와 번역가이다. 영국 옥스포드 대학에서 유학을 하고, 귀국 후 중경(重慶)대학교, 귀양(貴陽)사범대학교에서 교수를 역임하다가 1953년에 북경외문(外文)출판사에서 전문번역가로 활동하기 시작했다. 거의 평생동안 부인(영국계 중국문화 연구자)과 함께 중국의 고전명작을 영어로 번역하는 작업을 진행하였다. 가장 뛰어난 업적으로는 중국 '4개 기서' 중의 하나인 『홍루몽(紅樓夢)』을 영어로 완역하여 국내외에서 광범위적인 호평을 받아 커다란 영향을 발휘하였던 것이다.

번역과 중국의 근대성

지난 1980년대 석사 과정을 밟기 시작했던 나는 언어학을 전공으로 선택했다. 당시 나의 주요 연구 분야는 '담화(language)' 분석과 응용언어학(applied linguistics)이었다. 그 이후 언어학적 시각에서 번역을 탐구하기 시작하였고, '담화와 번역'을 연구의 핵심으로 삼아 여러 논문을 발표하기도 했다. 그러다가 21세기에 들어서면서 서양 및 중국의 철학, 문학 비평, 사학, 교육 등 제반 학문을 '번역'과 연계시켜, 나아가 번역과 중국 근대성 사이의 관계를 학제간적인 시각에서 고찰하기 시작했다. 이로써 나의 연구 중에는 약간의 '우환의식(憂患意識)'이 가미되었다고 할 수 있다.

번역 연구를 시작한 이후 한번이라도 후회한 적이 없었다. 20세기 후반에 번역학이 응용언어학의 하위 과목으로 전락됨에 따라 한때 '변두리'학문으로 최급받더라도 나는 자신이 선택한 길을 의심한 적이 없었다. 나는 언어학의 엄밀함과 철저함은 물론이고, 문학 창작의 자유분방함과 아름다움도 좋아한다. '번역'을 연구의 핵심으로 택한 것은 자신의 연구활동이 엄밀함, 철저함, 창의성과 아름다움을 동시에 갖추기를 원하는 염원에서 비롯된 것이다. 나는 번역 연구가 이상 제 요소들을 완벽하게 결합시킨 학문영역이라고 생각한다.

2008년, 나는 '번역과 중국의 근대성'이라는 주제로 청화대학교 아시아 연구 기금의 '중점프로젝트'로 선정되었다. 이후 몇 년 동안 이 주제를 중심으로 연구를 진행하고 국내외 학술지에 논문을 연이어 발표하여, 번역과 중국의 근대성 문제를 다양한 관점에서 탐구해 왔다. 글 쓰는 과정에서 새로운 아이디어와 관점이 지속적으로 나타나, 이 연구 성과를 책으로 펴내고자 하였지만 이러저러한 잡다한 일로 인해 원하는 대로 이루지 못했다가 이번에야 소원성취가 된 셈이다. 초고를 보는 순간 무거운 짐에서 벗어난 듯한 안도감을 느낀 것만 같았다.

이 책에 수록된 논문 중에서 제자가 집필에 참여한 몇몇 글을 제외하고는 나머지 모두 다 그동안 내가 단독저자로 【外國文學硏究(외국문학연구)】, 【外語與外語敎學(외국어 및 외국어 교육)】, 【中國外語(중국 외국어)】, 【外語敎學(외국어교육)】, 【淸華大學敎育硏究(청화대학교교육연구)】, 【淸華大學學報(청화대학교학보)】, 【外語學刊(외국어학지)】, 【外語敎學理論與實踐(외국어교육 이론과 실천)】, 【現代大學敎育(현대대학교육)】 등 학술지에 게재한 논문들이다. 그중 일부는 최근에 발표한 논문으로, 그 주제는 모두 중국의 근대성과 밀접한 관련이 있다. 이 책은 이러한 논문을 주제별로 재배열하여 '번역과 중국의 근대성'이라는 큰 틀 아래에 놓고 보았다. 그리고 독자들이 보다 용이하게 내용을 이해할 수 있도록 각 장의 서두에 주요 내용을 설명하기 위하여 서문을 새로 작성했다. 아무튼 이 책에서는 '번역과 중국의 근대성'을 탐구할 때 중요한 요소와 핵심적 내용을 제시하여, 향후 연구자들에게 어느 정도의 시사점을 제시할 수 있을 것으로 생각한다.

책의 출간을 앞두고 먼저 제자인 王敏에게 감사의 말을 전하고 싶다. 그녀는 나의 모든 논문을 꼼꼼하게 읽고, 의문이 생길 때마다 관련 자료를 찾아 확인해 주기도 했다. 출판 포맷에 따라 각주와 참고 문헌을 작성하는 데 기여한 다른 제자인 朱嘉春에게도 감사의 마음을 표한다. 그리고 '번역과 학제간 학문 연구 시리즈' 및 이 책의 출간을 물심 양면으로 지원해 주신 청화대학교 출판사 외국어 부서 郝建華 팀장, 성실하고 철저한 업무태도로 이 책의 원활한 출판을 보장해 주신 사업 부서장인 劉細珍 여사, 책을 편집하는 과정 중 노고를 마다하지 않고 적극적으로 도와주었던 나의 제자인 劉琦榕에게도 심심한 사의를 표하는 바이다.

이 책은 이미 완성되었지만, 향후에도 '번역과 중국의 근대성'이라는 주제를 가지고 최선을 다 해서 연구활동을 지속할 것이다. 마지막으로 국내외 학자들의 지도와 조언을 간절히 부탁드린다.

저자 羅選民

2016년 10월 10일 광주(廣州)시 백운산(白雲山)에서

저자 소개 | **뤄쉬안민**(羅選民)

중국 비교문학·번역학 학계 일류학자.

전 중국 청화(清華)대학교 교수, 현재 광서대학교 '君武講習' 교수, 외국어 대학 학장으로 재직 중.

1993년 중국국무원 '특별수당' 선정 전문가.

중국영중(英漢)언어비교연구회 전문가위원회 주임위원, 호주연구위원 회(ARC) 인문예술부 해외위원, 홍콩대학 교육지원위원회(UGC)인문학 부 위원, 영국 Routledge 출판사 ESCI 학술지 Asia Pacific Translation and Intercultural Studies 주필, 중국작가협회 회원, 제2·3·4회 '중국도서정부상' 심사위원, 제5·6회 '노신문학상' 심사위원 등 역임.

국내외 주로 학술지에 논문 200여 편 게재, 각종 저서, 역서 30여 부 출간.

2022년 학술 저작 Translation and Chinese Modernity 미국에서 출간.

국가급·성(省)부(部)급 학술성과상 다수 수상.

국가급 중점 프로젝트 여러 개 선정·완성.

역자 소개 | **왕옌리**(王豔麗)

2014년 2월 인하대학교 대학원 한국학과 문학박사 학위 취득.

현재 중국 지린대학교(吉林大学)외국어대학 조선어학과 부교수.

최정섭(崔正燮)

2010년 8월 연세대학교 대학원 중어중문학과 문학박사 학위 취득.

현재 안양대학교 신학연구소 HK연구교수.

남해선(南海仙)

2012년 2월 인하대학교 대학원 한국학과 문학석사 학위 취득.

2017년부터 중국 중앙민족대학교 대학원 박사과정 재학 중.

현재 중국 민족출판사 副編審.

번역과 중국의 근대성

翻译与中国现代性

초판1쇄 인쇄 2024년 2월 20일
초판1쇄 발행 2024년 2월 29일

지은이   뤄쉬안민(羅選民)
옮긴이   왕옌리(王豔麗) 최정섭(崔正燮) 남해선(南海仙)
펴낸이   이대현
편집   이태곤 권분옥 임애정 강윤경
디자인   안혜진 최선주 이경진
마케팅   박태훈 한주영

펴낸곳   도서출판 역락
출판등록   1999년 4월 19일 제303-2002-000014호
주소   서울시 서초구 동광로 46길 6-6 문창빌딩 2층 (우06589)
전화   02-3409-2060
팩스   02-3409-2059
홈페이지   www.youkrackbooks.com
이메일   youkrack@hanmail.net

ISBN 979-11-6742-627-7 93820
字數 346,695字